스노 크래시

①

SNOW CRASH

Copyright (c) Neal Stephenson, 1992
Korean translation rights (c) Munhak Segye-Sa Publishing Co., 2021
All rights reserved.
This Korean edition published by arrangement with Darhansoff & Verrill through Shinwon Agency
Co., Seoul

스노 크래시
SNOW CRASH

닐 스티븐슨 SF 장편소설 | 남명성 옮김

문학세계사

1

우리의 배달부는 엘리트 계급이자 신성한 부류에 속한다. 그는 그 위치에 오를 만큼 재능이 있다. 지금 그는 오늘 밤의 세 번째 임무 수행을 준비 중이다. 활성탄처럼 새까만 유니폼은 공기 중에 섞인 빛 자체를 걸러 낸다. 거미 섬유로 만든 옷은 총알도 날아가다 파티오 문(정원·발코니로 통하는 미닫이로 된 큰 유리문)에 부딪히는 굴뚝새처럼 튕겨 내지만, 땀이 조금이라도 많이 흐른다 싶으면 방금 소이탄이 떨어진 숲을 뚫고 지나는 한 줄기 바람처럼 옷 밖으로 배출해 낸다. 유니폼은 뼈가 바깥쪽으로 드러난 몸의 모든 끝부분에 아모젤로 부드럽게 마무리되어 있다. 모래 섞인 젤리같은 느낌의 아모젤(천천히 움직일 때는 부드럽지만 외부 충격에 의해 단단해지는 액체 갑옷)은 전화번호부 몇 권을 덧댄 것만큼 몸을 보호해 준다.

일을 처음 시작할 때, 그는 총 한 자루를 받았다. 현금은 절대 다루지 않지만, 배달차나 배달하는 물건 때문에 누구든 그를 노릴 수 있기 때문이다.

총은 아주 작고 날렵하게 생겼으며 가벼웠다. 패션 디자이너나 가지고 다닐 법한 총이다. 작은 화살처럼 생긴 총알이 날아가는 속도는 SR-71 정찰기의 다섯 배나 되는데, 전기로 작동하기 때문에 사용하고 나면 자동차 시거잭에 꽂아 두어야만 한다.

배달부는 화가 나거나 두려움에 빠져 총을 뽑아 든 적이 단 한 번도 없다. 딱 한 번, 길라 하일랜드 지역에서 그런 적이 있었다. 고급 버브클레이브(자체 헌법, 국경, 법률, 경찰 등 모든 것을 갖춘 도시 국가)인 길라 하일랜드에 사는 어린 불량배 녀석 몇 명이 배달을 요청했는데, 돈을 내고 싶어하지 않았다. 녀석들은 야구 방망이로 배달부를 위협할 수 있으리라 생각했다. 배달부는 총을 꺼내 들고 상대방이 치켜든 야구 방망이에 레이저 조준 장치를 겨눠 발사했다. 반동이 어찌나 세던지 총이 손안에서 폭발하는 느낌이었다. 야구 방망이의 중간 부분 3분의 1이 불타는 톱밥 기둥으로 변하더니 폭발하는 별처럼 온 사방으로 흩어져 버렸다. 결국 야구 방망이를 들고 있던 녀석의 손에 남은 건, 끝에서 우윳빛 연기가 솟아오르는 방망이 손잡이뿐이었다. 바보 같은 표정이었다. 녀석은 얻은 것도 없이 배달부에게 당하기만 했다.

그날 이후, 배달부는 총은 차에 넣어 두고 대신 잘 어울리는 한 쌍의 사무라이 칼에 의지하기로 했다. 어차피 그는 총보다 칼을 더 좋아했다. 길라 하일랜드에서 만난 녀석들이 두려워하지 않았기에 배달부는 총의 위력을 보여주어야만 했다. 하지만 칼은 시범을 보일 필요가 없다.

배달부가 모는 차는 베이컨 한 덩이쯤은 소행성대(화성과 목성 사이 많은 소행성이 존재하는 공간)까지 쏘아 올릴 수 있을 정도로 강한 에너지를 배터리에 늘 비축하고 있다. 미니밴이나 고물차들과 달리 배달부의 차는 입을 벌린 채 번쩍거리며 빛나는 괄약근 사이로 에너지를 뿜어낸다. 배달부가 가속 페달을 힘껏 밟으면 난리가 난다. 타이어 두께가 어떠냐고? 여러분의 차에 달린 타이어 네 개가 각각 아스팔트와 닿는 면은 기껏해야 헛바닥 넓이 정도밖에 안 된다. 배달부가 모는 차에 달린 거대하고 끈적거리는 타이어들이 도로와 만나는 면은 뚱뚱한 여자의 눌린 허벅지만큼이나 넓다. 배달부는 도로와 달라붙은 채 바람처럼 출발하고 가볍게 멈춰 선다.

배달부가 이렇게 대단한 장비를 갖춘 이유가 뭐냐고? 사람들이 그에게 의지하기 때문이다. 그는 롤 모델이다. 여기는 미국이다. 사람들이 원하는 대로 아무렇게나 사는 곳. 그게 뭐가 문제인가? 미국 사람들은 그럴 권리가 있다. 그들은 무기를 소지하고 있으며, 아무도 그들을 말릴 수 없다. 그 결과, 이놈의 나라는 세계에서 경제가 가장 엉망인 곳이 되고 말았다. 좀 더 자세히 말하자면, 무역 수지를 예로 들 수 있다. 일단 우리의 모든 기술이 다른 나라로 빠져나가서 모두가 서로 같은 능력을 갖추게 되자, 볼리비아는 자동차를, 타지키스탄은 전자레인지를 만들어 가져와 파는 상황이 되고 말았다. 엄청난 규모의 홍콩 선박과 비행선들이 푼돈만 줘도 노스다코타주 전체를 뉴질랜드까지라도 옮겨 줄 수 있을 정도로 운송비가 저렴해지자, 천연자원이 많다는 강점도 아무 소용이 없어져 버렸다. 경제학에서 말하는 '보이지 않는 손'이 역사적으로 내려온 모든 불균형을 사라지게 했고, 이제는 파키스탄의 이름 없는 벽돌공까지 돈을 제대로 벌어 보겠다고 마음먹을 수 있을 정도로 세계는 하나의 거대한 경제 체제로 새롭게 태어났다. 그 결과가 뭐냐고? 미국이 다른 나라보다 뛰어난 분야는 이제 네 가지밖에 남지 않았다.

음악
영화
마이크로코드[소프트웨어]
초고속 피자 배달

배달부는 예전에 소프트웨어를 만들곤 했다. 지금도 가끔은 그런 일을 한다. 그러나 만일 인생이 착한 교육학 박사님들이 운영하는 분위기 좋은 초등학교라면, 배달부가 받을 성적표에는 다음과 같은 말이 쓰여 있을 것이다.

"히로는 매우 명석하고 창의적이지만 다른 학생들과 협력하는 법에 조금 더 신경 써야만 합니다."

그래서 그는 지금 하는 일을 직업으로 삼게 되었다. 명석하고 창의적일 필요는 없지만, 마찬가지로 협동심을 발휘할 필요도 없다. 원칙은 단 하나뿐이다. 배달부는 모든 책임을 지면 된다. 만일 30분 안에 피자가 도착하지 않으면, 피자를 공짜로 먹는 건 물론이고 배달 온 사람을 총으로 쏴 버리고 차를 빼앗고 소송을 걸어도 무방하다. 배달부가 이 일을 시작한 지 6개월이 지났는데, 그의 기준으로 볼 때 상당히 오래 견딘 직업이고 벌이도 좋았다. 게다가 일을 시작한 이래 피자를 배달하는 데 단 한 번도 21분을 넘겨 본 적이 없다.

아, 물론 배달이 늦었다며 항의하는 고객들 때문에 많은 회사가 막대한 시간을 낭비하던 시절도 있다. 사람들은 얼굴을 붉히고 땀을 흘려 가며 거짓말을 늘어놓았다. 그들은 고약한 화장품 냄새와 함께 일터에서 받은 스트레스를 뿜어내며 노란 등이 켜진 현관에 나와 서서 손목시계를 들어 보이거나 부엌 벽에 매달린 시계를 가리키고 지금이 도대체 몇 시냐며 소리를 질러 대곤 했다.

이제 그런 일은 없다. 피자 배달은 중요한 산업이다. 고도의 경영 기법을 사용한다. 사람들은 코사노스트라(이탈리아어로 '우리의 것'이라는 뜻. 미국에서 활동하는 범죄 조직인 마피아의 다른 이름이기도 하다) 피자 대학교에 들어가 4

년 동안 피자 배달만을 배운다. 영어는 한 문장도 못 쓰는 실력으로 대학 문을 들어선 압하지야, 르완다, 과나후아토, 남부 뉴저지 출신 사람들은 베두인족이 사막을 아는 것보다 더 피자에 정통한 사람이 되어 졸업한다. 그들이 바로 이 문제를 연구했다. 문가에서 벌어지곤 하는 피자 배달 시간에 관한 분쟁의 빈도를 그래프로 그려 가며 말이다. 그들은 초창기 배달부들에게 도청 장치를 달아 상황을 녹음한 후, 고객과 배달부가 서로 말다툼을 끌고 가는 전략과 시간에 따라 변하는 그들의 말투를 조사했다. 그리고 그 순간이 삶에서 겪는 모든 재미없는 시간과 김빠진 상황에 맞서 분연히 일어서야 할 때라고 마음먹기라도 한 것처럼, 말도 안 되는 이야기를 늘어놓는 버브클레이브에 사는 백인 중산층 고객들이 사용하는 특유의 문법 구조를 분석했다. 그런 고객들은 주문 전화를 건 시간을 속여서라도 공짜 피자를 얻어먹곤 했다. 스스로 착각하는 것일 수도 있지만. 아니, 그들에게 공짜 피자는 목숨, 자유 그리고 스스로 추구하는 다른 모든 것과 마찬가지로 너무나도 당연했다. 도저히 빼앗을 수가 없었다. 그래서 그런 사람들의 집으로 심리학자들을 보내 공짜 텔레비전을 안겨 주며 무기명 설문 조사를 했다. 거짓말 탐지기로 조사하기도 하고, 포르노 영화의 여주인공이나 한밤중에 벌어진 자동차 사고, 새미 데이비스 주니어가 등장하는 정신없고 뜻을 알 수 없는 영화를 보는 동안 뇌파가 어떻게 움직이는지 관찰하며, 달콤한 냄새가 풍기는, 벽을 옅은 자주색으로 칠한 방에 집어넣고 윤리적인 질문을 잔뜩 하기도 했다. 내용이 어찌나 헷갈리는지 예수회 수사修士라고 해도 실수하지 않고는 도저히 대답할 수 없는 그런 질문들이었다.

코사노스트라 피자 대학교의 분석가들은 그것이 도저히 고칠 수 없는 인간의 본성이라는 결론을 내렸고, 빠르고 비용이 들지 않는 기술적 대안을 내놓았다. 바로 스마트 박스였다. 배달용 피자는 이제 딱딱한 플라스틱 상자에 담긴 채 움직인다. 강도를 높이려고 주름을 잡은 상자 옆면에는 조그만 LED 계기판이 반짝거리며 운명의 주문 전화가 걸려 온 이후 얼마나 시간이 흘렀는지 배달부에게 보여 준다. 상자 안에는 반도체 칩 같은 것들이 잔뜩 들어 있다. 피자가 담긴 상자는 배달부의 머리 뒤쪽에 있는 몇 개의 긴 홈에 집어넣는다. 피자를 넣은 스마트 박스는 마치 컴퓨터에 들어가는 회로 기판처럼 미끄러지듯 홈으로 들어가 찰칵하는 소리를 내며 자리를 잡는다. 그리고 배달부가 모는 차에 탑재된 시스템과 연결되어 작동한다. 주문 고객의 전화번호에서 뽑아낸 주소는 이미 스마트 박스 안에 든 기억 장치에 전달된 상태이다. 그 이후부터 스마트 박스는 배달차의 시스템과 의사소통을 해 가며 가장 바람직한 운전 경로를 찾아내 그림으로 보여 준다. 지도는 앞쪽 차창에 뿌려지는 형태로 나타나기 때문에 배달부가 지도를 보느라 고개를 숙이거나 하는 일은 없다.

만일 30분이 넘어가면 그 불행한 소식은 코사노스트라 피자 본사에 즉시 전달되고 다시 엉클 엔조에게 직접 보고된다. 엉클 엔조는 시칠리아섬의 샌더스 대령(켄터키 프라이드치킨의 창업자)이자 벤슨허스트(뉴욕 브루클린의 이탈리아인 거주 지역)의 앤디 그리피스(국민 보안관 역할로 유명했던 배우)로, 여러 배달부의 악몽에 등장해 긴 면도칼을 휘둘러 대는 코사노스트라 피자 회사의 최고 경영자 겸 두목이다. 그런 그가 보고를 받은 지 5분 안에 고객에게 몸소 전화를 걸어 침이 마르도록 사과를 하는 것이다. 게다가 다음날 제트 헬리콥터를 타고 고객이 사는 집 마당에 내려 다시 사과하고 이탈리아 공짜 여행 티켓을 내민다. 고객이 해야 할 일이라곤 개인적 삶을 포기하고 유명 인사가 되어 코사노스트라 피자의 대변인 역할을 하겠다는 여러 서류에 서명하는 것뿐이다. 하지만 그러면서도 고객은 왠지 마피아에게 신세 진 것 같은 기분을 떨칠 수가 없게 된다.

그런 일이 터졌을 때 배달부에게 어떤 일이 벌어지는지 확실히 알지는 못하지만, 몇 가지 뜬소문을 들어 본 적은 있다. 피자 배달이 많은 저녁 시간에 엉클 엔조는 대개 개인적인 시간을 보내는 중이다. 당신이라면 가족과 저녁 식사를 하다가 중간에 나와 미친 듯 날뛰는 얼간이에게 빌어먹을 피자가 늦어 죄송하다며 엎드려 빌어야 한다면 기분이 어떻겠는가? 엉클 엔조가 골프를 치고 손녀딸이나 어르며 소일할 나이에 목욕하다 말고 젖은 몸으로 나와 페페로니 피자가 도착하는 데 31분이나 걸렸다는 이유로 스케이트나 타고 노는 열일곱 살짜리 애송이 녀석 앞에 엎드려 발에 입을 맞추거나 하려고 지난 50년 동안 가족과 나라에 정성을 바친 건 아니다. 오, 세상에. 생각만 해도 배달부는 숨이 막히는 것 같다.

그러나 그런 느낌이 없다면 코사노스트라 피자를 배달하지 않았을 것이다. 왜냐고? 목숨을 걸고 일하면 뭔가 느껴지기 때문이다. 자살 공격을 앞둔 전투기 조종사가 된 기분이랄까. 정신이 맑아진다. 다른 사람들은 그저 뻔하디뻔한 경쟁에 의지해 산다. 가게 점원, 햄버거 가게 종업원, 소프트웨어를 만드는 개발자를 포함해 미국의 일상을 구성하는 아무 의미도 없는 온갖 직업의 사람들. 두 구역 떨어진 곳에서 일하는 고등학교 동창보다 햄버거를 더 빨리 뒤집는다거나, 서브루틴(컴퓨터 프로그램 내에서 특정 기능을 수행하는 부분적 프로그램)의 디버깅(컴퓨터 프로그램에서 잘못된 부분을 찾아 수정하는 것)을 더 빠르게 하는 편이 좋을 것이다. 왜냐하면 우리는 그런 사람들과 경쟁하고 있고, 사람들이 그런 능력을 알아주기 때문이다.

이 얼마나 의미 없고 지저분한 경쟁인가. 코사노스트라 피자 회사에는 경쟁이 존재하지 않는다. 경쟁이라는 말은 마피아 윤리에 어긋난다. 다른 동네에서 같은 장사를 하는 사람들과 경쟁하려고 열심히 일하는 게 아니다. 모든 것이 경각에 달렸기 때문에 열심히 일하는 것이다. 명성, 명예, 가족 그리고 목숨까지. 햄버거를 뒤집으며 사는 사람이 좀 더 오래 살 가능성이 있겠지만, 그런 식으로 사는 인생이 어떨지는 스스로 물어야만 한다. 일본인을 포함한 그 누구도 코사노스트라보다 피자를 더 빨리 배달할 수 없는 이유가 바로 거기 있다. 배달부는 입은 유니폼이 자랑스럽고 배달차를 모는 게 자랑스러웠으며 수많은 버브클레이브 가정의 현관 앞길을 당당하게 걸어 들어가는 일을 자랑스러워한다. 닌자처럼 까맣게 차려입은 으스스한 모습으로 어깨 위로 피자를 치켜들고 걸을 때면 피자 상자 옆구리에서 시간을 나타내는 빨간색 LED 불빛이 빛나곤 한다. 12:32 또는 15:15. 가끔은 20:43.

우리의 배달부는 밸리 지역에 있는 코사노스트라 피자 3569호 점포에 소속되어 있다. 남부 캘리포니아는 이제 더 개발해야 할지 아니면 발전을 막아야 할지 모를 지경이다. 인구를 생각하면 도로가 너무 부족했다. 페어레인 도로 회사는 늘 새 도로를 닦는다. 그러려면 많은 동네를 불도저로 밀어내야 한다. 하지만 1970년대와 1980년대에 조성한 교외 주택 단지들은 어차피 없애 버려야 할 존재가 아닌가? 보도나 학교를 포함해 아무런 시설도 제대로 갖추지 못한 곳들이다. 독자적인 경찰 조직이나 출입국 관리소도 없다. 그러니 수상한 사람들이 몸수색을 받기는커녕 아무런 제재 없이 불쑥 들어올 수도 있다. 이제 사람들은 버브클레이브라는 주거 단지에 모여 산다. 도시 국가인 버브클레이브는 별도의 헌법과 국경, 법률, 경찰 그리고 그 밖의 모든 걸 갖춘 곳이다.

배달부는 한때 팜스 메리베일 버브클레이브를 지키는 보안군에서 부사관으로 일한 적이 있다. 하지만 범죄자에게 칼을 휘둘렀다는 죄로 해고당했다. 범인의 셔츠를 벤 칼날은 옆으로 누우면서 범인의 목을 따라 미끄러졌고, 범인은 침입하려던 집 벽에 달린 비닐 판자에 몸을 붙인 채 옴짝달싹하지 못하는 신세가 되어 버렸다. 아주 정당하게 체포한 상황으로 보였다. 그러나 범인이 팜스 메리베일의 차관의 아들이라는 게 알려지자 그는 그만 해고당하고 말았다. 핑계야 얼마든지 만들어 낼 수 있다. 그들은 길이가 1미터 가까이 되는 사무라이 칼이 '무기 사용 규약'을 위배한다고 했다. 또, '피의자 체포 규정'을 어겼다고 했다. 범인 녀석이 정신적 충격으로 고생한다고도 했다. 녀석은 이제 버터나이프도 두려워하는 지경에 이르렀으며, 잼을 바를 때도 티스푼을 뒤집어서 써야 한다는 것이다. 그래서 보안군은 배달부 때문에 손해 배상을 해야 할 처지라고 주장했다.

배달부는 손해 배상금을 물어내느라 약간의 돈을 빌려야 했다. 사실 돈을 빌린 곳이 마피아였다. 그래서 배달부는 마피아의 데이터베이스에 온갖 신체 정보를 입력당하는 신세가 되고 말았다. 망막 패턴, DNA, 음성의 특징에다 지문, 족문足紋, 장문掌紋, 손목의 주름을 포함한 온몸의 빌어먹을 주름이란 주름은 거의 모두 등록해야 했다. 마피아 녀석들은 배달부의 몸에 잉크를 발라 종이에 대고 찍은 다음 디지털화해 컴퓨터에 집어넣었다. 그렇지만 자기 돈을 빌려주면서 조심하는 건 당연한 일이다. 그리고 그가 배달부 일을 하겠다고 지원하자, 마피아는 서로 잘 아는 사이라는 이유로 기꺼이 그를 채용했다. 돈을 빌릴 때 상담을 해 주었던 밸리 지역 간부급 조직원이 배달부로 일할 수 있도록 추천했다. 그러니 마치 가족의 한 사람이 되는 것 같았다. 진짜 무섭고 괴롭고 지저분한 가족이긴 하지만.

코사노스트라 피자 3569호점은 비스타가街를 따라 킹스 파크 몰을 지난 곳에 있다. 비스타가街는 과거 캘리포니아주에 속한 도로였지만 지금은 페어레인 도로 회사 CSV-5라는 이름으로 부른다. 그 도로의 가장 큰 경쟁 상대는 지금은 크루즈웨이 도로 회사로 이름이 바뀐 과거 미국 도로 공사의 Cal-12라는 도로다. 밸리 지역에서 위로 올라가면 두 도로가 실제로 만나는 곳이 있다. 그 교차로에서 격렬한 분쟁이 일어난 적도 있었는데, 이후 산발적으로 저격 사건이 일어나는 바람에 교차로가 아예 폐쇄되기도 했다. 결국 어느 개발업자가 교차로 전체를 사들인 다음 드라이브스루 쇼핑몰로 탈바꿈시켰다. 이제 도로는 그저 주차 시스템의 일부로 편입되어 버리고 말았다. 어떤 장소나 진입로로 연결되는 게 아니라 주차 시스템의 일부가 되어 도로라는 원래 특성은 사라져 버렸다. 교차로를 지난다는 건 베트남전의 땅굴처럼 얽히고 설킨 주차 시스템 안에서 길을 찾아내 통과한다는 뜻이다. CSV-5가 효율은 더 높지만, 도로의 포장 상태는 Cal-12가 낫다. 대개 페어레인 도로 회사는 목적지에 일찍 도착하는 걸 원하는 A 유형의 운전자를 중요하게 여기지만, 크루즈웨이사는 도로를 달리는 즐거움을 원하는 B 유형의 운전자를 더 중요하게 여겼다.

배달부는 미쳐 날뛸 정도로 A 유형에 속하는 운전자이다. 그는 시속 120킬로미터의 속도로 달리며 자신이 일하는 코사노스트라 피자 3569호점이 있는 곳에 온 신경을 쏟은 채 CSV-5 도로의 왼쪽 차선으로 접어들 준비를 한다. 마름모꼴인 배달차는 언뜻 보면 안 보일 정도로 새까만 색이다. 그저 도로 위 어두운 부분이 로글로 광고판 불빛을 반사하는 것처럼 보일 뿐이다. 공랭식 자동차였다면 라디에이터 그릴이 있을 앞쪽에는 주황색 불빛 여러 개가 열을 지어 움직이는 모습이 보인다. 마치 휘발유가 타오르는 불길 같다. 그 불빛은 앞서가는 다른 자동차들의 뒤쪽 창을 통해 실내에 달린 뒷거울에 반사되며 사람들 눈가에 이글거리는 불의 가면을 만들어 비춘다. 불빛은 사람들의 잠재의식을 파고들어 마치 폭발하려는 가스통 아래 의식이 말똥말똥한 채 꼼짝없이 묶여 있는 듯한 느낌을 준다. 결국 사람들은 스스로 옆으로 비켜서며 검은색의 피자 불 마차를 탄 배달부에게 길을 양보할 수밖에 없다.

CSV-5 도로 머리 위로 두 갈래 구름처럼 매달린 로글로는 무수히 많은 셀로 이루어져 빛을 뿜어내며 광고를 보여 주는데, 각 셀은 맨해튼의 사무실에서 일하는 디자이너들이 고안한 것이다. 그들은 광고 하나를 만들어 내는 대가로 배달부가 평생 버는 것보다 많은 돈을 받는다. 광고판들은 모두 두드러져 보이려고 애쓰지만 결국 온통 서로 뒤섞이고 만다. 특히 시속 120킬로미터로 달리며 보는 모습은 더욱 그렇다. 그런데도 코사노스트라 피자 3569호점은 쉽게 눈에 띈다. 서로 경쟁하듯 광고판이 커지는 요즘 기준으로 봐도 높고 거대한 옥외 광고탑 덕분이다. 사실 엎드리고 있는 듯한 피자 가게 건물 자체는 각종 상표가 우글거리는 하늘 위로 광고판을 밀어 올린 거대한 아라미드 섬유(방탄 조끼 등에 사용되는 튼튼한 섬유) 기둥의 받침대로밖에 보이지 않는다. 등록 상표의 시대다.

광고판은 일시적으로 매출액을 끌어올리려고 만들어 금세 사라질 고전적인 형태의 모습이 아니다. 마치 오랜 세월을 견뎌 내라고 만든 기념탑처럼 보인다. 단순하지만 당당한 모습이다. 광고판에는 이탈리아산 양복을 말쑥하게 빼입은 엉클 엔조의 모습이 보인다. 양복의 가는 줄무늬는 힘줄처럼 구부러져 번쩍거리고, 가슴에 꽂은 손수건은 환하게 빛을 낸다. 완벽한 머리 모양은 뭘 발라 뒤로 빗어 넘겼는지 절대로 흐트러지지 않을 것처럼 보인다. 전 세계에서 두 번째로 큰 저가低價 미용실 가맹점 회사를 운영하는 엉클 엔조의 사촌 '이발사 아트'가 매만진 머리는 단정하게 일직선으로 자른 모습이다. 엉클 엔조는 그렇게 서 있다. 정확히 말해 웃는 얼굴은 아니지만, 눈길에서 친절한 아저씨다운 기운이 느껴진다. 모델처럼 포즈를 취하지는 않았지만 마치 삼촌 같은 태도로 서 있는 그의 모습 아래에는 이렇게 쓰여 있다.

마피아
가족과도 같은 친구가 있습니다!
'우리의 것' 재단 제공

광고판은 배달부에게 이정표 역할을 한다. CSV-5 도로를 따라 달리다가 광고판의 아래쪽 귀퉁이가 스테인드글라스로 고딕 양식을 흉내 내어 만든 이 지역 '웨인 목사의 천국의 문' 가맹점 아치에 가려 보이지 않는 지점이 되면 오른쪽으로 붙어야 한다. 오른쪽 차선에는 고물차와 미니밴들이 느릿느릿 움직이며 길을 아예 모르는지 스쳐 지나가는 가게 진입로마다 일일이 들여다보고 있다.

그는 한 가족용 미니밴 앞으로 끼어든 다음 이웃 가게인 '후다닥 편의점'을 지나자마자 방향을 틀어 코사노스트라 3569호점으로 들어선다. 커다랗고 뚱뚱한 타이어가 투덜거리듯 소리를 내지만, 차는 페어레인 도로 회사의 특허품인 고高마찰 포장도로 덕분에 미끄러지지 않고 피자 가게 배달차 대기 공간으로 들어선다. 앞에서 기다리는 다른 배달부는 보이지 않는다. 그렇다면 빨리 피자를 받을 수 있을 테고, 재빨리 움직이며 배달을 여러 건 할 수 있으리라는 생각에 기분이 좋아진다. 소리를 내며 차가 멈추자마자 배달차 옆구리에 달린 자동 덮개가 열리며 텅 빈 피자 투입구들이 모습을 드러내고, 열린 덮개는 소리를 내며 딱정벌레의 날개처럼 뒤로 접힌다. 피자 투입구들은 기다리고 있다. 뜨거운 피자를.

아직 여전히 기다리는 중이다. 배달부는 경적을 울린다. 전혀 예상하지 못한 상황이다.

창문이 위로 열린다. 있어서는 안 될 일이다. 코사노스트라 피자 대학교에서 발간한 두툼한 업무 매뉴얼에서 '창문', '차량 대기 공간', '피자 준비 요원'이라는 세 항목을 보면 창문과 관련된 절차가 모두 적혀 있다. 창문은 절대로 열릴 일이 없다. 뭔가 잘못되지 않았다면 말이다.

창문이 위로 올라간 걸로 끝이 아니다. 놀라 뒤로 자빠지지 않도록 조심하시라. 가게 안에서 연기가 흘러나온다. 배달차 안의 쿵쾅거리는 금속성 음악 사이로 귀에 거슬리고 뭔가 어울리지 않는 소리가 들린다. 알고 보니 피자 가게 안쪽에서 울리는 화재경보기 소리다.

배달부는 자동차 스테레오의 소리를 죽인다. 먹먹한 정적 속에서 고막에 신경을 집중해 듣다 보니 밖에서 울려 대는 화재경보 소리에 창문이 바르르 떨고 있다. 자동차는 시동을 건 채 기다린다. 피자 투입구 덮개를 너무 오래 열어 두었으니 안쪽에 피자 상자와 닿는 부분에 대기 오염 물질이 들러붙을 테고, 배달부는 문제가 생기기 전에 청소를 해야 할 것이다. 업무 매뉴얼에 따르면 피자의 세계에서 절대 벌어지면 안 되는 상황으로 모든 게 흘러가고 있다.

안쪽에서는 미식축구공 모양의 몸매를 한 압하지야 공화국 출신 사내 하나가 두툼한 업무 매뉴얼을 펴든 채 이리 뛰고 저리 뛰고 있다. 매뉴얼이 덮이지 않도록 늘어져 내리는 옆구리 살로 누른 채, 그는 숟가락에 달걀을 얹어든 사람처럼 조심스레 뛰어다니는 중이다. 사내는 압하지야 공화국 사투리로 소리를 질러 댄다. 이 동네에서 코사노스트라 피자 가맹점을 운영하는 사람들은 모두 압하지야에서 이민을 왔다.

심각한 상태는 아닌 것 같다. 배달부는 팜스 메리베일에서 화재다운 화재를 본 적이 있다. 정말 심각할 정도로 불이 나면 연기 말고는 아무것도 안 보인다. 오직 연기뿐이다. 어디서 뿜어져 나오는지 알 수 없는 연기가 나고 타는 소리가 들리며 가끔 멀리 떨어진 구름 속에서 치는 소리 없는 번개처럼 바닥 쪽에서 주황색 불빛이 번쩍거리곤 한다. 지금의 불은 그런 식은 아니다. 화재경보기를 간신히 작동시킬 정도인 불로 보인다. 이렇게 아무것도 아닌 일로 시간을 허비해야 한다니, 배달부는 어이가 없다.

배달부는 경적을 계속 눌러 댄다. 압하지야 출신 관리자가 창문으로 다가온다. 그는 배달부들에게 인터콤을 통해 의사를 전달해야 마땅하다. 그렇게 하면 뭐든 하고픈 말은 말하는 즉시 배달부의 차량 내부에 전달되기 마련이다. 그런데 그는 지금 마치 배달부가 무슨 달구지를 끌고 가는 사람이라도 되는 듯 서로 얼굴을 맞대고 얘기하려 한다. 벌겋게 달아올라 땀을 흘리는 그는 영어 단어를 생각해 내려고 애쓰면서 눈알을 이리저리 굴려 댄다.

"불. 작은 거."

그가 말한다.

배달부는 아무 대답도 하지 않는다. 이 모든 상황이 비디오테이프에 담기는 걸 알기 때문이다. 테이프에 담긴 내용은 동시에 코사노스트라 피자 대학교로 전송되고, 그곳에 있는 피자 경영 과학 연구소는 내용을 분석한다. 분석 결과는 피자 대학교에서 공부하는 학생들이 교재로 사용하게 되는데, 어쩌면 지금 눈앞에 있는 사내가 해고당해 생기는 빈자리를 메울 바로 그 학생들에게 어떻게 인생을 망칠 수 있는지 보여 주는 교과서적인 예로 사용될 수도 있다.

"새로 온 사람, 저녁 식사를 전자레인지에 넣었어. 알루미늄 껍데기까지. 펑."

관리자가 계속 떠든다.

압하지야 공화국은 과거에 빌어먹을 소련 연방의 일부였다. 압하지야에서 막 이민 온 사람이 전자레인지를 만지는 건 심해에 사는 대롱 벌레가 뇌수술을 하는 것이나 다름없다. 도대체 이런 녀석들을 어디서 데려오는 걸까? 미국 사람 중에는 망할 놈의 피자 하나 제대로 구워 낼 수 있는 사람이 없단 말인가?

"피자나 하나 줘요."

배달부가 말한다.

피자 이야기가 나오자 사내는 퍼뜩 현실 세계로 돌아온다. 그리고 정신을 가다듬는다. 그는 창문을 닫더니 미친 듯 울려 대는 화재경보기를 끈다.

일제 로봇 팔이 피자를 하나 꺼내 다가오더니 피자 투입구 맨 위에 집어넣는다. 덮개는 피자를 보호하려고 다시 닫힌다.

배달부가 가게에서 빠져나온 후 속도를 높이며 앞창에 떠오르는 고객의 주소를 확인하고 어느 쪽으로 방향을 잡을 것인지 결정하려는 순간 일이 벌어지고 만다. 스테레오에서 흘러나오던 음악이 또 멈춘다. 이번에는 차량에 탑재된 시스템이 스스로 멈춘 것이다. 운전석 조명이 붉은빛으로 바뀐다. 붉은색. 경고음이 계속 울려 댄다. 피자 상자에서 전달된 시간 정보가 유리창에 번쩍이며 나타난다. 20:00

녀석들은 배달부에게 시간이 20분이나 지난 피자를 준 것이다. 그는 주소를 확인한다. 20킬로미터 가까이 떨어진 곳이다.

2

배달부는 자기도 모르게 소리를 내지르며 가속 페달을 밟는다. 성질대로 하자면 돌아가서 관리자 녀석을 죽여 버리고 싶다. 자동차 트렁크에서 칼 두 자루를 꺼내 조그만 가게 창문으로 닌자처럼 뛰어든 다음 정신없이 바삐 돌아가는 전자레인지 사이에서 녀석을 찾아내 피자 빵조각이 타들어 가는 순간에 해치워 버리는 것이다. 그러나 누군가 차 앞으로 끼어드는 순간에도 그는 여전히 생각만 그렇게 할 뿐 차를 돌리지는 않는다. 아직은.

해낼 수 있다. 처리할 수 있는 일이다. 배달차 앞부분에 드러나는 주황색 불빛을 최대로 밝히고 전조등을 자동 모드로 바꾼다. 울려 대는 경고음을 무시한 채 스테레오를 택시 스캔에 맞춘다. 택시 스캔은 택시 운전사들이 사용하는 모든 주파수를 훑으며 특별한 교통 정보가 있는지 찾아낸다. 빌어먹을, 한 마디도 이해할 수가 없다. 누구나 원하면 택시 링가 강의 테이프를 사서 운전 중에 배울 수도 있다. 택시 운전을 하려면 택시 운전사들의 언어라 할 수 있는 택시 링가를 배워야 한다. 택시 운전사들은 그 말이 영어에 기반을 두었다고 하지만, 백 마디를 들어도 단 한 마디조차 알아들을 수 없다. 그래도 대충 분위기는 알 수 있다. 만일 도로에서 큰 사고라도 나면 택시 운전사들은 택시 링가로 떠들어 댈 것이다. 그런 경고를 받으면 다른 길을 선택할 수도 있다. 그러면 그는

운전대를 잡은 채

교통 지옥에 빠져

두 눈이 점점 더 커지다 못해 해골 뒤쪽으로 눌리는 듯한 느낌을 받거나,

아니면 느려 터진 이동 주택 뒤에서 꼼짝도 못 하다가

방광이 가득 찬 상태로 제시간에 맞추지 못하고

오, 신이시여

피자를 늦게 배달하는 일만은

피할 수 있을 것이다.

차창에 나타난 시간은 22:06이다. 눈앞에 보이는 건, 생각나는 건 오직 30:01밖에 없다.

택시 운전사들이 뭔가 마구 떠들어 댄다. 택시 링가는 가끔 거친 외국어 발음이 섞이지만, 전체적으로는 감미롭게 지껄이는 소리로 들려서 마치 깨진 유리 조각이 섞인 버터 같다. 계속 '손님'이라는 말이 나온다. 손님이 뭔 대수라고. 손님을 목적지에 좀

늦게 데려다주면?

팁이 적어진다고? 그것 참 큰일이로군.

CSV-5 도로와 오아후 도로가 만나는 교차로가 평소보다 엄청나게 밀린다는 말이 들린다. 그곳을 피하려면 '원저 하이츠' 버브클레이브를 가로질러

가는 수밖에 없다.

모든 윈저 하이츠 주택 단지는 구조가 같다. 버브클레이브를 새로 조성할 때, '윈저 하이츠 개발 주식회사'는 도로 설계에 방해가 된다 싶으면 산은 밀어 뭉개고 큰 강줄기는 물길을 돌려 버리곤 한다. 좀 더 안전한 운전을 위해 생명 공학적으로 환경을 바꾸는 것이다. 직업이 배달부라면 세계 어느 곳에 있는 윈저 하이츠에 가더라도 길을 잃는 법은 없다.

그러나 윈저 하이츠에 있는 집집마다 피자를 몇 번씩 배달하고 나면 그 안에 숨은 비밀을 알게 된다. 우리의 배달부처럼 말이다. 전형적인 윈저 하이츠라면 한쪽 출입구로 들어와 다른 쪽으로 나가지 못하도록 앞을 막는 잔디밭은 하나밖에 없다. 그 단 하나의 마당 때문에 자동차는 버브클레이브를 가로질러 곧장 빠져나가지 못하는 것이다. 잔디밭 위를 차로 달리는 게 내키지 않는다면 윈저 하이츠 안을 10분 동안 꼬불꼬불 돌아서 나가는 수밖에 없다. 하지만 그 하나밖에 없는 잔디 마당에 바퀴 자국을 남길 배짱만 있다면 그 한가운데를 가로질러 단번에 동네를 빠져나갈 수 있다.

배달부는 마당이 어디 있는지 알고 있다. 피자를 배달하러 와 본 적이 있기 때문이다. 그는 마당을 잘 봐 두었고 꼼꼼히 분석했다. 그래서 창고나 야외용 탁자가 어디에 놓여 있었는지 기억하는 것은 물론 어둠 속에서도 모든 걸 식별할 수 있다. 구워 낸 지 23분이나 된 피자를 들고 아직 갈 길이 먼 상태에서 CSV-5 도로와 오아후 도로가 막히기까지 한 상황이 되었을 때 써먹으려고 미리 익혀 둔 것이다. 일단 윈저 하이츠로 들어간 다음[배달부라는 전자 인식표를 확인한 출입구는 자동으로 열릴 것이다], 헤리티지 대로를 질주해 내려가다가 스트로브릿지 플레이스로 급회전한다['막다른 곳'이라고 쓴 표지판이나 속도 제한 따위는 무시하고 여기저기 아무렇게나 걸린 '아이가 놀고 있어요' 표지판도 못 본 척해야 한다]. 과속 방지 턱을 어마어마한 타이어로 두들기듯 달린 후 스트로브릿지 서클 15번지 진입로를 따라 전속력으로 달려 뒷마당 창고를 끼고 왼쪽으로 돈 다음 야외용 탁자를 살짝 피하면서 [이 부분이 어렵다] 메이애플 플레이스 84번지 뒷마당 쪽으로 달리면 벨우드 밸리 도로로 나갈 수 있다. 그 길을 곧장 따라가면 바로 출입구가 나온다. 혹시 윈저 하이츠 경찰이 그를 기다리고 있을 수도 있지만, 경찰이 벌려 놓은 타이어 파괴 장치는 한쪽으로만, 외부의 침입자를 막는 쪽으로만 향하고 있을 것이다.

배달차는 엄청나게 빨리 달릴 수 있다. 만일 배달부가 헤리티지 대로에 들어섬과 동시에 경찰관이 도넛을 한 입 베어 문다면, 그가 미처 입에 든 걸 삼키기도 전에 배달부는 오아후 도로로 빠져나갈 수 있을 정도이다.

쿵. 뭔가 느낌이 들더니 앞창에 경고하듯 붉은빛이 더 많아진다. 배달부가 탄 차의 바깥쪽에 뭔가 문제가 발생했다는 신호다.

아니. 그럴 리는 없다.

누군가 그를 따라오고 있다. 왼쪽으로 약간 뒤에서. 스케이트보드를 탄 녀석 하나가 그의 차 바로 뒤에 붙어 고속 도로를 질주하고 있다. 배달부는 막 헤리티지 대로로 들어설 준비를 하던 참이다.

정신이 없는 상황에서 배달부는 그만 작살에 걸려들고 만 것이다. 작살은 거미 섬유 케이블 끝에 커다랗고 둥근 전자석이 달린 모습이다. 그렇게 생긴 녀석이 배달부가 모는 차 뒤쪽에 달라붙어 떨어지지 않는다. 빌어먹을 작살을 던진 녀석은 서너 걸음 뒤에서 마치 배에 매달려 수상 스키를 타는 것처럼 파도타기를 즐기며 공짜로 달리고 있다.

거울로 뒤를 보니 주황색과 파란색이 보인다. 매달린 녀석은 그냥 길에 놀러 나온 애송이가 아니다. 돈을 받고 전문적으로 일하는 사람이다. 주황색과 파란색으로 된 옷은 여기저기 아모젤을 덧대어 울퉁불퉁할 정도인데, 그런 옷은 쿠리에들이 입는 작업복이다. 래딕스, 그러니까 '래디컬 쿠리에 시스템'에서 일하는 자이다. 쿠리에는 자전거를 타고 중요한 물건을 전달하는 사람과 다를 게 없지만, 스스로 페달을 밟아 움직이지 않는다. 그들은 달리는 차에 들러붙어 그들의 속도를 떨어뜨린다.

당연한 결과였다. 다급한 상황에 부닥친 배달부는 불빛을 번쩍거리며 내달리던 중이다. 도로에서 가장 빨리 달리는 차였다. 쿠리에가 그에게 달라붙기로 한 건 어찌 보면 당연하다.

당황할 필요는 없다. 윈저 하이츠를 가로질러 가는 동안 시간은 충분하니까. 배달부는 가운데 차로를 달리는 느린 차 한 대를 추월한 다음 바로 그 앞으로 끼어든다. 쿠리에가 작살을 떼지 않으면 느린 자동차 옆구리에 세게 부딪힐 게 틀림없다.

됐다. 서너 걸음 뒤에 있던 쿠리에가 더는 보이지 않는다. 하지만 녀석은 오히려 뒤쪽 창문에 바짝 달라붙어 안쪽을 들여다보고 있다. 배달부가 그렇게 나올 걸 예상했는지 쿠리에는 작살 손잡이에 달린 전동 줄감개를 사용해 케이블을 감았고, 지금은 바로 배달차 위에 매달린 상태이다. 스케이트보드의 앞바퀴가 배달부의 자동차 뒤 범퍼 아래로 들어와 있다.

주황색과 파란색이 섞인 장갑을 낀 손이 뭔가 얇고 투명한 비닐 같은 걸 들고 앞쪽으로 나오는가 싶더니 운전석 쪽 창문을 철썩 때린다. 녀석이 차유리창에 스티커를 붙인 것이다. 길이가 한 뼘 반은 되어 보이는 스티커에는 커다란 주황색 글씨가 깔끔하게 쓰여 있는데 차 안에 앉은 사람이 읽을 수 있도록 글씨가 거꾸로 쓰여 있다.

헛수고하시네.

배달부는 윈저 하이츠로 들어서는 입구를 놓칠 뻔했다. 어쩔 수 없이 브레이크를 세게 밟으며 달리는 자동차들 사이를 뚫고 제일 바깥쪽 차선을 가로질러 버브클레이브로 들어선다. 불이 환하게 켜진 경계 초소에는 경비 요원들이 안으로 들어가는 사람들의 몸수색을 준비하고 서 있다. 의심스러운 사람이라면 알몸 수색도 불사할 것이다. 그러나 배달부가 탄 차가 코사노스트라 피자의 배달차란 걸 보안 시스템이 알아차리자 출입문은 마술처럼 열린다. 그가 출입구를 통과하는 사이 차 뒤에 진드기처럼 들러붙은 쿠리에 녀석은 국경을 지키는 경비원들에게 손을 흔든다! 미친놈! 늘 드나드는 것처럼 구는군!

어쩌면 여기 늘 들락거리는 녀석일 수도 있다. 윈저 하이츠에 사는 중요한 사람들에게서 중요한 뭔가를 받아 세관을 지나 다른 준準 국가 자치 지역으로 전달하는 것이다. 쿠리에는 그런 일을 한다. 그래도 그렇지.

속도가 떨어져 생각보다 느리게 달리는 바람에 계획은 엉망이 되어 가고 있다. 쿠리에는 어디로 갔지? 아, 다시 줄을 약간 푼 채 뒤에 매달려 있군. 배달부는 녀석을 깜짝 놀라게 해 줄 참이다. 부서진 채 버려진 아동용 세발자전거 위를 시속 100킬로미터로 지나가도 보드에서 떨어지지 않는지 볼까? 이제 금방 알게 될 것이다.

쿠리에는 수상 스키를 타는 것처럼 몸을 뒤로 젖힌다. 배달부는 거울로 뒤를 힐끔거리며 보지 않을 수가 없다. 쿠리에는 보드를 타고 멀리 떨어지며 길게 원을 그리더니 바로 옆으로 붙어 헤리티지 대로를 따라 차와 나란히 달리며 다른 스티커를 꺼내 든다. 이번에는 앞창에 붙인다! 내용은

제법이군, 치사한 녀석

배달부는 이런 스티커가 어떤지 들은 적이 있다. 떼어 내려면 몇 시간은 걸린다고 한다. 차를 깔끔하게 손보는 곳에서 어마어마한 돈을 들여야 한다고 한다. 이제 배달부는 할 일이 두 가지로 늘었다. 뒤에 달라붙은 쓰레기를 어떻게든 떼어 내야 하고, 빌어먹을 피자를 배달해야 한다. 이미 흘러가 버린 시간은

24:23

그러니 이제 남은 시간은 5분 37초밖에 되지 않는다.

자, 그럼 이제 운전에 더 신경을 써야 할 시간이다. 그는 아무 예고 없이 차를 골목길로 몬다. 혹시나 쿠리에가 길모퉁이에 선 표지판에 부딪혀 떨어져 나가지 않을까 하는 생각이다. 통하지 않는다. 똑똑한 사람이라면 자동차의 앞바퀴를 본다. 바퀴가 방향을 바꾸는 걸 주시하는 놈들은 절대 놀라는 법이 없다. 스트로브릿지 플레이스의 길을 달린다! 알고 있던 것보다 훨씬 길게 느껴진다. 마음이 바쁠 때 흔히 그런 생각이 든다. 멀리 앞서가는 번쩍거리는 차들, 도로변에 비스듬히 주차해 놓은 차들이 보인다. 원래는 이렇게 길거리에 차를 세워 두면 안 된다. 이정표가 되는 집이 나타난다. 연한 푸른색 비닐 자재로 지은 이층집 옆에 차고가 딸렸다. 배달부는 앞에 나타난 좁은 진입로에 온 신경을 집중한 채 쿠리에는 생각하지 않으려 한다. 그리고 엉클 엔조가 지금 뭘 하고 있을지 생각하지 않으려 애쓴다. 어쩌면 목욕 중일 수도 있고, 화장실에 앉아 있거나 어떤 여배우와 뒹굴고 있거나 아니면 스물여섯 명이나 되는 손녀딸 중 한 명에게 시칠리아의 고향 노래를 가르치고 있을지도 모른다.

일반 도로에서 좁은 진입로로 들어서는 부분이 경사가 져 있어 자동차 앞

바퀴에 붙은 완충 장치가 엔진 쪽으로 밀려들어 오지만, 원래 완충 장치는 그럴 때 쓰라고 있는 것이다. 진입로에 주차한 차를 피해 낮은 관목 울타리를 뚫고 마당으로 방향을 튼다. 예전에 보지 못했던 렉서스 자동차가 진입로에 서 있는 걸 보니 오늘 손님이 온 모양이다. 그나저나 마당으로 가면 창고를 피해야 하는데……

창고가 없네. 부숴 버린 게로군.

그럼 다음 문제는 옆집 마당에 놓인 야외용 탁자지.

잠깐, 웬 담이지? 여기 언제 담이 생긴 거야?

그렇다고 브레이크를 밟아서는 안 된다. 더 속도를 높이고 기세를 몰아 담을 뚫고 나가야만 한다. 겨우 허리 높이밖에 안 되는 나무 담벼락일 뿐인데.

담은 쉽게 뚫리고 자동차는 속도가 10퍼센트 정도 준다. 그런데 이상한 건 나무 담벼락이 새로 생긴 게 아닌 것처럼 보인다는 점이다. 어디선가 길을 잘못 든 것일 수도 있다. 그걸 깨닫는 순간, 그는 물도 없는 뒷마당 수영장 속으로 뛰어 들어가고 있다.

만일 수영장에 물이 가득했다면 그나마 나았을 것이다. 최소한 자동차는 부서지지 않았을 수도 있다. 그랬더라면 코사노스트라 피자에 새 차를 빚질 필요는 없었을 것이다. 그러나 그는 수영장 맞은편 벽을 향해 폭격기처럼 날아간다. 에어백이 터지는가 싶더니 잠시 후 커튼이 열리면서 새롭게 열린 그의 삶이 드러나듯, 부풀어 올랐던 에어백에서 바람이 빠져나간다. 그는 텅 빈 수영장 속에 멈춰 버린 자동차에 앉아 경찰이 사이렌을 울리며 달려오는 소리를 듣는다. 기요틴의 날처럼 머리 뒤쪽에 자리 잡은 피자 상자 곁에는 25:17이란 숫자가 번쩍거리고 있다.

"어디로 가는 거죠?"

누군가 말한다. 여자다.

그는 고개를 들어 찌그러진 창틀 너머를 바라본다. 안전유리로 된 창문은 똑같은 결정체 모양으로 금이 간 상태로 창문 가장자리에만 간신히 남아 있다. 말을 건 사람은 아까 그 쿠리에다. 쿠리에는 남자가 아니고 젊은 여자다. 이제 고작 스무 살도 넘지 않은 여자아이다. 다친 곳도 없이 깔끔한 모습이다. 보드를 탄 채 수영장 안으로 뛰어든 그녀는 이쪽저쪽을 번갈아 오가며 수영장 한쪽 벽 끝까지 지쳐 올라갔다가 다시 내려와 반대편으로 미끄러져 올라가곤 한다. 오른손에 작살을 들었는데 케이블을 모두 감아 전자석이 손잡이에 붙은 모습이 마치 우주에서 사용하는 광선총처럼 보인다. 수백 개의 리본과 메달을 단 장군처럼 가슴이 반짝거리는데 그 조그만 직사각형 물체들은 리본이 아니라 바코드다. 번호가 새겨진 바코드는 여기저기 사무실이나 고속 도로 또는 준 국가 자치 지역에 쉽게 들어갈 수 있게 해 준다.

"이봐요!"

여자가 말한다.

"그 피자 어디로 가느냐고요."

배달부는 죽게 생겼는데 여자는 까불어 대고 있다.

"화이트 컬럼, 오글소프 서클 5번지야."

그가 말한다.

"내가 배달할 수 있어요. 덮개를 열어요."

그는 심장이 두 배로 커지는 느낌이 든다. 눈에 눈물이 고인다. 목숨을 건질 수도 있다. 그는 버튼을 눌러 피자 투입구 덮개를 연다.

수영장 바닥을 지치며 지나던 쿠리에가 날쌔게 피자를 빼낸다. 배달부는 마늘 맛을 풍기는 양념이 피자 상자 한쪽으로 온통 몰릴 생각에 인상이 절로 찌푸려진다. 그 순간, 여자는 피자 상자를 옆구리에 세로로 끼워 든다. 배달부는 도저히 눈 뜨고 그 장면을 볼 수가 없다.

그래도 그녀는 피자를 배달할 것이다. 엉클 엔조는 차갑게 식고 엉망이 된 피자는 신경 쓰지 않아도 된다. 오직 늦게 배달한 피자에 대해서만 사과 하면 된다.

"이봐, 이거 가져가."

배달부는 단단하게 차려입은 팔을 깨진 창으로 내민다. 흐릿한 뒷마당 불빛 아래, 하얀 직사각형 물건이 빛을 발한다. 명함이다. 반대편으로 지치고 올라갔던 쿠리에가 곁을 스치며 명함을 채가더니 읽는다. 명함에는 다음과 같은 내용이 쓰여 있다.

히 로　프 로 타 고 니 스 트
Hiro Protagonist

최후의 프리랜서 해커

세계 최고의 검객

중앙 정보 회사 정보 조사 요원

소프트웨어 분야 정보 전문

[음악, 영화 & 마이크로코드]

명함 뒤에는 어떻게 그와 연락할 수 있는지 너절하게 쓰여 있다. 일반 전화번호. 세계 어디서나 연결할 수 있는 휴대 전화번호. 사서함 번호. 대여섯 개나 되는 통신 네트워크상의 주소들. 그리고 메타버스의 주소까지.

"멍청한 이름이네요."

여자는 옷에 달린 백 개도 넘는 주머니 가운데 하나에 명함을 집어넣으며 말한다.

"하지만 잊을 수는 없겠지."

히로가 말한다.

"당신은 해커라면서……."

"왜 피자를 배달하고 있느냐고?"

"맞아요."

"프리랜서 해커니까 그렇지. 이봐, 이름이 뭔지는 모르겠지만 내가 빚졌군."

"난 와이티[Y. T.]에요."

여자는 그렇게 말하며 한쪽 발로 바닥을 밀어 힘을 모은다. 그러더니 튀어 나가듯 수영장 밖으로 날아올라 사라져 버린다. 그녀가 올라탄 스케이트보드 바닥에 달린 스마트 휠은 바깥쪽으로 뻗은 무수히 많은 살이 땅바닥 모양에 맞게 변하면서 움직인다. 그래서 그녀는 불에 달군 프라이팬 위로 미끄러지는 버터 덩어리처럼 매끄럽게 잔디밭 위를 달린다.

배달부 일을 그만둔 지 30초가 지난 히로는 차에서 나와 트렁크에서 꺼낸 칼 두 자루를 어깨에 둘러메고 윈저 하이츠 영토를 두 다리로 가로지르며 한밤의 가슴 뛰는 탈주극을 벌일 준비를 한다. 조금만 가면 오크우드 에스테이트 버브클레이브와 맞닿은 국경이 나타날 것이다. 주변 지형은 깡그리 외우고[완벽한 건 아니지만] 있다. 게다가 그는 버브클레이브의 경찰이 어떻게 움직이는지 잘 안다. 그 역시 경찰 일을 해 본 적이 있다. 그러니 아마 쉽게 빠져나갈 수 있을 것이다. 하지만 제법 아슬아슬할 것이다.

위쪽 수영장 주인집에서 불빛이 하나 켜지더니 침실 창문에서 아이들이 그를 내려다보기 시작한다. 잠이 덜 깬 표정을 짓는 아이들은 모두 '닌자 뗏목 전사' 캐릭터가 그려진 따뜻한 잠옷을 입었다. 잠옷은 불에 타지 않도록 방염 처리가 되었거나 항발암 물질 처리가 되었을 것이다. 두 가지 처리가 모두 되지는 않았겠지만. 뒷문으로 아이들 아빠가 겉옷을 걸치며 나오는 게 보인다. 따뜻한 가족이다. 불이 환하게 켜진 집에 사는 안전한 가족. 그도 30 초 전까지는 그런 가족의 일원이었는데.

3

히로 프로타고니스트와 비탈리 체르노빌은 캘리포니아주 잉글우드에 있는 넓은 '임대 창고' 안에서 마음 편하게 함께 살고 있다. 방 크기는 폭이 7미터 정도고 깊이는 10미터가 조금 안 된다. 바닥은 두툼한 콘크리트에 벽은 주름진 철판으로 만들어졌다. 다른 옆 창고와 달리 사치스러운 건 북서쪽을 향해 위로 밀어 올리는 철판 문이 달려 있다는 점이다. LA 국제공항 너머로 태양이 지는 이 시간쯤이면 창고 안으로 붉은 석양빛이 약간 비치기도 한다. 가끔 777 여객기나 수호이/가와사키 극초음속 대형 화물기가 유도로 위에서 움직이다가 꼬리 날개로 석양을 가리거나 배기가스를 내뿜어 붉은 햇빛을 이리저리 퍼지게 하면 빛으로 된 얼룩무늬가 벽에 수를 놓는다.

이보다 더 못한 곳도 있다. 바로 여기 임대 창고들 가운데에도 이들이 사는 방보다 훨씬 사정이 못한 곳도 많다. 별도로 문이 있으려면 이들 둘이 사는 곳처럼 크기라도 커야 한다. 다른 창고 대부분은 공동으로 사용하는 하역장으로 들어가 주름진 철판으로 만든 복도와 화물 엘리베이터들이 미로처럼 얽힌 곳을 통해 드나들어야 한다. 창고 안쪽 폭이 1.5미터에 깊이가 3미터밖에 안 되는 그런 빈민굴에서는 남아메리카 인디언 출신 이민자들이 수북이 쌓인 복권에 불을 붙여 콩 요리를 하거나 코카나무 이파리 한 줌을 데치곤 한다.

임대 창고를 원래 목적으로 사용하던 옛날[다시 말해 살림살이가 넘쳐나는 캘리포니아 주민에게 물건을 보관할 장소를 싼값에 제공하던 시절]에 어떤 업자들이 창고 사무실을 찾아와 가짜 신분증을 보여 주고 폭과 깊이가 3미터씩인 창고를 여러 개 빌린 후에 유독성 화학 폐기물이 가득 든 강철 드럼통을 잔뜩 집어넣고 나 몰라라 달아났다는 이야기도 있다. 결국 그 처리를 임대 창고를 운영하는 회사가 떠맡았는데, 소문에 따르면 창고 회사는 문제의 창고들에 자물쇠를 채운 후에 장부에서 지워 버렸다고 한다. 창고에 사는 이민자들 사이에 그런 곳에서 화학 폐기물을 뒤집어쓴 귀신이 출몰한다는 이야기가 떠돌기도 한다. 혹시라도 아이들이 잠긴 창고에 숨어들어 가려고 하면 어른들이 그런 이야기를 들려주곤 했다.

히로와 비탈리가 사는 창고에는 지금까지 그 누구도 침입하려고 한 적이 없다. 훔칠 게 아무것도 없기 때문이기도 했고, 지금 두 사람은 살해당하거나 납치를 당하거나 심문을 받을 정도로 중요한 인물이 아니었기 때문이기도 했다. 히로에게 아주 좋은 일본도가 두 자루 있지만, 그는 칼을 늘 몸에 지니고 다닌다. 게다가 그렇게 엄청나게 위험한 무기를 훔친다는 건 훔치려는 자에게 논리적으로 매우 불리하다. 왜냐하면 칼을 뺏으려 서로 엎치락뒤치락하다 보면 이기는 쪽은 늘 손잡이를 잡은 쪽이기 때문이다. 그리고 히로는 상당히 괜찮은 컴퓨터도 하나 가지고 있었는데, 마찬가지로 어딜 가든 대개 가지고 다닌다. 비탈리가 가진 거라곤 럭키 스트라이크 담배 반 갑, 전기 기타 하나 그리고 숙취뿐이다.

지금 비탈리 체르노빌은 매트리스 위에 몸을 쭉 편 채 꼼짝도 하지 않고 누워 있고, 히로 프로타고니스트는 일본식의 낮은 탁자 앞에 책상다리로 앉아 있다. 탁자라곤 하지만 콘크리트 벽돌을 몇 개 쌓은 위에 화물 받침대를 얹어 놓은 것에 불과하다.

해가 지면서 임대 창고촌의 일부인 이런저런 가맹점들의 네온 간판이 내뿜는 빛이 붉은 석양빛을 몰아내기 시작한다. 보기 흉할 정도로 짙은 색인 로글로 간판 불빛이 두 사람이 사는 창고 안 어두운 구석을 밝힌다.

카푸치노 커피 같은 피부색의 히로는 머리를 여러 가닥으로 가늘게 땋아 내렸다. 예전처럼 머리칼이 수북하지는 않지만, 아직 젊어서 머리가 벗어졌거나 벗어지는 중은 아니다. 이마가 아주 약간 넓어지면서 광대뼈가 약간 두드러져 보일 뿐. 반짝이는 고글처럼 생긴 큰 안경을 썼는데 머리 앞부분 절반 정도를 가렸다. 고글의 테에 달린 조그만 이어폰은 귀에 꽂혀 있다.

이어폰에는 일종의 소음 제거 장치가 내장되어 있다. 그런 장치는 규칙적인 소음에 매우 잘 작동한다. 길 하나 건넌 곳에서 대형 제트 여객기가 이륙하려 활주로를 내달릴 때도 그 소리는 별 의미 없는 나지막한 웅얼거림으로 들릴 정도다. 하지만 비탈리 체르노빌이 실험성 짙은 기타 연주를 뿜어낼 때면 여전히 귀가 아프다.

고글 속에서 퍼져 나오는 빛 때문에 눈가에 흐릿하게 엷은 안개가 낀 것처럼 보이고 고글에는 안갯속으로 끝없는 어둠 속을 향해 길게 이어진 큰길이 비쳐 보인다. 눈이 부실 정도로 환하게 불을 밝힌 큰길은 마치 광각 렌즈를 통해 보는 것처럼 비틀린 모습이다. 거리는 실제로 존재하는 게 아니라 컴퓨터가 그려낸 가상 공간이다.

거리의 모습 아래로 보이는 히로의 눈은 동양인처럼 보인다. 눈은 일본에서 살았던 한국인 엄마를 닮았다. 눈을 제외한 외모는 텍사스 출신 흑인이자 군인이었던 아버지로부터 물려받았다. 군대가 짐 장군이 이끄는 '방위 시스템'이나 밥 제독의 '국가 보안대' 같은 서로 경쟁하는 여러 조직으로 나뉘기 전의 일이다.

화물 받침대로 만든 탁자 위에는 네 가지 물건이 보인다. 히로가 사 먹기 어려울 정도로 비싼 '퓨젓 사운드' 지역에서 생산된 고급 맥주 한 병. 일본에서는 카타나라고 부르는 긴 칼과 와키자시라고 하는 짧은 칼 한 자루씩. 이 두 자루의 칼은 히로의 아버지가 제 2차 세계 대전이 끝난 후 일본에서 노획한 것들이다. 그리고 컴퓨터 한 대가 보인다.

컴퓨터는 검은색으로 단순한 삼각기둥 모양이다. 전원 코드는 보이지 않지만, 뒤쪽 구멍에서 튀어나와 나선형으로 꼬인 가느다란 반투명 플라스틱 관이 탁자 위와 바닥을 지난 다음 잠든 비탈리 체르노빌의 머리 위쪽 벽에 허술하게 설치된 광섬유 소켓에 꽂혀 있다. 플라스틱 관의 중심에는 머리카락만큼 가느다란 광섬유가 들어 있다. 이 광섬유를 통해 히로의 컴퓨터는 나머지 세상과 수많은 정보를 주고받는다. 같은 양의 정보를 종이에 인쇄해 전달하려면 747 화물기에 전화번호부와 백과사전을 가득 담아 히로가 사는 창고에 몇 분 간격으로 계속 떨어뜨려야 할 것이다. 영원히.

이 컴퓨터 역시 히로에게는 과분한 것이지만 어쩔 수 없다. 컴퓨터는 먹고사는 데 필요한 도구이기 때문이다. 전 세계 해커 사회에서 히로는 재능이 뛰어난 방랑자로 알려졌다. 불과 5년 전만 해도 히로는 그런 삶을 낭만적이라고 생각했다. 그러나 진짜 어른이라고 할 정도로 나이를 먹자 그런 삶이 뭘 뜻하는지 알게 되었다. 진짜 어른이 되는 나이와 이십 대 초반은 일요일 아침과 토요일 밤만큼이나 차이가 크다. 그는 실업자 신세에 돈도 한 푼 없다. 게다가 몇 주 전 장래성 없는 무의미한 직업 가운데 유일하게 좋아했던 피자 배달부라는 일자리마저 잃은 상태다. 그는 그날 이후 비상시 예비로 하곤 했던 다른 일에 더욱 힘을 쏟고 있다. CIC를 위해 프리랜서 정보 조사 요원으로 일하는 것이다. CIC는 버지니아주 랭글리에 있는 '중앙 정보 회사'를 말한다.

일은 간단하다. 히로는 정보를 수집한다. 소문이나 비디오테이프 또는 오디오 테이프, 컴퓨터 디스크에 든 정보 조각, 서류를 복사한 것. 최근에 일어난 큰 사건에 관한 농담 같은 것도 괜찮다.

그는 그런 정보를 CIC 데이터베이스에 올린다. CIC의 데이터베이스는 '도서관'이라고 부르는데, 과거에는 '의회 도서관'이라고 불렸지만 이제 아무도 그렇게 부르지 않는다. 대부분 '의회'라는 말이 무슨 뜻인지도 정확히 알지 못하는 지경이다. 게다가 '도서관'이란 말까지도 의미가 사라지는 참이다. 과거에 도서관이라고 하면 대개 오래된 책들이 가득 들어찬 곳을 의미했다. 그런 도서관에 비디오테이프나 음반, 잡지들이 보이기 시작했다. 그러다가 모든 정보는 기계로 읽을 수 있는 형태, 다시 말해 0과 1로 변환되기 시작했다. 매체의 수가 증가하면서 정보는 점차 최신 것들로 바뀌었고, 도서관의 정보를 검색하는 기술은 점점 더 정교해졌으며 결국 의회 도서관과 중앙 정보국 [CIA] 사이의 실질적인 차이가 사라지고 말았다. 우연히도 정부가 붕괴하던 시점에 그런 일이 발생했다. 그래서 두 기관은 어마어마한 양의 주식을 발행하며 합병했다.

수백만 명이나 되는 다른 정보 조사 요원들도 히로처럼 수백만 개나 되는 다른 정보를 전송하고 있다. CIC의 주요 고객인 대기업이나 국가 단체들은 유용한 정보를 찾아 도서관을 샅샅이 뒤지곤 한다. 그러다 만일 히로가 올린 정보가 쓸 만하다고 생각하면 히로에게 대가를 지급하는 것이다.

1년 전, 히로는 버뱅크에 사는 영화 관계자가 쓰레기통에 버린 영화 대본

초본을 통째로 훔쳐 도서관에 전송했다. 대여섯 군데의 영화사가 그 정보를 열람하고 싶어 했다. 그는 그 돈으로 6개월 동안 먹고 살며 휴가를 즐겼다.

그때 이후로 생활은 궁핍해져 갔다. 도서관 안에 든 99퍼센트의 정보는 전혀 이용되지 않는다는 걸 몸으로 체험한 시간이었다.

예를 들면 이렇다. 쿠리에로 일하는 누군가로부터 비탈리 체르노빌을 소개받은 후, 그는 몇 주 동안 열심히 새로운 음악 경향을 조사한 적이 있다. 그러니까 LA 지역에서 주목받기 시작한 폭발적인 우크라이나풍 퍼즈 그런지 음악을 조사한 것이다. 그는 철저히 분석한 내용에 비디오 자료와 오디오까지 담아 도서관에 올렸다. 하지만 음반사나 대행사 또는 록 비평가들 가운데 누구도 그 자료를 열어 보고 싶어 하지 않았다.

매끄러운 평면인 컴퓨터 윗면에 튀어나온 어안 렌즈는 반짝거리는 반구 형태를 띠고 있는데, 자줏빛으로 광학 코팅이 되어 있다. 히로가 컴퓨터를 사용할 때면 늘 이 렌즈가 딸깍 소리와 함께 위로 튀어나와 자리를 잡는데, 그러면 렌즈 아랫부분과 컴퓨터의 표면이 함께 붉은색으로 변한다. 동네 광고 간판들의 불빛이 컴퓨터 표면에 조그맣게 비친다.

히로는 그런 모습이 관능적으로 보인다. 몇 주 동안이나 여자와 제대로 즐기지 못해서 그럴 수도 있다. 그러나 그것 말고도 그럴 이유는 있다. 일본에서 여러 해 근무한 히로의 아버지는 카메라에 미친 사람이었다. 그는 동아시아 지역에서 근무를 마치고 돌아올 때마다 카메라를 사 들고 왔는데, 망가질까 봐 여러 겹으로 포장을 하곤 했다. 아버지가 눈앞에서 그런 포장을 뜯을 때마다 검은 가죽과 나일론, 지퍼와 끈이 풀리고 카메라가 모습을 드러내면 히로는 마치 훌륭한 스트립쇼를 보는 듯한 기분이었다. 그리고 마침내 순수해 보일 정도로 기하학적으로 균형 잡힌 렌즈가 모습을 드러내면, 히로는 강하면서도 동시에 연약해 보이는 그 모습을 보며 치마를 들치고 속옷 안으로 머리를 디밀어 대음순을 지나 소음순까지……. 스스로 벌거벗은 듯한, 그리고 약한 동시에 용감한 기분이었다.

렌즈는 전 세계의 절반을 볼 수 있다. 컴퓨터를 기준으로 위쪽에 속한 세상. 그 세상에는 히로의 몸 대부분도 속해 있다. 그런 식으로 렌즈는 히로가 어디에 있으며 어디를 보는지 알 수 있다.

컴퓨터 속에는 레이저가 세 개 들어 있다. 빨간색, 녹색 그리고 파란색이다. 레이저는 밝은 빛을 만들어 내기에는 충분할 정도로 강하지만 그렇다고 망막을 태우거나 뇌를 녹여 버릴 정도는 아니다. 누구나 초등학교에서 배웠겠지만, 그 세 가지 빛을 어떤 농도로 섞느냐에 따라 히로가 볼 수 있는 온갖 여러 가지 색을 만들어 낼 수 있다.

컴퓨터는 그런 식으로 내부에서 만든 다양한 색의 가느다란 광선들을 어안 렌즈를 통해 어떤 각도로든 쏘아 낼 수 있다. 컴퓨터 내부에 장착된 전자 거울을 사용하면 그런 광선으로 히로가 쓴 고글 렌즈에 이리저리 움직이는 모양을 만들어 낼 수 있다. 텔레비전의 전자총이 브라운관 안쪽 벽에 전자 광선을 쏘아 그림을 그리는 것과 같다. 그렇게 만들어진 영상은 히로의 실제 눈앞 공간에 투영되어 보이게 된다.

양쪽 눈에 보이는 모습에 약간의 차이를 두면 그림은 입체적으로 보인다. 1초에 그림을 72번씩 바꿔 주면 그림은 실제로 움직이는 효과를 낸다. 움직이는 입체 그림을 가로 2000픽셀 크기로 보여 주면 사람의 눈이 인식할 수 있는 최대치에 도달한다. 그리고 작은 이어폰을 통해 스테레오 디지털 사운드를 들려주면 움직이는 입체 화면은 완벽히 실제와 같은 배경음을 갖게 된다.

그러니까 히로는 전혀 다른 곳에 존재하는 셈이다. 그는 고글과 이어폰을 통해 컴퓨터가 만들어 낸 전혀 다른 세계에 있다. 이런 가상의 장소를 전문 용어로 '메타버스'라 부른다. 히로는 메타버스에서 많은 시간을 보낸다. 임대 창고에 사는 괴로움을 잊게 해 주기 때문이다.

히로는 '스트리트'에 다가서고 있다. 스트리트는 메타버스의 브로드웨이 이자 샹젤리제다. 그곳은 컴퓨터가 조그맣게 거꾸로 만든 화면을 고글 렌즈 에 쏘아 만든 모습으로, 불이 환하게 밝혀진 큰길이다. 실제로 존재하는 곳은 아니다. 하지만 바로 지금 수백만 명의 사람들이 그 거리를 이리저리 오가는 중이다.

스트리트의 규모는 규약으로 정해져 있는데, 그 규약은 '세계 컴퓨터 멀티 미디어 규약 협의체'에 속한 컴퓨터 그래픽의 대가들이 모여 힘들게 정했다. 스트리트는 엄청난 규모의 길로 길이는 반지름이 1만 킬로미터가 넘는 검은 구체의 적도만큼 된다. 정확히 말하면 6만 5,536킬로미터로 지구의 둘레보 다도 상당히 길다.

일반 사람들은 65,536이란 숫자를 들으면 이상하다고 느낄 것이다. 하지 만 해커들은 그 숫자를 보면 어머니의 생일보다 더 익숙하게 느껴질 것이다. 우연인지는 몰라도 그 숫자는 2의 거듭제곱이기 때문이다. 정확히 말하면 2 의 16승이다. 게다가 16이라는 숫자는 2의 4승과 같으며 4 역시 2의 제곱이 다. 256이나 32,768 또는 2,147,483,648이란 숫자와 마찬가지로 65,536은 해 커들 세계에서는 주춧돌이 되는 숫자이며, 그 숫자를 구성하는 2야말로 진정 으로 중요한 숫자다. 왜냐하면 컴퓨터가 실제로 이해하는 숫자는 단 두 개뿐 이기 때문이다. 하나는 0, 다른 하나는 1이다. 아무리 여러 번이라도 2끼리 곱한 수거나 그런 수끼리 곱한 숫자, 또는 그런 숫자에서 1을 뺀 수라면 해커 들은 즉각 알아볼 수 있다.

'현실 세계'에서와 마찬가지로 스트리트도 계속 개발되는 중이다. 개발업자들은 큰길로 연결되는 조그만 도로를 스스로 만들 수 있다. 건물이나 공원, 광고판도 만들 수 있으며 심지어 현실 세계에는 존재하지 않는 것도 창조할 수 있다. 예를 들면 하늘 위로 둥둥 떠다니는 거대한 조명등을 만들 수도 있고, 삼차원의 물리학적인 법칙을 무시해도 되는 곳이나 사람들끼리 서로 쫓아가 죽이는 전투 지역을 만들 수도 있다.

단 한 가지 다른 건, 스트리트는 실제로 존재하는 게 아니라 어딘가에 있는 종이에 쓰인 컴퓨터 그래픽 규약에 불과하다는 점이다. 스트리트에 보이는 모든 것 중 물리적인 실체를 가진 것은 전혀 없다. 모든 것은 전 세계에서 광섬유 네트워크를 통해 접속한 많은 사람이 사용하는 소프트웨어라고 할 수 있다. 히로가 메타버스에 접속해 스트리트를 바라보면 많은 건물과 광고용 전광판들이 멀리 뻗어 가다가 지평선 아래로 사라지지만, 사실 그는 사용자들을 위해 거대 기업들이 만든 수많은 소프트웨어가 구현해 낸 그래픽 이미지를 바라보는 것이다. 스트리트에 그런 것들을 만들고자 하는 기업들은 세계 컴퓨터 멀티미디어 규약 협의체로부터 허가를 받고, 스트리트에 인접한 빈 구역을 사야 하며, 지역 개발 승인을 받고, 각종 허가를 받고, 감독관에게 뇌물을 건네는 등 온갖 일을 해야만 한다. 그 과정에서 회사들이 내는 돈은 세계 컴퓨터 멀티미디어 규약 협의체가 운영하는 신탁 기금으로 들어간다. 신탁 기금은 스트리트가 존재할 수 있도록 해 주는 온갖 장비를 확충하고 질을 높이는 데 사용한다.

히로는 스트리트의 가장 번화한 곳에서 멀지 않은 지역에 집을 한 채 가지고 있다. 스트리트의 기준으로 보면 매우 오래된 동네다. 약 10년 전 스트리트를 위한 규약이 막 처음 생겼을 때, 히로와 친구 몇 명이 돈을 모아 거의 최초로 지역 개발권을 사서 해커들이 모여 사는 동네를 만들었다. 그때만 해도 끝도 없이 펼쳐진 어둠의 한가운데에 빛을 몇 개 밝히는 정도에 불과했다. 그 당시 스트리트는 가로등만 끝없이 이어진 모습이 마치 우주에 떠 있는 검은 행성이 목걸이를 걸고 있는 모습처럼 보였다.

그때 이후 히로의 집이 있는 동네는 크게 바뀌지 않았지만, 스트리트는 정말 많이 달라졌다. 먼저 스트리트에 터를 잡은 히로의 친구들은 모든 사업에서 우선권을 쥐게 되어 유리했다. 그들 중 일부는 그런 이유로 큰 부자가 되기도 했다.

그렇게 히로는 현실 세계에서는 조그만 창고를 나누어 쓰지만, 메타버스에서는 커다랗고 좋은 집을 가질 수 있었다. 부동산 투자에 대한 통찰력을 모든 영역에서 똑같이 발휘할 수는 없는 일이다.

하늘과 땅은 아무것도 보이지 않는, 컴퓨터 모니터와 같은 검은색이다. 메타버스는 늘 밤이며 스트리트는 항상 지나치게 화려할 정도로 환하다. 마치 돈이 무제한으로 많고 물리적인 한계가 없는 라스베이거스라고나 할까. 그러나 히로와 같은 동네에 사는 사람들은 상당히 훌륭한 프로그래머들이라 동네 분위기는 고상하다. 집들은 현실 세계의 집과 비슷하다. 빅토리아풍의 집도 있고 프랭크 로이드 라이트(미국의 건축가)가 설계한 집을 흉내 낸 주택도 두어 채 보인다.

그러니 스트리트에 발을 들여놓을 때마다 모든 건물 높이가 1킬로미터를 훨씬 넘어 보이는 광경에 놀라지 않을 수가 없다. 여기가 바로 '다운타운'이라고 하는 가장 복잡한 시내 중심가이다. 다운타운에서 스트리트 양쪽으로 200킬로미터 정도만 가면 거의 아무것도 없을 정도로 황량한 지역이 나타난다. 검은 벨벳처럼 보이는 땅바닥에 줄지어 선 가로등만 허옇게 빛을 던지고 있다. 하지만 공간을 수놓은 수많은 네온사인이 서로 겹치다시피 한 다운타운은 마치 맨해튼섬을 열 개도 넘게 합쳐 놓은 것처럼 보인다.

지구라는 현실 세계에는 60억 명에서 100억 명 사이의 사람이 살고 있다.

언제를 기준으로 삼든 대부분 진흙 벽돌을 만들거나 AK-47 소총을 손질하고 있을 것이다. 그 가운데 컴퓨터를 소유할 수 있을 정도로 돈이 있는 사람은 10억 명 정도일 것이다. 그 10억 명이 가진 돈은 세상에 사는 다른 모든 사람이 가진 돈을 합친 것보다 더 많을 것이다. 컴퓨터를 소유할 능력이 있는 그 10억 명 가운데 반의반 정도 되는 사람들이 실제로 컴퓨터를 가지고 있을 것이며, 그 중 또 반의반 정도만이 스트리트라는 그래픽을 작동시킬 수 있을 정도로 뛰어난 컴퓨터를 가지고 있을 것이다. 결국 동시에 스트리트에 접속할 수 있는 사람은 6천만 명 정도라는 말이다. 거기에 컴퓨터를 소유할 능력은 없지만, 공공 컴퓨터나 학교나 직장에서 사용하는 기기를 통해 접속할 수 있는 6천만 명을 추가하면 같은 시간에 스트리트에 함께 존재할 수 있는 사람들 수는 뉴욕시 인구의 두 배나 된다.

빌어먹을 스트리트가 온갖 건물과 광고판으로 붐비는 이유가 바로 거기 있다. 스트리트에 광고판이나 건물을 세우면 세계에서 돈도 제일 많고 누구보다 유행에 민감하며 인맥이 좋은 사람들이 매일 그것들을 바라보게 된다.

스트리트의 폭은 100미터 정도인데, 한가운데에 모노레일 궤도가 박혀 있다. 모노레일은 대중을 위한 무료 이용 소프트웨어로, 사용자들이 스트리트에서 빠르고 부드럽게 장소를 옮겨 다닐 수 있도록 해 준다. 많은 사람이 그저 모노레일에 올라탄 채 오가며 길거리 구경을 즐긴다. 10년 전 히로가 여기 처음 왔을 때는 모노레일이 없었다. 그와 친구들은 자동차와 오토바이 소프트웨어를 만들어 타고 돌아다녔다. 그들은 스스로 만든 소프트웨어를 꺼내 전자 공학적인 밤과 같은 어두운 사막에서 경주를 벌이곤 했다.

4

와이티는 밤에 멋대로 버브클레이브 안을 휘젓고 돌아다니면서 젊고 멋진 젊은이들이 아무도 없는 수영장에서 고개를 내미는 모습을 자주 보는 특권을 누렸다. 하지만 그녀는 늘 스케이트보드를 타고 있었고 단 한 번도 자동차에 앉아 그래 본 적은 없다. 아무 생각 없이 바라보는 교외의 밤 풍경은 겉으로 보기엔 묘한 아름다움을 풍긴다.

그녀는 다시 스케이트보드를 탄다. 잔디밭 위를 달리는 보드 아래쪽에는 래딕스사社에서 만든 마크 IV 스마트 휠이 달려 있다. 지난주에 잡지에 난 광고를 보고 그녀는 바퀴를 새로 갈아 끼웠다.

엉망진창이 되고 싶으십니까?

약해 빠진 판자에다 멍청하고 잘 움직이지도 않는 바퀴를 달고 자동차에서 떨어져 나온 머플러나 재생 타이어, 눈이 쌓여 얼어붙은 얼음, 죽어 널브러진 짐승의 사체, 철도 침목, 술에 취해 쓰러진 사람들을 넘어 달린다면 결국 거울에서 보게 될 당신의 모습입니다.

이 말이 실감 나지 않는다면 당신은 아무도 없는 텅 빈 마을에서 스케이트보드를 즐기는 분일 겁니다. 요즘은 넓은 유료 도로를 조금만 달려도 이런 것들 외에 다른 많은 장애물과 맞닥뜨리게 됩니다. 그런 곳에서 구닥다리 보드를 타고 즐겨 보려 한다면 제정신이라 할 수 없을 겁니다.

뛰어넘을 수 없는 장애물은 없다는 말 따위는 믿지 마세요. 전문 쿠리에라면 압니다. 돈도 벌고 재미도 볼 수 있을 정도로 빨리 달리는 차에 달라붙은 상태라면 10분의 1초 안에 반응해야 합니다. 케이블을 감는 중이라면 더빨라야겠죠.

래딕스 마크 IV 스마트 휠을 장만하세요. 보드 아래 전체를 교체하는 것보다 비용도 적게 들고 훨씬 즐겁게 보드를 탈 수 있습니다. 스마트 휠은 수중 음파 탐지기, 레이저 거리 측정기, 고주파 레이더를 갖추고 있어 여러분이 장애물을 미처 발견하기도 전에 미리 알아차립니다.

쓸데없이 낭비하지 마세요. 바퀴만 바꾸세요.

지혜로운 말씀이었다. 와이티는 바퀴를 샀다. 바퀴 하나마다 가운데 부분에 견고한 바큇살이 잔뜩 달린 바퀴통이 자리 잡고 있다. 각 바큇살은 다섯 단계로 접히거나 펴질 수 있다. 바큇살 끝부분에는 짧은 발이 달렸다. 고무를 입힌 발의 바닥 부분은 둥근 이음쇠가 달려서 자체적으로 회전할 수 있는 모습이다. 바퀴가 구르면 바큇살 끝에 붙은 짧은 발들이 한 번에 하나씩, 마치 자동차 타이어처럼 끊임없이 지면을 움켜쥐며 달린다. 만일 튀어나온 곳을 밟으면 바큇살은 자동으로 움츠러든다. 움푹 팬 곳을 지날 때면 바큇살이 깊이를 알아내어 길게 튀어나온다. 어느 쪽이든 충격은 그렇게 흡수되고, 덜 컹거림이나 부딪히는 느낌, 진동이 스케이트보드나 그 위에 올라탄 농구화 신은 발까지 전달되지 않는다. 광고는 진짜였다. 스마트 휠 없이는 도로에서 스케이트보드를 타는 전문가라 할 수 없다.

재빨리 피자를 배달하는 일쯤은 아무것도 아닐 것이다. 그녀는 전혀 흔들림 없이 주차장 진입로 끄트머리 부분의 잔디밭을 넘어 콘크리트에 닿으며 속도를 높인다. 스케이트보드는 경사로를 미끄러져 내려와 도로로 들어선다. 엉덩이를 한 번 실룩이자 보드가 방향을 바꾸고, 그녀는 이제 도로를 따라가며 달라붙을 차를 찾기 시작한다. 경광등을 켠 검은색 차 한 대가 그녀를 쌩하고 스쳐 지나 불쌍한 히로 프로타고니스트에게 달려간다. 자동차 전조등이 환히 비치자 그녀가 쓴 시각 보호용 특수 고글의 색이 자동으로 짙어진다. 그 덕분에 와이티는 거리낌 없이 눈을 크게 뜨고 도로에 움직이는 물체가 없는지 훑어볼 수 있다. 히로가 빠진 수영장이 버브클레이브의 꼭대기 부분이었기에 계속 내리막을 달리긴 했지만, 속도를 낼 수 있을 정도로 가파른 길은 아니었다.

멀리 앞쪽 골목길에서 뭉툭한 미니밴 한 대가 약해 빠진 4기통 엔진을 돌려대는 모습이 보인다. 그녀 위치에서 보면 대각선 방향이다. 운전자가 후진과 중립을 지나 기어봉을 운전으로 옮기자 순간적으로 하얀색 후진등이 번쩍인다. 와이티가 달리던 속도를 늦추지 않은 채 보도 위로 뛰어오르자 스마트 휠에 장착된 바큇살들이 미리 그 사실을 알아차리고 알맞은 길이로 줄어들면서, 그녀가 전혀 흔들리지 않고 도로에서 잔디밭으로 미끄러지듯 올라설 수 있도록 돕는다. 바큇살의 끝에 달린 발들은 잔디밭을 가로지르며 길게 이어진 육각형 자국을 남긴다. 떠돌이 개가 남긴 똥 덩어리, 소화가 안 되는 음식이 섞였는지 불그스레한 빛을 띤 배설물에 래딕스 상표가 새겨진다. 바큇살에 달린 발마다 바닥에 똑같은 무늬가 새겨져 있기 때문이다.

미니밴은 보도에서 내려와 도로를 가로지르려는 참이다. 타이어 옆면이 보도 연석과 마찰하면서 참고 듣기 어려운 소음을 낸다. 이런 버브클레이브에서는 괜히 보도에서 몇 뼘 떨어진 채로 도로 안쪽에 주차했다가는[됐어요, 엄마. 대충 세워요. 여기서 보도까지는 걸어가면 되죠, 뭐] 사회적으로 배척받을 위기에 처하거나 많은 사람으로부터 원성을 살 수 있다. 그러느니 타이어가 보도 연석에 갈려 수명이 줄더라도 열심히 차를 보도에 가깝게 붙이는 편이 낫다. 또, 차를 보도에서 멀리 떨어진 도로 안쪽에 세우면 교통에도 위협이 되고 자전거를 타고 가는 어린아이들에겐 치명적인 장애물로 작용할 수도 있다. 와이티는 작살 손잡이에 달린 버튼을 눌러 케이블을 1미터 정도 풀어낸다. 그리고 머리 위로 들어 올려 밀림에서 칼을 휘두르듯 돌리기 시작한다. 흔해 빠진 그 차에 들러붙으려는 참이다. 샐러드 그릇만 한 작살 끝부분이 획획 소리를 내며 원을 그린다. 꼭 그렇게 해야 하는 건 아니지만 소리가 멋지게 들린다.

뭉툭한 싸구려 차에 작살을 붙이는 데는 생각보다 기술이 필요하다. 도로에서는 아무 쓸모도 없는 그런 자동차들은 기본적으로 철 성분을 지닌 재료로 만든 게 아니어서 작살이 잘 달라붙지 않기 때문이다. 요새는 초전도 물질을 이용한 작살도 있는데, 그런 제품은 자동차 차체에 맴돌이 전류가 흐르게 유도해 전자석으로 만들기 때문에 알루미늄으로 만든 자동차에도 들러붙는다. 그러나 와이티는 아직 그런 제품을 사지 못했다. 그런 물건은 버브클레이브에서 재미 삼아 미친 듯 스케이트보드를 즐기는 녀석들이나 사용한다. 오늘 밤 재밌는 상황에 부닥치긴 했지만, 와이티는 그런 부류는 아니다.

그녀가 사용하는 작살은 오직 철이나 강철에만 붙는데, 니켈 성분에도[약하긴 하지만] 들러붙긴 한다. 지금 보이는 뭉툭한 차종에서 강철로 만들어진 부분이라곤 차대밖에 없다.

와이티는 낮게 던지기로 한다. 작살은 원을 그리며 도로와 거의 수직을 이루고 포장도로와 닿을락 말락 하는 상태로 한 바퀴 더 돌 때마다 작살 끝은 점점 더 지면에 가까워진다. 그녀가 발사 버튼을 누르자 작살은 땅 위에서 약 1센티미터밖에 안 되는 높이에서 약간 위쪽을 향한 채 도로를 가로질러 자동차 차체 밑을 향해 날아가더니 빨려 들어가듯 들러붙는다. 작살은 가족용 미니밴이라는 존재로 알려진, 실내 장식품과 페인트 그리고 마케팅이 뭉쳐진 덩어리에 더할 나위 없이 잘 들러붙는다.

버브클레이브 기준으로 보면 기민하다고 할 정도로 즉각적인 반응이 온다. 운전자는 와이티를 원하지 않는다. 미니밴은 마치 투우장에서 엉덩이를 창에 찔린 호르몬 넘치는 황소처럼 튀어 나간다. 운전을 하는 사람은 아줌마가 아니다. 젊은 애송이, 즉 십 대 소년인 운전자는 이곳 버브클레이브에 사는 다른 모든 아이처럼, 열다섯 살 이후 매일 오후만 되면 학교 탈의실에 숨어 말에서 뽑아낸 테스토스테론이라는 남성 호르몬을 주사기로 제 몸에 찔러 넣어 온 그런 녀석이다. 이런 녀석들은 주체하기 어려울 정도로 덩치가 크고 멍청하며 모든 일에 뻔하게 반응한다.

녀석은 괴상할 정도로, 그리고 인공적으로 부풀어 오른 두 팔로 운전대를 돌리지만, 근육들이 마음먹은 대로 움직이지 않는다. 가죽으로 장식한 밤색 운전대에서 엄마의 핸드크림 냄새가 풍긴다. 그 냄새가 녀석을 더 미치게 한다. 뭉툭한 미니밴은 튀어 나가다가 느려지고 튀어 나가다가 느려지기를 반복한다. 가속 페달을 끝까지 밟아도 아무런 효과가 없자 페달을 밟았다가 놓기를 반복하고 있기 때문이다. 녀석은 차가 자신의 근육처럼 변하길 바란다.

너무 힘이 넘쳐 어찌할 바를 모르는 상태 말이다. 하지만 차는 오히려 훼방을 놓고 있다. 어쩔 수 없는지 녀석은 '파워'라고 쓴 버튼을 누른다. 그러자 대신 '절약'이라는 버튼이 튀어나오며 불이 꺼진다. 마치 두 개의 버튼은 동시에 사용할 수 없다는 걸 운전자에게 인식시키는 교육 자료를 보는 것 같다. 기어가 저속으로 바뀌더니 마치 힘이 더 생긴 것 같은 느낌이 든다. 녀석이 가속 페달을 계속 밟은 채 코티지 하이츠 거리를 따라 달리자 미니밴의 속도는 100킬로미터에 육박한다.

코티지 하이츠 거리가 벨우드 밸리 도로와 만나는 곳에 서 있는 소화전이 녀석의 눈에 들어온다. 이런 동네에는 소화전이 수없이 많다. 안전을 위한 것이긴 하지만 가치를 높이려고 디자인도 고급스럽게 한 물건들이다. 비참했던 산업 혁명 시대에 존재했던 주물 공장의 이름이 새겨진 채 수백 번이나 싸구려 페인트를 겹쳐 칠해 두꺼워진 모습으로 길에 웅크리고 있는 쇳덩이와는 전혀 다르다. 매주 목요일 아침이면 로봇이 와서 황동으로 만든 소화전을 광이 나도록 닦아 위엄 넘치는 모습을 유지할 수 있도록 한다. 온갖 농약을 써 가며 유지하는 잔디밭 위에 꼿꼿이 서서 소방수에게 세 가지 형태의 호스 연결구를 내뻗은 모습을 한 소화전들은 힘 넘치는 빅토리아풍 주택과 고상한 우편함 그리고 사거리마다 묘비처럼 앉은 거대한 대리석 표지판을 만들어 낸 예술가들이 마찬가지로 컴퓨터를 이용해 디자인한 것들이다. 컴퓨터로 그려 내긴 했지만 지나간 시대 그리고 잊혀진 것들이 가진 우아함을 드러내려 의도한 물건들이다. 품위 있는 사람들이라면 자기 집 앞마당에 있는 소화전을 자랑스럽게 여길 것이다. 부동산 중개업자들은 팔 집을 소개하는 사진에서 굳이 소화전을 지우려 하지도 않을 것이다.

뒤에 들러붙은 빌어먹을 쿠리에 녀석은 앞에 보이는 소화전에 감겨 죽을 것이다. 테스토스테론에 절어 버린 애송이 녀석은 그렇게 마음먹는다. 텔레비전에서 그런 광경을 본 적이 있다. 텔레비전은 거짓말을 하지 않는 법이다. 녀석은 스스로 그런 재주를 부리는 걸 머릿속으로 여러 번 그려 보곤 했다. 코티지 하이츠 거리를 달리며 속도를 최대한 높인 다음 핸드 브레이크를 재빨리 잡아당기며 동시에 운전대를 돌리는 것이다. 그러면 미니밴의 뒤쪽이 홱 방향을 바꿀 것이다. 절대 끊어지지 않는 케이블 끝에 매달린 성가신 쿠리에 녀석을 채찍처럼 휘둘러 버릴 수 있다. 그럼 쿠리에는 소화전 쪽으로 날아가겠지. 싸움에서 이긴 애송이는 승리에 취해 여유 있게 멋진 차를 모는 어른들 세계로 들어선 것처럼 벨우드 밸리 도로로 방향을 바꾸고, 빌려 온 '뗏목 전사들 4, 마지막 전투'라는 제목의 비디오를 되돌려 주러 편안히 갈 수 있을 것이다.

와이티는 지금까지 말한 내용을 아는 게 아니고 아마 그렇지 않을까 추측하는 중이다. 실제가 아니다. 그저 앞서가는 뭉툭한 자동차 속에서 벌어지는 심리적 상황을 추측해 본 것이다. 앞쪽으로 1킬로미터도 더 떨어진 곳에 소화전이 보이고 애송이 녀석이 한 손을 핸드 브레이크로 뻗는 걸 본 것뿐이다. 너무나 명백해 보인다. 그녀는 녀석과 녀석의 가족이 딱하게 느껴진다. 그녀는 케이블을 풀어 뒤로 멀찌감치 떨어진다. 애송이는 운전대를 급히 돌리며 브레이크를 밟는다. 미니밴이 옆으로 돌긴 했지만 원래 계획했던 위치를 지나친 바람에 원하던 대로 그녀를 잡아채지 못한다. 오히려 와이티가 몸을 움직여 약간의 도움을 줘야 할 정도다. 미니밴의 궁둥이가 회전하자 그녀는 케이블을 빠른 속도로 감아 들이며 고마운 마음으로 각운동량(회전하는 물체의 운동량)을 전진하는 속도로 변환시킨 다음 미니밴 곁을 스치고 튀어 나가며 시속 100킬로미터에 가까운 속도를 얻어 낸다. 그녀 앞에 벨우드 밸리 도로라고 쓰인 대리석으로 만든 표지석이 보인다. 그녀가 몸을 반대편으로 급격하게 틀자 바큇살들은 도로 표면을 붙잡고 그녀의 몸이 묘비처럼 생긴 돌에서 떨어질 수 있도록 해 준다. 한쪽 손이 도로 바닥을 짚을 수 있을 정도로 몸이 기울자 바큇살들은 그녀가 원했던 도로 방향으로 그녀의 몸을 밀어내 준다. 그러는 사이 그녀는 미니밴에 매달리게 해 준 작살의 자력을 해제한다. 차에 붙어 있던 작살이 떨어지면서 도로 위에서 몇 번 튀더니 자동으로 감겨 손잡이 부분으로 와서 들러붙는다. 그녀는 이제 엄청난 속도로 버브클레이브 출구를 향해 똑바로 달린다.

미니밴이 옆으로 미끄러지며 묘비처럼 생긴 표지석을 들이받는 통에 뒤쪽에서 내장이 울릴 정도로 큰 소리가 난다.

와이티는 경비 초소 옆 출입구를 막은 차단기 아래로 빠져나가 바로 오아후 도로로 접어든다. 그리고 그녀 때문에 경적을 울려 대며 방향을 바꾸느라 날카로운 소리를 내는 두 대의 BMW 사이로 끼어든다. BMW 운전자들은 길에 모자 하나만 떨어져 있어도 자동차 광고에 등장하는 사람들을 흉내 내며 급히 피하는 시늉을 하곤 한다. 그들은 많은 돈을 허비하지 않았다며 그런 식으로 쓸데없이 스스로 위안하는 것이다. 몸을 잔뜩 웅크려서 달리는 트레일러 밑을 통과한 와이티는 마치 자살이라도 하는 것처럼 콘크리트 중앙 분리대로 달려든다. 스마트 휠이라면 중앙 분리대쯤은 쉽게 처리할 수 있다. 콘크리트 중앙 분리대의 아랫부분은 마치 길거리에서 스케이트보드를 즐기는 사람들을 위하기라도 하는 것처럼 적당히 각이 졌다. 그녀는 중앙 분리대 중간 부분까지 타고 올라간 다음 부드럽게 아래로 방향을 바꾸며 얌전히 도로에 내려앉아 달리는 자동차들 사이에 자연스레 합류한다. 바로 앞에 자동차가 한 대 달리고 있어 작살을 던질 필요도 없이 그저 손잡이를 뻗어 트렁크에 작살을 붙인다.

자동차 운전자는 운명에 순종하듯 아무 신경도 쓰지 않고 그녀를 괴롭히지도 않는다. 운전자는 그녀를 다음 버브클레이브인 화이트 컬럼즈로 데려다준다. 그곳은 남부 지방답게 전통적이며 인종 차별 정책을 실시하는 곳이다. 중앙 출입구 위쪽에 야단스럽게 장식한 커다란 표지판이 보인다. '백인 외 출입 금지. 다른 인종들은 별도의 절차를 밟을 것.'

와이티는 화이트 컬럼즈 통행증을 포함한 모든 곳의 통행증을 가지고 있다. 통행증은 작은 바코드 모양으로 가슴에 붙어 있다. 그녀가 한쪽으로 몸을 기울인 채 방향을 바꾸며 출입구 쪽으로 달려가자 레이저가 바코드를 읽더니 출입구 문이 자동으로 활짝 열리며 그녀를 맞는다. 요란한 장식이 달린 철제문이다. 늘 정신없는 화이트 컬럼즈 주민들이 차에 멍하니 앉아 서서히 열리는 출입문을 기다려 줄 리가 없다. 그래서인지 출입문은 전자석으로 특수 장치가 된 두 가닥의 레일 위에 얹혀 있다.

와이티는 오래전 양식으로 가로수를 심어 놓은 화이트 컬럼즈의 길을 따라 미끄러지듯 달린다. 집마다 꾸며 놓은 조그만 앞마당들 앞으로 달리는 그녀는 여전히 애송이 녀석이 밀어준 타성을 이용하고 있다. 세상은 힘과 에너지로 가득 차 있고 사람은 그런 걸 조금만 이용해도 어디든 멀리 갈 수 있다.

피자 상자에 보이는 숫자는 29:32를 가리키고 있다. 그리고 피자를 주문한 퍼젤리 씨와 이웃들, 다시 말해 분홍색 하트가 그려진 옷을 입고 펑퍼짐한 엉덩이를 한 일단의 무리는 정원 앞마당에 옹기종기 모여 이미 축하 분위기를 내고 있다. 마치 복권에 당첨되기라도 한 것 같다. 그들이 서 있는 현관에서는 오아후 도로가 끝까지 잘 보이는데 아무리 눈을 씻고 봐도 코사노스트라 피자 배달차 비슷하게 생긴 건 보이지 않는다. 아, 커다란 사각형 물건을 팔에 낀 쿠리에 하나가 다가오는 게 약간 관심을 끌긴 한다. 아마 같은 동네에 사는 마케팅 본부의 백인 고위 임원 집으로 전달하는 새 광고 시안이겠지, 하는 생각을 하지만…….

퍼젤리 씨 가족과 분홍색 하트가 그려진 옷을 입은 엉덩이가 펑퍼짐한 동네 아줌마들은 입을 벌린 채 그녀를 멍하니 바라본다. 그녀는 여전히 남은 힘을 이용해 사람들이 서 있는 진입로 안까지 미끄러져 올라간다. 결국 한 번도 땅에 발을 대지 않고 현관 앞까지 올라간 그녀는 퍼젤리 씨의 아큐라 승용차와 부인이 타는 미니밴 바로 앞에서 멈춰 보드에서 내려선다. 바큇살들은 주인이 보드에서 내려서는 걸 감지하고 진입로 꼭대기에 박힌 듯 멈춰 서서 보드가 뒤로 굴러 내려가지 않도록 바닥을 붙잡고 있다.

머리 위 하늘에서 눈앞이 보이지 않을 정도로 환한 빛이 쏟아진다. 특수 고글을 낀 그녀는 아무렇지 않지만, 피자를 기다리던 고객들은 마치 빛이 무겁기라도 한 듯 무릎을 굽히고 어깨를 움츠려 댄다. 남자들은 털이 수북한 팔뚝을 이마 위에 대고 커다란 원통 같은 몸을 이리저리 돌리며 어디서 빛이 쏟아지는지 궁금해한다. 그들은 무엇이 빛을 쏟아 내는지 추측하는 듯 뭔가 중얼거리며 처음 맞는 상황에 당황한 모습이다. 여자들도 서로 떠들며 허둥댄다. 시각 보호용 특수 고글 덕분에 와이티는 여전히 피자 상자에 나타난 시간을 볼 수 있다. 29:54. 그 순간 그녀는 피자를 퍼젤리 씨의 두 발 앞에 내려놓는다.

신비하게 비치던 빛이 사라진다.

다른 사람들은 여전히 눈을 제대로 뜨지 못하지만, 특수 고글을 쓴 와이티는 깜깜한 밤에도 거의 모든 걸 볼 수 있다. 적외선 화면처럼 보인다. 빛을 내뿜던 물체는 주변 주택들 위로 약 10미터 상공에 떠 있는 이중 회전 날개를 갖춘 스텔스 헬리콥터다. 간소하고 고상한 검은색 헬리콥터는 대개 방송국에서 사용하는 기종은 아니다. 하지만 바로 그 순간, 시대에 뒤떨어진 형태에다 요란한 소리를 내지만 멋진 글자로 화려하게 회사명을 써 붙인 다른 헬리콥터 한 대가 큰 소리를 내며 화이트 컬럼즈 상공으로 들어서는 중이다. 취재용 헬기는 조명으로 땅 위의 여러 집 앞마당을 비춰 가며 이 커다란 특종을 자신들이 처음 방송하는 영광을 누리길 바랐다. 오늘 밤 11시에 피자가 늦게 배달되는 사고가 발생했습니다. 이제 우리 방송국의 유명 인사 담당 전문 기자가 엉클 엔조가 어쩔 수 없이 이렇게 평범한 지역을 방문할 경우, 어디서 묵을지 예상해 보도록 하겠습니다. 그러나 먼저 나타났던 검은 헬기는 점차 모습을 감춘다. 두 개나 달린 터보 엔진에서 뿜어져 나오는 적외선 흔적이 아니면 거의 보이지도 않을 것 같다.

그건 마피아의 헬기였다. 그들이 원하는 건 단지 모든 상황을 녹화해 혹시라도 퍼젤리 씨가 공짜 피자를 먹으려고 소송을 건다며 난리를 피울 때를 대비하는 것뿐이다.

한 가지가 더 있다. 오늘 밤은 프레즈노(미국 캘리포니아주 중부에 있는 도시)에서 불어오는 바람에 어마어마한 양의 흙먼지가 섞여 있어서 위에서 비추는 레이저 광선이 놀랄 정도로 확연하게 보인다. 빨갛게 불타는 듯한 수백만 개의 알갱이가 광섬유에 달라붙은 것처럼 보이는 가느다란 직선이 헬기에서 갑자기 나타나더니 와이티의 가슴에 꽂힌다. 가느다란 빛의 끝이 약간 퍼지면서 예리한 삼각형 모양을 이루더니 와이티의 몸통을 훑는다.

1초의 절반밖에 걸리지 않는다. 붉은 광선은 그녀 가슴에 달린 여러 가지 바코드를 훑으며 읽는다. 마피아는 그녀가 누군지 알아내는 중이다. 이제 마피아는 와이티의 모든 걸 안다. 어디에 살고 무슨 일을 하는지. 그리고 눈 색깔, 신용 상태, 혈통과 혈액형도 안다.

할 일을 모두 마치자 헬기는 기우뚱하더니 먹물이 담긴 그릇 속으로 미끄러져 들어가는 하키 퍽처럼 밤 속으로 사라진다. 퍼젤리 씨가 아슬아슬했다며 뭐라고 농담을 건네고 농담을 들은 다른 사람들이 웃음을 터뜨리지만, 방송국 헬기가 커다란 소리를 내며 나타나는 바람에 와이티에게는 들리지 않는다. 헬기가 비추는 강한 조명에 순간적으로 와이티의 몸이 하얗게 빛나며 굳어 버리는 것 같다. 그러고 보니 공기 중에 가득한 벌레들이 이제야 모두 보인다. 수없이 많은 벌레가 신비로운 모양을 그리며 이리저리 맴돌면서 사람들과 흐르는 공기를 따라 움직인다. 와이티의 손목에도 한 마리가 붙지만, 그녀는 잡지 않고 내버려 둔다.

밝은 조명은 한참 동안 꼼짝도 하지 않는다. 코사노스트라의 로고가 새겨진 커다란 사각형 피자 상자가 조용히 모든 걸 말해 준다. 혹시 알 수 없다는 듯 헬기는 주위를 선회하며 상황을 카메라로 담는다.

지루해진 와이티는 보드 위에 올라선다. 바큇살이 다시 정신을 차리고 둥근 모습을 되찾는다. 그녀는 여러 자동차 사이를 불안정한 모습으로 빠져나가더니 미끄러지듯 도로로 들어선다. 자료 화면이라도 만들어 두려는지 헬기는 잠시 밝은 조명으로 그녀를 따르며 비춘다. 어차피 비디오테이프야 저렇하니까, 언제 어떤 화면이 유용하게 쓰일지 모르니 우선 찍어 놓고 보는 것이다.

사람들은 그런 식으로 살아간다. 정보 업계에 종사하는 사람들 말이다. 히로 프로타고니스트와 비슷한 부류들이다. 그냥 알게 된 정보나 돌아다니면서 비디오테이프에 담은 상황을 도서관에 올린다. 그렇게 수집한 정보를 원하는 사람들은 정보 수집가에게 돈을 내고 도서관에서 해당 정보를 열람하거나 아예 다른 사람들이 못 보게 사 버릴 수도 있다. 이상한 장사지만 와이티는 그 개념이 마음에 든다. 대개 CIC는 일개 쿠리에에게 별다른 관심을 두지 않는다. 그러나 히로는 CIC와 거래하는 사람 같다. 어쩌면 그녀는 히로를 통해 거래할 수 있을지도 모른다. 왜냐하면 와이티는 소소하지만 재미난 일을 아주 많이 알고 있기 때문이다.

그녀가 아는 아주 작은 일 하나는 마피아가 이제 그녀에게 갚을 빚이 하나 생겼다는 것이다.

5

스트리트 쪽으로 다가가던 히로의 눈에 부모의 컴퓨터로 메타버스에 접속해 데이트를 즐기는 듯 보이는 두 쌍의 남녀가 '0번 포트'에서 내리는 모습이 보인다. 0번 포트는 메타버스에 들어오는 입구로, 모노레일 정거장이 있는 곳이다.

그가 보는 사람들은 물론 실제가 아니다. 눈에 보이는 모든 건 광섬유를 통해 내려온 정보에 따라 컴퓨터가 그려 낸 움직이는 그림에 불과하다. 사람처럼 보이는 건 '아바타'라고 하는 소프트웨어들이다. 아바타는 메타버스에 들어온 사람들이 서로 의사소통을 하고자 사용하는 소리를 내는 가짜 몸뚱이다. 히로의 아바타 역시 지금 스트리트에 서 있다. 그리고 만일 두 쌍의 남녀가 모노레일 정거장에서 걸어 나오며 그가 있는 쪽을 바라본다면, 그가 그들을 보는 것처럼 그들도 히로를 볼 수 있을 것이다. 서로 이야기도 할 수 있다. LA의 임대 창고 마을에 있는 히로와 시카고 교외 어디쯤 있을 법한, 무릎에 노트북을 올려놓은 네 명의 십 대 아이들이 대화하는 것이다. 그러나 그들은 아마 현실 세계에서와 마찬가지로 서로 말을 걸지 않을 것이다. 착실하게 보이는 아이들인 걸 보니 멋지게 옷을 차려입은 외톨이 혼혈인, 그것도 긴 칼을 두 자루나 찬 사람에게 말을 걸지는 않을 것 같다.

아바타는 장비가 허락하기만 하면 원하는 대로 아무렇게나 만들 수 있다. 못생긴 사람도 아바타는 아름답게 만들 수 있다. 방금 잠자리에서 나온 사람이라도 아바타는 여전히 아름다운 옷을 차려입고 제대로 화장한 모습으로 꾸며 놓을 수 있다. 메타버스에서는 고릴라나 용, 말하는 거대한 남근男根도 될 수 있다. 스트리트를 따라 5분만 걸으면 그 모든 모습을 만날 수 있다.

히로의 아바타는 히로와 똑같이 생겼다. 단지 다른 점은 현실 세계에서 히로가 뭘 입든 그의 아바타는 늘 가죽으로 만든 기모노를 입고 있다는 사실이다. 해커 일을 하는 사람들이라면 대개 눈에 띄도록 아바타를 꾸미지 않는다. 말하는 남근보다 실제 사람의 얼굴을 그려 내는 편이 훨씬 더 어렵다는 걸 해커들은 잘 알기 때문이다. 옷에 대해 일가견을 가진 사람들이 싸구려 모직 양복과 특별히 주문해 만든 고가의 모직 양복을 구별할 줄 아는 것처럼.

마치 스타트랙의 커크 선장이 하늘에서 내려오는 것처럼 메타버스 아무 곳에나 불쑥 나타날 수는 없다. 그런 식으로 나타나면 주변에 있는 사람들은 혼란스러워하고 짜증을 낼 것이며 메타버스를 현실과 비슷하게 꾸며 놓은 게 모두 헛수고가 되어 버린다. 갑자기 불쑥 나타나는 행동은[아니면 반대로 현실 세계로 사라지는 것] 메타버스 안에 있는 자신의 집에서 혼자 있을 때나 사용하는 편이 좋다. 요즘 아바타들은 대부분 해부학적으로 특이하지 않으며 아기처럼 발가벗은 모양으로 만들어지기 때문에 스트리트로 나가기 전에 제대로 복장을 갖추어야만 한다. 타고난 성품이 품위가 없어 그런 일에 아무

신경도 쓰지 않는다면 몰라도 말이다.

만일 당신이 스트리트에 집도 하나 없는 가난뱅이라면, 예를 들어 공공장소에 놓인 공용 컴퓨터를 통해 접속해 들어온 사람이라면 맨 먼저 '포트'에 나타난다. 스트리트에는 256개의 '고속 포트'가 서로 256킬로미터씩 똑같은 거리를 두고 떨어져 있다. 각 고속 포트 사이엔 1킬로미터씩 떨어진 '지역 포트'가 256개 있다[눈치 빠른 해커 지망생이라면 2의 8승인 256이라는 숫자가 과도할 정도로 자주 등장한다는 걸 알아차렸을 것이다. 심지어 2의 2승에다 다시 2를 곱한 8이라는 숫자도 상당히 흥미롭다]. 포트는 공항과 비슷한 역할을 한다. 어딘가 다른 곳에서 메타버스로 올 때 거치는 곳이다. 일단 포트를 통해 모습을 드러내면 스트리트로 걸어가거나 모노레일을 타거나 마음 내키는 대로 움직일 수 있다.

모노레일에서 내린 두 쌍의 남녀는 맞춤형 아바타를 살 능력도 없고 스스로 만들 줄도 모르는 것 같다. 네 명 모두 만들어 판매하는 아바타를 사용하고 있다. 여자 중 한 명은 상당히 괜찮은 아바타를 가졌다. '케이 텔' 세트 중에서도 꽤 유행을 앞서가는 걸로 소문난 아바타다. 게다가 아바타 성형 세트를 사서 상당히 여러 곳을 스스로 손본 것 같은 모습이다. 어쩌면 진짜 자신의 모습과 비슷하게 만들었을 수도 있다. 그녀의 남자 친구도 꽤 괜찮아 보인다.

다른 여자아이의 아바타는 '브랜디'고 상대는 '클린트'다. 브랜디와 클린트 둘 다 기성품 아바타 가운데 인기가 많은 종류다. 가난한 백인 여고생들이 메타버스에서 데이트를 할 때면 늘 동네 월마트의 컴퓨터 게임 매장에 달려가 브랜디 아바타를 사곤 한다. 사용자는 세 종류의 가슴 크기 중 하나를 고를 수 있다. 믿을 수 없을 정도로 큰 것, 불가능할 정도로 큰 것, 그리고 우스울 정도로 큰 것. 지을 수 있는 표정은 그리 다양하지 못하다. 귀여운 새침데기 같은 표정, 명랑하고 활기찬 표정, 이해력 넘치는 듯 웃는 표정 그리고 귀엽고 멍한 표정. 브랜디는 속눈썹의 길이가 1센티미터도 넘지만, 워낙 싸구려 아바타라서 눈썹이 딱딱한 검은색 판 모양으로 보인다. 브랜디 아바타가 속눈썹을 펄럭거리면 바람이 부는 것처럼 느껴질 정도다.

클린트는 브랜디의 상대로 딱 어울리는 남자 아바타다. 우악스러워 보이기도 하지만 얼굴이 잘생긴 클린트는 지을 수 있는 표정이 거의 없다.

히로는 이 네 명이 어떻게 뭉치게 된 건지 공연히 궁금하다. 네 명은 사회적 지위가 확연히 달라 보인다. 어쩌면 나이 차이가 있는 형제자매일 수도 있다. 그러나 그 순간, 그들은 에스컬레이터를 타고 내려오더니 군중 속으로 끼어들어 스트리트의 일부가 된다. 그곳에는 너무 많은 클린트와 브랜디가 새로운 인종을 이루고 있다.

스트리트는 상당히 분주하다. 사람들은 대부분 미국인이나 동양인이다. 유럽은 지금 새벽 시간이다. 미국인들이 상대적으로 더 많아서 전체적으로 화려하고 초현실적인 분위기가 난다. 지금 한낮인 아시아에서 온 사람들은 짙은 푸른색 양복을 갖춰 입었다. 미국인들은 퇴근 시간이 지난 무렵이라 컴퓨터가 그려 낼 수 있는 최대한 야단스러운 모습들을 하고 있다.

히로가 자신이 사는 동네와 스트리트의 경계선을 넘는 순간, 사방에서 온갖 휘황찬란한 빛을 띤 형상들이 마치 고속 도로에서 차에 치여 죽은 동물 사체를 향해 달려드는 독수리처럼 그를 향해 내리꽂히기 시작한다. 히로가 사는 동네에서는 움직이는 영상을 이용한 광고는 할 수 없다. 그러나 스트리트라면 뭐든 가능하다.

날아가던 전투기가 화염에 휩싸이더니 땅으로 떨어지며 음속의 두 배나 되는 속도로 그를 향해 똑바로 날아든다. 그러다 그가 서 있는 곳에서 약 15미터 떨어진 앞쪽 길바닥에 처박히면서 부서지고 폭발하더니 불꽃과 잔해

덩어리로 뒤엉킨 채 도로를 미끄러지며 그에게 달려든다. 그를 잡아먹을 듯 달려드는 불길 말고는 아무것도 보이지 않는다. 컴퓨터를 이용해 완벽하게 표현한 볼거리다.

그 모든 광경이 멈추더니 어떤 사내가 히로 앞에 모습을 드러낸다. 멋지게 수염을 기른 안색이 창백한 해커 사내는 마른 몸을 가리느라 풍성한 비단 점퍼를 입었다. 옷에 메타버스 안에 있는 큰 놀이공원의 회사 로고를 자랑스레 붙인 모습이다. 히로가 아는 사내다. 둘은 늘 업계 모임에서 만나는 사이다. 그는 지난 두 달 동안 히로를 채용하려 애쓰고 있다.

"히로, 도대체 내 말을 왜 무시하는지 이해할 수가 없군. 우린 돈을 아주 많이 벌고 있어. 홍콩 달러와 엔화로 말이야. 연봉도 원하는 만큼 줄 수 있고. 마법사와 검객이 등장하는 그런 곳을 만드는 중이야. 자네처럼 솜씨 좋은 해커가 필요해. 와서 같이 이야기 좀 하자고, 알았지?"

히로가 사내를 향해 똑바로 걸어가자 사내의 모습은 사라진다. 메타버스 안의 놀이공원도 상당히 멋진 곳이다. 그곳에선 엄청나게 다양한 쌍방향 삼차원 영화를 골라 볼 수 있다. 하지만 결국 그런 것들은 비디오 게임에 지나지 않는다. 히로는 놀이공원을 운영하는 회사에 들어가서 게임이나 만들 정도로 가난하지는 않다. 아직은. 그 회사의 주인은 일본인인데 중요한 건 그게 아니다. 문제는 회사를 운영하는 사람들도 모두 일본인이라서 모든 프로그래머는 하얀 셔츠를 입고 아침 8시에 출근해 칸막이 안에 들어앉아 일하며 회의에 끌려다녀야 한다는 점이다.

히로가 일을 배우던 15년 전에는 해커 한 명이 소프트웨어 하나를 처음부터 끝까지 만들어 내곤 했다. 이제 그런 일은 불가능하다. 소프트웨어는 공장에서 만들어지며 해커들은 어떤 식이든 작업장에서 일하는 노동자에 불과하다. 더 끔찍한 건 일을 하다가 관리자라도 되는 날이면 스스로 프로그래밍한 줄 하지 못하는 신세가 되고 만다는 것이다.

이러다 공장 노동자가 될지도 모른다는 생각이 들자 히로는 오늘 밤 부지런히 돌아다니며 정말 괜찮은 정보를 구해야겠다는 생각이 든다. 그는 스스로 자극을 주어 오랫동안 직업도 없이 무기력하게 지내던 상황을 깨뜨려 보려고 애쓰는 중이다. 정보를 캐는 일도 혹시 붙잡히는 날엔 큰 죄가 될 수도 있다. 물론 연줄이 있으니 큰 문제가 되지는 않을 것이다. 조심하기만 하면 된다. *조심하자. 조심하자.* 하지만 도저히 어떤 일에도 정신을 집중하기가 어려웠다.

그는 마피아에게 새 배달차 한 대를 빚지고 있다. 그 정도면 정신을 집중해야 할 큰 이유가 된다.

스트리트를 가로질러 모노레일 선로 아래를 지나 낮게 엎드린 커다란 건물로 향한다. 스트리트와 전혀 어울리지 않는 건물은 마치 누군가 깜박 잊고 개발을 하지 않은 것처럼 보인다. 윗부분이 잘려 나간 검은색 피라미드가 웅크리고 앉은 모습이다. 문은 하나뿐이다. 실제로 존재하지 않는 세상이기 때문에 비상구가 몇 개 이상이어야 한다는 식의 규정은 없다. 경비원이나 경고판처럼 들어오는 사람을 막는 건 전혀 없지만 수천 명이나 되는 아바타들이 모여 서서 뭐라도 보일까, 안쪽을 들여다보고 있다. 초대받지 않은 사람들은 들어갈 수 없기 때문이다.

건물 앞쪽 출입문 위에 지름 1미터 정도인 칙칙한 검은색 반구 모양의 물체가 달려 있다. 장식물 비슷한 거라곤 그것밖에 없다. 그 아래 검은 소재로 된 벽에 건물 이름이 새겨져 있다. '블랙 선'.

다시 말해 멋진 걸작은 못 되는 건물이다. 다파이비드와 히로 그리고 다른 해커들은 블랙 선을 프로그래밍할 당시 건축가나 디자이너를 고용할 정도로 돈이 많지 않았다. 그래서 기하학적으로 단순한 건물을 만들었다. 입구에 몰려 서 있는 아바타들은 그런 건 별로 신경 쓰지 않는 것처럼 보인다.

만일 아바타들이 실제 길 위에 서 있는 실제 사람들이라면 히로는 건물 입구까지 걸어가지도 못할 것이다. 너무 붐비기 때문이다. 그러나 스트리트를 통제하는 컴퓨터 시스템은 수백만이나 되는 사람들이 각각 어떻게 움직이는지 인식하고 서로 부딪치지 않도록 하는 일 따위에 신경 쓸 시간이 없다. 시스템은 믿을 수 없을 정도로 어려울 게 뻔한 그 문제를 해결하려고 노력조차 하지 않았다. 스트리트에서 아바타들은 서로를 그냥 통과해 지나간다.

그러니까 히로가 사람들을 뚫고 입구로 걸어간다면, 문자 그대로 사람들을 뚫고 지나가는 것이다. 만일 아바타가 너무 많이 중첩되면 컴퓨터는 모든 아바타를 흐릿한 반투명 물체로 표현해 주위가 어느 정도 보일 수 있도록 해서 간단히 문제를 해결해 준다. 히로 자신의 몸은 제대로 짙게 보이지만 다른 모든 사람은 허깨비처럼 희미하게 보인다. 몰려 있는 사람들이 안개라도 되는 듯 뚫고 나아가자 앞에 블랙 선 건물이 명확하게 보인다.

경계선을 넘어서자 현관 안쪽 모습이 보인다. 바로 그 순간 현관 밖에서 우글거리는 아바타들에게 히로의 모습이 명확하게 보인다. 아바타들은 하나라도 된 듯 소리를 질러 대기 시작한다. 히로가 누군지 잘 알아서가 아니다. 히로는 그저 공항 근처에 있는 임대 창고에 살며 CIC를 위해 정보를 모으러 다니는 사람일 뿐이니까. 그들이 소리 지른 이유는 경계를 넘어 블랙 선에 들어설 수 있는 사람이 전 세계에 2천 명 정도밖에 없기 때문이다.

그는 돌아서서 열광적으로 소리를 질러 대는, 만 명은 족히 되어 보이는 사람들을 바라본다. 실내로 들어서는 통로에 도착한 히로는 이제 혼자고, 아까처럼 밀려오는 아바타들의 홍수에 파묻히지 않는 상황이어서 건물 쪽에 가장 가까이 선 사람들의 모습을 또렷하게 볼 수 있다. 사람들은 유별나고 멋진 모습으로 아바타를 꾸민 채 블랙 선의 주인이자 해커들의 대장 격인 다파이비드가 혹시 안으로 초대해 주진 않을까 하는 기대를 품고 있다. 그런 아바타들이 어른거리며 서로 뭉개지며 정신없는 모양의 벽처럼 보인다. 눈이 번쩍 뜨일 정도로 아름다운 여자들. 컴퓨터로 잘 다듬고 매만진 모습을 1초에 72번씩 깜빡거리는 그녀들은 마치 《플레이보이》에 나온 여자 사진이 삼차원으로 바뀐 것처럼 보인다. 아마 눈에 띄길 바라는 여배우 지망생들일 것이다. 거칠게 보이는 추상적 형상들이나 회오리바람처럼 나선형으로 휘감기는 빛줄기 같은 것들은 다파이비드가 재능을 발견하고 건물 안으로 불러 일거리를 맡겨 주길 바라는 해커들이다. 여기저기 섞인 흑백 아바타들은 싸구려 공공 컴퓨터를 통해 메타버스에 들어온 사람들로, 움직이는 동작이 매끄럽지 않고 색깔도 거친 흑백이다. 흑백 아바타 가운데 다수는 흔히 볼 수 있는 정신 나간 팬들로, 특정 여배우를 칼로 찔러 죽이겠다는 환상에 빠진 이들이다. 현실 세계에서는 아예 근처에 다가가지도 못하니까 메타버스에서라도 눈을 굴리며 먹잇감에 몰래 다가가는 것이다. 방금 콘서트 무대에서 내려온 듯 온통 레이저 광선으로 치장한 미래의 록스타들도 보인다. 그리고 최상급 컴퓨터를 이용해 세련된 모습으로 꾸민 일본인 비즈니스맨 아바타들도 보인다. 하지만 그들이 차려입은 정장은 너무 얌전하고 지루해 보인다.

　흑백이긴 하지만 나머지 사람들보다 키가 커서 눈에 띄는 아바타가 보인다. 스트리트의 규칙에 따르면 아바타는 현실 세계의 주인보다 키가 크면 안된다. 키가 1킬로미터도 훨씬 넘는 아바타가 돌아다니는 걸 막기 위한 규칙이다. 그리고 어차피 이 사내가 공중 유료 컴퓨터를 사용하고 있다면 그는 아바타를 꾸밀 도리가 없다. 아바타의 외모로 보니 공중 컴퓨터를 이용하고 있는 게 분명해 보인다. 공중 컴퓨터는 사용자의 실제 모습을 비슷하게 보여줄 수 있을 뿐이다. 스트리트에서 흑백 아바타와 이야기를 나누는 건 상대방이 얼굴을 복사기에 대고 계속 복사하기 버튼을 눌러 대는 동안 결과물이 나오는 곳에 서서 한 번에 한 장씩 나오는 복사물을 잡아 빼서 들여다보는 일이나 다름없다.

마치 커튼처럼 열린 긴 앞 머리칼 사이로 드러난 이마에 문신이 보인다. 해상도가 엉망이라 제대로 알아볼 도리는 없지만 뭔가 글씨를 새긴 것 같다. 콧수염은 영화에 나오는 중국인처럼 길고 가늘게 양쪽으로 늘어졌다.

자신을 바라보는 걸 알아차린 사내의 맞받아치는 듯 노려보는 눈길이 느껴진다. 사내는 히로를 위아래로 훑어보면서 특히 칼에 관심을 보인다.

흑백 사내의 얼굴에 웃음이 번진다. 만족스러워하는 웃음이다. 뭔가를 알았다는 듯한 느낌을 주는 웃음이다. 히로가 모르는 뭔가를 알고 있는 사람이 짓는 웃음이다. 지루한 듯 혹은 뭔가를 기다리는 듯 팔짱을 끼고 서 있던 흑백 사내는 이제 양팔을 옆으로 내려뜨리고 몸을 푸는 육상 선수처럼 흔든다. 사내는 최대한 앞으로 다가서더니 몸을 숙인다. 워낙 키가 커서 그의 뒤로 보이는 거라곤 텅 빈 검은 하늘과 날아다니는 광고판이 지난 자리에 남은 배기가스 자국뿐이다.

"어이, 히로. 스노 크래시 한 번 해 보지 않겠나?"

사내가 말한다.

블랙 선 입구 근처에서 어정거리는 많은 사람이 이상한 말을 늘어놓곤 한다. 그럴 땐 그냥 무시하면 된다. 하지만 히로는 사내의 말에 관심이 간다.

가장 이상한 점은 사내가 히로의 이름을 알고 있다는 것이다. 하지만 사람들은 그런 정보를 알아낼 수도 있다. 대수롭지 않은 일이다.

두 번째 이상한 점은 마치 길거리에서 마약을 파는 사람처럼 군다는 것이다. 현실 세계의 술집 앞에서라면 자연스러울 것이다. 그러나 여기는 메타버스 안이다. 메타버스에서는 마약을 팔 수 없다. 눈으로 뭔가 보는 것만으로 황홀경에 빠질 수는 없기 때문이다.

세 번째 이상한 점은 마약의 이름이다. 히로는 스노 크래시라는 마약을 들어 본 적이 없다. 그럴 수도 있다. 매년 천 개도 넘는 새 마약이 탄생하며, 모든 마약은 대여섯 개도 넘는 별명으로 불리며 팔리기 때문이다.

하지만 '스노 크래시'는 컴퓨터 쪽에서 쓰이는 용어다. 아주 기본적인 부품의 결함 때문에 모니터로 보내는 전자빔을 제어하는 부분이 제대로 작동하지 않을 때 나타나는 현상을 가리킨다. 그럴 때는 전자빔이 아무렇게나 화면을 쏴 대면서 깔끔하게 줄을 서 있던 화소들이 눈보라가 일어나는 것처럼 소용돌이친다. 히로도 100만 번은 본 일이다. 그러나 그런 용어를 마약에 붙인 건 매우 특이한 일이다.

그런데 정말 히로가 주목한 건 사내가 자신감에 넘친다는 사실이다. 사내는 대단히 침착하고 겉으로 감정을 드러내지 않는다. 마치 소행성을 마주 보며 이야기하는 것 같다. 전혀 말도 안 되는 이야기를 하는 걸 보니 어찌 보면 차라리 소행성에 대고 말을 하는 편이 나을지도 모른다. 히로는 사내의 표정에서 뭔가 단서를 찾아내려 하지만, 그의 얼굴을 가까이 들여다볼수록 지저분한 흑백 아바타는 불규칙적으로 흔들리는 픽셀들로 이루어진 추상화처럼 보일 뿐이다. 마치 고장 난 텔레비전에 코를 박고 얼굴을 들이미는 것 같은 상황이다. 이가 부딪혀 아플 지경이다.

"실례합니다. 뭐라고 하셨죠?"

히로가 말한다.

"스노 크래시 한 번 해 보겠느냐고."

어느 지방에서 쓰는 억양인지 알 수가 없다. 아바타가 내는 음성도 영상만큼 수준이 떨어진다. 사내 뒤쪽으로 지나가는 자동차 소리가 목소리에 섞여 들린다. 어딘가에 있는 고속 도로 근처에서 공중 컴퓨터를 사용하는 게 분명하다.

"무슨 말인지 모르겠군. 스노 크래시가 뭐요?"

히로가 묻는다.

"약이지, 멍청이. 그럼 뭐겠어?"

사내가 말한다.

"잠깐만. 이런 일은 처음이라서 말이야."

히로가 말한다.

"내가 이 자리에서 당신에게 돈을 줄 거라 생각하는 거야? 그러고 나면 당신이 내게 약을 우편으로 보내 주는 건가?"

"난 해 보겠느냐고 했지, 사겠느냐고 하지는 않았어."

사내가 말한다.

"돈은 전혀 필요 없다고. 공짜로 조금 주는 거야. 그리고 우편으로 물건을 받느라 기다릴 필요도 없지. 지금 할 수 있어."

사내는 주머니에 손을 넣더니 하이퍼카드를 하나 꺼낸다.

하이퍼카드는 일종의 아바타로 명함처럼 생겼다. 메타버스 안에서 많은 양의 자료를 표현할 때 사용한다. 자료는 텍스트, 오디오, 동영상 또는 정지 화상일 수도 있고, 전혀 다른 형태의 디지털 정보일 수도 있다.

사진과 문자 그리고 일부 숫자로 된 자료를 담은 야구 카드를 생각해 보라. 야구 하이퍼카드는 주인공인 야구 선수가 활약하는 하이라이트 동영상을 완벽한 고해상도 화면으로 보여 준다. 게다가 해당 선수의 완벽한 일대기를 야구 선수 본인의 목소리, 그것도 스테레오 디지털 사운드로 들을 수 있다. 또 선수의 완벽한 통계 자료도 함께 들어 있는데, 사용자가 원하는 내용을 원하는 방식으로 쉽게 꺼내 볼 수 있도록 도우미 소프트웨어도 딸려 있다.

하이퍼카드 한 장에 사실상 무한대에 가까운 양의 정보를 담을 수 있다. 사내가 내민 하이퍼카드 안에는 의회 도서관이 소장한 모든 도서의 내용이나 드라마 '하와이 5-0'(미국 수사 드라마로 약 12년 동안 총 278편 방영되었다) 전편 또는 지미 헨드릭스가 낸 음반 전체, 아니면 1950년 인구 조사 자료 전체가 담겼을 수도 있다.

하지만 그런 것들보다는 끔찍하고 매우 다양한 컴퓨터 바이러스가 들어 있을 가능성이 훨씬 크다. 만일 히로가 손을 내밀어 그 하이퍼카드를 받는다면 안에 담긴 자료는 사내의 컴퓨터에서 히로의 컴퓨터로 전송된다. 당연히 히로는 어떤 상황이든 그 카드에 손을 대지 않을 것이다. 카드에 손을 대는 건 타임스 광장에서 생전 처음 보는 사람으로부터 공짜 주사기를 넘겨받아 스스로 목에 찔러 넣는 꼴이나 다름없다.

게다가 사내가 하는 말이 무슨 말인지 이해도 되지 않는 상황이다.

"그건 하이퍼카드잖아? 스노 크래시가 약이라고 말했던 것 같은데……."

히로는 완전히 어리둥절해진 채 말한다.

"약이지. 한번 해 봐."

사내가 말한다.

"그걸 하면 뇌가 망가지는 건가? 아니면 컴퓨터를 못 쓰게 되나?"

히로가 말한다.

"둘 다일 수도 있고 둘 다 아닐 수도 있지. 다른 게 뭐지?"

그제야 히로는 자신이 인생의 60초를 편집증에 빠진 정신병자와 아무 의미 없는 대화를 나누는 데 허비했다는 걸 깨닫는다. 그는 돌아서서 블랙 선 안쪽으로 들어간다.

6

화이트 컬럼즈를 빠져나가는 길에 검은 차 한 대가 표범처럼 웅크리고 있다. 반들반들하게 닦은 차체에 오아후 도로의 로글로 불빛이 비쳐 반짝거린다. 그 차는 '메타캅스'라는 경찰 서비스 회사에 소속된 순찰차다. 문짝엔 커다란 접시만 한 크롬 은색 휘장이 새겨져 있다. 휘장에는 아까 말한 회사의 이름이 박혀 있고, 그 아래에는 이런 글귀가 적혀 있다.

1-800-THE COPS로 전화해 주세요.
신용 카드 환영

메타캅스는 화이트 컬럼즈 외에도 공식적으로 윈저 하이츠, '베어런 하이츠', '시나몬 그로브' 그리고 '팜스 클로보넬'의 치안을 맡고 있다. 그리고 페어레인 도로 회사에서 운영하는 모든 고속 도로와 연결 도로망에서 교통 법규가 지켜지도록 관리한다. 다른 몇몇 준 국가 자치 구역에서도 그들을 사용한다. '케이맨 플러스'나 '알프스' 같은 곳이다. 그러나 '가맹점 국가'들은 스스로 경비 병력을 두는 걸 선호한다. '메타자니아'나 '뉴사우스 아프리카' 같은 곳이 경비를 자력으로 해결하는 건 당연하다. 사람들이 해당 국가의 시민이 되려고 하는 것도 바로 그런 이유 때문이다. 시민이 되면 군대에 들어갈 수 있으니까. 당연히 '노바 시칠리아'도 군대를 보유하고 있다. '나르콜롬비아'는 군대가 필요 없는 곳이다. 사람들이 나르콜롬비아의 가맹점 앞을 지날 때는 시속 160킬로미터나 되는 속도로 달리면서도 겁을 먹는다[와이티도 나르콜롬비아 가맹점이 많은 지역을 달릴 때면 늘 재빨리 속도를 높이는 보조 기구를 사용하곤 한다]. 그리고 모든 준국가 자치 지역들의 원조 격인 '이 선생의 위대한 홍콩'은 일반적인 홍콩 방식으로 처리하고 있다. 로봇을 이용하는 것이다.

메타캅스의 제일 큰 경쟁 상대인 '월드비트 경비대'는 크루즈웨이 도로 회사가 관리하는 모든 도로 외에도 세계 곳곳의 '딕시 트래디셔널', '피켓 플랜테이션', '레인보우 하이츠'[두 곳은 인종 차별 정책을 시행하는 버브클레이브이고 다른 한 곳은 성공한 흑인들이 모여 사는 곳이라 희한한 일이 아닐 수 없다], '브릭야드 스테이션' 그리고 '무슨 무슨 강가의 메도우베일' 등과 계약을 체결해 일하고 있다. 메타캅스보다 규모가 작은 월드비트가 더 고급 고객을 상대하는 걸 보면 정보를 수집하는 능력이 더 좋은 게 틀림없다. 고객들은 그렇게 생각하고 싶겠지만, 월드비트도 어차피 CIC에 조사를 다시 의뢰하는 건 마찬가지다.

그리고 또 '집행자'라는 회사도 있다. 하지만 그들은 비싼 데다 의뢰인이 이래라저래라하는 걸 싫어한다. 제복 속에 비공식 문양이 그려진 티셔츠를 받쳐 입고 다닌다는 소문도 있다. 문양의 내용은 방망이를 쥔 주먹에 '고소하려면 해'라고 쓰여 있다는 것이다.

와이티는 살짝 경사진 길을 따라 내달리며 화이트 컬럼즈의 무거운 철문이 옆으로 열리길 기다리고 기다린다. 그러나 철문은 열릴 생각을 하지 않는다. 철문 옆에 딸린 경비실에서 레이저 광선을 쏴서 와이티가 누군지 확인해야 마땅하지만 아무런 기척도 보이지 않는다. 확인 장치는 꺼진 상태다. 만일 와이티가 아무 생각도 없이 길을 가던 보행자였다면 메타캅에게 다가가 무슨 일이냐고 물었을 것이다. 그럼 메타캅은 그저 "도시 국가의 안전을 위한 조치입니다."라고만 말했을 것이다. 버브클레이브는 이런 식이다! 도시 국가들도 마찬가지다! 너무나 사소하고 불안정한 모든 일, 이를테면 마당 잔디를 깎지 않는다든지 음악을 너무 시끄럽게 틀어 놓는 일들이 이제 국가 안보의 주요 쟁점이 되고 있다.

담을 피해 돌아나갈 방법은 없다. 화이트 컬럼즈는 로봇이 건설한, 높이가 2.4미터나 되는 철제 담으로 완벽히 둘러싸인 곳이다. 철문까지 달려간 그녀는 쇠창살을 붙잡고 흔들어 보지만 너무나 굵고 단단하다.

메타캅스 경찰관은 순찰차에 몸을 기대면 안 된다. 게으르고 약해 보이기 때문이다. 마치 기댄 것처럼 보일 정도로 거의 기대는 건 괜찮다. 그리고 지금 순찰차 곁에 선 메타캅 사내가 하는 것처럼 완전히 몸 전체를 기댄 것처럼 구는 것도 괜찮지만 정말 몸을 기대는 일은 있을 수 없다. 정말 기대기라도 한다면 '개인 규격 장비 벨트'에 빠진 것 없이 매달려 반짝거리는 '개인 휴대 장비 세트'가 깨끗하게 칠한 순찰차에 흠집을 낼 수도 있다.

"이 문 좀 열어 주시죠. 배달하러 가야 하는데요." 와이티가 서 있는 메타캅에게 말한다.

갑자기 순찰차 뒷자리에서 폭발음이라고 하기엔 작은, 뭔가 서로 부딪히는 듯한 소리가 들린다. 레슬링 선수가 혀를 감아 넣었다가 진한 가래침을 내뱉는 듯한 둔탁한 소리다. 아니면 좀 떨어진 곳에서 아기가 대변을 보는 순간 들리는 소리 같기도 하다. 여전히 철문 쇠창살을 붙잡고 있는 와이티의 손이 잠깐 따끔하더니 차가운 느낌과 뜨거운 느낌이 동시에 든다. 손은 거의 꼼짝도 하지 않는다. 비닐 냄새가 확 풍긴다.

다른 메타캅 한 명이 순찰차 뒷자리에서 나온다. 뒷문의 유리가 내려가 있지만, 순찰차가 워낙 전체적으로 까맣게 빛나는 터라 문이 열리는 걸 보고 서야 눈치챌 수 있다. 반질거리는 검은 헬멧과 야간 투시 고글을 착용한 두 메타캅은 싱글거리며 웃는다. 순찰차에서 내린 두 번째 메타캅은 '단거리 화학 포승줄 발사기'를 들고 있다. 흔히 가래침 총이라고 부른다. 그들의 소박한 작전이 먹혀든 것이다. 와이티는 혹시 뒷자리에서 누군가 숨어 찐득거리는 걸 쏘지는 않을지 특수 고글을 이용해 확인하는 걸 깜박하고 말았다.

가래침 총의 발사체는 공중으로 날아가며 크기가 미식축구공만 해진다. 수 킬로미터나 되는, 실처럼 가늘지만 강인한 물질을 뭉쳐 놓은 발사체는 마치 스파게티처럼 느껴진다. 스파게티에 묻은 소스가 끈적끈적 달라붙는데, 원래는 액체지만 일단 발사되어 물체에 맞으면 빠른 속도로 굳는다.

메타캅스 소속 경찰관들은 이런 장비를 휴대하지 않을 수 없다. 준국가 자치 지역, 그러니까 가맹점 국가에 속한 조그만 가맹점들이 여기저기 널린 상황에서 범죄자들을 쫓아다니는 일은 너무 어렵기 때문이다. 범죄자라고 해봐야 스케이트보드를 탄다는 것 말고는 별 잘못도 없는 사람들이지만 말이다. 어쨌든 그런 사람들은 어디서든 스케이트보드를 타고 3초만 달아나면 다른 국가의 가맹점으로 몸을 피할 수 있다. 게다가 메타캅들이 소지한 개인 규격 장비 벨트는 믿을 수 없을 정도로 부피가 컸고, 그 벨트에 샹들리에처럼 매달린 온갖 장비들 때문에 그들은 달리려고 해도 늘 느림보 꼴이어서 비웃음을 사곤 했다. 그들은 살을 빼는 대신 장비를 더 추가하기로 했다. 바로 가래침 총이다.

섬유질로 된 발사체는 콧물처럼 흘러내리며 와이티의 손과 팔뚝을 온통 뒤덮더니 철문 쇠창살에 묶어 버렸다. 끈적거리는 물질 일부가 기둥을 타고 흘러내리며 늘어졌지만, 그마저도 이내 굳기 시작하며 고무로 변하는 중이다. 포승줄 발사기에서 날아와 늘어진 끈끈이 몇 가닥이 어깨, 가슴 그리고 얼굴 아래쪽에 들러붙는다. 얼굴을 뒤로 젖혔더니 실에 묻었던 끈적이는 물질이 떨어져 나오며 마치 뜨거운 모차렐라 치즈처럼 길고 엄청나게 가는 실 모양으로 늘어진다. 하지만 그마저도 순간적으로 굳어지며 끊어지더니 올올이 둥근 모양으로 말리며 연기처럼 스러진다. 그나마 얼굴에서 가래침이 떨어져 나갔으니 끔찍한 꼴은 면했지만, 손은 여전히 꼼짝 못 하는 상태다.

"이제부터 우리가 구두로 명확하게 허가하지 않은 상태에서 신체를 움직이면 귀하는 직접적인 신체적 위험에 처할 수 있으며, 그로 말미암아 심리적인 위험에 빠질 수도 있다는 걸 경고합니다. 또한, 귀하께서 개인적으로 어떤 신앙을 믿느냐에 따라 앞서 말씀드린 신체적 위험 때문에 발생하는 개인적인 반응 행동에 따른 정신적 위험도 생길 수 있습니다. 귀하께서 조금이라도 움직인다는 건 우리가 설명한 위험을 받아들이겠다는 뜻이며 돌이킬 수 없습니다."

첫 번째 메타캅이 말한다. 그의 허리춤에 달린 조그만 스피커에서 방금 한 말 전부가 스페인어와 일본어로 통역되어 나온다.

"아니면 그냥 이렇게 말해도 돼."

다른 메타캅이 말한다.

"꼼짝 마, 이 자식아."

스피커는 통역할 수 없는 욕설은 그냥 '차식아'와 '짜시가'라고 대충 얼버무린다.

"우리는 메타캅스 무한 회사의 법 집행관들입니다. 우리는 화이트 컬럼즈 법규 24조 5항 2절에 따라 이 지역에서 경찰 임무를 수행할 수 있습니다."

"보드 타는 아무 죄 없는 사람들이나 괴롭히겠죠."

와이티가 말한다.

메타캅이 통역기를 끈다.

"영어로 말함으로써 귀하가 사실상 앞으로 우리가 나눌 모든 대화에 영어를 사용하겠다고 동의한 것으로 간주합니다."

"내가 말하는 게 무슨 뜻인지도 모르는군요."

와이티가 말한다.

"귀하는 다른 지역, 다시 말해 윈저 하이츠에서 발생한 '피신고 범죄 행위'에 연루된 '주요 용의자'로 확인되었습니다."

"거긴 다른 나라잖아요. 여긴 화이트 컬럼즈라고요!"

"윈저 하이츠의 법률 조항에 따르면 우리는 그 지역에서도 법을 집행하고 국가 안보 사건을 처리하며 사회적 화합을 유지하는 권한을 갖고 있습니다. 윈저 하이츠와 화이트 컬럼즈 사이의 조약에 따라 우리는 주요 용의자 신분에서 벗어날 때까지 귀하를 일시적으로 잡아 가둘 수 있습니다."

"넌 망했다는 말이야."

두 번째 메타캅이 말한다.

"공격적인 태도를 보이지 않았고 눈에 띄는 무기를 소지하지도 않았으므로 귀하의 협조를 끌어내고자 별도의 단호한 조처를 할 이유는 없습니다."

첫 번째 메타캅이 말한다.

"얌전히 굴면 우리도 살살 다루어 주겠다는 거야."

두 번째 메타캅이 말한다.

"하지만 우리는 이미 보여 드린 발사기 이외에도 많은 장비를 갖추고 있으며, 그런 장비를 사용하면 귀하의 건강과 안녕에 극단적이고도 즉각적인 위해를 끼칠 수 있다는 걸 알려 드립니다."

"조금만 이상한 짓을 하면 대가리를 날려 버리겠다는 말씀이지."

두 번째 메타캅이 말한다.

"이 빌어먹을 손이나 풀어 줘요."

와이티는 상대방이 지껄이는 소리를 이미 100만 번도 더 들은 적이 있다.

다른 대부분 버브클레이브와 마찬가지로 화이트 컬럼즈에는 교도소나 경찰서가 없다. 일단 보기 흉한 데다 집값에도 좋지 않은 영향을 미치고 유지나 관리도 어렵기 때문이다. 메타캅스는 길 아래쪽에 있는 가맹점을 본부로 사용하고 있다. 가끔 사람을 가둘 일이 생길 때 필요한 유치장은 웬만한 번화가라면 하나씩은 있게 마련이다.

그들은 순찰차를 타고 달린다. 와이티는 두 손이 앞으로 묶인 상태다. 한쪽 손 절반은 고무처럼 늘어진 끈끈이에 여전히 뒤덮여 있다. 비닐 냄새가 독하게 풍겨서 두 메타캅은 창문을 내리고 달린다. 거의 사람 키만큼이나 길게 늘어진 가래침 섬유 가닥은 무릎을 지나 순찰차 바닥을 가로질러 문짝 밖으로 삐쳐 나가 도로 위로 질질 끌리며 따라오고 있다. 두 메타캅은 서두를 것 없다는 듯 가운데 차선으로 달리며 자신들이 맡은 구역 안이라면 여기저기서 과속 딱지라도 끊을 것처럼 느긋하게 군다. 주위를 달리는 운전자들은 속도를 줄이며 얌전해진다. 이런 자들에게 붙들려 길가에 차를 세운 채 30분 동안 권리가 어떻다느니, 무슨 신청을 하라느니 이러쿵저러쿵 잔소리를 들을 생각만 해도 끔찍한 모양이다. 가끔 코사노스트라 피자의 배달부가 왼쪽 차선으로 주황색 불빛을 번쩍거리며 스쳐 지나가지만 메타캅들은 못 본 척한다.

"어디로 갈까? '후스고우'로 갈까, 아니면 '클링크'?"

첫 번째 메타캅이 말한다. 동료 메타캅에게 묻는 말투다.

"후스고우로 가 주세요."

와이티가 말한다.

"클링크로 가!"

두 번째 메타캅이 그렇게 말하며 고개를 돌리더니 스스로 권력을 누리는 게 즐거운 듯 방탄유리 너머로 웃음을 지어 보인다.

후다닥 편의점 앞을 지나자 순찰차 내부가 온통 환해진다. 불빛이 어찌나 밝은지 편의점 주차장에서 어슬렁거리기만 해도 피부를 멋지게 태울 수 있을 정도다. 물론 그런 짓을 하면 월드비트 경비대에게 붙들려 가겠지만 말이다. 그 환한 불빛에 순찰차 운전석 창문에 붙은, 비자와 마스터 카드를 받는다는 내용이 적힌 스티커가 잠깐 번뜩인다.

"와이티는 카드가 있답니다. 얼마면 절 보내 주실 건가요?"

와이티가 말한다.

"왜 계속 스스로 화이티라고 부르는 거지?"

두 번째 메타캅이 말한다. 흑인들이 대개 그렇듯 그 역시 그녀의 이름이 인종과 관련이 있다고 오해한 것이다.

"화이티가 아니라 와이티야."

첫 번째 메타캅이 말한다.

"맞아요. 와이티라고요."

와이티가 말한다.

"그래, 그거야. 화이티."

두 번째 메타캅이 말한다.

"와이[Y] 티[T]라."

첫 번째 메타캅 사내가 두 번째 음인 티[T]를 너무 세게 발음하며 앞창에 반짝거리는 침방울을 튀겨 대더니 와이티에게 묻는다.

"내가 맞혀 볼까? 욜란다 트루먼?"

"아니에요."

"이본느 토마스?"

"아뇨."

"그럼 뜻이 뭐지?"

"아무 뜻도 없어요."

사실은 편지 끝부분에 인사로 쓰는 유어즈 트룰리[Yours Truly]의 약자지만, 어차피 알아듣지도 못할 것이다.

"너무 비싸서 돈으로 못 빠져나갈 거야."

첫 번째 메타캅이 말한다.

"이 동네가 얼마나 비싼 곳인데."

"정식으로 풀어 달라는 게 아니에요. 달아난 걸로 하면 되죠."

"우린 일류야. 달아나도록 놔둘 수는 없어."

첫 번째 메타캅이 말한다.

"이렇게 하자고."

두 번째 메타캅이 말한다.

"우리한테 1조 달러 내면 후스고우로 데려가 주지. 그러면 거기서 다시 거래해 보든지."

"5천억 달러로 하죠."

와이티가 말한다.

"7천 5백억. 더는 못 깎아줘. 두 손이 묶인 주제에 우리랑 흥정할 수는 없다고."

와이티는 깨끗한 쪽 손으로 허벅지 부분에 달린 주머니에서 카드를 하나 꺼내 앞 좌석 뒷부분에 달린 홈에 통과시킨 다음 다시 집어넣는다.

도착한 후스고우 가맹점은 새로 생긴 듯 깔끔해 보인다. 와이티는 여기가 웬만한 호텔보다 낫다는 생각이 든다. 검은색 카우보이 모자를 멋지게 눌러 쓴 키 큰 선인장을 그려 넣은 간판은 새로 달았는지 깨끗해 보인다.

후스고우
고품격 감금 및 인신 구속 서비스
단체 환영!

주차장에 다른 메타캅이 몰고 온 차량이 두어 대 보이고, 집행자 로고가 박힌 커다란 버스 한 대가 주차 공간 열 칸을 잡아먹은 채 서 있는 모습도 보인다. 버스를 본 메타캅들은 신경이 쓰이는 모양이다. 메타캅과 집행자를 비교하면 마치 평화 봉사단과 특수 부대인 델타포스 정도로 차이가 난다.

"한 사람 받아 주쇼."

두 번째 메타캅이 말한다. 그들은 프런트 앞에 서 있다. 벽에 줄지어 걸린 액자를 조명이 환하게 비추고 있다. 액자마다 오래전 서부 시대의 악당들 모습이 보인다. 자신을 본보기 삼으라는 듯 애니 오클리(19세기 말 미국에서 뛰어난 사격 솜씨로 유명했던 여자)의 사진이 무표정한 모습으로 와이티를 내려다보고 있다. 손님을 맞이하는 곳은 시골스러운 모습으로 꾸며 놓은 모습이다. 종업원들은 모두 카우보이모자를 쓰고 가슴엔 각자의 이름이 새겨진 오각형의 별 모양 배지를 달았다. 뒤쪽에는 구식 창살이 달린 문이 보이지만 창살은 그저 모양에 불과하다. 일단 그 문을 지나면 내부는 수술실처럼 최신식으로 꾸며져 있다. 조그만 방이 줄지어 있는데, 내부는 조립식 샤워 부스처럼 멋지게 생긴 하얀 공간이다. 사실 샤워 부스보다 두 배는 컸는데, 한가운데 누워 목욕을 할 수 있을 정도다. 밝은 조명은 11시가 되면 자동으로 꺼진다. 동전을 넣으면 볼 수 있는 텔레비전도 있다. 방마다 전화기도 있다. 와이티는 얼른 안으로 들어가고 싶다.

프런트에서 일하는 카우보이 사내가 와이티의 몸에 스캐너를 들이대더니 바코드를 읽는다. 와이티의 개인적 삶을 담은 자료 수백 쪽이 컴퓨터 모니터에 나타난다.

"이런, 여자였군."

사내가 말한다.

두 메타캅은 대단한 녀석을 만났다는 듯 서로 마주 본다. 이 친구는 절대 메타캅이 못 되겠군.

"미안합니다. 오늘은 꽉 찼어요. 여자는 받을 수가 없습니다."

"어허, 이러지 마."

"저 뒤에 버스 보이시죠. '한숨 자고 떠나요' 모텔에서 난동이 벌어졌어요. 나르콜롬비아 사람들 몇 명이 가짜 약을 팔았대요. 완전히 난리가 났어요. 집행자 대여섯 팀이 투입돼서 체포한 사람이 삼십 명이 넘어요. 그래서 자리가 없을 정도로 꽉 찼습니다. 길 아래쪽에 있는 클링크로 가 보세요."

와이티는 돌아가는 상황이 마음에 들지 않는다.

메타캅들은 그녀를 순찰차에 밀어 넣고 뒷좌석의 소음 제거 장치를 켠다. 그녀는 텅 빈 배 속에서 들리는 꼬르륵거리는 소리와 끈끈이가 묻은 손을 움직일 때마다 들리는 마른 나뭇가지 부러지는 소리 말고는 아무 소리도 들을 수 없다. 그녀는 후스고우에서 나오는 식사가 정말 먹고 싶다. 칠리 요리와 햄버거도 나오는데.

앞자리에선 두 메타캅이 이야기하고 있다. 순찰차는 다시 도로로 나선다. 멀리 앞쪽에 하얀색 바탕에 커다란 검은색 바코드가 그려진 간판이 번쩍거린다. 네모난 간판 아래에는 후다닥 편의점이라고 적혀 있다.

기둥에 달린 후다닥 편의점 간판 아래에 있는 길쭉하고 상대적으로 작은 간판에 평범한 글씨로 클링크라고 쓰인 것이 보인다.

그들은 그녀를 클링크로 데려간다. 빌어먹을 놈들. 그녀는 묶인 두 손으로 유리 칸막이를 마구 두들겨 끈적거리는 손자국을 남긴다. 닦아 내려면 고생 좀 해야 할 것이다. 그들은 고개를 돌려 길거리 쓰레기를 보듯 그녀를 바라본다. 뭔가 소리를 듣긴 했지만 뭔지 모르겠다는 듯한 표정들이다.

그들은 방사능이 뿜어져 나오는 듯 푸른색을 띤 후다닥 편의점의 조명 속으로 들어선다. 두 번째 메타캅이 편의점으로 들어가더니 계산대에 선 사내와 이야기를 한다. 가게 안에는 한 뚱뚱한 백인 소년이 집채만 한 바퀴가 달린 트럭을 다루는 전문 잡지를 사는 중이다. 남부 연합 깃발이 박힌 뉴사우스 아프리카 야구 모자를 쓴 아이는 우연히 옆에서 하는 말을 듣고 진짜 범죄자는 어떻게 생겼는지 보려고 밖을 내다본다. 뒤쪽 사무실에서 나온 두 번째 종업원은 계산대에서 일하는 사내와 같은 민족으로 얼굴은 검고 눈은 하얗게 빛났으며 목은 뼈만 앙상하다. 사내는 후다닥 편의점 로고가 새겨진 두터운 업무 매뉴얼을 꺼내 든다. 어떤 곳이든 가맹점에 들어가 매니저를 찾으려면 공연히 이름표에 붙은 직책을 읽으려 고생할 필요 없이 업무 매뉴얼을 손에 든 사람만 찾으면 된다.

매니저 사내가 메타캅에게 뭔가 말하더니 고개를 끄덕이고 서랍에서 열쇠 뭉치를 꺼낸다.

두 번째 메타캅 사내가 편의점 밖으로 나오더니 어슬렁거리며 차로 돌아와 갑자기 잡아채듯 뒷문을 연다.

"입 닥치고 있어. 벙긋했다간 가래침 총을 입에다 쏴 버릴 거야."

그는 말한다.

"클링크를 좋아하신다니 다행이네요."

와이티가 말한다.

"내일 밤은 당신도 여기서 지내야 할 테니 말이에요, 가래침 아저씨."

"그래?"

"네. 신용 카드를 부정하게 사용한 죄로 말이죠."

"난 경찰이고 넌 쿠리에에 불과해. 날 상대로 재판이나 걸 수 있을 것 같아?"

"난 래딕스에서 일해요. 회사에서 가만히 있진 않을 거라고요."

"오늘 밤은 그렇지 못할 거야. 넌 자동차 사고 현장에서 피자를 집어 갔어. 사고 현장에서 그냥 사라졌다고. 래딕스가 피자를 배달하라고 하던가?"

와이티는 되받아치지 못한다. 메타캅 사내의 말이 옳다. 래딕스사에서 그녀더러 피자를 배달하라고 시킨 건 아니다. 괜히 나서는 바람에 일이 이렇게 된 것이다.

"회사에서 도움을 받지 못할 거라고. 그러니까 닥쳐."

그는 와이티의 팔을 붙잡고 끌고 간다. 편의점 매니저 사내는 재빨리 그녀를 훑어본다. 그녀가 밀가루 부대나 엔진 부속 또는 나무 그루터기가 아니라 진짜 사람인지 슬쩍 보는 정도다. 그러더니 그들을 고약한 냄새를 풍기는 쓰레기통이 줄지어 선 어두운 가게 뒤편으로 안내한다. 매니저 사내가 여는 뒷문은 흔한 철문인데 쇠 발톱이 달린 맹수가 침입하려 했던 적이 있는 듯 가장자리에 짧은 쇠지레로 긁은 자국이 보인다.

와이티는 지하로 끌려 내려간다. 첫 번째 메타캅이 그녀의 스케이트보드를 들고 뒤를 따른다. 보드가 문틀이나 음료수 보관용으로 쓰는 더러운 선반에 이리저리 부딪히지만 아무런 신경도 쓰지 않는다.

"작업복을 벗기는 게 좋을 거야. 이런저런 장비들이 들었을 테니까."

두 번째 메타캅이 음탕한 목소리로 말한다.

매니저는 와이티를 바라보며 그녀의 몸을 사악한 눈으로 훑어보지 않으려고 애쓴다. 그가 속한 민족은 수천 년 동안 조심했기에 살아남을 수 있었다. 몽골 사람들이 지평선에서 질주하며 나타나거나 자주 찾아오는 범죄자들이 개머리판을 잘라낸 엽총을 계산대 위로 들이밀까 봐 경계를 늦추지 않은 것이다. 그의 조심성은 이제 아주 고통스러운 시험을 받고 있다. 그는 폭발하기 직전의 니트로글리세린이 담긴 유리잔이나 마찬가지다. 성추행을 하면 안 된다느니 하는 말을 늘어놓으면 상황은 더 나빠질 것이다. 그는 심각한 상태다.

와이티는 뭔가 상대를 무력화할 이상한 행동을 생각해 내려 애쓰며 어깨를 으쓱해 보인다. 사실 이런 상황이면 소리를 지르고 뒷걸음질 치고 몸부림치며 우는소리를 하면서 정신을 잃기 직전까지 몰리며 빌어야 마땅하다. 이놈들이 지금 옷을 벗기겠다는 것이다. 끔찍한 일이다. 그러나 그녀의 그런 행동을 기대하는 걸 알기에, 와이티는 흥분하지 않는다.

쿠리에는 도로 위에서 공간을 확보해야만 한다. 법률을 준수하는, 예측 가능한 태도를 보이면 자동차 운전자들은 마음을 놓는다. 그리고 그들은 쿠리에가 도로 위 작은 상자에 들어 있으며 상자를 벗어나지 않으리라 생각한다. 만일 벗어난다면 그들은 아무런 대처도 하지 못한다.

와이티는 상자 안에 갇히는 걸 싫어한다. 그녀는 이쪽 차선에서 저쪽 차선으로 가로질러 다니며 자신의 공간을 확보한다. 언제 어디로 튈지 모른다는 두려움을 심어 주는 것이다. 상대방의 움직임에 신경 쓰지 않고 오히려 상대가 내 움직임에 반응하게 한다. 지금 이 사내들은 그녀를 상자에 넣으려 하고, 그녀를 규칙에 꿰맞추려 든다.

그녀는 작업복 지퍼를 배꼽 아래까지 내린다. 옷 속으로 바로 창백한 속살이 보인다.

두 메타캅은 눈썹을 추켜세운다.

매니저 사내가 펄쩍 뛰며 물러서더니 마치 해로운 입력을 거부하듯 두 손을 들어 눈앞 광경을 가리며 말한다.

"아니, 아냐. 아니라고!"

그가 말한다.

그녀는 어깨를 으쓱하며 다시 지퍼를 올린다.

두려워할 필요는 없다. 그녀는 강간 방지 '덴타타'를 착용하고 있기 때문이다.

매니저 사내가 쇠고랑으로 그녀의 손목을 냉수 파이프에 묶는다. 두 번째 메타캅은 더 신제품이고 인공두뇌학적인 자신들의 쇠고랑을 손목에서 풀어 집어넣는다. 첫 번째 메타캅은 들고 온 스케이트보드를 그녀의 손이 안 닿는 벽에 세워 둔다. 매니저 사내는 녹슨 커피 깡통을 발로 차 그녀에게 보낸다. 볼일이 급하면 사용하라는 듯하다.

"당신, 어디서 왔어요?"

와이티가 묻는다.

"타지키스탄."

그가 말한다.

어쩐지. 그런 것 같더라니.

"아마 그 나라에선 오줌 깡통으로 축구를 하며 노는 모양이지?"

매니저는 무슨 뜻인지 못 알아들은 눈치다. 두 메타캅은 웃음을 삼키며 묵묵히 할 일을 한다.

서류 작성이 끝났다. 와이티를 두고 나머지 사람들은 모두 위층으로 올라간다. 매니저는 나가며 불을 끈다. 타지키스탄에서는 전기를 열심히 아껴야 하는 모양이다.

　와이티는 이제 클링크에 갇힌 신세다.

7

블랙 선은 크기가 축구장 두 개를 길게 붙여 놓은 정도다. 실내에는 검은색 정사각형 탁자들이 공중에 떠 있는데[굳이 탁자의 다리를 그리는 건 별 의미가 없다], 실내 전체에 똑같은 간격으로 놓여 있어 마치 바둑판무늬처럼 보인다. 모니터 화면의 픽셀과 비슷하다. 단 한 곳 예외가 있는데, 네 구역으로 나뉜 실내가 하나로 합쳐지며 만나는 중앙 부분이다[$4=2^2$]. 이 부분에는 지름이 16미터나 되는 원형 바가 자리 잡고 있다. 모든 건 흐릿한 검은색이다. 그런 색 위에서라면 컴퓨터가 뭐든 그려 내기가 좋다. 복잡한 배경을 그려 채울 필요가 없으니 말이다. 그리고 그렇게 되면 모든 관심이 아바타들에게 더욱 쏠리게 되고 사람들은 그런 걸 좋아한다.

스트리트에서는 훌륭한 아바타가 있어도 별 소용이 없다. 너무 붐비는 곳이라 모든 아바타가 서로 겹치거나 뚫고 지나다니기 때문이다. 그러나 블랙 선은 훨씬 고급스러운 소프트웨어다. 블랙 선 안에서는 아바타가 서로 충돌

하는 법이 없다. 어차피 동시 입장이 가능한 인원도 제한되어 있고, 서로 몸을 뚫고 지나가거나 할 수도 없다. 모든 것이 단단하고 불투명하며 실제처럼 보인다. 그리고 손님들도 훨씬 고급스럽다. 말하는 남근 따위의 아바타는 보이지 않는다. 아바타들은 모두 진짜 사람 같은 모습이다. '데몬'들도 대개 같은 모습을 하고 있다.

'데몬'이란 유닉스 운영 체제에서 오래전에 쓰던 용어다. 저급 유틸리티 소프트웨어를 가리키며 운영 체제의 기본적인 부분이다. 블랙 선에서는 데몬도 하나의 아바타로 보이지만, 그렇다고 사람을 대신하는 존재는 아니다. 데몬은 메타버스에 사는 로봇이다. 하나의 소프트웨어로 기계 속에 깃들어 사는 일종의 영혼이라 할 수 있는데 대개 맡은 역할이 있다. 블랙 선에는 손님들에게 가상의 음료를 제공하거나 사람들을 위해 작은 심부름을 하는 많은 데몬들이 있다.

심지어 성가신 아바타를 몰아내는 문지기 데몬도 있다. 그들은 아바타를 붙잡아 문밖으로 집어 던지는데, 아바타 사이에서만 통하는 특별한 물리적 법칙이 적용된다. 다파이비드는 블랙 선 내부의 물리 법칙을 약간 강하게 만들어 만화처럼 느껴지도록 했는데, 특별히 역겨운 짓을 하는 손님들은 쫓겨나기 전에 거대한 나무망치로 머리를 얻어맞거나 위에서 떨어지는 금고에 찌부러지기도 한다. 그런 일은 폭력적인 행동을 하는 사람이나 유명인을 따라다니며 괴롭히는 사람에게 벌어지곤 한다. 그리고 병을 옮길 수 있는 사람, 그러니까 개인 컴퓨터에 감염된 바이러스를 블랙 선을 통해 다른 사람에게 옮길 수 있는 사람들도 혹시 천장에서 뭐가 떨어지는지 조심하는 편이 좋다.

히로는 '빅보드'라고 중얼거리듯 말한다. 빅보드는 히로가 직접 만든 소프트웨어로 CIC의 정보 조사 요원으로 일하는 데 큰 도움을 준다. 이 프로그램은 블랙 선의 운영 체제 깊은 곳에 파고들어 정보를 샅샅이 뒤진 다음 히로

앞에 펼쳐진 평평한 사각형 위에 꺼내어 보여 준다. 블랙 선 안에서 누가 누구와 대화를 나누고 있는지 간단하게 보여 주는 것이다. 모두 히로가 볼 수 없는 비밀 자료다. 그러나 히로는 인맥이나 쌓으려고 어슬렁거리는 배우 따위가 아니다. 그는 해커다. 만일 자료를 원하면 시스템 속을 뒤져 훔쳐 낸다. 기계 장치를 통해 소문을 훔쳐 듣는 것이다.

빅보드는 다파이비드가 중앙 바 근처 해커들 구역에서 늘 앉는 곳에 자리 잡고 있다는 걸 보여 준다. 영화배우들이 모이는 구역에는 여기저기 유명한 배우들과 신인 배우들이 보인다. 록스타 구역은 오늘 밤 무척 분주하다. 자세히 보니 일본인 스타 랩 가수인 스시 K가 잠깐 놀러 온 모양이다. 그리고 일본인 구역에 음반 업계 사람들이 상당히 많이 보인다. 다른 쪽보다 탁자가 좀 더 바닥 쪽으로 낮은 일본인 구역에는 절을 해 가며 허둥거리는 게이샤 데몬들이 잔뜩 보인다. 그곳 사람들은 아마 대부분 스시 K를 따라온 매니저들이나 홍보 담당자들 그리고 변호사 패거리일 것이다.

히로는 해커들 구역을 가로질러 다파이비드가 앉은 자리로 향한다. 이 구역에 보이는 많은 사람의 얼굴이 눈에 익지만, 늘 그렇듯 모르는 사람도 꽤 많이 보인다는 사실이 놀랍기도 하고 언짢기도 하다. 모두 원기가 왕성하고 똑똑해 보이고 스물한 살밖에 안 되어 보이는 얼굴들이다. 소프트웨어 산업의 발달은 프로 스포츠 세계에서와 마찬가지로 서른 살 먹은 사내들도 늙어 빠진 듯한 느낌이 들게 한다.

다파이비드가 앉은 탁자를 바라보니 그는 흑백 아바타와 이야기를 나누는 중이다. 상대방인 여자는 색깔도 없고 해상도도 한심할 정도지만, 말을 할 때 팔을 구부린 태도나 다파이비드가 하는 말을 들을 때 머리칼을 흔드는 모습을 보니 히로가 아는 사람이다. 히로의 아바타는 멈춰서서 그녀를 뚫어지게 바라본다. 몇 년 전 그녀를 지켜보곤 할 때 짓던 표정과 똑같은 얼굴을 한 채. 현실 세계의 히로는 한 손을 뻗어 맥주병을 들고 길게 한 모금 마신 다음 입 안에서 굴려 본다. 좁은 입 안에서 파도가 이리저리 철썩거린다.

그녀의 이름은 후아니타 마르케스다. 히로와 그녀는 버클리 대학 신입생으로 만났고, 그들은 1학년 물리학 시간에 같은 조에서 공부했다. 처음 그녀를 만났을 때 느낀 감정은 몇 년이 흐른 뒤에도 변하지 않았다. 책벌레인 그녀는 뚱한 괴짜였고, 마치 장의사 경리 자리를 위해 면접을 보러 가는 사람처럼 차려입고 다녔다. 게다가 화염 방사기와도 같은 혓바닥을 지니고 있어서 엉뚱한 순간에 사람들에게 매서운 말을 퍼부어 대기도 했다. 대개는 다른 신입생들이 별로 의식하지 못하고 예의에 어긋나는 사소한 행동을 했을 때 거드름을 피워 가며 상대방을 잡아먹기라도 할 것처럼 말로 앙갚음하는 식이었다.

몇 년이 지나 두 사람이 함께 '블랙 선 시스템사社'에서 일할 때가 되어서야 히로는 그녀의 나머지 절반을 파악할 수 있었다. 당시 그들은 아바타를 개발하던 참이었다. 그는 몸을, 그녀는 얼굴을 맡아 만들었다. 그녀가 얼굴을 만드는 부서에서 일하게 된 건 아무도 얼굴이 중요하다고 생각하지 않았기 때문이다. 얼굴은 그저 아바타 위쪽에 달린 살색 덩어리에 불과했다. 그녀는 사람들의 생각이 완전히 잘못되었다는 걸 밝혀내기 시작했다. 하지만 블랙 선 시스템의 권력을 장악한, 컴퓨터밖에 모르는 남자 녀석들은 아바타의 얼굴을 만드는 일이 사소하고 하찮은 거라고 규정지어 버렸다. 물론 성차별이었다. 특히 자신들이 성차별주의자가 되기엔 너무 똑똑하다고 생각하는 컴퓨터 전문가 사내들이 만들어 낸 끔찍한 성차별이었다.

열여덟 살 때 느꼈던 그녀에 대한 첫인상은 그게 전부였다. 아버지를 따라 군부대를 돌며 자란 젊은이가 혼자 살기 시작한 지 겨우 3주밖에 안 된 상태에서 느끼는 본능적 반응일 뿐이었다. 그는 마음씨만 착할 뿐 아는 건 사무라이 영화와 매킨토시 등 몇 가지밖에 없었다. 그리고 히로는 그 몇 가지에 너무 심취해 있었다. 머릿속에 후아니타 같은 사람이 비집고 들어올 틈이라고는 없었다.

세계의 모든 군 기지 주변에는 엉덩이에 난 부스럼처럼 생기는 독특한 형태의 조그만 마을이 있게 마련이다. 그런 동네 여러 곳을 거치면서 히로 프로타고니스트는 너무 빨리 어른이 되어 버렸다. 마치 천 개나 되는 후다닥 편의점의 경비용 조명등이 한꺼번에 번쩍거리는 통에 돌연변이가 되어 버린 온실 속 난초처럼 말이다. 히로의 아버지는 1944년 열일곱 살에 입대해 태평양에서 1년을 보냈다. 그 기간의 대부분은 전쟁 포로 신세였다. 히로는 아버지가 중년을 훌쩍 넘긴 나이에 얻은 아들이다. 히로의 아버지는 제대해 연금을 받을 수도 있었지만, 군에서 나가면 뭘 하며 살아야 할지 몰랐기에 결국 1980년대 후반에 강제로 전역당할 때까지 군 생활을 계속했다. 히로는 버클리 대학에 진학해 집을 떠날 때까지 뉴저지주의 라이츠타운, 워싱턴주 타코마, 노스캐롤라이나주 페이트빌, 조지아주 하인스빌, 텍사스주 킬린, 독일의 그라펜베어, 한국의 서울, 캔자스주 오그던 그리고 뉴욕주 워터타운을 거치며 자랐다. 모든 곳이 기본적으로 다를 게 없었다. 똑같은 회사에서 만든 조그만 주택, 같은 술집들. 심지어 사람들도 똑같았다. 그는 몇 년 전에 알게 된, 기지를 돌며 사는 아이들을 학교에서 다시 만나곤 했다.

피부색은 제각각이었지만 아이들은 모두 같은 민족이었다. 바로 '군대'라는 민족이다. 흑인 아이들은 흑인 같은 말투를 사용하지 않았다. 아시아계 아이들도 학교에서 출중한 학생이 되려고 난리를 피우지 않았다. 백인 아이들도 대체로 흑인이나 아시아 아이들과 잘 어울리며 지냈다. 여자아이들은 분수를 지킬 줄 알았다. 아이들은 엉덩이가 튼실하고 잘 늘어나는 바지를 입은, 똑같이 생긴 엄마를 두었다. 파마한 엄마들 머리는 모두 모양이 똑같았다. 아이들은 모두 기본적으로 착하고 사랑스러웠으며 규칙을 잘 따랐다. 그리고 자신이 똑똑하더라도 그런 사실을 겉으로 드러내지 않고 숨겼다.

그러니 처음 후아니타를 만났을 때 히로의 사람 보는 눈은 그다지 믿을 만하지 못한 상태였다. 다른 어떤 여자를 만났더라도 마찬가지였을 것이다. 그녀의 길고 반짝거리는 검은 머리칼은 일반적인 샴푸로 감는 일 말고는 다른 어떤 화학적 과정도 거치지 않았다. 속눈썹 위에 퍼런 것들을 바르거나 하지도 않았다. 복장은 어둡고 깔끔했으며 차분했다. 그리고 그녀는 어떤 사람에게도 고개를 숙이지 않았는데, 심지어 지도 교수에게도 할 말은 하는 성격이었다. 그때는 그런 모습이 다루기 어렵고 위협적인 걸로 보였다.

몇 년이 흐르고 그녀를 다시 만났을 때, 히로는 후아니타가 고상하고 날씬하고 멋진 여자였다는 걸 알아차리고 깜짝 놀랐다. 서로 보지 못한 몇 년 동안 히로는 대부분 일본에서 일을 하며 보냈다. 그때까지 접했던 사람들보다 훨씬 사회적 수준이 높고 제대로 된 옷을 입고 제대로 된 일을 하며 삶을 살아가는 진정한 어른들과 어울리며 지낸 것이다. 처음에 그는 후아니타가 대학교 신입생 시절 이후 뭔가 근본적 변화를 겪은 게 아닌가 하는 생각을 했다.

그러나 히로는 그 후 아버지가 사는 군 기지 주변 마을을 찾아갔다가 고등학교 시절 최고 미인으로 꼽던 동창을 우연히 보게 되었다. 그녀는 놀라울 정도로 짧은 시간에 뚱뚱한 아줌마로 변해 버렸는데, 야한 머리에 야한 옷을 입고 신문 살 돈도 없는지 매점에서 돈을 치르려고 기다리는 사이 보잘것없는 주간 신문을 재빨리 읽어 대고 있었다. 껌을 씹으며 풍선을 불어 대는 그녀 곁에는 아이가 둘이나 딸려 있었는데, 그녀는 아이들을 제대로 키울 능력도 통찰력도 없어 보였다.

매점에서 여자 동창생을 보며 히로는 그제야 뒤늦게 깨달았다. 하늘에서 빛이 비처 내려오는 것 같았다기보다는 높은 사다리 위에서 건전지가 거의 다 닳은 손전등이 갈색으로 변한 빛을 비추는 것처럼 느껴졌다. 후아니타는 처음 만났던 이후로 변한 게 아니라 그녀답게 성장한 것이다. 바뀐 사람은 히로였다. 그것도 근본적으로.

한번은 히로가 후아니타의 사무실에 들른 적이 있다. 전적으로 업무 때문이었다. 그 순간까지 그들은 사무실에서 여러 번 마주치곤 했지만, 예전에 단 한 번도 만난 적 없던 사람들처럼 굴었다. 그러나 그날 그가 사무실에 들어서자 그녀는 문을 닫으라고 하더니 컴퓨터 모니터를 끄고 양손 사이에 연필을 넣어 이리저리 만지작거리며 그에게 마치 하루 묵은 생선회를 보는 듯한 눈길을 보내기 시작했다. 그녀가 앉은 뒤쪽 벽에는 노부인을 그린 그림이 걸려 있었는데, 그림은 아마추어가 그린 듯 보였지만 액자는 고미술품처럼 매우 요란했다. 후아니타의 사무실을 꾸미는 유일한 장식품이었다. 다른 해커들은 모두 발사대를 떠나는 우주 왕복선의 컬러 사진이나 우주선 엔터프라이즈호의 포스터 같은 걸 벽에 붙이곤 했다.

"돌아가신 할머니예요. 하나님께서 할머니 영혼에 자비를 베푸시길."

그림을 보는 히로에게 그녀가 말했다.

"내 롤 모델이었죠."

"왜요? 할머니도 프로그래머였나요?"

그녀는 연필을 돌려 가며 마치 포유동물이 호흡이 끊기지 않은 채 얼마나 천천히 움직일 수 있는지 실험을 하는 듯한 태도로 그를 바라보았다. 하지만 그가 한 농담에 화를 내는 대신 아주 간단하게 대답했다.

"아뇨."

그러더니 훨씬 복잡한 대답을 했다.

"열여섯 살 때 생리가 나오지 않은 적이 있어요. 남자 친구하고 난 여자

몸속에 집어넣는 피임 기구를 사용했는데, 난 언젠가 내가 임신하리라 생각했어요. 수학을 잘했던 나는 피임에 실패할 확률을 외워 두었는데, 그게 무의식중에 머릿속에 박혀 있었나 봐요. 아니면 그저 내가 피임을 꾸준히 하지 못할 거라는 생각을 한 건지도 모르죠. 어쨌든 생리가 안 나오자 끔찍하게 두려웠어요. 집에서 기르던 개가 날 대하는 게 달라졌어요. 아마 임신한 여자에게선 다른 냄새가 나나 봐요. 아니, 임신한 개한테서 나는 냄새를 알았겠죠."

얘기가 그렇게 흘러가자 히로의 얼굴은 걱정스러움과 놀라움으로 딱딱하게 굳었다. 그런 표정을 후아니타가 나중에 아바타 얼굴을 만드는 작업을 할 때 톡톡히 써먹은 게 틀림없었다. 왜냐하면 그녀는 그의 얼굴을 보며 이마의 작은 근육들이 어떻게 눈썹을 위로 잡아당기는지, 그리고 두 눈의 모습이 어떻게 변하는지 살펴보고 있었기 때문이다.

"엄마는 알아차리지도 못했어요. 남자 친구에게는 차라리 알리지 않는 편이 나을 뻔했죠. 사실, 난 즉시 남자 친구를 차 버렸어요. 그 애가 얼마나 먼 사람인지 그제야 깨달았거든요. 내겐 남자들 대부분이 그렇지만 말이죠."

그런 식으로 그녀는 남자 이야기를 하기 시작했다.

"어쨌든, 그때 할머니가 집에 오셨어요."

그녀는 어깨 너머로 뒤에 걸린 그림을 가끔 힐끔거리며 이야기를 이어 나갔다.

"난 저녁 식사 때 모두 모여 앉기 전까지는 할머니와 마주하기를 피했어요. 할머니는 저녁 식사를 시작한 지 10분 만에 내 얼굴만 보시고 모든 상황을 알아차리셨어요. 난 채 열 마디도 안 했어요. '저 토르티야 좀 집어 주세요.' 정도? 제 표정이 어떻게 정보를 전달한 건지, 아니면 우리 할머니의 정신 속에 든 어떤 복잡한 내부 장치가 그런 믿기 어려운 재주를 피웠는지 도저히 알 수가 없었죠. 표정에서 우러나오는 미묘한 느낌이 모든 걸 요약하는 거죠."

표정에서 우러나오는 미묘한 느낌이 모든 걸 요약하는 거죠. 히로는 그 말을 하던 그녀의 목소리를 절대 잊지 못한다. 그리고 처음으로 후아니타가 똑똑하다는 걸 알아차린 순간 느꼈던 감정도.

그녀는 계속 말을 이었다.

"10년이 지나고 대학원에 다닐 때, 애들을 죽이는 부서에서 지원하는 연구를 진행하며 엄청난 양의 자료를 재빨리 전달하는 사용자 인터페이스를 만들어 보려고 애쓰던 무렵에서야 나는 그날 있었던 일의 진가를 깨달았어요."

애들 죽이는 부서란 그녀가 국방부를 일컬을 때 쓰는 말이다.

"사람 뇌에 전극을 직접 꽂아 보는 짓을 할 정도로 기술적으로 안 해 본 시도가 없었죠. 그때 할머니를 떠올리면서 깨달았죠. 세상에, 사람의 정신은 정말 믿을 수 없을 정도로 많은 정보를 흡수하고 처리할 수 있구나. 형식만 제대로 갖출 수 있다면. 제대로 된 인터페이스가 있다면. 제대로 된 얼굴을 만들어 낼 수만 있다면. 커피 한 잔 마실래요?"

그 순간, 히로는 갑자기 걱정스러워졌다. 자신은 대학에서 공부할 때 어떤 사람이었을까? 얼마나 형편없는 녀석이었을까? 후아니타에게 나쁜 인상을 남기지는 않았을까?

다른 남자라면 그런 걱정은 속으로 했을 테지만, 히로는 그런 문제를 오래 고민하는 성격이 아니었다. 그래서 그는 후아니타에게 저녁 식사를 하자고 청했고 술을 몇 잔 마신 후[그녀는 소다수를 마셨다.] 그냥 물어보고 말았다. 날 형편없는 놈이라고 생각해?

그녀는 웃었다. 그는 스스로 멋지고 그럴듯하며 우스운 이야기를 했다고 생각하며 함께 웃었다.

몇 년이 지난 후에야 그는 사실상 그날 자신이 했던 질문이 둘 사이 관계의 시작이었다는 걸 알아차렸다. 후아니타는 히로를 형편없는 놈으로 생각했을까? 왜 그런지 몰라도 그는 늘 그녀가 자신을 마음에 들어 하지 않았다고 믿었다. 하지만 그녀는 열 번에 아홉 번은 그렇지 않다며 극구 부인했다. 그럴 때마다 둘은 크게 다투거나 멋진 섹스를 나누거나 극적으로 사이가 틀어지거나 아니면 열정적으로 화해하곤 했다. 그러나 결국 그런 불확실성이 부담으로 다가오기 시작했다. 게다가 일에 지치기까지 했던 두 사람은 서로에게서 멀어지기 시작했다. 히로는 그녀가 진정으로 그를 어떻게 생각하는지 고민하느라 정신적으로 지쳐 버렸고, 그녀 생각에 자신이 너무 매달린다는 사실에 혼란스러웠다. 게다가 후아니타도 히로가 스스로 그녀에게 어울리지 않는다고 그렇게 확신한다면 그녀가 알지 못하는 뭔가를 아는 게 아닐까 하고 생각하기 시작했을지도 몰랐다.

히로는 그 모든 게 두 사람의 계층이 달라서라고 믿었다. 물론 그녀의 부모는 멕시칼리(멕시코 북서부에 있는 도시)에 있는 흙바닥 집에서 사는 데 비해 오히려 히로의 아버지는 웬만한 대학교수보다 더 많은 돈을 벌긴 했다. 그러나 그는 여전히 신분의 차이 때문이라고 생각했다. 계층이란 소득과는 다른 것으로, 거미줄처럼 촘촘한 사회적 관계 가운데 자신이 어디에 속해 있는지 스스로 아는 것과 관련이 있다. 후아니타와 그녀의 가족이 느끼는 소속감은 심하다 못해 정신 질환에 가까울 지경이었다. 히로는 전혀 느끼지 못하는 느낌이었다. 그의 아버지는 하사관이었고 한국인인 어머니는 일본으로 끌려가 탄광에서 강제 노역을 하던 신세였다. 히로는 스스로 흑인인지 동양인인지 아니면 그저 '군대' 민족 출신인지 알 수가 없었다. 자신이 부자이든 가난하든 많이 배웠든 아니든 재능이 있는 아니면 그저 운이 좋았든 상관없었다. 캘리포니아주로 이사 오기 전까지는 딱히 고향이라고 부를 만한 곳도 없었다. 그렇다고 캘리포니아를 고향이라고 부른다면 지구 북반구에 산다는 말만큼이나 광범위한 느낌이 들었다. 결국 계속되는 그의 혼란스러움이 두 사람을 지치게 한 것인지도 몰랐다.

그녀와 헤어진 후 히로는 기본적으로 품행이 단정하지 못한[후아니타와는 다른] 여자들, 그가 실리콘 밸리의 첨단 기술 회사에서 일한다는 사실만으로 감동하는 여자들과 계속 어울려 지냈다. 최근 들어 히로는 좀 더 쉽게 감동하는 여자들을 찾아다녀야만 하는 신세였다.

후아니타는 잠시 홀로 지내더니 다파이비드와 사귀기 시작했고 결국 결혼에까지 이르렀다. 다파이비드는 세상에서 자신이 차지한 의미에 대해 추호의 의심도 없는 인물이었다. 러시아에서 이주해 온 유대인인 그의 가문은 500년간 살아온 라트비아의 한 마을을 떠나 브루클린에 정착한 이래 70년을 부유하게 살았다. 무릎 위에 토라(유대교의 경전)를 펼치면 자신의 혈통을 따라 올라가 아담과 이브까지 만날 수 있는, 그런 사람이었다. 외아들로 태어난 그는 모든 일에서 늘 1등을 놓치지 않았고, 컴퓨터 공학을 공부해 스탠퍼드 대학원을 졸업하자마자 바로 회사를 설립하고 사업을 시작했다. 그런데 그는 그 모든 일을 히로의 아버지가 주소를 옮긴 후 사서함을 새로 개설할 때보다 더 쉽게 진행하는 재주를 지니고 있었다. 그는 돈을 많이 벌었고 지금은 블랙 선을 운영하고 있다. 다파이비드는 자신이 하는 일에 늘 자신이 넘쳤다.

그는 자신이 완전히 잘못 생각할 때조차 확신이 넘쳤다. 바로 그런 점 때문에 히로는 미래의 부가 약속되어 있음에도 블랙 선 시스템을 그만두었고, 후아니타 역시 같은 이유로 결혼한 지 2년 만에 이혼했다.

히로는 후아니타와 다파이비드의 결혼식에 참석하지 않았다. 결혼식이 열리기 몇 시간 전에 구치소에 처박힌 신세가 된 그는 그 속에서 괴로워해야만 했다. 사랑에 상처를 입은 그는 '골든게이트 공원'에서 속옷만 걸친 채 엄청나게 큰 코냑을 병째 마셔 가며 칼싸움 연습을 하다 붙잡혔다. 그는 사무라이가 쓰는 진검을 들고 탄탄한 허벅지를 내보이며 미끄러지듯 잔디밭 위를 뛰어다녔고, 다른 사람들이 던지며 노는 원반이나 야구공을 절반으로 잘라 버리기도 했다. 사실 멀리서 던진 야구공을 마치 귤이라도 되는 것처럼 깔끔하게 반으로 자르는 건 대단한 재주였다. 한 가지 문제는 야구공 주인들이 그의 의도를 잘못 해석하고 경찰을 부르는 데 있었다.

그는 야구공과 원반을 모두 물어 준 후에야 풀려났다. 하지만 그 일이 있고 난 후부터 그는 후아니타에게 그를 형편없는 놈으로 생각하는지 애써 물어볼 필요가 없어졌다. 스스로 답을 알기 때문이다.

그때부터 두 사람은 매우 다른 길을 걸었다. 블랙 선 프로젝트가 시작되던 시절, 해커가 일한 대가로 받을 수 있는 건 오직 회사에서 발행한 주식밖에 없었다. 히로는 주식을 받는 족족 재빨리 팔아 치우는 편이었다. 후아니타는 그렇지 않았다. 이제 그녀는 부자였고 그는 그렇게 되지 못했다. 언뜻 보면 히로가 멍청하게 투자한 셈이고 후아니타는 똑똑하게 군 것 같지만, 속사정은 그보다 약간 더 복잡했다. 후아니타는 모든 돈을 블랙 선 주식에 쏟아 넣음으로써 가진 달걀을 한 바구니에 모두 담는 식의 전략을 구사한 것이다. 결과적으로 엄청나게 많은 돈을 벌긴 했지만 사실 완전히 망할 수도 있었다. 그리고 어찌 보면 히로는 달리 선택의 여지가 없기도 했다. 아버지가 병석에 누운 후 병원비 대부분은 군과 보훈청으로부터 어떤 식으로든 도움을 받았지만, 어쨌든 돈이 엄청나게 많이 필요했다. 게다가 영어를 제대로 하지 못하는 히로의 어머니는 스스로 돈을 벌거나 관리할 능력이 없었다. 아버지가 세상을 떠나자 히로는 가진 블랙 선 주식을 모두 현금화해 어머니가 한국에서 편안히 살 수 있도록 해 드렸다. 어머니는 한국 생활을 너무나 마음에 들어 했다. 골프도 매일 치러 간다고 했다. 만일 블랙 선 주식이 상장될 때까지 기다렸더라면 히로는 1년에 천만 달러씩 벌 수도 있었을 테지만, 그의 어머니는 그동안 거지로 살아야 했을 터였다. 그래서 어머니가 멋지게 탄 피부에 골프복 차림으로 메타버스에서 히로를 찾아올 때면, 그는 어머니의 아바타를 마치 자신의 재산이라도 되는 듯 흐뭇하게 바라보곤 했다. 그렇다고 월세가 해결되는 건 아니지만 아무래도 좋았다. 시궁창에서 산다고 해도 언제나 메타버스가 있다. 그리고 메타버스 안에서라면 히로 프로타고니스트는 전사이자 왕자였다.

8

혀를 찌르는 듯한 느낌이 든다. 현실 세계에서 맥주 삼키는 걸 그만 깜박한 것이다.

후아니타가 이런 곳에 품질이 떨어지는 흑백 아바타 모습으로 나타난 건 이상한 일이다. 아바타가 거의 진짜 감정을 가진 것처럼 보일 방법을 고안해낸 사람이 다름 아닌 그녀였으니 말이다. 그 사실을 히로는 잊을 수가 없다. 그녀가 그 일을 하던 시절은 대부분 둘이 함께 지내던 때였고, 메타버스에서 만난 어느 아바타든 놀라거나 화를 내거나 격렬한 표정을 지을 때면 히로는 그 얼굴에서 자신이나 후아니타의 얼굴을 발견하곤 했기 때문이다. 그들은 메타버스의 아담과 이브였다. 그러니 도저히 잊을 수가 없다.

후아니타와 다파이비드가 이혼하고 얼마 지나지 않아 블랙 선은 엄청난 성공을 거두었다. 일단 벌어들인 돈을 계산하고 기업 분할 마케팅 작업을 마친 다음 다른 해커들이 던지는 부러움에 찬 눈길을 맘껏 누리고 난 다음에야 그들은 블랙 선이 성공한 이유가 아바타 충돌 방지 알고리즘이나 문지기 데 몬 또는 다른 어떤 것도 아니라는 걸 알아차렸다. 그건 바로 후아니타가 만 든 얼굴이었다.

일본인들이 모이는 구역에 가서 비즈니스맨들에게 물어보면 알 수 있다. 그들은 블랙 선에 들어와 세계 각국에서 온 양복쟁이들과 허심탄회하게 이 야기를 나누는데, 마치 얼굴을 맞대고 상담하는 것처럼 군다. 그들은 서로 말 하는 내용을 어느 정도 무시하는 경향이 있다. 어차피 통역을 통하다 보면 의사 전달이 제대로 되지도 않는다. 사람들은 이야기를 나누는 상대방의 표 정과 몸짓에 주의를 기울인다. 그렇게 다른 사람들이 머릿속에서 어떤 생각 을 하는지 알아내는 것이다. 표정에서 우러나오는 미묘한 느낌으로 요약하 는 것이다.

후아니타는 그런 일련의 과정을 분석해 달라는 요청에 도저히 언어로는 설명할 수 없는 일이라며 거절했다. 묵주를 지니고 다니는 독실한 가톨릭 신 자인 그녀에게는 그런 일이 이상하게 느껴지지 않았다. 하지만 컴퓨터 만능 주의에 빠진 멍청이들은 마음에 들어 하지 않았다. 불합리한 신비주의라면 서. 결국 후아니타는 일을 그만두고 어떤 일본 회사에 들어갔다. 그 회사는 돈만 벌어다 주면 불합리한 신비주의고 뭐고 신경 쓰지 않았다.

그러나 후아니타는 더는 블랙 선에 나타나지 않았다. 자신이 이룬 업적에 감사하지 않는 다파이비드와 다른 해커들에게 화가 나서 그렇기도 했다. 그 러나 무엇보다 그녀는 모든 게 가짜라고 생각했다. 아무리 솜씨가 좋아도 메 타버스는 사람들이 이야기를 나누는 방식을 왜곡하게 마련이며, 그녀는 그 런 식으로 뒤틀린 인간관계를 맺고 싶어 하지 않았다.

다파이비드가 히로를 보더니 별로 때가 좋지 않다는 듯 눈을 깜빡해 보인 다. 그런 섬세한 몸짓은 대개 시스템의 불완전한 작동으로 잘 안 보이게 마런이지만, 다파이비드는 매우 좋은 컴퓨터를 사용하는 데다 아바타도 후아니타가 특별히 손봐 준 걸 사용했다. 그래서 그가 눈을 끔벅이는 모습은 마치 천장을 향해 발사된 총알처럼 확실히 느껴졌다.

히로는 몸을 돌려 커다란 원형 바 주변을 천천히 어슬렁거리며 돌아다닌다. 64개나 되는 의자를 채운 업계의 별 볼 일 없는 사람들은 두세 사람씩 모여 앉아 제일 잘하는 짓을 하는 중이다. 바로 소문 퍼뜨리기와 음모 꾸미기다.

"그래서 감독하고 만나서 줄거리를 미리 의논해 보기로 했지. 바닷가에 있는 집에서 만났는데……."

"집이 어마어마해?"

"말도 꺼내지 마."

"알아. 예전에 그 집에서 프랭크와 미치가 살 때 데비가 가 본 적이 있다더군."

"어쨌든 시작 부분에 이런 장면이 있어. 주인공이 커다란 쓰레기통 안에서 잠을 깨는 거야. 주인공이 얼마나 낙심하고 있는지를 보여 주려는 거지."

"그러니까 그 이상한 힘 때문에……."

"바로 그거야."

"멋지군."

"마음에 들었어. 그런데 감독은 그 대신 주인공이 바주카포를 들고 사막으로 나가서 버려진 고물상에 쌓인 자동차들을 날려 버리는 장면을 넣자는 거야."

"말도 안 돼!"

"바닷가에 있는 그 친구 집의 빌어먹을 앞뜰에 앉아 있었는데, 그 친구가 계속 쾅! 쾅! 하면서 망할 놈의 바주카포 소리를 내더라고. 생각만 해도 가슴이 설레었나 봐. 그러니까 감독은 영화 속에 바주카포가 나오는 장면을 넣고 싶은 게 분명해. 어떻게든 설득해서 포기하도록 해야 하는데 말이야."

"멋진 장면이군. 하지만 자네 말이 옳아. 바주카포보다는 쓰레기통이 훨씬 낫지."

히로는 잠시 멈춰 서서 그들이 나누는 이야기를 충분히 들은 다음 다시 걷기 시작한다. 그는 다시 '빅보드'라는 말을 중얼거려 마술과도 같은 지도를 불러낸 다음 자신이 서 있는 위치를 기록하고 옆에 앉은 영화 시나리오 작가의 이름을 읽어 기록해 둔다. 나중에 영화 관련 정보를 검색해 이 작가가 어떤 작품을 준비하고 있는지, 그리고 바주카포에 미쳤다는 의문의 영화감독은 누군지 알아낼 수 있을 것이다. 시나리오 작가가 동료와 나누는 이야기는 컴퓨터를 통해 들은 것이므로 히로는 모든 대화를 오디오 파일로 만들 수 있다. 나중에 목소리를 변조한 후 해당 영화감독의 이름을 검색어로 달아 도서관에 자료로 올릴 작정이다. 그러면 인정을 받아 보려는 시나리오 작가들이 백 명은 달려들어 해당 대화 파일을 조회하고 내용을 외울 때까지 반복해 들은 다음 히로에게 대가를 지급할 것이다. 그리고 몇 주도 지나지 않아 그 감독의 사무실에는 바주카포 장면으로 가득 찬 시나리오가 물밀듯 밀려들 것이다. 콰쾅!

록스타 구역은 너무 밝아 눈 뜨고 보기 어려울 정도다. 록스타들의 아바타는 그들조차 꿈에서나 해 볼 수 있는 머리 모양을 하고 있다. 혹시 그쪽에 아는 친구가 있는지 잠깐 둘러보지만 대부분 스타에 붙어 먹고사는 사람들과 퇴물들 말고는 보이지 않는다. 히로가 아는 사람들은 대개 미래의 스타나 스타가 되고 싶은 사람들이다.

영화배우 구역은 그나마 눈이 부실 정도는 아니다. 배우들이 블랙 선을 즐겨 찾는 이유는 스스로 영화에서처럼 늘 멋지게 보일 수 있기 때문이다.

게다가 그들은 현실 세계의 술집이나 클럽과는 달리 블랙 선에 오려고 그들이 육체적으로 현재 있는 곳, 이를테면 저택이나 호텔 특실, 스키 별장 또는 전용 비행기 아니면 그 어떤 장소든 떠날 필요가 없다. 그들은 잔뜩 차려입고 납치범이나 파파라치, 무턱대고 시나리오를 들이대는 사람들, 암살범, 전 배우자, 전문적인 사인 사냥꾼, 영장 송달인, 미치광이 팬, 막무가내 청혼꾼 또는 저질 연예 기자들과 마주치지 않은 채 친구들을 만날 수 있다.

그는 다시 천천히 걸어 나와 일본인 구역 쪽을 살펴보며 천천히 돌아다닌다. 평상시처럼 양복 입은 친구들이 잔뜩 보인다. 일부는 백인들과 사업 이야기를 나누고 있다. 구역 안쪽 대부분에 임시로 칸막이를 해 보이지 않도록 해 둔 게 보인다.

히로는 다시 빅보드를 불러낸다. 칸막이 뒤에 있는 탁자 번호를 알아낸 히로는 거기 앉은 사람들의 이름을 읽어 본다. 단번에 알아볼 만한 사람은 한 명으로 미국인이다. 케이블 TV 업계를 주름잡는 L. 밥 라이프가 앉아 있다. 업계에 큰 영향을 미치는 인물이지만 모습을 잘 드러내지 않는 사람이다. 아마 일본인 거물들을 잔뜩 만나 회의를 하는 모양이다. 히로는 그 자리에 있는 사람들 이름을 모두 컴퓨터에 저장한다. 나중에 CIC 데이터베이스를 뒤져 어떤 사람들이 있었는지 알아볼 참이다. 크고 중요한 회의처럼 보인다.

"비밀 요원 히로! 어떻게 지내는 거야?"

히로는 돌아선다. 흑백 아바타 모습을 한 후아니타가 바로 뒤에 서 있다. 흑백임에도 멋진 모습이다.

"잘 지냈지?"

그녀가 묻는다.

"잘 있지. 당신은 어때?"

"아주 좋아. 팩스기로 찍어 낸 것 같은 아바타와 말하는 거 너무 언짢아하지 말았으면 해."

"후아니타, 다른 많은 여자의 실물을 보느니 팩스로 받은 당신 얼굴을 보는 편이 더 나아."

"간사하게 말해 주니 고맙네. 이렇게 만나서 이야기를 나누는 게 도대체 얼마 만이야?"

그녀는 대단히 놀랍다는 듯 말한다.

뭔가 있다.

"당신은 스노 크래시에 손도 안 댔으면 좋겠어."

그녀가 말한다.

"다파이비드는 도대체 말을 듣지 않아."

"내가 무슨 자제력의 신이라도 되는 줄 알아? 나야말로 그런 거 손대고 싶어 할 그런 사람이지."

"아니란 거 잘 알아. 당신은 충동적이긴 해. 하지만 영리하지. 칼싸움할 때 쓰던 반사 신경이 있잖아."

"약물에 중독되는 거랑 그게 무슨 상관이야?"

"당신이라면 나쁜 일이 닥쳐오는 걸 알아차리고 피할 수 있다는 거지. 그런 건 본능이지 배운다고 되는 게 아니거든. 당신이 돌아서서 날 보는 순간 바로 얼굴에서 글씨가 나타났다고. '무슨 일이지? 도대체 후아니타가 무슨 일인 거야?' 하고 말이야."

"메타버스에 들어와 사람들을 만나지 않는 걸로 알았는데?"

"급히 만날 사람이 있으면 들어오기도 해. 그리고 당신하고야 늘 이야기하고 싶고."

그녀가 말한다.

"난 왜?"

"잘 알잖아. 우리 사이기 때문이지. 기억나? 내가 아바타 얼굴을 만들 때 메타버스에서 진솔하게 대화를 나눌 수 있던 사람은 우리 둘뿐이었잖아."

"언제나 그렇듯 당신은 신비한 괴짜야."

그는 자신이 한 말이 나쁜 뜻으로 들리지 않도록 웃음을 지어 보인다.

"내가 지금 얼마나 신비로운 괴짜인지 상상도 못 할 거야, 히로."

"얼마나 그런데?"

그녀는 신중한 표정으로 그를 바라본다. 수년 전 히로가 그녀의 사무실에 처음 찾아갔던 날 본 바로 그 모습이다.

히로는 갑자기 그녀가 자기 앞에 있으면 왜 늘 긴장하는지 궁금해진다. 대학 시절, 그는 자신이 똑똑해서 그녀가 경계하는 줄로만 알았다. 그러나 지난 몇 년 동안 그럴 리가 없다는 걸 알게 되었다. 블랙 선 시스템에서 일하는 동안 그는 그녀가 과거에 보인 경계심은 그저 전형적인 여성의 신중함일 뿐이었다고 결론지었다. 후아니타는 히로가 그녀를 침대로 끌어들이려고 애쓸까 봐 겁을 냈다. 그러나 지금 생각하면 그것도 말이 안 되긴 마찬가지다.

나이가 들어 낭만을 논하기 어려운 나이가 되자 약아진 그는 전혀 다른 이론을 끌어냈다. 후아니타는 그를 좋아하기 때문에 조심스러워하는 것이다. 그녀는 자기도 모르게 그를 좋아하는 것이다. 히로는 매력적이지만 애인감은 못 되는 전형적인 사내였다. 후아니타처럼 똑똑한 여자라면 그런 남자를 피하는 방법을 반드시 배워 두었어야 마땅했다.

틀림없었다. 나이가 들면 확실해지는 것도 있는 법이다.

히로의 말에 대답하는 대신 그녀가 말한다.

"같이 온 사람이 있는데 당신이 만나 봤으면 해. 라고스라는 남자인데, 학자야. 대화해 보면 아주 흥미로울 거야."

"남자 친구야?"

그녀는 곧바로 대답하지 않고 잠시 생각하는 듯 보인다.

"내가 블랙 선에서 보인 행동과 반대라고 생각하겠지만, 난 함께 일하는 남자라고 무조건 같이 자거나 하지는 않아. 설사 그렇다고 해도 라고스는 생각해 볼 가치도 없어."

"당신이 끌릴 유형이 아닌가?"

"비슷하지도 않아."

"당신이 좋아하는 유형이 뭔데?"

"늙고 돈 많고 아주 노란 금발에 어떤 분야에서 성공한 사람."

딱히 받아칠 말이 없었지만, 그는 간신히 대꾸할 말을 찾는다.

"글쎄, 머리야 염색하면 되고. 나도 서서히 늙어 갈 테니까 말이지."

그녀는 실제로 웃음을 터뜨린다. 긴장을 풀어 줄 정도로 크게 웃는다.

"요즘의 나와는 엮이지 않는 게 정말 좋을 거야. 정말이야, 히로."

"당신이 하는 교회인지 뭔지 하고 관련 있는 일이야?"

히로가 묻는다. 후아니타는 넘치는 돈으로 가톨릭교회에 속한 종파를 새로 만들어 운영하기 시작했다. 그녀는 스스로 전 세계의 지적 수준이 높은 무신론자들을 향한 선교사라고 생각한다.

"하찮다는 듯 말하지 마. 난 바로 그런 태도를 보이는 사람들과 싸우는 거라고. 종교는 얼간이들이나 매달리는 게 아니란 말이야."

그녀가 말한다.

"미안해. 하지만 불공평하잖아. 당신은 내 드러난 표정을 전부 읽을 수 있지만, 당신 얼굴은 온통 흔들려 도저히 알아볼 수가 없으니 말이야."

"종교와 관련이 깊은 일이야."

그녀가 말한다.

"하지만 워낙 복잡한 일인 데다 당신은 그런 쪽으로 아는 게 너무 없으니 어디서부터 시작해야 할지 모르겠어."

"여보세요, 나도 고등학생 때는 매주 교회에 나갔다고. 성가대에서 노래도 했고."

"알아. 바로 그게 문제야. 대부분 기독교 교회에서 벌어지는 일의 99퍼센트는 실제 종교하고는 아무 관련이 없거든. 똑똑한 사람들은 결국 그런 사실을 알아차리고 종교가 100퍼센트 헛소리라고 생각하는 거야. 머리 좋은 사람들 사이에 무신론이 팽배한 이유가 바로 거기 있지."

"그러니까 내가 교회에서 보고 배운 건 당신이 말하는 것과 전혀 상관이 없단 거야?"

후아니타는 그를 보며 잠시 생각을 한다. 그러더니 주머니에서 하이퍼카드 하나를 꺼낸다. "이거 받아."

히로가 받아 들자 하이퍼카드는 흐릿하게 떨리는 이차원적인 모습에서 더 실제적이고 크림색을 띤 멋진 모습으로 변한다. 표면에 반짝거리는 검은색 잉크로 몇 글자가 새겨져 있다.

바 벨

[정 보 묵 시 록]

9

세상이 잠깐 멈추더니 어두워지는 듯 보인다. 블랙 선의 부드러운 움직임은 간데없고 모든 게 흐릿하게 멈칫거리며 움직이기 시작한다. 히로의 컴퓨터가 뭔가 큰 충격을 받은 게 틀림없다. 컴퓨터의 모든 회로가 엄청난 양의 자료, 그러니까 그가 받아든 하이퍼카드에 든 내용을 처리하느라 바빠서 깜짝 놀랄 정도로 정교한 블랙 선의 내부를 있는 그대로 그려 낼 시간이 없는 것이다.

"이런, 젠장."

블랙 선 내부의 모습이 정상으로 돌아오자 히로가 입을 연다.

"도대체 이 카드에 뭐가 든 거야? 도서관에 있는 자료 절반은 들었겠는데?"

"맞아. 그리고 그만큼의 자료를 제대로 정리할 사서 프로그램도 들어 있지. L. 밥 라이프의 비디오 자료도 잔뜩 있는데, 아마 그게 용량 대부분을 차지했을 거야."

"글쎄, 한 번 들여다볼게."

히로는 애매하게 대답한다.

"꼭 봐. 다파이비드는 그렇지 않았지만 당신은 똑똑해서 이걸 보면 도움이 될 거야. 그리고 당분간 레이븐과 가까이하지 마. 스노 크래시에도 손대지 말고. 알았지?"

"레이븐이 누군데?"

그가 묻는 사이 후아니타는 이미 문을 향해 걸어 나가고 있다. 멋진 아바타들이 걸어가는 그녀를 보려고 모두 고개를 돌린다. 스타 영화배우들도 놀랐다는 표정을 짓고, 해커들은 입을 오므리고 존경스럽다는 듯 멍하니 바라본다.

히로는 다시 해커들 구역으로 걸어간다. 다파이비드는 탁자 위에 널린 하이퍼카드들을 정리하는 중이다. 블랙 선 영업 자료, 영화나 비디오 자료, 이런저런 소프트웨어들 그리고 휘갈겨 쓴 전화번호들.

"자네가 문으로 들어올 때마다 운영 체제가 뭔가 살짝 반응을 일으키면서 내 몸에 신호가 온단 말이야. 그럴 때마다 블랙 선이 망가질 거라는 예감이 들곤 해."

다파이비드가 말한다.

"빅보드 때문일 거야. 그래 봐야 잠시 메모리에 명령어 한 줄 올리는 것뿐인데 말이야."

"아, 그렇군. 제발 그런 건 좀 없애 버려."

다파이비드가 말한다.

"뭐, 빅보드?"

"그래. 한때는 멋진 물건이었는지 몰라도 지금 보면 핵융합로를 돌도끼로

106

어떻게 해 보려는 거나 마찬가지야."

"고맙군."

"자네가 그걸 조금이라도 덜 위험하게 고칠 생각이 있다면 필요한 소스는 내가 뭐든 줄게. 자네 실력을 의심해서가 아니야. 시대에 맞게 살아야 한다는 거지."

다파이비드가 말한다.

"먹고살기 어려워. 프리랜서 해커가 설 자리는 이제 없다고. 뒤에 커다란 회사가 있어야만 하는 시대야."

히로가 말한다.

"나도 알아. 그리고 자네가 큰 회사에서 참고 일할 사람이 못 된다는 것도 잘 알지. 그러니까 자네에게 필요한 걸 내가 제공하겠다는 거야. 난 자네가 언제나 블랙 선의 일원이라고 생각해, 히로. 우리가 다른 길을 걷고 있어도 말이야."

다파이비드다운 말이다. 그는 머리로 깊게 생각하지 않은 채 진심으로 말하고 있다. 히로는 다파이비드가 해커가 되지 않았다면 그 머리로 뭘 할 수 있었을지 궁금했다.

"다른 얘기를 하자고."

히로가 말한다.

"내가 환상을 본 거야, 아니면 후아니타랑 다시 만난 거야?"

다파이비드는 대답을 하는 대신 관대한 웃음을 지어 보인다. 그는 몇 년 전 '그 대화'를 나눈 후로 히로에게 무척 친절하게 대했다. 처음에 대화는 맥주와 굴 안주를 앞에 두고 오랜 시간 전우로 지내 온 두 사람이 잡담을 나누는 호의적인 분위기였다. 그런데 대화가 4분의 3쯤 지날 무렵 히로는 자신이 사실은 막 해고되었다는 걸 알아차릴 수 있었다. 그 대화 이후 다파이비드는 히로에게 가끔 괜찮은 정보와 소문을 알려 주곤 했다고 사람들은 알고 있다.

"뭐 쓸 만한 정보를 찾고 있나?"

다파이비드가 다 안다는 듯 묻는다. 컴퓨터밖에 모르는 다른 모든 사람처럼 다파이비드 역시 너무나 순진하다. 그러나 이럴 때면 그는 스스로 다시 태어난 마키아벨리라도 된 것으로 생각한다.

"새로운 사실을 알려 주지."

히로가 말한다.

"자네가 내게 준 정보 대부분을 도서관에 올리지 않았어."

"왜? 내가 아는 최고의 소문만 자네한테 알려 주었는데. 난 내가 알려 준 정보로 자네가 돈 좀 번 줄 알았지."

"개인적으로 나눈 이야기를 팔아넘기는 짓은 도저히 할 수가 없더라고. 내가 왜 빈털터리겠어?"

히로는 한 가지는 말하지 않았다. 그는 자신이 다파이비드와 동격이라고 생각하며, 스스로 탁자 아래 웅크리고 앉은 개처럼 다파이비드가 흘리는 빵 부스러기 한 조각을 기다리는 일 따위는 견디지 못한다는 것.

"후아니타가 다시 여기 오는 모습을 보니 기분 좋군. 비록 흑백 아바타긴 해도 말이야. 그녀가 블랙 선을 사용하지 않는 건 마치 알렉산더 그레이엄 벨이 전화를 안 쓰겠다는 것이나 다름없잖아."

다파이비드가 말한다.

"오늘 왜 온 거라고 하던가?"

"뭔가 걸리는 게 있나 봐. 나더러 스트리트에서 혹시 어떤 사람을 만난 적이 있느냐고 묻더라고."

"누구 말이야?"

"덩치가 엄청나게 크고 검은 머리를 길게 기른 사내와 만났느냐며 걱정하더군. 스노 크래시인가 하는 걸 팔러 다니는 자래."

다파이비드가 말한다.

"도서관에서 검색해 봤대?"

"그럼. 당연히 찾아봤겠지."

"자네, 그 사내를 봤나?"

"아, 봤지. 찾기 어렵지 않아. 바로 문밖에 있으니까. 그 친구에게서 이걸 받았지."

다파이비드는 탁자 위를 뒤지더니 하이퍼카드를 하나 집어 들고 히로에게 보여 준다.

스노 크래시

이 카드를 둘로 찢으면
체험용 샘플이 나옵니다.

"자네가 흑백 아바타에게서 하이퍼카드를 받다니 믿을 수가 없군."

히로가 말한다.

다파이비드는 웃음을 터뜨린다.

"그런 건 옛날에나 하던 걱정이야, 이 친구야. 내 컴퓨터엔 어떤 바이러스도 뚫지 못할 백신이 깔려 있다고. 여기 들어온 해커들한테서 오염된 자료를 엄청나게 많이 받아. 마치 전염병 병동에서 일하는 것과 같지. 그러니 이 하이퍼카드에 뭐가 들었는지 두렵지 않다네."

"글쎄, 그렇다면 나도 궁금해지는군."

히로가 말한다.

"그래, 나도 궁금해."

다파이비드는 웃으며 맞장구를 친다.

"아마 엄청나게 실망스러운 거겠지."

"아마 동영상 광고일 거야. 이걸 열어 봐야 하나?"

다파이비드도 동감이라는 듯 말한다.

"그래. 열어 봐. 새로 나온 마약을 맛볼 기회가 그리 흔하겠어?"

히로가 말한다.

"글쎄, 원하기만 한다면 매일 한 가지씩 해 볼 수는 있을 거야. 그렇지만 몸에 해롭지 않은 약이 그렇게 많지는 않겠지."

다파이비드는 말을 마치더니 하이퍼카드를 들고 반으로 찢는다. 잠깐이지만 아무런 일도 생기지 않는다.

"기다려야 하는 거야?"

다파이비드가 말한다.

탁자 위 다파이비드의 앞쪽에 아바타 하나가 모습을 드러내기 시작한다. 처음엔 희미하고 투명한 모습이지만 점점 단단하고 입체적인 모양을 띤다. 상당히 흔한 표현 방식이다. 히로와 다파이비드는 이미 웃음을 흘리고 있다.

아바타는 꾸미지 않은 브랜디가 벌거벗은 모습이다. 가장 일반적인 브랜디 아바타 상품에도 미치지 못하는 것처럼 보인다. 타이완에서 만든 브랜디 아바타의 싸구려 복제품인 듯하다. 데몬인 게 틀림없다. 아바타는 양손을 모아 종이 행주만 한 튜브 두 개를 움켜쥐고 있다.

다파이비드는 의자에 앉은 채 몸을 뒤로 기대고 이 장면을 즐기고 있다. 뭔가 전체적으로 어수선하고 싸구려 같은 느낌이 든다.

브랜디는 몸을 앞으로 기울이며 다파이비드에게 다가오라는 듯 손짓을 한다. 다파이비드는 그녀의 얼굴 쪽으로 몸을 기울이며 활짝 웃는다. 브랜디는 조잡하게 표현한 루비처럼 붉은 입술을 그의 귀에 대더니 히로에게 들리지 않도록 뭔가 중얼거린다.

브랜디가 다파이비드에게서 떨어져 몸을 바로 세우자 변해 버린 그의 표정이 보인다. 다파이비드는 멍한 듯 무표정한 얼굴이다. 어쩌면 다파이비드가 정말 그런 상태일 수도 있고, 아니면 어떻게인지는 몰라도 스노 크래시가 영향을 미쳐 그의 아바타가 실제 표정을 제대로 표현하지 못하는 것일 수도 있다. 어쨌든 그는 똑바로 앞을 바라보고 있고 두 눈은 얼어붙은 듯 꼼짝도 하지 않는다.

브랜디는 꼼짝도 하지 않는 다파이비드의 얼굴 앞에 두 개의 튜브를 들어 올리더니 펼친다. 알고 보니 튜브는 말아 쥔 두루마리다. 브랜디는 다파이비드의 얼굴 바로 앞에서 두루마리를 펼치는데, 그 모습이 마치 눈앞에 평평한 이차원 스크린을 펼쳐 놓은 듯 보인다. 마비된 것 같은 다파이비드의 얼굴은 두루마리에서 뿜어져 나오는 빛이 비치자 푸르스름한 빛을 띤다.

히로는 가까이 보려고 탁자를 돌아 걸어간다. 두루마리 안의 내용이 흘깃 보인다고 생각한 순간, 브랜디가 재빨리 두루마리를 다시 말아 버린다. 마치 납작한 텔레비전을 말아 놓은 것처럼 보이는 빛의 판인데, 아무것도 보이지 않는다. 그냥 정지된 화면이다. 하얀 노이즈. 스노 현상이다.

순간 브랜디 아바타는 아무 흔적도 없이 사라지고 만다. 해커들 구역에 있는 몇몇 탁자에서 생뚱맞게도 빈정거리는 듯한 박수 소리가 들린다.

다파이비드는 다시 정상으로 되돌아온다. 꾸며낸 듯하기도 하고 당황해하는 듯한 웃음을 머금은 표정이다.

"뭐였어? 끝부분에 하얀 노이즈만 슬쩍 보이던데."

히로가 묻는다.

"그게 전부였어."

다파이비드가 말한다.

"흑백의 픽셀들이 반복된 모습이 상당히 높은 해상도로 보이더군. 내가 보기엔 0과 1이 반복적으로 몇십만 개 보이는 것 같던데."

"그러니까 누군가 자네의 시신경에다 수십만 바이트나 되는 정보를 보여 준 것일 수도 있단 말이군."

히로가 말한다.

"정보가 아니라 노이즈라고 해야 더 어울리겠지."

"글쎄, 암호를 풀기 전이라면 정보도 모두 노이즈처럼 보이게 마련이지."

히로가 말한다.

"누가 뭐 하러 내게 바이너리 코드(프로그램 내용을 컴퓨터가 이해할 수 있도록 0과 1로만 표현한 것)로 된 정보를 보여 주겠어? 난 컴퓨터가 아니라고. 난 비트맵(그래픽 장치에서 그림을 표현하는 방법 가운데 하나. 여기서는 0과 1을 하얗고 까만 점으로 연결해서 그려 놓은 모습을 말한다)을 읽지 못해."

"알았어, 다파이비드. 그냥 해 본 소리야."

히로가 말한다.

"그게 뭐였는지 알아? 해커 녀석들이 스스로 작업한 결과물 일부를 내게 보여 주려고 늘 얼마나 애쓰는지 이제 알았지?"

"그래."

"어떤 해커 녀석이 자기가 만든 걸 내게 보여 주려고 작전을 짠 거야. 그리고 브랜디가 두루마리를 펼칠 때까지는 모든 게 제대로 움직인 거지. 하지만 녀석이 짠 프로그램에 오류가 많아서 결정적인 순간에 장애가 발생하면서 결과물이 나오는 대신 노이즈가 화면에 뿌려진 거야."

"근데 왜 스스로 그걸 스노 크래시라고 부르는 걸까?"

"분위기에 안 맞는 농담인 셈이지. 스스로 프로그램에 오류가 많을 걸 안 거야."

"브랜디가 자네 귀에 뭐라고 속삭인 거야?"

"어느 나라 말인지 알아들을 수가 없더군. 그냥 뭐라고 배블배블거리기만 했어."

다파이비드가 말한다.

배블. 바벨.

"그 말을 듣더니 자네가 엄청나게 놀란 표정을 지었어."

다파이비드는 화가 난 표정이다.

"놀라지 않았어. 그저 이상한 일이라서 잠깐 놀라서 그랬을 거야."

히로는 지극히 의심스러워하는 표정으로 그를 바라보고 있다. 다파이비드가 그걸 보더니 일어선다.

"일본의 자네 경쟁자들이 무슨 짓을 하고 있는지 보고 싶지 않아?"

"무슨 경쟁자?"

"자넨 록스타들 아바타를 만들어 주곤 했지?"

"요새도 해."

"스시 K가 오늘 밤 여기에 왔어."

"아, 알아. 머리를 산만큼 부풀렸더군."

"얼마나 번쩍거리는지 여기서도 보일 정도야."

다파이비드는 옆 구역을 향해 손을 흔들어 보이며 말을 잇는다.

"그렇지만 직접 가서 전체적으로 어떤 모습인지 보고 싶군."

마치 록스타 구역 가운데 어디선가 태양이 떠오르는 것처럼 보인다. 키가 크고 작은 여러 아바타가 우글거리는 가운데 그들의 머리 위 어디선가 주황빛이 소용돌이치며 바깥쪽으로 퍼져 나오는 모습이 보인다. 그 불빛은 계속 움직이고 돌며 옆으로 흔들리는데, 온 세상이 불빛을 따라 움직이는 것 같다. 스트리트였다면 스시 K의 떠오르는 태양 같은 머리 모양은 규정으로 전체적 밝기나 높이, 폭이 제한될 것이다. 그러나 다파이비드는 블랙 선 안에서는 모든 표현을 허용한다. 그래서 스시 K의 머리가 뿜어내는 주황색 광선은 블랙 선의 내부 끝까지 퍼져나가는 모습이다.

"미국 사람들은 일본인 랩 음악을 사지 않을 거라고 누군가 저 친구에게 말해 줬나 모르겠군."

히로는 그쪽으로 걸어가며 말한다.

"어쩌면 자네가 말해 줘야 할지도 몰라. 그리고 그런 정보를 전해 준 대가를 받아 내는 거야. 저 친구는 바로 지금 LA에 있잖아."

다파이비드가 말한다.

"엄청난 스타가 될 거라고 알랑거리는 녀석들에 둘러싸인 채 호텔에 머무는 중이겠지. 그 친구는 실제 바이오매스(어느 지역 내에 있는 생물의 현존량)에 좀 노출이 되어야 해."

두 사람은 좁은 통로를 따라 떼 지어 움직이는 사람들 사이로 비집고 들어선다.

"바이오매스라니?"

다파이비드가 묻는다.

"살아 있는 생명체의 총량을 말하지. 생태학에서 쓰는 말이야. 약 4천 제곱미터의 숲이나 가로와 세로 그리고 높이가 각각 1.6킬로미터인 바닷물 또는 어떤 마을의 한 구역을 통틀어 그 안에 있는 모든 생명 없는 물질, 그러니까 물이나 먼지 같은 걸 짜내고 남은 게 바로 바이오매스야."

누구보다 더 컴퓨터밖에 모르는 사람인 다파이비드는 말한다.

"무슨 말인지 모르겠군."

그의 목소리는 웃기게 들린다. 목소리에 뭔가 잡음이 끼어들고 있다.

"산업계로 바꾸어 말하지. 모든 산업은 미국인의 바이오매스를 먹이로 삼아 자라지. 고래가 바다에서 크릴새우를 잡아먹으며 사는 것처럼 말이야."

히로는 일본인 비즈니스맨 두 명 사이에 끼어든다. 한 사람은 푸른 제복을 입었지만, 다른 사내는 복고풍인지 짙은 색 기모노를 입었다. 그 사내는 히로처럼 검을 두 개 가지고 있는데, 왼쪽 엉덩이 위로 긴 카타나를 찼고, 한 손으로 쓰는 와키자시는 허리띠에 대각선 모양으로 찔러 넣은 모습이다. 사내와 히로는 서로 재빨리 상대방의 무기를 바라본다. 그 순간, 히로는 고개를 돌리며 아무 일도 없었다는 듯 굴지만, 상대방 사내는 얼굴이 굳어지며 입술 양쪽 끝을 아래로 오므린다. 히로는 이런 장면을 전에도 본 적이 있다. 이제 곧 싸움에 말려들 거라는 신호다.

사람들이 이리저리 비켜선다. 뭔가 크고 무지막지한 것이 사람들 틈을 뚫고 아바타를 이리저리 밀어붙인다. 블랙 선 안에서 저런 식으로 사람들을 밀어낼 수 있는 존재는 문지기 데몬밖에 없다.

어느 정도 거리가 가까워지자 히로의 눈에 턱시도를 입은 고릴라들이 브이[V]자 형태를 유지하고 걸어오는 모습이 보인다. 정말 고릴라들이다. 게다가 녀석들은 지금 히로를 향해 다가오는 것 같다.

뒤로 물러서려 애쓰는 그의 몸에 뭔가 다가와 부딪치는 느낌이 든다. 빅보드 프로그램이 결국 문제를 일으킨 것 같다. 그의 몸은 막 바 밖으로 밀려나는 참이다.

"다파이비드."

히로가 말한다.

"이 친구들 좀 말려. 이제 빅보드를 사용하지 않을 테니까 말이야."

히로 근처에 서 있는 사람들의 시선이 그의 어깨 뒤쪽을 향하고 있다. 그들의 얼굴이 여러 색깔이 섞인 빛을 받아 환하게 빛난다.

히로는 몸을 돌려 다파이비드를 찾는다. 그러나 다파이비드는 어디로 갔는지 보이지 않는다.

다파이비드가 있던 자리엔 불규칙한 디지털 신호의 흔적이 지저분한 모습의 구름처럼 피어오르고 있다. 너무 밝아 모양을 알아볼 수 없는 뭔가가 빠른 속도로 흔들려 바라보기만 해도 눈이 아플 지경이다. 검은색과 흰색이 반복적으로 나타나며 번쩍거리는데, 빛깔이 나타날 때는 마치 강력한 나이트클럽의 조명처럼 여러 가지 색을 뿌리며 빙글빙글 돌기도 한다. 그리고 그 빛들은 다파이비드가 있던 자리에서만 반짝이지 않는다. 머리카락처럼 가느다란 선들이 한쪽으로 뿜어져 나오더니 블랙 선 안을 가로질러 건물 밖까지 뚫고 나간다. 모양을 제대로 갖춘 실체라기보다는 선과 다각형으로 이루어진, 중심이 어딘지 알 수 없는 소용돌이 구름 같다. 구름은 온 실내에 밝은 파편들을 뿜어내고 파편에 맞은 다른 아바타들은 껌벅거리거나 사라진다.

고릴라들은 그런 광경에는 신경 쓰지 않는다. 어떻게 그렇게 할 수 있는지는 몰라도 녀석들은 길고 털이 수북한 손가락으로 흩어지는 구름 가운데를 꽉 붙들더니 히로 곁을 지나쳐 입구 쪽으로 간다. 끌려가는 걸 내려다본 히로의 눈에 보이는 형상은 부서진 유리 조각 더미를 통해 보는 다파이비드의 얼굴처럼 생겼다. 아주 잠깐 스치듯 지나간 장면이다. 그리고 아바타는 사라진다. 정문 밖으로 끌려 나간 아바타는 호되게 걷어차인 후 스트리트 위로 긴 포물선을 그리며 날아가 지평선 너머로 사라진다. 히로는 고개를 들어 다파이비드와 이야기를 나누며 앉았던 탁자를 보지만 텅 빈 자리 주위엔 놀란 해커들뿐이다. 몇몇은 충격을 받았고 다른 몇몇은 웃음을 눌러 참고 있다.

최고의 해커이자 메타버스 규약을 만든 사람들 가운데 한 명이며 세계적 명성을 가진 블랙 선을 고안하고 경영하는 다파이비드 마이어의 컴퓨터 시스템이 동작 불능 상태가 되어 버린 것이다. 그는 자신이 부리는 데몬들에 의해 자신이 운영하는 바에서 쫓겨나고 말았다.

10

쿠리에가 되려고 공부할 때 두 번째나 세 번째로 배우는 게 열쇠 없이 쇠고랑을 푸는 법이다. 쇠고랑이란 게 원래 오랜 시간 누군가를 붙잡아 두는 데 쓰는 물건이 아니지만, 수많은 클링크 가맹점 업주들은 완전히 반대로 생각하고 있다. 그리고 스케이트보드를 타는 사람들은 오랜 세월 핍박받는 민족에 속했으므로 그들 모두는 이제 어느 정도는 탈출의 달인이라 할 수 있다.

중요한 일부터 차근차근히 해야 한다. 와이티는 옷에 많은 걸 숨기고 있다. 옷에 달린 주머니는 백 개도 넘는데, 배달할 물건을 넣는 큰 주머니도 있고 필요한 장비를 넣는 조그맣고 좁은 주머니도 있으며, 소매 안쪽이나 허벅지와 정강이 안쪽에 보이지 않도록 마련해 둔 것도 있다. 그런 다양한 주머니에 든 장비들은 대개 작고 다루기 어렵고 가볍다. 볼펜, 매직펜, 가느다란 손전등, 작은 주머니칼, 자물쇠 따는 쇠붙이, 바코드 스캐너, 조명탄, 드라이

버, 최루 가스, 전기 충격기 그리고 야광 막대 등이다. 택시 미터기와 스톱워치 두 가지로 쓸 수 있는 계산기는 오른쪽 허벅지에 거꾸로 꽂혀 있다.

반대쪽 허벅지에는 휴대 전화가 들어 있다. 매니저 사내가 문을 잠그고 떠나자마자 전화가 울리기 시작한다. 와이티는 묶이지 않은 쪽 손으로 전화기를 꺼낸다. 엄마 목소리다.

"네, 엄마. 좋아요. 엄마는요? 전 트레이시 집에 왔어요. 네, 같이 메타버스에 있어요. 스트리트에 있는 상가에서 놀고 있어요. 사람이 꽤 많아요. 그럼요. 멋진 아바타를 쓰고 있어요. 아뇨, 트레이시 엄마가 갈 때 태워다 주신대요. 하지만 가는 길에 빅토리아 도로에 있는 '조이라이드'에 들를지도 몰라요. 네, 잘 주무세요. 저도 사랑해요. 나중에 봐요."

와이티가 반짝이는 버튼을 눌러 엄마와 통화를 끝내자 금세 전화에서는 새로운 신호음이 들린다. 와이티는 '로드킬'이라고 말한다.

전화기는 기억해 둔 로드킬의 번호로 전화를 건다.

시끄러운 소리가 들린다. 어마어마한 속도로 달리는 로드킬의 전화기 마이크 부분에 바람이 스치는 소리다. 그 소리 말고도 수많은 자동차의 타이어가 여기저기 팬 도로 위를 지치며 달리는 소리가 들린다. 무너져 가는 벤투라 지역인 것 같다.

"어이, 와이티. 뭔 일이래?"

로드킬이 말한다.

"넌 뭐 하는 중이야?"

"벤투라에서 달리는 중이지. 무슨 일이야?"

"클링크 안에서 늘어져 있지."

"와우! 누가 널 잡았냐?"

"메타캅스야. 가래침 총으로 날 화이트 컬럼즈 정문에다 붙여 버렸어."

"와우, 대단하군! 언제 나올 거야?"

"금방. 잠깐 와서 나 좀 도와줄 수 있어?"

"그게 무슨 말이야?"

남자들이란.

"그러니까 날 도와 달라고. 넌 내 남자 친구잖아."

그녀는 간단하고 솔직하게 말한다.

"내가 잡히면 넌 날 구하러 달려와야 하는 거잖아."

그런 건 누구나 아는 거 아닌가? 요새는 집에서 아이들에게 이런 거 안 가르치나?

"에, 그게……. 너 어디야?"

"후다닥 편의점 501,762호점이야."

"난 초특급 때문에 버니에 가는 중인데."

'샌버나디노'에 중요한 초특급 배달을 하러 간다는 뜻이다. 와이티는 운이 없다.

"알았어, 어쨌든 고마워."

"미안."

"조심해서 달려."

와이티는 대개 빈정거릴 때 사용하는 말을 마지막으로 전화를 끊는다.

"죽지야 않겠지."

로드킬이 말한다. 울려 퍼지던 소음이 금세 끊긴다.

나쁜 자식. 다음번에 만나면 그는 정말 납작 엎드려야만 할 것이다. 그러나 그런 생각을 하던 차에 그녀에게 빚을 진 다른 사람이 생각난다. 단 하나의 문제는 그 사내는 어쩌면 바보일지도 모른다는 점이다. 그러나 한번 시도해 볼 가치는 있다.

"여보세요?"

그가 전화를 받는다. 격하게 몰아쉬는 숨소리가 나고 멀리 순찰차의 사이렌 소리도 들린다.

"히로 프로타고니스트?"

"네, 누구시죠?"

"와이티예요. 어디 있어요?"

"오아후 도로에 있는 '세이프웨이' 슈퍼마켓 주차장이야."

그는 거짓말을 하는 게 아니다. 수화기 너머로 쇼핑 카트들이 서로 맞물리며 철컹거리는 소리가 들린다.

"내가 좀 바빠서 말이야, 화이티. 그래도 왜 전화했는지 말해 봐."

"제 이름은 와이티예요. 그리고 클링크에서 빠져나갈 수 있도록 좀 도와줘요."

그녀는 자세하게 설명한다.

"거기 갇힌 다음 시간이 얼마나 지났지?"

"10분이요."

"좋아, 클링크 가맹점 업무 매뉴얼에 따르면 매니저는 사람을 잡아넣은 후 30분이 지나면 확인을 해야만 해."

"그런 걸 어떻게 알죠?"

그녀는 의심스럽다는 듯 말한다.

"그건 알아서 생각해. 매니저가 30분 후에 확인하고 가면 다시 5분을 더 기다렸다가 움직이라고. 가서 돕도록 해 볼 테니까, 알았지?"

"알았어요."

정확히 30분이 지나자 뒷문이 열리는 소리가 나더니 불이 켜진다. 특수 고글 덕분에 눈이 아프거나 하진 않다. 매니저가 계단을 따라 몇 걸음 내려오더니 그녀를 노려본다. 그는 상당히 오랜 시간 동안 그녀를 본다. 분명히 마음이 흔들리고 있다. 순간적으로 언뜻 본 그녀의 속살이 지난 30분 동안 머릿속을 떠나지 않았을 것이다. 그는 광대한 우주를 채울 만한 고민에 빠진 채 마음이 흔들리고 있다. 와이티는 사내가 바보 같은 짓을 하지 않았으면 하는 마음이다. 덴타타가 늘 제대로 성능을 발휘한다는 보장이 없기 때문이다.

"빌어먹을, 어떻게 할 건지 빨리 정해."

그녀가 말한다.

효과가 있다. 그녀의 말투에 갑자기 문화적 충격을 받은 매니저 녀석은 도덕적인 수수께끼에서 벗어난 모양이다. 그는 와이티를 향해 못마땅하다는 듯 불쾌한 표정을 지어 보인다. 어쨌든 그의 눈길을 끈 것도 그녀요, 욕정이 솟아올라 머리가 어지럽게 만든 것도 그녀였다. 누가 붙잡혀 오랬나? 그런 식으로 매니저 사내는 그녀에게 화가 난다. 마치 화낼 권리라도 있는 것처럼.

저런 녀석도 소아마비 백신을 만들어 낸 남자라는 족속에 포함된단 말인가?

사내는 돌아서서 다시 계단을 걸어 올라가더니 불을 끄고 문을 잠근다.

와이티는 시간을 확인한 후 5분 후 시계가 울리도록 알람을 맞춘다. 그녀는 북아메리카 대륙에서 디지털 손목시계로 알람을 맞출 수 있는 유일한 사람일 것이다. 그녀는 손목에 달린 좁은 주머니에서 자물쇠를 푸는 쇠붙이를 꺼낸다. 그리고 조그만 야광 막대를 꺼내 손목이 잘 보이도록 입에 문다. 좁고 납작한 스프링 쇳조각을 찾아내더니 그걸 쇠고랑 안쪽으로 밀어 넣어 스프링으로 작동하는 멈춤쇠를 밀어젖힌다. 톱니가 한쪽으로만 돌면서 움직일

수록 조여 대던 쇠고랑의 스프링이 풀리고 쇠고랑이 배관 파이프에서 풀려 난다.

다른 한쪽 쇠고랑을 손목에서 벗겨 낼 수도 있지만, 쇠고랑을 찬 모습이 멋져 보인다. 그녀는 풀어낸 쇠고랑마저 같은 손목에 찬다. 마치 두 개짜리 팔찌처럼 보인다. 엄마가 젊은 펑크족이었을 때 차고 다니던 팔찌 같다.

철문은 굳게 잠겼지만, 편의점 안전 규정은 불이 났을 때를 대비해 비상 구를 두도록 정해두고 있다. 이곳에서는 허술한 창살로 막아 둔 지하실 창문을 비상구로 쓰고 있다. 창문에는 커다란 빨간색 화재경보기가 붙어 있는데, 여러 나라 언어로 된 설명문이 보인다. 야광 막대의 녹색 불빛 아래라서 빨 간색이 검은색처럼 보인다. 그녀는 영어로 된 설명을 읽은 후 머릿속에서 한 두 번 되새겨 생각해 본 다음 맞춰 놓은 알람 시계가 울리길 기다린다. 도대 체 무슨 말인지 알 수 없는 다른 나라 말로 된 설명서를 읽으며 시간을 보낸 다. 와이티에게 그런 언어들은 택시 링가나 마찬가지다.

창문이 너무 더러워 밖을 내다볼 수도 없을 지경이지만, 뭔가 거무스름한 것이 밖을 지나는 게 보인다. 히로다.

10초 정도가 흐르자 손목시계에서 알람이 울린다. 그녀는 비상구인 창문을 주먹으로 때린다. 비상벨이 울린다. 창살이 생각보다 단단하다. 진짜 불이 나지 않은 게 다행이다. 그러나 결국 창문은 열린다. 스케이트보드부터 바깥쪽 주차장으로 내던진 다음 몸을 창문으로 집어넣는 순간 뒤에서 문이 열리는 소리가 들린다. 매니저 사내가 들어와 근검절약의 상징인 전기 스위치를 찾는 사이 그녀는 이미 편의점 앞마당으로 접어들고 있다. 그런데 앞마 당은 온통 타지크 사람들이 모여 잔치를 벌이는 중이다!

남부 캘리포니아에 사는 타지크 사람이 모두 모인 것 같다. 커다란 고물 택시 뒷자리에서는 뭔지 모를 가축을 태운 지독한 악취와 함께 방향제에 담

갔다가 꺼낸 듯한 냄새가 동시에 풍긴다. 그들은 택시 가운데 한 대의 트렁크 뚜껑에 빨부리가 여덟 개 달린 커다란 물 담뱃대를 올려놓고 노동자들답게 거칠게 빨아 대는 중이다.

그리고 그들은 모두 히로 프로타고니스트를 노려보는 중이기도 하다. 히로 역시 그들과 맞서 쏘아보고 있다. 주차장에 있는 모든 사람은 서로 엄청나게 놀란 눈치다.

히로는 뒤쪽에서 접근한 것이 분명하다. 앞쪽 주차장에 타지크 사람들이 잔뜩 모인 걸 몰랐을 것이다. 계획을 어떻게 세웠는지 몰라도 잘 안 되는 것 같다. 작전은 물거품이 된 것이다.

편의점 매니저가 뒷문으로 달려 나오며 택시 링가로 끔찍하게 소리를 지른다. 그는 와이티의 엉덩이에서 눈을 떼지 않는다.

그러나 물 담뱃대 주변의 타지크 사람들은 와이티에겐 신경도 쓰지 않는다. 그들은 히로를 뚫어지게 바라보는 중이다. 그들은 은으로 야단스럽게 장식한 빨부리를, 커다란 물파이프에 홈을 파서 만든 받침대에 조심스럽게 걸쳐 놓는다. 그러더니 바람막이용으로 입은 옷자락 속주머니에 손을 넣으며 히로를 향해 움직인다.

어디선가 들리는 날카로운 소리에 와이티는 정신이 아득해진다. 다시 히로 쪽으로 눈을 돌리니 족히 1미터 가까이 되는 흰 칼을 칼집에서 뽑아 든 그의 모습이 보인다. 그런 칼을 지니고 있었는지 미처 알지 못했다. 히로는 웅크리며 몸을 낮춘다. 편의점의 방범등 불빛 아래 칼날이 허옇게 번쩍인다.

정말 멋지군!

물담배를 빨아 대던 녀석들은 당황해한다. 그러나 놀라긴 했지만 두려워하지는 않는다. 녀석들 대부분은 총을 지니고 있을 게 확실하다. 히로는 달랑 칼 한 자루를 갖고 뭘 어쩌겠다는 걸까?

그녀는 히로의 명함에 쓰여 있던 여러 가지 직업 중에 세계 최고의 검객이라는 게 생각난다. 그는 정말 무장한 타지크 무리를 해치울 수 있을까?

매니저 사내가 그녀의 팔뚝을 움켜잡는다. 그렇게 그녀를 붙잡을 수 있으리라 생각하는 모양이다. 그녀는 다른 쪽 팔로 최루 가스를 꺼내 녀석에게 가볍게 뿜어 준다. 그는 숨이 막히는 듯 신음을 내고 고개를 꼬더니 팔을 놓고 비틀거리며 손바닥으로 양 눈을 막는 것처럼 가린 채 뒤로 물러나다가 어떤 택시 위로 벌렁 나자빠지고 만다.

잠깐, 그 택시 안에는 아무도 없다. 그렇지만 긴 끈 장식이 달린 열쇠가 운전대에 꽂힌 채 덜렁거리는 모습이 보인다.

그녀는 택시 안으로 스케이트보드를 던져 넣고 창문으로 뛰어든다[그녀는 덩치가 작아서 차 안으로 들어가려고 굳이 문을 열 필요가 없다]. 운전석으로 기어들어 간 그녀는 나무로 깎아 만든 구슬을 엮어서 만든 좌석 깔개에 앉아 방향제 냄새가 가득한 택시에 시동을 걸어 차를 움직인다. 앞이 아닌 뒤로. 편의점 뒷마당 쪽을 향해서. 차는 택시답게 언제라도 떠날 수 있도록 바깥쪽을 향해 서 있다. 만일 혼자였다면 편리했을 것이다. 그러나 히로도 생각해야만 한다. 무전기에서 택시 링가로 떠들어 대는 소리가 시끄럽게 흘러나온다. 그녀는 편의점 뒤로 차를 몰고 간다. 뒷마당은 이상할 정도로 조용하고 텅 비었다.

그녀는 기어를 '운전'으로 바꾸고 왔던 길을 다시 내달린다. 그녀가 다른 쪽으로 튀어나오리라 예상했던 타지크 사람들은 미처 반응할 시간이 없다. 그녀는 요란한 소리와 함께 히로 바로 옆에 택시를 세운다. 히로는 이미 칼을 칼집에 자연스럽게 꽂을 정도로 침착함을 되찾은 상태다. 그는 조수석 창문으로 몸을 던져 넣는다. 그 순간부터 그녀는 히로에게는 전혀 신경 쓰지 않는다. 그녀는 이제 그 밖에 신경 쓸 것이 많다. 이를테면 도로로 빠져나가는 순간 다른 차에 옆구리를 들이받히지는 않을까, 하는 것 말이다.

달려오던 차 한 대가 간신히 충돌을 면하고 끽하는 소리를 내며 바로 옆에서 멈춰 선다. 그녀는 속도를 높이며 고속 도로로 들어선다. 차는 고물 택시답게 움직인다.

단 하나 남은 문제는 다른 고물 택시 대여섯 대가 그들의 뒤를 쫓는다는 점이다.

와이티의 왼쪽 허벅지를 뭔가가 눌러 댄다. 그녀는 내려다본다. 엄청나게 큰 권총이 자동차 문짝 안쪽에 매달린 그물주머니에 들어 있다.

차를 세우고 몸을 피할 곳을 찾아야만 한다. 혹시 노바 시칠리아 가맹점을 찾을 수 있다면 좋을 것이다. 마피아는 그녀에게 갚을 빚이 있기 때문이다. 아니면 그녀가 싫어하는 나라지만 뉴사우스 아프리카도 괜찮을 듯하다. 왜냐하면 뉴사우스 아프리카의 사람들은 타지크 사람들을 누구보다 더 싫어하기 때문이다.

하지만 와이티는 그 생각은 즉시 지워 버린다. 히로가 흑인은 아니지만, 흑인의 피를 지녔기 때문이다. 그를 끌고 뉴사우스 아프리카로 들어갈 수는 없는 일이다. 마찬가지로 와이티가 백인이기 때문에 그들은 메타자니아로도 갈 수 없다.

"이 선생의 위대한 홍콩으로 가지."

히로가 말한다.

"조금 더 가다가 우회전이야."

"좋은 생각이에요. 하지만 거긴 칼을 지니고 들어갈 수 없을 텐데요?"

"괜찮아. 난 거기 시민이거든."

그때 간판이 나타난다. 매우 독특한 모양이라 눈에 확 띈다. 이렇게 생긴 간판은 별로 많지 않다. 온통 번쩍거리는 가맹점들의 간판 불빛 속에 차분하고 얌전한 녹색과 파란색이 섞인 간판이 하나 서 있다.

이 선생의 위대한 홍콩

뒤편에서 뭔가 터지는 소리가 난다. 그녀는 머리를 머리 받침대에 호되게 부딪힌다. 다른 택시가 꽁무니를 들이받은 것이다.

그녀는 이 선생의 위대한 홍콩 주차장을 향해 시속 120킬로미터의 속도로 달려 들어간다. 경비 장치가 그녀의 신분을 파악한 다음 타이어 파괴 장치를 미처 해제할 시간도 없었다. 결국 자동차 타이어는 온통 찢어져 버리고 만다. 결국 바퀴에 림만 남은 자동차는 불꽃과 끔찍한 소리를 내며 잔디밭 위에 멈춰 선다. 잔디밭은 이산화탄소를 제거하는 역할도 하지만 주차장으로도 사용하는 곳이다.

그녀와 히로는 차에서 내린다.

히로는 즉시 십여 개의 빨간 레이저 광선이 온갖 방향에서 쏟아지며 자신을 겨냥하자 얼굴 가득 웃음을 짓는다. 홍콩의 로봇 경비 시스템이 그를 조사하는 중이다. 물론 그녀도 마찬가지 신세다. 그녀는 고개를 숙여 레이저 광선이 가슴 주변을 더듬듯 움직이는 모습을 본다.

"이 선생의 위대한 홍콩에 오신 걸 환영합니다, 프로타고니스트 씨."

경비 시스템이 확성기를 통해 말한다.

"함께 오신 손님인 와이티 양도 환영합니다."

뒤를 쫓던 다른 택시들은 도로에 줄지어 서 있다. 몇몇은 홍콩 가맹점을 지나쳐 버리는 바람에 한 구역을 되돌아와야만 했다. 많은 사내가 문을 닫고 차에서 내린다. 일부는 귀찮은지 시동을 켠 채 차에 앉아 문만 활짝 연다. 타지크인 세 명이 보도에 서서 타이어 파괴 장치의 뾰족한 못에 찢긴 타이어를 들여다본다. 안에서 삐져나온 유리 섬유의 모습이 마치 가발처럼 보인다. 사내들 가운데 한 명은 권총을 들었는데 총구는 땅바닥을 향하고 있다.

타지크인 네 명이 더 달려와 합류한다. 와이티가 보니 권총이 두 자루 더 있고 산탄총도 한 자루 보인다. 몇 명만 더 모이면 한 나라의 군대 구실이라도 할 수 있을 정도다. 그들은 조심스레 타이어 파괴 장치 위로 발걸음을 옮기더니 푸릇푸릇한 홍콩의 잔디밭 위로 들어선다. 그러자 다시 레이저 광선이 나타난다. 순간적으로 타지크인들의 온몸에 빨간 점들이 무수히 내리꽂힌다.

그런데 아까와는 사뭇 다른 일이 벌어진다. 경비 시스템은 조명을 밝힌다. 다가오는 사람들을 환히 비춰 보고 싶은 모양이다.

홍콩 가맹점은 잔디밭이 유명하다. 주차장으로도 사용할 수 있는 잔디밭을 들어 본 적이 있는가? 그리고 또 안테나도 유명하다. 안테나가 어찌나 많은지 마치 NASA의 연구 시설처럼 보인다. 대개 위성으로 신호를 쏘아 보내는 역할을 하는 안테나들은 하늘을 향하고 있다. 그러나 일부 아주 작은 안테나들은 땅바닥에 있는 잔디밭을 향하고 있다.

와이티는 잘 모르지만, 이 작은 안테나들은 밀리미터파 레이더 송수신기 역할을 한다. 다른 모든 레이더와 마찬가지로 금속성 물질을 잘 포착한다. 항공 교통 관제 센터에서 사용하는 레이더와 달리 아주 작은 물체까지 잡아낼 수 있다. 이름이 밀리미터파 레이더인 것에서 알 수 있듯, 이 안테나들은 밀리미터 단위의 물체까지도 식별할 수 있다. 그 말은 충치로 썩은 치아의 속을 메운 금 조각이나 천으로 된 농구화의 줄을 끼우는 구멍에 달린 쇠고리 또는 청바지 주머니에 박힌 단추까지 잡아낸다는 것이다. 심지어 사람 주머니에 든 잔돈이 얼마인지 알아낼 수도 있다.

총기를 감지하는 건 문제도 아니다. 레이더는 총이 장전된 것인지 어떤 탄환을 사용하는지도 알아낼 수 있다. 상당히 중요한 기능이다. 왜냐하면 이 선생의 위대한 홍콩에서는 총기 소지가 불법이기 때문이다.

11

다파이비드의 컴퓨터가 문제를 일으킨 마당에 주위를 어슬렁거리며 멍하니 바라보고 서 있는 건 그다지 예의 바른 행동이 아닌 것 같다. 하지만 많은 나이 어린 해커들은 그들이 본 걸 다른 동료와 떠들어 대느라 자리를 떠나지 않고 있다. 히로는 어깨를 으쓱해 보이고는 록스타 구역으로 발걸음을 옮긴다. 스시 K가 머리를 어떻게 꾸몄는지 궁금했기 때문이다.

그러나 아까 만났던 기모노를 차려입은 일본인 사내가 앞을 막아선다. 칼을 두 자루 가진 그 사내다. 그는 칼 두 자루 정도의 간격을 두고 마주 선 채 대결하듯 히로를 노려보며 길을 비켜 줄 생각을 하지 않는다.

히로는 공손한 태도를 보인다. 허리를 깊이 숙였다가 똑바로 펴는 것이다.

상대방 사내는 그다지 공손하지 않은 태도를 보인다. 그는 조심스럽게 히로를 아래위로 훑어보더니 고개를 숙인다. 고개를 수그리는지 제대로 보이지도 않을 정도이다.

"칼들이 아주 훌륭하군요."

사내가 말한다.

"고맙습니다, 선생. 편하시면 주저하시지 말고 일본어로 말씀하셔도 됩니다."

"아바타니까 그런 칼을 들고 다니는 것이겠죠. 현실 세계에서 그런 걸 갖고 있지는 않겠지요."

사내는 영어로 말한다.

"그렇게 생각하기 쉽겠지만, 사실은 현실 세계에서도 같은 무기를 가지고 다닙니다."

히로가 말한다.

"똑같은 무기라고요?"

"완전히 똑같죠."

"그럼 오래전부터 물려받은 물건이로군요."

"네, 그런 걸로 압니다."

"그렇다면 일본 가문의 그렇게 중요한 가보를 어떻게 갖게 되셨소?"

사내가 묻는다.

히로는 사내의 말에 숨은 뜻을 잘 안다. *아가야, 그런 칼을 무엇에 쓰니? 수박이라도 자르니?*

"이제 우리 집안의 가보입니다."

히로가 말한다.

"아버지께서 싸워서 차지한 것이니까 말이죠."

"차지했다고요? 도박에서 따셨나요?"

"일대일 승부였죠. 아버지께서는 일본인 장교와 맞붙어 싸웠습니다. 상당히 복잡한 이야기입니다."

"제가 이야기를 잘못 이해한 것은 아닌지 죄송스러운 마음입니다. 그렇지만 당신네 혈통을 가진 사람들은 전쟁 당시 전투에 참여하지 못한 걸로 압니다."

사내가 말한다.

"선생의 말씀이 옳습니다."

히로가 말한다.

"아버지께서는 트럭 운전병이었습니다."

"그런 분이 어떻게 일본인 장교와 육박전을 벌였다는 건가요?"

"전쟁 포로 수용소 바깥쪽에서 벌어진 사건이었습니다. 아버지는 다른 포로 한 명과 함께 수용소를 탈출했습니다. 이 칼들의 주인이던 장교가 병사들을 이끌고 추적에 나선 겁니다."

"도저히 믿을 수가 없는 이야기로군."

사내가 말한다.

"왜냐하면 수용소에서 탈출했다는 당신의 아버지는 칼을 아들에게 물려줄 만큼 오랫동안 목숨을 부지했을 리가 없기 때문이지. 일본은 섬나라요. 포로가 달아날 수 있는 곳은 없어."

"전쟁 막바지에 일어난 일입니다. 그리고 그 포로수용소는 나가사키에서 멀지 않은 곳이었죠."

히로가 말한다.

말문이 막힌 사내는 얼굴이 벌게지며 어쩔 줄 모르는 모습이다. 왼손이 올라오더니 칼집을 움켜쥔다. 히로는 주위를 둘러본다. 갑자기 주위로 사람들이 몰려들더니 둥그렇게 두 사람을 둘러싸고 선다.

"당신이 그 칼들을 소유하게 된 방식이 명예롭다고 생각하시오?"

상대방 사내가 말한다.

"그렇지 않다고 생각했다면 예전에 돌려주었을 거요."

히로가 말한다.

"그렇다면 똑같은 방식으로 칼을 빼앗긴다 해도 별 불만은 없겠군."

"그야 당신도 마찬가지일 테지."

히로가 말한다.

사내가 오른손을 들어 올리더니 칼 손잡이의 제일 윗부분을 움켜쥐고 뽑아 칼날이 히로를 향하게 든다. 그리고 왼손을 들어 손잡이를 잡은 오른손 아래를 받치듯 잡는다.

히로도 같은 동작을 한다.

두 사람은 상체는 곧게 펴고 무릎을 구부린 채 자세를 낮춘 다음 다시 일어서며 양발로 제대로 된 자세를 잡는다. 평행을 이룬 양쪽 발은 둘 다 똑바로 앞을 향했는데, 오른쪽 발이 왼쪽 발보다 앞에 놓인 모습이다.

상대방 사내는 *잔심殘心*이 대단히 강한 것 같다. 그 말뜻을 영어로 옮기는 건 영어로 된 쌍욕을 일본어로 바꾸는 것이나 마찬가지지만, 굳이 말하자면 미식축구 같은 운동을 할 때 쓰는 '정신력'이라는 말과 비슷하다고 할 수 있다. 사내는 목청이 터져라 고함을 질러 대며 히로를 향해 곧장 달려든다. 그렇지만 양쪽 발을 매우 빠르게 움직이며 행동하기 때문에 단 한 순간도 몸의 균형이 흐트러지지 않는다. 마지막 순간, 그는 칼을 머리 위로 치켜들었다가 히로를 향해 내뻗는다. 히로는 칼을 들어 올려 비스듬히 돌려서 손잡이가 얼굴 왼쪽 위로 향하게 한다. 오른쪽으로 미끄러지듯 내뻗은 칼날이 머리 위에 방패를 만든다. 사내가 내려친 칼이 마치 우산에 떨어진 빗물처럼 팅겨 나가자 히로는 몸을 옆으로 비켜 사내의 몸을 피한 다음 허점을 드러낸 어깨를 향해 칼을 날린다. 그러나 사내가 워낙 재빨리 움직이는 바람에 제대로 맞히지 못한다. 칼날은 너무 느린 나머지 사내의 몸에 닿지도 못한다.

두 사람은 마주 선 채 원을 그리며 움직이다가 뒤로 물러서 다시 자세를 고쳐 잡는다.

물론 '잔심'을 '정신력'이라고 번역한 건 제 뜻의 절반도 옮기지 못한 것이다. 어찌나 조악하고 실망스러운 번역인지 온몸이 여러 조각으로 잘린 채 땅에 묻힌 사무라이들도 무덤 속에서 난리를 칠 정도다. '잔심'이라는 말은 일본인이어야만 제대로 이해할 수 있는, 수많은 노래 후렴구들과 함께 입에서 입으로 전해져 내려온 말이다.

그리고 솔직히 히로는 그런 용어는 사이비이자 신비주의적인 거짓말이라고 생각한다. 마치 옛 고교 시절 미식축구 코치가 선수들에게 늘 110퍼센트 힘을 발휘하라고 강요하던 것과 같은 식이다.

상대 사내가 또 공격해 온다. 이번에는 상당히 정직한 공격이다. 발을 끌며 재빨리 다가와 히로의 가슴팍을 노리고 칼을 휘두른다. 히로는 공격을 받아넘긴다.

이제 히로는 상대방을 파악할 수 있다. 다시 말해 일본인 검객들이 대부분 그렇듯 사내는 검도밖에 모르는 것이다.

검도와 실제 사무라이 검술의 차이는 펜싱과 실제 활극 속 칼싸움만큼이나 크다. 목숨을 건 칼싸움에서 등장하는 훨씬 더 앞뒤가 없고 무질서하며 폭력적이고 잔인하게 충돌할 행동을 귀여운 장난으로 바꾼 것이라 할 수 있다. 펜싱에서는 미리 정해 둔 신체 일부만을 공격할 수 있다. 그것도 장비를 갖춰 다치지 않는 곳만 공격한다. 펜싱에서는 상대방의 무릎을 걷어차거나 의자로 머리를 갈긴다든지 하는 행동은 할 수 없다. 그리고 심판들은 완전히 주관적으로 점수를 매긴다. 검도에서도 심판이 볼 때 공격자의 잔심이 부족하다고 느낀다면 상대방에게 확실한 타격을 입혀도 전혀 점수를 얻지 못하기도 한다.

히로는 그런 잔심을 전혀 갖고 있지 않다. 그는 단지 이 상황을 이겨 내고 싶을 뿐이다. 상대방 사내가 또 귀청이 찢어질 정도로 크게 소리를 지르고 칼을 휘두르며 공격해 오자 히로는 공격을 받아넘기고 돌아서면서 사내의 두 다리를 무릎 바로 위에서 잘라 버린다.

사내는 바닥에 쓰러진다.

아바타를 움직여 메타버스에서 진짜 사람처럼 움직이게 하려면 대단히 많은 연습이 필요하다. 그러나 아바타의 두 다리가 사라지면 그런 기량도 아무 소용이 없다.

"이런, 세상에! 여기 좀 보게나!"

히로는 칼을 비스듬히 휘둘러 상대방의 두 팔뚝을 베어 버린다. 사내의 칼이 바닥에 소리를 내며 떨어진다.

"바비큐 구울 준비나 해라!"

히로는 다시 칼을 옆으로 휘둘러 상대방 사내의 몸통을 배꼽 바로 위에서 절반으로 잘라 버린다. 그리고 몸을 숙여 사내의 얼굴을 똑바로 들여다본다.

"내가 왕년에 해커였다고 아무도 말해 주지 않던가?"

히로는 말투부터 달라져 있다.

그리고 그는 사내의 머리를 잘라 버린다. 머리는 바닥으로 떨어져 반 바퀴 구른 후 천장을 똑바로 본 상태로 멈춘다. 그러자 히로는 두어 발자국 뒤로 물러서며 중얼거린다.

"금고."

폭이 1미터 정도 되는, 꽤 큰 금고 하나가 천장에 갑자기 나타나더니 수직으로 곧장 사내의 잘린 머리 위로 떨어진다. 충돌하는 힘이 어찌나 강한지 금고와 머리는 모두 블랙 선의 바닥을 뚫고 지하로 사라지고 바닥에는 사각형 구멍만 남는데, 구멍을 통해 지하에 이리저리 뚫린 터널이 보인다. 칼에 잘린 팔다리는 바닥 여기저기 널려 있다.

바로 지금 일본인 사업가 사내 한 명이 런던의 훌륭한 호텔 방이나 도쿄의 사무실 또는 LA와 도쿄 사이를 나는 극초음속 여객기 일등석 승객 대기실 컴퓨터 앞에 앉아 벌게진 얼굴에 땀을 흘리며 블랙 선 명예의 전당을 들여다보고 있을 것이다. 그는 블랙 선에서 튕겨 나온 건 물론이고 메타버스와의 연결도 끊어진 상태로, 그저 단조로운 이차원 디스플레이 모니터를 보고 있을 것이다. 역대 최강의 검객 열 명의 정보가 사진과 함께 화면에 나타날 것이다. 그리고 그 아래로는 11등부터 순위와 이름이 나열되어 있을 것이다. 원한다면 화면을 계속 아래로 내려 자신의 순위를 찾아볼 수도 있다. 하지만 그럴 필요도 없이 화면 한쪽 구석에 지금까지 한 번이라도 블랙 선에서 칼싸움을 벌인 적이 있는 890명의 사람 중에 그는 현재 863등이라는 정보가 편리하게 나타나고 있다.

최고의 검객으로 명단 맨 위에 자리 잡은 이름과 사진의 주인공은 바로 히로아키 프로타고니스트다.

12

'응 보안 회사'의 '반자율 경비견 로봇' A-367호는 쾌적한 흑백 메타버스에 산다. 그곳에서는 나무에 스테이크 덩어리가 열리는데, 낮은 가지에 열린 스테이크는 머리 높이 정도에 늘어져 있다. 그리고 피에 푹 담가 두었던 원반이 아무 이유도 없이 서늘하고 상쾌한 공기를 가르며 계속 날아다녀서 입으로 낚아챌 수 있다.

A-367호는 알아서 지켜야 하는 조그만 마당이 있다. 낮은 담이 마당을 둘러싸고 있다. 녀석은 자신이 그 담을 뛰어넘을 수 없다는 걸 안다. 넘을 수 없는 걸 알기에 실제로 뛰어넘어 보려고 시도해 본 적이 없다. 녀석은 필요한 경우가 아니면 마당에 나가는 일이 없다. 마당에 나가면 덥기 때문이다.

녀석은 중요한 일을 한다. 마당을 보호하는 것. 가끔 사람들이 마당에 들어오고 나가기도 한다. 대개 좋은 사람들이라 녀석은 그들을 귀찮게 하지 않는다. 그 사람들이 왜 좋은 사람들인지는 알지 못한다. 그냥 알 수 있다. 때로는 나쁜 사람들이 들어올 때도 있는데, 그러면 녀석은 사람들에게 나쁜 행동을 해 그들을 쫓아내야만 한다. 그게 녀석이 마땅히 수행해야 할 임무다.

자신이 지키는 마당 너머에는 녀석과 같은 다른 개들이 지키는 다른 마당들이 있다. 그 개들은 나쁜 개가 아니다. 서로 모두 친구 사이다.

가장 가까운 이웃 개라고 해도 서로 보이지 않을 정도로 멀리 떨어져 있다. 그러나 가끔 나쁜 사람이 다가오면 그 개가 짖는 소리가 들린다. 다른 개들이 짖는 소리도 마찬가지로 들을 수 있다. 수많은 개가 온 사방으로 멀리까지 뻗어 가며 자리를 잡고 있다. 녀석은 큰 무리의 착한 개들 가운데 한 마리다.

녀석과 다른 착한 개들은 낯선 사람이 마당에 들어오거나 가까이 접근하면 언제나 짖는다. 낯선 사람은 그 소리를 못 듣지만, 무리에 속한 다른 개들은 들을 수 있다. 만일 바로 옆 마당에 사는 개라면 흥분하기도 할 것이다. 주변의 개들은 정신을 바짝 차리고 혹시라도 낯선 사람이 자신이 지키는 마당에 들어오면 공격할 준비를 한다.

근처 마당을 맡은 개들이 낯선 사람을 보고 짖으면 그 모습과 소리 그리고 냄새가 울음소리에 실려 마음속으로 느껴진다. 낯선 사람이 어떻게 생겼는지 갑자기 알게 되는 것이다. 어떤 냄새를 풍기는지, 어떤 목소리를 내는지도. 그리고 만일 그 낯선 사람이 자신이 맡은 마당 근처에 나타나기라도 하면 즉시 알아볼 수 있다. 녀석은 울음소리가 다른 모든 착한 개들에게 전달될 수 있도록 협조한다. 그러면 무리에 속한 모든 개는 그 낯선 사람과 맞서 싸울 준비를 할 수 있다.

오늘 밤은 반자율 경비견 로봇 A-367호가 짖고 있다. 다른 개가 짖는 소리를 듣고 무리에게 전달하려고 짖는 게 아니다. 녀석은 바로 자신이 맡은 마당에서 벌어지는 일 때문에 매우 흥분해서 짖는 중이다.

우선 두 사람이 들어온다. 두 사람이 아주 빠른 속도로 마당에 들어왔기 때문에 녀석은 흥분한 상태다. 두 사람은 심장이 빨리 뛰고 땀을 흘렸으며 두려움에 떠는 듯한 냄새를 풍긴다. 녀석은 그 두 사람이 혹시 나쁜 물건을 지녔는지 자세히 살핀다.

두 사람 가운데 작은 쪽이 약간 희한한 물건들을 지녔지만 그다지 나쁜 물건이라고 할 수는 없다. 덩치가 큰 사람은 상당히 해로운 물건을 가지고 있다. 그러나 어찌 된 일인지 녀석은 큰 사람이 괜찮다고 판단한다. 큰 사람은 이 마당에 속한 사람이다. 그는 낯선 사람이 아니며 이 마당에 사는 사람이다. 그리고 작은 사람은 큰 사람의 손님이다.

그렇지만 여전히 뭔가 일이 벌어지는 듯한 느낌이 든다. 녀석은 짖어 대기 시작한다. 마당에 있는 두 사람은 녀석이 짖는 소리를 듣지 못한다. 그러나 멀리 떨어져 있지만 같은 무리에 속한 다른 모든 착한 개들은 그 소리를 듣는다. 그리고 그 짖는 소리를 듣는 순간 모든 개가 이 두려움에 빠진 두 사람을 보고 냄새와 목소리를 느낀다.

그리고 또 다른 사람들이 녀석이 지키는 마당에 들어선다. 그들 역시 흥분한 상태인지 가슴 뛰는 소리가 들린다. 그들의 동맥을 타고 흐르는 짠맛나는 뜨거운 피 냄새를 맡자, 녀석의 입에 침이 가득 고인다. 뒤따라 마당에 들어온 사람들은 흥분했고 화가 났으며 약간 겁을 내고 있다. 그들은 여기 살지 않는다. 낯선 사람들이다. 녀석은 낯선 사람들을 그다지 좋아하지 않는다.

뒤에 나타난 사람들은 리볼버 권총 세 정을 들었다. 하나는 38구경이고 다른 둘은 357 매그넘이다. 38구경 리볼버에는 할로 포인트 탄환이 들어 있다. 매그넘 권총 한 정은 테플론 수지를 입힌 탄환이 장전된 데다 공이치기까지 뒤로 당겨진 상태다. 그리고 엽총 한 자루에는 사냥용 산탄 한 발이 약실에 들어 있고 탄창에 추가로 네 발이 더 들어 있다.

낯선 사람들이 가진 물건들은 나쁜 것이다. 무서운 물건들이다. 녀석은 흥분한다. 화가 난다. 약간 두렵기도 하지만, 녀석은 두려운 느낌을 좋아한다. 녀석에게 두려움은 흥분하는 느낌과 다르지 않다. 사실 녀석은 두 가지 감정밖에 느끼지 못한다. 졸리거나 아드레날린이 끓어 넘치거나.

엽총을 든 낯선 사람이 무기를 들어 올린다!

너무나 끔찍한 일이다. 나쁜 낯선 사람 여럿이 흥분한 상태로 끔찍한 물건을 들고 마당 안으로 쳐들어와 좋은 사람들을 해치려 하는 중이다.

녀석은 다른 착한 개들에게 경고하듯 울부짖고 나서 재빨리 집에서 뛰쳐나간다. 순수하고 야성이 가득 찬 기운을 하얗게 내뿜으며.

와이티의 시선 바깥쪽에서 뭔가 번쩍하더니 쿵 하는 소리가 들린다. 번쩍한 게 뭔지 보려고 그쪽으로 고개를 돌리니 홍콩 가맹점 한쪽 벽에 개구멍 같은 것이 보인다. 안쪽에서 방금 뭐가 튀어나왔는지 뚜껑이 바깥쪽으로 열린 상태였는데, 튀어나와 잔디밭으로 달려간 것이 뭔지는 몰라도 대포알처럼 빠르고 강력했다.

와이티가 그런 생각을 하는 순간 타지크인들이 지르는 비명이 들리기 시작한다. 화가 난 것도 아니고 무서워하는 것도 아니다. 미처 두려움에 빠질 시간도 없다. 마치 머리 위로 얼음물 한 양동이를 뒤집어쓴 사람이 내지르는 그런 비명이다.

사람들이 비명을 내지르고 그녀가 무슨 일인지 보려고 고개를 돌리는 중에 또 개구멍에서 빛이 번쩍한다. 그녀의 눈은 다시 그쪽을 향한다. 빛이 번쩍이고 뭔가를 봤다고 생각한 순간, 뭔가 긴 그림자가 보이는가 싶더니 개구멍의 문은 이미 안쪽으로 휙 젖혀진다. 하지만 그녀가 눈의 초점을 제대로 맞출 정도로 시간이 흐르자 아까처럼 개구멍의 뚜껑이 흔들리기만 할 뿐 아무것도 보이지 않는다. 그녀가 본 건 그게 전부였다. 한 가지 더 본 게 있다면 개구멍에서 타지크인들이 있는 곳까지 한 줄로 이어진 불꽃이 잔디밭 위에서 춤추는 모습이었다. 1초도 안 되는 사이 주차장을 로켓이 휘젓고 지나간 것 같은 느낌이다.

사람들 말로는 '경비견 로봇'은 네 다리로 달린다고 한다. 어쩌면 로봇의 발톱이 잔디밭 위를 뛰느라 불꽃이 일어나는 것인지도 모른다.

타지크인들은 온통 난리가 난 상태다. 일부는 잔디밭 위에 쓰러져 데굴데굴 구르는 중이다. 다른 이들은 이제 막 쓰러지고 있다. 그들이 들고 있던 무기는 모두 사라졌다. 그들은 총을 들었던 손을 다른 손으로 붙들며 소리를 지르는데, 목소리에서 상당한 두려움이 느껴진다. 한 사람은 바지가 허리띠부터 발목까지 전부 찢어졌다. 옷감이 길게 갈기갈기 찢어져 바닥에 늘어진 모습이 마치 뭔가가 아주 다급하게 달려들어 주머니를 들쑤신 다음 원래대로 해 놓지 못하고 급히 사라진 것 같다. 아마 사내는 주머니에 칼을 지니고 있었던 것 같다.

어디서도 피는 보이지 않는다. 경비견 로봇은 절대 실수하지 않는다. 사내들은 여전히 손을 부여잡고 비명을 질러 댄다. 경비견 로봇이 뭔가를 빼앗아 갈 때 전기 충격을 준다는 사람들의 말이 정말인지도 모른다.

"조심해요. 저 사람들 총을 가졌어요."

와이티는 자기도 모르게 말한다.

히로가 돌아서더니 그녀를 향해 웃어 보인다. 고르게 난 이가 무척 하얗다. 그는 육식 동물처럼 예리한 웃음을 지어 보인다.

"아냐, 이제 없어. 홍콩에서 총은 불법인 걸 잊었어?"

"조금 전에 총을 갖고 있었는데."

와이티는 눈을 크게 뜨며 고개를 흔든다.

"경비견 로봇이 벌써 빼앗았지."

히로가 말한다.

타지크인들은 달아나는 편이 낫다고 생각한다. 그들은 서둘러 택시에 올라타더니 찢어지는 듯한 타이어 소리만 남기고 사라져 버린다.

와이티는 타이어가 모두 빠져 버린 택시에 다시 올라타더니 타이어 파괴 장치를 넘어 도로로 끌고 가 똑바로 세워 둔다. 그리고 마치 혜성 꼬리처럼 뒤쪽으로 방향제 냄새를 길게 끌며 다시 홍콩 가맹점 안으로 되돌아온다. 이상한 일이지만 그녀는 히로 프로타고니스트와 함께 자동차 뒷좌석에서 잠깐 시간을 보내면 어떨까 하는 생각을 해 본다. 아마 상당히 괜찮을 것 같다. 그러나 그러려면 덴타타를 빼내야 하는데, 여기는 그럴 만한 곳이 아니다. 그리고 그녀가 클링크에서 빠져나오는 걸 도와줄 정도로 제대로 된 사람이라면 아마도 열여섯 살 먹은 여자아이와 그런 짓을 할 정도로 비양심적이지는 않을 것이다.

"아주 착하시군. 타이어값도 물어 줄 건가?"

히로는 잘 주차한 택시를 보며 묻는다.

"아뇨. 물어 줄래요?"

"난 요새 돈이 좀 궁해서 말이야."

와이티는 홍콩의 잔디밭 한가운데 서 있다. 두 사람은 서로 조심스레 위아래로 훑어본다.

"남자 친구에게 전화했죠. 하지만 녀석은 날 버렸어요."

와이티가 말한다.

"걔도 스케이트보드 타니?"

"맞아요."

"나도 예전에 너처럼 그런 실수를 했지."

"어떤 실수요?"

"일과 취미를 혼동한 거야. 동료와 사귀기도 하고. 무척 혼란스러웠어."

"맞아요. 무슨 말인지 잘 알아요."

그녀는 동료라는 말이 정확히 어떤 의미인지 감이 오지 않는다.

"우리 둘이 파트너가 되면 괜찮을 것 같다고 생각했어요."

그녀가 말한다.

그녀는 히로가 웃음을 터뜨릴 거라 생각했다. 그러나 그는 가볍게 미소 지으며 고개를 살짝 끄덕일 뿐이다.

"나도 같은 생각을 했지. 하지만 어떤 식으로 일할 건지 생각해 봐야 해."

진지하게 고민하겠다는 히로의 말에 와이티는 깜짝 놀란다. 그러나 그녀는 당황한 빛을 감추며 깨닫는다. 히로는 말끝을 흐리고 있다. 거짓말인지도 모른다는 것이다. 어쩌면 결국 그는 와이티를 침대로 끌어들이려고 애쓰는 것일 수도 있다.

"전 가야 해요. 집에 가야죠."

그녀가 말한다.

이제 히로가 파트너로 함께 일하자는 제안에 대해 얼마나 빨리 흥미를 잃는지 보면 된다. 와이티는 히로를 등지고 돌아선다.

그 순간 홍콩의 로봇 조명이 갑자기 다시 환한 불로 두 사람을 비춘다.

와이티는 누가 주먹으로 때린 것처럼 갈빗대에 날카로운 고통을 느낀다. 히로의 짓은 아니다. 칼을 메고 다니는 예측 불허의 괴짜이긴 해도 만일 여자나 때리는 그런 녀석이었다면 애당초 알아볼 수 있었을 것이다.

"아야!"

그녀는 몸을 뒤틀며 소리친다. 아래를 내려다보니 발치에 조그맣지만 묵직한 물체가 굴러떨어지는 게 보인다. 도로에서 고물 택시 한 대가 타이어 끄는 소리를 내며 꽁지가 빠지게 달아나는 모습이 보인다. 타지크인 하나가 뒷좌석 창문 밖으로 몸을 내밀고 이쪽을 향해 주먹을 흔들어 댄다. 녀석이 돌멩이를 던진 게 틀림없다.

그런데 돌멩이가 아니다. 발치에 떨어진 무거운 물체, 방금 와이티의 가슴팍을 때리고 떨어진 건 수류탄이다. 그녀는 잠깐 수류탄을 내려다보고서야 그게 뭔지 알아차린다. 만화에서 흔히 보던 녀석이 실제로 눈앞에 나타난 것이다.

그 순간 갑자기 발밑에서 뭔가 솟아오르며 두 다리를 때린다. 너무 빨라 아파할 겨를도 없다. 간신히 균형을 되찾아 자세를 잡는 순간 귀청이 떨어질 정도로 큰 폭발음이 주차장 멀리서 울린다.

그리고 그 순간 마침내 모든 게 움직임을 멈추고, 두 사람은 그제야 상황을 눈으로 보고 이해할 수 있다.

경비견 로봇이 멈춰 섰다. 경비견 로봇은 절대 멈춰 서는 법이 없다. 녀석들은 움직임이 너무 빨라 사람들 눈에 보이지 않아 신비롭게 느껴지기도 했다. 경비견 로봇이 어떻게 생겼는지 아는 사람은 아무도 없다.

이제 와이티와 히로는 안다.

그녀가 상상했던 것보다는 덩치가 크다. 로트와일러 경비견과 비슷한 크기로 몸은 여러 개의 부위로 나뉘어 있고, 그 위를 코뿔소처럼 단단한 껍데기가 여러 겹으로 덮고 있다. 긴 다리는 치타처럼 힘을 전달하려고 잔뜩 웅크린 모습이다. 사람들이 경비견 로봇을 '로봇 쥐'라고도 부르는 이유는 분명히 꼬리 때문인 것 같다. 쥐와 닮은 부분이라고는 엄청나게 길고 유연한 꼬리밖에 없다. 그러나 경비견 로봇의 꼬리는 산성 물질에 녹아내린 쥐꼬리처럼 생겼다. 수백 개나 되는 마디가 서로 가지런하게 맞물린 모습을 하고 있어 마치 무슨 등뼈처럼 보이기도 한다.

"이런, 세상에."

히로가 말한다. 그 소리를 들은 와이티는 그도 경비견 로봇을 처음 본다는 걸 눈치챈다.

꼬리가 돌돌 말리더니 마치 나무에서 떨어진 밧줄처럼 경비견 로봇의 몸뚱이 위에 쌓인다. 어떤 부분은 움직이려 하지만 어떤 부분들은 고장이 나서 제대로 움직이지 못한다. 다리들도 제각각 경련을 일으키는 듯 보일 뿐 조화롭게 같이 움직이지 못한다. 전체적으로 끔찍해 보일 만큼 뭔가 잘못된 것 같다. 마치 꼬리 날개가 떨어져 나간 비행기가 착륙을 시도하는 모습을 지켜보는 느낌이다. 기술자가 아닌 사람이 보더라도 경비견 로봇은 망가져서 제대로 움직이지 못하는 상황이다.

꼬리가 뒤틀리듯 맹렬히 움직이며 뱀처럼 똬리를 풀더니 다리와 얽히지 않으려고 위로 치솟는다. 하지만 다리가 여전히 문제다. 아예 일어서지도 못한다.

"와이티, 하지 마."

히로가 말한다.

그녀는 말을 듣지 않는다. 그녀는 한 걸음씩 경비견 로봇에게 다가간다.

"아는지 모르겠지만, 그거 위험한 거야."

히로는 몇 걸음 뒤에서 따라가며 말한다.

"사람들이 그러는데 경비견 로봇에 생물학적인 부품도 사용한다고 하더라."

"생물학적인 부품이요?"

"동물의 장기를 가지고 있단 말이야. 그래서 어떻게 움직일지 알 수 없다고 하더라고."

와이티는 동물을 좋아한다. 그녀는 걸음을 멈추지 않는다.

이제 좀 더 잘 보인다. 로봇은 갑옷과 근육으로만 이루어진 게 아니다. 많은 부분은 부드러운 재질로 이루어져 있다. 몸통에서 날개 모양으로 생긴 짤막한 것들이 잔뜩 튀어나와 있다. 양쪽 어깨 위에는 커다란 것과 작은 것들이 등을 따라 줄지어 튀어나온 모습인데 마치 스테고사우루스를 보는 것 같다. 날개같이 생긴 것들을 특수 고글을 통해 봤더니 피자라도 구울 수 있을 것처럼 뜨거운 색깔로 보인다. 그녀가 다가가자 접힌 날개 같은 물체들이 펴지면서 몸뚱이가 부풀어 오르는 것처럼 보인다.

날개 같은 모양을 한 부분이 과학 시간에 보는 교육용 화면 속 꽃잎처럼 펼쳐지더니 잘 보이지 않던 로봇의 복잡한 내부가 들여다보인다. 짤막한 날개처럼 보였던 건 같은 모양의 더 작은 날개 모양으로 갈라지고, 그 작은 날개들은 또 훨씬 더 작은, 같은 모양 날개 여러 개로 계속 갈라진다. 제일 작은 조각은 조그만 꽃잎처럼 보이는데, 어찌나 작은지 멀리서 보면 모양을 잘 구분할 수 없을 정도다.

날개들은 점점 뜨거워지고 있다. 작은 날개들은 거의 벌겋게 달아오른 것처럼 보일 정도다. 와이티는 고글을 이마 위로 밀어 올리고 두 손으로 다른 곳에서 비치는 빛을 막은 채 다시 자세히 살펴본다. 날개 모양으로 생긴 부분들이 흐릿하긴 하지만 확실히 갈색으로 달아오르고 있다. 마치 방금 불을 켠 전기난로처럼 보인다. 경비견 로봇 아래에 있는 마른 풀에서 연기가 나기 시작한다.

"조심해. 아마 몸속에 아주 위험한 동위 원소를 품고 있을 거야."

뒤에서 히로가 말한다. 그는 조금 더 가까이 다가오긴 했지만 여전히 멀찌감치 떨어져 있다.

"동위 원소가 뭐예요?"

"열을 뿜어내는 방사성 물질이지. 그걸 연료 삼아 움직이거든."

"이거 어떻게 *끄죠*?"

"하지 마. 뜨거워지다가 결국 녹아내릴 거야."

와이티는 이제 경비견 로봇으로부터 몇 걸음 떨어진 곳에 서 있다. 볼에 열기가 느껴질 정도다. 로봇은 날개들을 최대한 펼친 상태다. 뿌리 쪽은 밝은 노란 색과 주황색을 띠고 있고 끝으로 가면서 빨간색과 갈색을 거치며 색깔이 연해지고 있는데, 맨 끝부분은 아직 거무스름한 색을 띠고 있다. 풀이 타며 나는 매운 연기에 자세한 모습은 잘 보이지 않는다.

그녀는 날개 끝부분을 언젠가 본 것 같은 생각이 든다. 창문에 달린 에어컨 뒷면에 촘촘히 달린 냉각핀과 비슷하다. 힘을 주어 누르면 구부러지면서 모양이 생기는 얇은 냉각핀 말이다.

아니면 자동차 라디에이터와도 비슷하다. 송풍기가 라디에이터로 공기를 불어 넣어 엔진을 식힌다.

"이건 라디에이터네요. 경비견 로봇은 온도를 낮추는 라디에이터를 갖추고 있어요."

그녀는 이런 긴박한 순간에도 정보를 수집하고 있다.

하지만 온도는 떨어지지 않는다. 오히려 점점 더 뜨거워진다.

와이티는 붐비는 도로를 뚫고 달리는 게 직업이다. 그게 바로 그녀가 돈을 버는 방법이다. 막히는 도로를 뚫고 달리는 것. 자동차가 고속 도로에서 속도를 낼 때는 냉각수가 끓어 넘치는 법이 없다는 걸 그녀는 안다. 오히려 막혀서 서 있을 때 냉각수가 끓어 넘친다. 왜냐하면 차가 가만히 서 있으면 라디에이터로 충분한 공기가 유입되지 않기 때문이다.

바로 지금 경비견 로봇이 겪는 문제도 같다. 경비견 로봇은 계속 움직이며 라디에이터 속으로 공기를 공급해야 하는데, 그렇지 못하면 과열되어 녹아내리는 것이다.

"멋지네요. 혹시 터져 버릴 수도 있겠는데요?"

와이티가 말한다.

경비견 로봇의 몸 가장 앞쪽은 날카로운 코 모양이다. 코의 맨 끝은 아래로 예리하게 구부러졌고 검은 유리로 된 뚜껑이 달렸다. 전투기의 유리창처럼 날카롭게 빠진 모습이다. 만일 경비견 로봇에 눈이 달렸다면 이 부분이라고 할 수 있을 것 같다.

그 아래로 턱이 있어야 할 부분에 뭔가 기계적인 것이 달려 있다가 수류탄이 터지면서 대부분 날아가 버려 흔적만 보인다.

검은 유리창, 아니 얼굴이라고 해야 하나? 하여간 그 부분에 구멍이 뚫려 있다. 와이티의 손이 들어갈 정도로 제법 크다. 구멍 안쪽이 어두워 뭐가 있는지 보이지 않는다. 그러나 뭔가 빨간 것이 안에서 흘러나오는 게 보인다. 자동차에 쓰는 윤활유처럼 보이지는 않는다. 상처를 입은 경비견 로봇은 피를 흘리는 것이다.

"이건 정말 살아 있네요. 혈관에 피까지 흘러요."

그녀는 생각한다. 이건 정보야. *진짜 써먹을 만한 정보라고.* 파트너인 히로와 이 정보를 이용해 돈을 벌 수도 있어.

하지만 그녀는 다시 생각한다. 불쌍한 녀석이 산 채로 불덩이가 되고 있어.

"하지 마. 건드리지 말라고, 와이티."

히로가 말한다.

그녀는 고글을 내려써서 열기로부터 얼굴을 보호하며 로봇에게 다가선다. 경비견 로봇의 네 다리는 마치 그녀를 기다리던 것처럼 경련을 일으키던 움직임을 멈춘다.

그녀는 허리를 구부려 로봇의 두 앞다리를 잡는다. 로봇은 그녀가 두 손으로 잡아당기자 두 앞다리 근육을 움츠리며 반응을 보인다. 개의 앞발을 손으로 잡고 춤을 추라는 듯 흔드는 모양과 전혀 다를 게 없는 모습이다. 이 로봇은 살아 있는 생명체다. 그녀의 행동에 반응한다. 그녀는 알 수 있다.

그녀는 히로도 그런 사실을 보고 있는지 확인하려 그를 올려다본다. 히로 역시 그런 사실을 받아들이고 있다.

"바보! 난 위험을 무릅쓰고 파트너가 되겠다고 말했는데, 그냥 생각해 보겠다는 게 말이 돼요? 뭐가 문제예요? 내가 그 정도로 솜씨가 없을 것 같아요?"

그녀는 몸을 뒤로 기울인 다음 경비견 로봇을 끌고 잔디밭을 가로질러 뒷걸음질 친다. 믿을 수 없을 정도로 가볍다. 그토록 빨리 달릴 수 있는 게 당연하다. 산 채로 불덩이가 되겠지만, 로봇을 번쩍 들어 올릴 수도 있을 것 같다.

그녀가 뒷걸음질로 로봇을 개구멍으로 데려가자, 지나가는 잔디밭 위로 검게 탄 자국이 생기고 연기가 모락모락 피어오른다. 그녀가 입은 옷 속에서 김이 피어오른다. 아까 흘린 땀으로 젖었던 옷이 뜨거워지자 생기는 현상이다. 그녀는 체구가 작아 개구멍으로 들어갈 수 있다. 히로는 못 하지만 그녀는 할 수 있는 또 한 가지다. 예전에 이런 개구멍을 건드려 봤을 때는 모두 잠겨 있었다. 하지만 오늘 이 구멍은 열려 있다.

가맹점 안으로 들어가니 실내가 환하고 하얀색 바닥은 청소 로봇이 깨끗이 닦은 모습이다. 개구멍에서 몇 걸음 떨어진 곳에 세탁기처럼 생긴 검은색 물체가 보인다. 경비견 로봇이 어둠과 은밀함 속에 숨어 할 일이 생기길 기다릴 때 들어가 있는 집이다. 가맹점 벽에서 뻗어 나온 두꺼운 케이블과 연결되어 있다. 바로 그때 집의 출입구가 열린다. 그녀가 처음 보는 또 하나의 광경이다. 안쪽에서 증기가 뿜어져 나온다.

증기가 아니다. 뭔가 차가운 기체다. 습도가 높은 날 냉장고를 열면 볼 수 있는 그런 모습이다.

그녀는 경비견 로봇을 집 속으로 밀어 넣는다. 뭔가 차가운 액체가 사방 벽에서 뿜어져 나오더니 로봇의 몸에 닿기도 전에 기체로 변한다. 그 기체가 집 앞쪽으로도 힘차게 뿜어져 나오는 바람에 와이티는 엉덩방아를 찧고 만다.

문밖으로 삐져나온 로봇의 긴 꼬리는 바닥을 가로질러 개구멍 밖으로 빠져나가 있다. 그녀는 꼬리를 집어 올린다. 등뼈처럼 생긴, 공작 기계로 깎은 듯한 날카로운 부분이 장갑 낀 손을 찌르며 파고든다.

갑자기 꼬리가 팽팽해지더니 살아나 잠시 부르르 떤다. 깜짝 놀란 그녀는 얼른 손을 놓는다. 꼬리는 마치 고무줄이 튀듯 집 안으로 빨려 들어간다. 어찌나 빠른지 움직이는 모습이 아예 보이지도 않는다. 그러더니 집에 달린 문이 닫힌다. 다른 문에서 진공청소기에 두뇌가 달린 청소 로봇이 윙윙거리며 나오더니 바닥에 길게 묻은 핏자국을 닦는다.

머리 위로 출입문을 마주 보는 현관 벽에 전단을 담은 액자가 보인다. 갈색으로 잘 마른 재스민꽃이 주위를 장식하고 있다. 전단 속에는 환하게 웃는 이 선생의 사진이 보이고 아랫부분에 흔히 보는 문구가 쓰여 있다.

환영합니다!

홍콩을 찾아 주신 모든 손님을 맞이하게 되어 영광입니다. 진지한 사업을 위한 방문이든 즐겁게 떠들고 놀기 위한 방문이든 수수한 분위기지만 편하게 지내시기를 바랍니다. 무엇이든 조금이라도 불편한 점이 있으시다면 개의치 마시고 제게 알려 주시기 바랍니다. 최대한 노력해서 만족하실 수 있도록 해 드리겠습니다.

저희는 위대한 홍콩이 조그만 나라임에도 빠르게 성장하는 걸 큰 자랑으로 삼고 있습니다. 저희를 공산 국가인 중국의 작은 장난감 정도로 여겼던 사람들과 지난날 소위 강대국이라고 알려졌던 많은 나라는 저희의 도약하는 발걸음, 엄청난 활력, 첨단 기술을 바탕으로 한 자유분방한 개인적 성취와 모든 국민의 복지 앞에 놀라며 휘청거리고 있습니다. 아래에서 말하는 3대 원칙에 따라 어우러지는 여러 인종과 문화의 잠재력은 경제 역사에서 비교 대상을 찾을 수 없을 정도입니다.

1. 정보, 정보, 정보!
2. 철저히 양심적인 거래!
3. 엄격한 환경 보호!

이렇게 멋진 기치 아래 모이는 걸 누가 바라지 않겠습니까? 아직 홍콩 시민권을 획득하지 못하셨다면 지금 여권을 신청하세요! 이번 달에는 기존 가입비 100 홍콩 달러를 특별히 면제해 드립니다. 아래 신청서를 지금 작성하세요. 신청서가 없으신 분들은 1-800-HONG KONG으로 전화 주시면 즉시 숙련된 상담원의 도움을 받으며 신청하실 수 있습니다.

이 선생의 위대한 홍콩은 은밀하고 완전한 치외 법권을 누리며, 독립된 주권을 지닌 유사 국가 조직으로 다른 어느 국가와도 관련이 없습니다. 또 중화 인민 공화국의 일부인 과거 영국령 홍콩과도 아무런 관계가 없습니다. 위대한 홍콩의 통치자인 이 선생과 해당 국민 또는 이 선생의 위대한 홍콩이 소유하거나 점유 또는 확보한 영토나 건물, 자치 구역, 시설 및 부동산 안에서 발생한 법률의 위반, 개인이 입은 상해, 재산상 손실에 대해 중화 인민 공화국은 아무런 책임도 지지 않습니다.

지금 함께하십시오!

여러분의 진취적인 동반자.

이 선생.

다시 작은 집으로 돌아온 반자율 경비 로봇 A-367호는 길게 소리를 지르며 울고 있다. 마당으로 나갔을 때는 엄청나게 뜨겁고 기분이 나빴다. 마당에 나가면 몸이 뜨거워지기 때문에 계속 빠른 속도로 움직여야 한다. 상처입고 한참 꼼짝하지 못했을 때는 과거 그 어느 때보다 더 몸이 뜨거웠다.

이제 더는 뜨겁지 않다. 그러나 다친 곳은 여전히 아픈 상태다. 녀석은 상처를 입었을 때 내는 신음을 길게 쏟아 내고 있다. 주변에 있는 동료 개들에게 도움이 필요하다고 알리는 중이다. 동료 개들은 슬픔과 분노를 함께 느끼며 녀석을 따라 우는 소리를 내고 다른 모든 개에게 그 내용을 전달한다.

금방 수의사 자동차가 다가오는 소리가 들린다. 훌륭한 수의사가 와서 녀석을 치료해 줄 것이다.

녀석은 다시 짖기 시작한다. 다른 모든 개에게 나쁜 사람들이 어떻게 침입해서 자신을 해쳤는지 설명한다. 그리고 마당에 나가서 움직이지 못하게 되었을 때 얼마나 몸이 뜨거워졌는지도 말한다. 또 멋진 소녀가 어떻게 자신을 도와주었고 어떻게 다시 시원한 집으로 데려다주었는지도 설명한다.

홍콩 가맹점 바로 앞에서 와이티는 커다란 검은색 승용차 한 대가 한참 동안 자신을 지켜보며 서 있다는 걸 알아차린다. 굳이 번호판을 확인하지 않아도 마피아임이 틀림없다. 그렇게 생긴 차를 타는 건 마피아밖에 없다. 자동차 유리가 까만색이었지만 와이티는 누군가 안에 앉아 자신을 지켜보고 있으리란 걸 잘 안다. 어떻게 저렇게 행동할 수 있는 걸까? 같은 모양으로 생긴 자동차들이 곳곳에 서 있는 건 자주 봤지만, 차량이 움직이거나 도착하는 모습을 본 적은 없다. 자동차 속에 엔진이 달리기는 한 건지 의심스러울 정도다.

"좋아, 미안해."

히로가 말한다.

"나는 해 오던 식으로 계속 일하겠지만, 네가 건져 올리는 정보에 대해서는 동업자로 일하기로 하자. 수익은 반으로 나누는 거야."

"좋아요."

그녀는 스케이트보드에 오르며 말한다.

"언제든 전화해. 내 명함에 번호가 있어."

"아, 그러고 보니 생각이 나네요. 명함에 보니까 세 가지 분야가 전문이라고 쓰여 있던데요."

"맞아. 음악, 영화 그리고 프로그래밍이지."

"혹시 '비탈리 체르노빌과 원자로 폭발'이라고 들어봤어요?"

"아니. 밴드 이름인가?"

"그래요. 최고의 밴드죠. 한 번 알아봐요, 동업자 아저씨. 앞으로 최고의 스타가 될 거니까요."

그녀는 도로로 미끄러지듯 들어가더니 '블루밍 그린' 번호판을 단 아우디 승용차에 작살을 붙인다. 그 차가 그녀를 집으로 데려다줄 것이다. 침대에 누운 엄마는 아마 잠든 척 걱정하고 있을 것이다.

블루밍 그린의 출입구를 반 구역 정도 남겨 두고 그녀는 아우디에 붙였던 작살을 풀고 맥도널드 햄버거 가게로 땅을 지치며 들어가 여자 화장실로 향한다. 그리고 세 번째 칸으로 들어가 변기 위로 올라선 다음 천장 마감재인

나무판 하나를 위로 밀어 올려 옆으로 치운다. 엷은 꽃무늬가 새겨진 면으로 된 옷소매가 비쭉 드러난다. 그녀가 소매를 잡아당기자 윗도리와 주름치마 그리고 속옷, 가죽 구두, 목걸이와 귀걸이, 심지어 빌어먹을 지갑까지 모든 게 모습을 드러낸다. 그녀는 래딕스의 작업복을 벗어서 뭉친 다음 천장 속으로 밀어 넣고 다시 천장을 닫는다. 그리고 벗어 두었던 옷을 입는다.

이제 그녀는 아침에 엄마와 함께 식사할 때의 모습을 되찾는다.

와이티는 스케이트보드를 들고 블루밍 그린으로 가는 길을 따라 걷는다. 블루밍 그린에서는 스케이트보드를 갖고 다니는 건 괜찮지만 콘크리트 바닥에 내려놓을 수는 없다. 그녀는 출입구에서 여권을 내보인 후 몇백 미터 정도 되는 보도를 따라 걸어서 현관 등이 켜진 집에 도착한다.

엄마는 늘 그렇듯 서재로 쓰는 방 컴퓨터 앞에 앉아 있다. 엄마는 연방 정부에서 일한다. 월급이 적은데도 충성심을 보이기 위해 열심히 일해야만 한다.

와이티는 안으로 들어가 엄마를 바라본다. 의자에 깊숙이 앉은 엄마는 마치 춤이라도 추듯 양손으로 얼굴을 감싸고 스타킹만 신은 발을 의자 위로 끌어 올린 모습이다. 엄마는 연방 정부에서 지급한 끔찍할 정도의 싸구려 스타킹을 신었는데, 수세미라도 되는 것처럼 걸을 때마다 양쪽 허벅지가 치마 속에서 서로 닿아서 거슬리는 소리를 내곤 한다. 탁자 위에는 물로 가득 찬 두꺼운 비닐봉지가 보인다. 몇 시간 전에 얼음을 담았던 게 물이 된 것이 틀림없다. 와이티는 엄마의 왼쪽 팔을 살핀다. 소매를 걷어 올려 보니 팔꿈치 바로 윗부분에 갓 생긴 멍 자국이 보인다. 그곳은 혈압을 재는 기구를 두르는 곳이다. 연방 정부가 일주일마다 하는 거짓말 탐지기 조사를 한 것이다.

"왔니?"

엄마는 와이티가 방에 들어와 있는 걸 모른 채 크게 소리 지른다.

와이티는 엄마를 놀라게 하지 않으려고 다시 부엌으로 나간다.

"네, 저예요. 오늘 어땠어요?"

그녀도 소리를 질러 대답한다.

"피곤하지, 뭐."

엄마는 늘 그 소리뿐이다.

와이티는 냉장고에서 맥주를 하나 꺼내 들고 욕실로 가 뜨거운 물을 받는다. 물이 떨어지는 시끄러운 소리에 마음이 편안해진다. 엄마의 침대 옆 탁자 위에서 하얀 노이즈를 뿜어내는 텔레비전도 그런 편안한 소리를 내고 있다.

13

일본인 비즈니스맨 사내는 여러 조각으로 잘린 채 블랙 선 바닥에 누워 있다. 놀랍게도[사내는 여러 조각으로 나뉘기 전에는 진짜처럼 보였다] 히로의 칼에 잘린 몸뚱이에는 살점이나 피 또는 내장이 전혀 보이지 않는다. 얇은 껍데기로 만든 믿을 수 없을 정도로 정교한 풍선 인형에 불과하다. 그렇다고 바람이 빠지거나 하는 건 아니어서 칼에 베인 채 쓰러진 모습을 보면 뼈와 살 대신 피부 반대편이 들여다보인다.

현실감이 사라지고 만다. 아바타가 진짜 몸처럼 반응하지 않는 것이다. 블랙 선의 단골손님들은 그 장면을 보고 스스로 가상 현실에 있다는 걸 다시 마음속으로 되새긴다. 사람들은 그런 생각을 매우 싫어한다.

블랙 선의 검술 대결 알고리즘을 만든 사람은 히로다. 그 프로그램 소스는 나중에 공개되어 메타버스 전체가 사용하게 되었다. 그 당시 히로는 검술 대결이 끝난 후에 모든 걸 깔끔하게 정리할 방법이 없다는 걸 발견했다. 아바타는 원래 죽는 존재가 아니다. 몸이 잘릴 일도 없다. 메타버스를 창조한 사람들은 이런 식의 요구까지 예측할 정도로 소름 끼치는 성격의 소유자들이 아니었다. 그렇지만 칼싸움이 벌어지면 가장 중요한 게 바로 칼로 상대방을 베어 죽이는 일이다. 그래서 히로는 시간이 흐른 뒤 메타버스가 잘린 채 움직이지도 못하고 영원히 썩지도 않는 아바타 몸뚱이로 가득 차는 일을 막고자 몇 가지 수단을 동원해야만 했다.

우선, 누군가 칼싸움에서 지면 패배한 사람이 사용하던 컴퓨터는 전 세계를 잇는 네트워크, 즉 메타버스에서 튕겨 나온다. 시스템에서 추방당하는 것이다. 그건 메타버스 안에서 구현할 수 있는 모습 중에서 죽음과 가장 비슷하다. 그렇지만 실제로는 사용자를 약간 귀찮게 하는 정도에 불과하다.

한 걸음 더 나아가 해당 사용자는 몇 분 정도 다시 메타버스로 되돌아올 수 없게 된다. 재접속이 불가능한 것이다. 그 이유는 칼에 베인 사용자의 아바타가 여전히 메타버스 안에 존재하고 있기 때문이다. 메타버스에는 한 아바타가 동시에 두 장소에 존재할 수 없다는 규정이 있다. 그래서 해당 사용자는 칼싸움에 진 자신의 아바타가 처리되기 전에는 되돌아올 수 없다.

칼을 맞은 아바타들의 시체는 히로가 창조해 낸 존재인 '묘지기 데몬'들이 처리한다. 묘지기 데몬은 작지만 유연한 몸을 가졌는데, 닌자처럼 온몸을 검은 붕대로 감은 모습으로 눈동자도 보이지 않을 정도다. 그들은 말이 없고 재빠르다. 히로가 자신과 겨루다 목이 달아난 상대방 몸에서 한 걸음 뒤로 물러서자마자 블랙 선의 바닥에 존재하지만 눈에 보이지 않는 출입구를 열고 저승 세계에서 기어 나온 묘지기 데몬들이 쓰러진 사내에게 몰려든다. 그들은 잘린 몸뚱이를 금세 검은 가방에 집어넣는다. 그리고 다시 바닥 비밀 통로를 통해 블랙 선 지하에 숨겨진 터널로 사라진다. 호기심 넘치는 손님 두 명이 따라가려는 듯 출입구를 들추려 해 보지만, 매끈하고 흐릿한 검은색 바닥에는 손가락 하나 들어갈 틈도 보이지 않는다. 지하 터널에는 오직 묘지기 데몬들만 접근할 수 있다.

사실 히로도 들어갈 수는 있다. 그러나 그는 그 통로를 거의 이용하지 않는다.

묘지기 데몬은 죽은 아바타를 블랙 선의 중심 아래쪽에 있는 영원한 지하의 모닥불 위로 가져가 태운다. 아바타는 불길에 타오르는 순간 메타버스에서 사라진다. 그러면 그 아바타를 쓰던 사용자는 새로 사용할 아바타를 만들어 평소처럼 접속할 수 있게 된다. 그러나 다음에는 좀 더 조심스럽고 점잖게 행동하는 편이 좋을 것이다.

히로는 자신을 둥그렇게 둘러싸고 손뼉을 치고 휘파람을 불며 환호하는 아바타들을 바라본다. 그들의 모습이 서서히 사라진다. 이제 블랙 선의 모든 모습이 마치 엷은 안개에 가려진 것처럼 보인다. 엷은 안개 너머에서 환한 빛이 쏟아지며 눈에 보이는 모든 걸 희미하게 만든다. 그러다 모든 게 완전히 사라진다.

고글을 벗어 보니 그는 임대 창고 앞 주차장에 긴 칼을 뽑아 든 채 서 있다.

막 해가 진 모양이다. 수십 명은 되어 보이는 사람들이 멀찌감치 떨어져 주차된 차들 뒤에 숨어 히로의 다음 동작을 기다리고 있다. 대부분 상당히 겁에 질렸지만 몇몇은 그저 재밌어 하는 것 같다.

비탈리 체르노빌은 그들이 사는 방의 문 앞에 서 있다. 그의 머리 뒤쪽에서 빛이 쏟아지고 있다. 그는 달걀흰자와 다른 단백질을 섞어 머리에 발라 고정하곤 한다. 그런 물질에 빛이 닿으면 굴절하면서 머리 주변으로 작은 무지개를 보여 준다. 히로의 컴퓨터에서 뿜어져 나온 블랙 선을 그려 낸 영상은 히로의 고글이 아닌 비탈리의 엉덩이에 뿌려지고 있다. 비탈리는 두 다리를 함께 디디고 서는 복잡한 행동을 하기엔 너무 이른 시간이라는 듯 양쪽 다리에 번갈아 힘을 실어 가며 서성대고 있다. 어느 쪽 다리를 쓸지 아직 결정하지 못한 모양이다.

"안 보이잖아."

히로가 말한다.

"가야 할 시간이야."

비탈리가 말한다.

"뭐, 가야 할 시간이라고? 너 일어나기를 한 시간이나 기다렸어."

히로가 다가가자 비탈리는 히로가 든 칼을 불안한 듯 바라본다. 비탈리의 메마른 눈 주위는 벌겋고, 아랫입술은 온통 부르튼 모습이다.

"이겼어?"

"빌어먹을 칼싸움이야 당연히 이겼지. 난 이 세상 최고의 검객이란 말이야."

"그리고 그 칼싸움 프로그램을 만들었지."

"그래. 맞아."

히로가 말한다.

비탈리 체르노빌과 원자로 폭발 밴드의 멤버들은 난민 수송기를 타고 롱비치에 도착한 후, 콘크리트 바닥이 튼튼하고 키예프에 있을 때 사용했던 곳처럼 넓고 황량한 장소를 찾으러 남부 캘리포니아를 온통 뒤지고 돌아다녔다. 고향이 그리워서가 아니었다. 밴드가 연습하려면 그런 장소가 필요했다.

LA 강변이 딱 좋았다. 그곳에는 멋진 고가 도로도 많았다. 그들은 그저 스케이트보드를 타는 이들이 이미 오래전에 발견한 비밀 장소로 따라가기만 하면 되었다. 스케이트보드를 즐기는 이들과 퍼즈 그런지 음악을 즐기는 이들은 좋아하는 분위기가 같다. 바로 지금 비탈리와 히로는 그런 곳으로 가는 중이다.

비탈리는 무척 오래된 폭스바겐사의 바나곤 승합차를 갖고 있는데, 천장이 위로 튀어나온 모양이라 여차하면 그 안에서 먹고 잘 수도 있다. 비탈리는 그 차에서 한참 살기도 했다. 길거리에 차를 세워 두거나 여기저기에 있는 '한숨 자고 떠나요' 모텔에서 생활하다 결국 히로 프로타고니스트와 만났다. 승합차가 누구의 소유인지에 대해서는 약간의 다툼이 있다. 왜냐하면 비탈리는 히로에게 실질적으로 승합차의 가치보다 많은 빚을 지고 있기 때문이다. 그래서 그들은 승합차를 함께 사용하기로 했다.

그들은 승합차를 몰고 창고 반대편에 있는, 화물 하역장으로 가면서 뛰어노는 백여 명의 아이들을 쫓아내느라 경적을 울리고 전조등을 비춘다. 여긴 놀이터가 아니야, 이 녀석들아.

차에서 내린 두 사람은 넓은 복도를 따라 걷는다. 바닥에서 잠을 청하는 남미 사람들이 쳐 놓은 텐트와 불교 신자들이 벌여 놓은 제단 그리고 버티고, 애플파이, 퍼지 버지, 나르텍스, 머스타드 같은 온갖 마약에 취한 백인들 몸뚱이 사이로 미안해하며 한 걸음씩 발을 내디딘다. 바닥은 온통 난장판이다. 쓰고 버린 주사기, 깨뜨려 사용하는 유리 약병들, 검게 그을린 숟가락, 피고 버린 담배 파이프. 또 손가락만 한 크기의 튜브도 많이 보이는데, 투명한 플라스틱으로 되어 있고 한쪽 끝에는 빨간 마개가 달렸다. 깨뜨려 사용하는 유리 약병일 수도 있지만, 마개가 여전히 달려 있는 모습이 이상해 보인다. 마약 중독자들이라면 쓰고 난 유리병에 조심스럽게 다시 마개를 씌웠을 리가 만무하다. 그러니 아직 히로가 들어 보지 못한 새로운 종류의 마약 용기임이 틀림없다.

그들은 임대 창고의 다른 구역으로 가는 방화문을 연다. 그러나 문 안쪽도 방금 지나온 지역과 아무런 차이가 없다[미국에서는 모든 게 똑같은 모양이라는 사실은 지금도 전혀 달라지지 않았다]. 오른쪽에서 세 번째 칸은 비탈리의 것이다. 폭이 1.5미터에 깊이가 3미터 정도인 아주 작은 공간으로, 비탈리는 그곳을 원래의 목적대로 사용하고 있다. 바로 창고로 쓰는 것이다.

문으로 다가선 비탈리는 자물쇠 비밀번호를 기억해 내려고 애쓴다. 애초에 비밀번호를 아무렇게나 생각 없이 만들었기 때문이다. 마침내 자물쇠가 철컥 소리를 내며 열린다. 비탈리는 빗장을 벗겨 내고 문을 열어젖힌다. 문짝이 온통 마약 봉지 껍데기로 수북한 바닥에 깨끗한 반원 모양을 그리며 열린다. 바퀴가 네 개 달린 손수레 두 대에 높이 쌓인 스피커와 앰프가 창고 대부분을 차지하고 있다.

히로와 비탈리는 수레를 밀고 화물 하역장으로 되돌아가 전부 승합차에 실은 다음 빈 수레를 다시 창고에 가져다 놓는다. 정확히 말하면 수레는 사람들이 공동으로 사용하는 물건이지만 아무도 그렇게 생각하지 않는다.

콘서트가 열릴 장소로 가는 길은 멀다. 왜냐하면 비탈리가 속도는 생명이라는 LA의 절대 법칙을 무시하고 시속 60킬로미터로 달리기 때문이다. 게다가 길까지 막힌다. 그래서 히로는 컴퓨터를 시거잭에 연결하고 고글을 쓴 다음 메타버스에 접속한다.

광섬유 케이블로 접속하지 않고 무선 전파를 이용해서 접속한 관계로 아까보다 훨씬 느리고 안정성도 떨어진다. 블랙 선에 가는 건 좋지 않은 생각이다. 화면과 소리도 좋지 않을 게 뻔한 데다, 다른 손님들은 그가 마치 흑백 인간이라도 되는 양 바라볼 것이다. 그러나 자신의 사무실에 가는 데는 아무 문제가 없다. 왜냐하면 사무실을 표현하는 데 필요한 데이터는 어차피 지금 무릎에 올려놓고 사용하는 컴퓨터에 들어 있기 때문이다. 가상 공간에 자신의 사무실을 그려 내려고 외부와 데이터를 주고받을 필요는 거의 없다.

히로는 자신의 사무실로 접속한다. 사무실은 스트리트에서 가까운, 해커들이 주로 사는 오래된 구역에 있는 히로의 작고 근사한 집에 딸린 공간이다. 일본식으로 바닥에 다다미가 깔려 있다. 커다란 책상은 불그스레한 마호가니 나무판을 매끄럽게 다듬지 않은 채 그대로 사용한다. 고급 창호지 너머에서 은은한 은색 조명이 비치고 있다. 정면에 있는 미닫이문을 열면 정원이 보인다. 정원을 졸졸거리며 흐르는 개울물 속에서 가끔 무지개송어가 펄떡 뛰어올라 파리를 잡아먹는다. 사실 연못에 잉어가 가득해야 어울리겠지만, 히로는 미국인답게 잉어란 공룡이나 마찬가지로 먹지 못하는 것이며 물속 깊은 곳에서 지저분한 것들이나 주워 먹고 살아야 한다고 생각한다.

뭔가 새로운 게 보인다. 주먹만 한 크기의 둥근 물체인데, 완벽할 정도로 지구를 본떠 만든 모양이고 팔을 뻗으면 닿을 정도의 가까운 공중에 떠 있다. 히로도 듣기만 했을 뿐 실제로 본 적은 없는 물건이다. CIC에서 운용하는 소프트웨어로 간단히 '지구'라고 부른다. CIC가 소유한 모든 공간 정보를 한꺼번에 연속해 이용할 때 사용하는 물건이다. 이를테면 모든 지도, 날씨 정보, 건축물 설계도나 위성 감시 장치, 뭐 그런 것들을 이용할 때 사용한다.

히로도 지난 몇 년간 생각해 왔던 일이다. 정보 사냥 일이 잘되어 혹시 돈을 많이 벌면 지구 프로그램 사용권을 구매해 사무실에 하나 갖추고 싶었다. 그런데 갑자기 그것이 공짜로 나타난 것이다. 후아니타가 보내 준 게 틀림없다.

하지만 급한 일부터 처리해야 한다. 바벨/정보 묵시록 하이퍼카드는 여전히 그의 아바타의 주머니에 들어 있다. 그는 카드를 꺼낸다.

사무실 한쪽 벽에 붙은 창호 미닫이문이 열린다. 문 너머에는 예전에 보지 못한 방이 보인다. 널찍한 방에는 희미하게 조명이 밝혀져 있다. 후아니타가 들어와 집을 많이 바꾸어 놓은 것 같다. 한 사내가 사무실 안으로 걸어 들어온다.

'사서司書 데몬'은 상냥한 오십 대 남자로 은빛 머리칼에 수염이 났고 푸른 눈이 밝게 빛나며 목이 깊게 파인 스웨터 속에 올이 굵은 천으로 된 셔츠를 입고 모직 넥타이를 한 모습이다. 넥타이를 약간 풀고 소매를 걷어 올렸다. 소프트웨어에 불과하지만 멋진 외모다. 그는 거의 무한대에 가까운 양의 정보가 쌓인 도서관에서 서로 연관이 있는 자료 사이를 마치 춤추는 거미처럼 재빨리 옮겨 다닐 수 있는 능력을 지녔다. 사서 데몬은 CIC의 소프트웨어 중 유일하게 지구 프로그램보다 비싸다. 단 한 가지 갖추지 못한 건 생각하는 능력이다.

"부르셨습니까?"

사서 데몬이 말한다. 그는 의욕이 넘치지만 그렇다고 너무 나불거려 짜증나게 하지도 않는다. 그는 두 손을 뒤로 돌려 잡고 몸을 약간 앞으로 기울이고 안경 너머 뭔가 기대하는 표정을 지으며 눈썹을 추켜세운다.

"바벨은 바빌론에 있는 도시지?"

"전설로 내려오는 도시입니다."

사서가 대답한다.

"바벨은 성경에서 바빌론을 가리키는 말입니다. 셈족의 언어에서 나온 말입니다. 바브는 문을 뜻하고 엘은 신이라는 말입니다. 그러니까 바벨은 '신의 문'이란 뜻이죠. 그러나 그 단어는 사람이 전혀 알아들을 수 없이 떠드는 모양을 흉내 내어 발음한 의성어일 수도 있습니다. 성경에는 그런 말장난이 흔하니까요."

"사람들이 천국까지 닿도록 쌓은 탑을 신이 무너뜨렸지."

"그건 많은 사람들이 오해하는 부분입니다. 신은 직접적으로 탑에 위해를 주지 않았습니다. '여호와께서 이르시되, "보라, 저들은 한 족속이요 언어도 하나니라. 이는 저들이 하려는 일의 시작에 불과하며 앞으로 저들이 하고자 하는 일을 막을 수 없으리로다. 자, 우리가 내려가 저들의 언어를 혼잡하게 하여 저들이 서로 알아듣지 못하도록 하자."고 하셨다. 여호와께서 온 세상의 언어를 혼잡하게 하셨고 그리하여 그곳 이름은 바벨이 되었다.' 창세기 11장 6절부터 9절까지. 개정판 표준 성경에 나오는 말씀입니다."

"그러니까 탑은 무너진 적이 없다는 말이군. 단지 공사를 멈춘 것뿐이고."

"맞습니다. 무너지지 않았습니다."

"하지만 믿을 수가 없군."

"믿을 수가 없다뇨?"

"옳지 않을 가능성이 있단 말이지. 후아니타는 성경 말씀을 두고 옳고 그른 걸 따질 수 없다고 믿지. 왜냐하면 만일 옳지 않다면 성경은 거짓말이라는 말이 되고, 옳다면 신의 존재가 증명되는 셈이기 때문에 믿음이라는 게 존재할 가치를 잃기 때문이야. 바벨탑 이야기는 거짓일 가능성이 있어. 만일 천국까지 닿는 탑을 세웠는데 신이 무너뜨리지 않았다면 어딘가 탑이나 최소한 눈에 띄는 잔해라도 남아 있어야 하기 때문이야."

"탑이 어마어마하게 높다고 말씀하는 걸 보니 오래된 자료를 읽으신 모양이군요. 탑을 묘사한 내용을 곧이곧대로 보면 '꼭대기는 천국과 함께한다.'라고 되어 있습니다. 사람들은 오랜 세월 동안 탑의 꼭대기 부분이 너무 높아 하늘에 닿은 것이라는 뜻으로 해석했습니다. 그러나 최근 들어 실제 바빌로니아의 지구라트(고대 바빌로니아, 아시리아의 피라미드 형태를 띤 신전)가 발굴되었는데, 꼭대기 부분에 점성술과 관련한 그림이 새겨져 있다고 합니다. 하늘을 그린 그림인 셈이죠."

"아, 좋아. 그러니까 사실은 탑을 세우고 꼭대기에 하늘을 묘사한 그림을 새겼다는 말이군. 하늘에 닿을 정도로 탑이 높았다는 것보다는 훨씬 그럴듯하군."

"그럴듯한 것 이상이죠. 그런 구조물들을 실제로 발견했으니까요."

사서 데몬이 다시 상기시켜 주었다.

"어쨌든 신이 화가 나서 사람들에게 내려왔을 때 탑에는 손도 까딱하지 않았다는 거로군. 그렇지만 그들은 정보와 관련된 재앙 때문에 탑을 건설하는 일을 멈춰야만 했지. 서로 의사소통을 할 수가 없었거든."

"재앙이라는 말은 점성술에서 '사악한 별'을 뜻합니다."

사서가 지적했다.

"죄송합니다. 저는 프로그램 구조상 관련이 있는 말을 늘어놓게 되어 있습니다."

"괜찮아. 자네는 정말 근사한 프로그램이야. 누가 자네를 만들었지?"

히로가 묻는다.

"대부분은 제가 스스로 만들었습니다. 저는 경험에서 배우는 능력을 타고났습니다. 물론 그 능력은 처음에 절 만든 사람이 프로그래밍한 것이지요."

"그게 누구지? 내가 아는 사람일 수도 있겠군. 난 아는 해커가 많아."

"엄밀히 말하자면 절 만든 사람은 전문 해커가 아니라 의회 도서관에서 연구원으로 일하다가 스스로 프로그래밍을 배운 사람입니다. 그는 서로 연관되지 않은 어마어마한 양의 세밀한 자료를 걸러 내어 보석과도 같은 중요한 정보를 찾아내는, 짜증 나는 일에 몰두하던 사람이었습니다. 이름은 이매뉴얼 라고스라고 합니다."

"들어 본 적 있는 이름이야. 그러니까 그 사람은 사서 이상의 사서란 말이지. 재미있군. 난 그 사람이 오래전 CIA에서 정보원으로 일하다가 CIC에 남아 있는 사람일 거라 추측했거든."

"그 사람은 CIA에서 일한 적이 없습니다."

"좋아. 그럼 이걸 좀 알아봐. 도서관에 있는 무료 자료 중에서 L. 밥 라이프와 관련 있는 걸 모두 찾아서 연대순으로 정리해 줘. 중요한 건 무료 자료여야 한다는 거야."

"텔레비전과 신문에 나온 자료 말이군요. 알겠습니다. 잠시만 기다려 주세요."

사서는 돌아서서 조용히 걸어 나간다. 히로는 다시 지구를 쳐다본다.

세세하게 표현한 모습이 환상적이다. 해상도도 높고 모습이 뚜렷해서 히로가 보기에, 아니 컴퓨터를 약간이라도 다루는 사람이라면 그 누가 보더라도 지구는 상당히 무거운 프로그램이란 걸 한눈에 알아볼 수 있을 것이다.

대륙과 바다만 보이는 건 아니다. 지구 모양 공은 LA 상공의 정지 위성 궤도에서 내려다본 지구와 똑같다. 기후 상황까지 실시간으로 완벽히 나타내고 있다. 지표면 바로 위에서 거대한 구름이 밀려다니며 바다 위로 흐릿한 그림자를 드리우는 모습, 그리고 북극의 빙하가 녹아내리며 무너져 바다로 빠져드는 모습까지. 지구의 절반은 태양 빛을 받아 빛나지만, 나머지 절반은 어두운 모습이다. 낮과 밤을 가르는 선인 명암 경계선은 막 LA를 지나며 이제 서쪽을 향해 태평양 위로 조금씩 기어가고 있다.

느리지만 모든 게 조금씩 움직이고 있다. 오랫동안 바라보고 있으면 구름의 모양이 바뀌는 걸 볼 수 있을 것이다. 동부 해안은 오늘 밤 맑은 것 같다.

뭔가 지구 표면에서 빠른 속도로 움직이는 게 히로의 눈길을 잡는다. 아마 모기일 것이다. 하지만 메타버스에는 모기가 존재하지 않는다. 그는 그 물체에 신경을 집중한다. 히로의 각막으로 약한 레이저를 뿜어내던 컴퓨터는 그 차이를 알아차린다. 히로는 숨을 멈추고 마치 방금 궤도에서 튕겨 나온 우주인이 유영하듯 지구 가까이 몸을 수그린다. 마침내 지구 표면에서 수백 킬로미터 정도 떨어진 곳까지 가까이 접근한 그의 눈에 뭉게뭉게 피어오르는 구름이 보이고, 그 사이로 모기처럼 조그만 것이 하늘을 가로질러 가는 모습이 보인다. 극궤도를 따라 북쪽에서 남쪽으로 움직이는 CIC의 저궤도 위성이다.

"자료가 나왔습니다."

사서가 말한다.

히로는 깜짝 놀라 고개를 든다. 지구가 다시 먼 아래쪽으로 내려가며 사라지고 책상 앞에 하이퍼카드를 한 장 들고 서 있는 사서 데몬의 모습이 보인다. 현실 세계의 실제 사서와 마찬가지로 사서 데몬은 아무 소리도 내지 않고 움직일 수 있는 것 같다.

"걸어 다닐 때 약간 소리가 나도록 할 수 있나? 난 잘 놀라는 편이라서."

히로가 말한다.

"그렇게 바꾸었습니다. 죄송합니다."

히로는 하이퍼카드를 받으려 손을 내민다. 사서는 반걸음 정도 앞으로 나서며 히로를 향해 몸을 숙인다. 이번에는 사서의 발이 다다미 바닥을 스치는 소리가 난다. 그리고 사서의 바지가 다리를 스치며 내는 소리도 들린다.

히로는 하이퍼카드를 받아 들여다본다. 앞면에는 이렇게 적혀 있다.

도서관 검색 결과

검색어 "라이프, 로렌스 로버트, 1948~ "

히로는 카드를 뒤집는다. 뒷면에 수십 개의 손톱만 한 아이콘이 보인다. 몇몇 개는 신문 1면을 찍은 조그만 사진들이다. 그 외 대부분은 여러 색으로 번쩍거리는 사각형 아이콘이다. 실제 움직이는 동영상을 보여 주는 텔레비전 모양이다.

"이럴 리가 없는데? 난 지금 승합차에 타고 있다고. 이동하면서 간신히 접속하고 있는데 이렇게 많은 비디오 자료를 내 컴퓨터로 어떻게 옮길 수가 있었지?"

"자료를 옮길 필요는 없었습니다. L. 밥 라이프에 대한 비디오 자료는 라고스 박사가 미리 모두 찾아내 이미 컴퓨터에 갖고 계신 바벨/정보 묵시록 카드에 넣어 두었으니까요."

"아, 그렇군."

14

히로는 카드의 윗줄 왼편에 있는 조그만 TV 모양 아이콘을 계속 바라본다. 아이콘이 그를 향해 커지더니 화질이 그다지 좋지 않은 12인치 크기의 텔레비전으로 변한다. 팔을 뻗으면 닿을 정도로 떨어진 곳에서 보는 것 같다. 화면 속 영상이 움직이기 시작한다. 1960년대 어느 고등학교의 미식축구 경기를 담은 자료 화면인데 화질이 안 좋은 8밀리 필름인 것 같다. 소리는 나오지 않는다.

"이 시합은 뭐지?"

"텍사스주 오데사, 1965년입니다. L. 밥 라이프는 진한 유니폼을 입은 팀에서 등번호 8번을 달고 풀백으로 뛰고 있습니다."

사서가 말한다.

"필요 이상으로 자세한 내용이군. 자료들을 좀 요약할 순 없나?"

"그럴 수는 없습니다. 하지만 어떤 내용이 있는지 간략하게 목록을 알려

드릴 수는 있죠. 전체 자료 중에 고등학교 미식축구 경기가 11개 들어 있습니다. 라이프는 졸업반 때, 2군이긴 하지만 텍사스주 대표팀에도 뽑혔습니다. 졸업한 후에는 공부를 잘한 덕분에 장학금을 받고 라이스 대학으로 진학했고 대학에서도 미식축구를 했습니다. 그래서 대학 경기도 14개나 자료에 포함되어 있습니다. 라이프는 대학에서 방송을 전공했습니다."

"나중에 하게 된 일을 볼 때 당연히 그랬겠지."

"그는 휴스턴에서 방송국의 스포츠 기자가 되었고, 그 시기에 취재한 자료 화면이 50시간 분량 있습니다. 물론 대부분 방송에 나가지 못한 것들이죠. 그 일을 2년 동안 하다가 라이프는 석유 업계에서 자본가로 오래 일한 종조부와 사업을 시작합니다. 그 일과 관련해 자료에 여러 신문 기사가 있습니다만, 제가 읽어 본 바로는 모두 대동소이한 내용입니다. 같은 내용을 바탕으로 기사를 작성했다는 걸 암시합니다."

"보도 자료를 뿌렸군."

"그리고 5년 동안 아무 소식도 없었습니다."

"뭔가를 꾸미고 있었겠군."

"그러다가 다시 기사가 나기 시작합니다. 대부분 휴스턴 지역 신문의 종교란이었는데, 상세히 말하자면 라이프가 여러 단체에 기부했다는 내용입니다."

"내가 듣기로는 요약해 주는 걸로 들리는군. 요약하는 능력은 없다고 하지 않았던가?"

"전 요약은 하지 못합니다. 얼마 전 제가 보는 앞에서 같은 자료를 검토하며 라고스 박사가 후아니타 마르케스 양에게 요약해 들려준 말을 인용하는 중입니다."

"계속해."

히로가 말한다.

"라이프는 불꽃침례교 하일랜드 교회의 웨인 베드포드 수석 목사에게 5백 달러, 베이사이드 오순절 교회 청년 모임의 대표인 웨인 베드포드 목사에게 2천 5백 달러, 뉴트리니티 오순절 교회의 창시자인 웨인 베드포드 목사에게 15만 달러, 라이프 신학 대학의 총장이자 신학부를 맡은 웨인 베드포드 목사에게 2백 30만 달러, 라이프 신학 대학의 고고학부에 2천만 달러, 천문학부에 4천 5백만 달러 그리고 컴퓨터 공학부에 1억 달러를 기부했습니다."

"모두 초超인플레이션 이전의 일인가 보지?"

"그렇습니다. 흔히 사람들이 말하듯 '진짜 돈'으로 기부한 겁니다."

"그 웨인 베드포드란 사람 말이야. '웨인 목사의 천국의 문 교회'를 운영하는 웨인 목사랑 동일 인물이야?"

"그렇습니다."

"그럼 지금 웨인 목사가 라이프 밑에서 일하고 있단 거야?"

"라이프는 웨인 목사의 천국의 문 교회를 운영하는 다국적 기업인 '천국의 문 어소시에이트'사의 대주주입니다."

"좋아, 자세히 좀 들여다봐야겠군."

히로가 말한다.

고글 위로 슬쩍 눈길을 보내 보지만, 비탈리가 운전하는 차가 목적지에 도착하려면 아직 멀었다. 히로는 다시 고글을 쓰고 라고스가 정리해 놓은 자료집에 담긴 비디오 자료와 기사를 들여다본다.

웨인 목사에게 여러 번 기부했던 해에 라이프는 경제계에도 얼굴을 자주 드러냈다. 처음에는 지역 신문에, 그리고 나중엔 《월 스트리트 저널》과 《뉴욕 타임스》에도 등장했다. 특히 일본인들이 인맥을 이용해 그를 일본 통신 시장에서 밀어내려 했던 일 이후, 엄청난 양의 기사가 쏟아졌다. 라이프가 만들어 낸 계획적 홍보 전략이 틀림없다. 그는 개인 재산 천만 달러를 쏟아부어 가며 일본인들이 사기를 치고 있다고 공개적으로 홍보전을 펼치면서 미국인들에게 호소했다. 결국 일본인들이 굴복하고 일본의 광섬유망 시장을 그에게 내주게 된 일이 《이코노미스트》 표지를 장식하며 상황은 끝났다. 그 일을 계기로 라이프는 동아시아 대부분의 지역을 석권하게 된다.

그 후 마침내 라이프의 사생활이 언론에 드러나게 된다. L. 밥 라이프가 홍보 담당자들에게 자신의 인간적인 면을 더 강조하라고 주문한 게 틀림없다. 미국 정부가 더는 필요로 하지 않는 배를 그가 요트로 쓰겠다며 구매한 직후 그의 일상생활에 대해 자질구레한 내용을 다룬 방송 프로그램이 하나 있었다.

19세기식 독점 재벌의 마지막 존재인 L. 밥 라이프가 선장실에서 실내 장식가와 상의를 하는 장면이 보인다. 그가 미 해군으로부터 배를 사들인 것만도 멋진 일이지만 텍사스 출신인 그는 그 정도로는 부족했다. 그는 배를 완전히 뜯어낸 다음 다시 만들고 싶어 했다. 화면은 라이프가 젖소 같은 몸으로 배 안의 좁은 통로와 가파른 계단을 돌아다니는 모습을 보여 준다. 온통 잿빛 철판으로 가득한 해군 특유의 싫증 나는 모습이지만 그는 기자에게 확실하게 깔끔한 배로 재탄생시킬 것이라며 설명한다.

"록펠러가 요트를 샀을 때 있었던 일입니다. 그는 길이가 20여 미터 정도인 작은 배를 샀죠. 그 당시 기준으로 작은 축에 속했습니다. 누군가 왜 그렇게 작은 배를 샀느냐고 물었는데, 록펠러는 질문한 사람을 보더니 '내가 대단한 부자라도 되는 줄 알아?'라고 했답니다. 하하! 어쨌든 제 배에 오신 걸 환영합니다."

L. 밥 라이프가 그런 이야기를 나누며 기자, 카메라 기자들과 함께 서 있는 곳은 벽도 없이 바닥만 있는 커다란 야외용 엘리베이터 위였다. 엘리베이

터는 위로 올라가는 중이다. 뒤편으로 태평양이 보인다. 라이프가 말을 막 마치는 순간 엘리베이터는 꼭대기에 도착한다. 방송 카메라가 주변을 한 바퀴 돌아보자 시청자들의 눈에 항공 모함 엔터프라이즈호의 갑판 위 광경이 들어온다. 과거 미 해군의 소유였지만, 이제 그의 개인 요트가 된 이 항공 모함을 사려고 L. 밥 라이프는 함께 경쟁 입찰에 참여한 짐 장군의 방위 시스템, 밥 제독의 국가 보안대와 처절한 경쟁을 펼쳐야만 했다. L. 밥 라이프는 평평하고 광활한 항공 모함의 갑판에 감탄하며 텍사스의 어느 지방과 비슷하다는 말을 늘어놓는다. 갑판 일부에 흙을 덮어 소를 키워도 멋질 것 같다고 말하기도 한다.

다른 자료 화면. 이번 화면은 경제 관련 방송을 위해 촬영한 것으로 항공 모함을 사고 상당한 시간이 흐른 뒤로 보인다. 장소는 또 엔터프라이즈호로 이제 완전히 탈바꿈한 선장실이다. 통신업계 제왕인 L. 밥 라이프는 자기 책상 앞에 앉아 콧수염에 왁스를 바르는 중이다. 여자들이 다리털을 제거하려고 왁스를 바르는 것과는 전혀 다른 일이다. 왁스를 발라 수염이 부드럽게 구부러지고 제 모양을 찾을 수 있도록 하는 것이다. 왁스를 바르는 일을 하는, 키가 매우 작은 동양 여인의 손놀림이 어쩌나 섬세한지 라이프는 여자가 일하는 중에도 편안하게 말할 수 있을 정도다. 그가 말하는 내용은 대개 자신이 한국과 중국에서 케이블 TV 사업을 확장하려고 하며, 해당 통신망을 시베리아와 우랄산맥을 가로지르는 기존 광섬유 기간망에 연결하겠다는 이야기다.

"그렇죠. 독점 기업이라도 끝이란 건 있을 수 없습니다. 완벽한 독점이란 존재하지 않으니까 말이죠. 마지막 1퍼센트의 10분의 1은 도저히 어떻게 안 되는 일인 것 같습니다."

"한국은 여전히 강력한 정부가 존재하지 않습니까? 그런 나라에서는 규제 때문에 많이 곤란할 것 같습니다만."

L. 밥 라이프는 웃음을 터뜨린다.

"사실 정부에서 일하며 규제를 일삼는 사람들이 세계와 보조를 맞추려 애쓰는 모습을 지켜보는 게 제 취미라고 할 수 있습니다. 'AT&T'가 결국 파산했던 걸 기억합니까?"

"기억날 듯도 합니다만."

여자 기자는 이제 겨우 이십 대인 것처럼 보인다.

"그게 뭘 하던 회사였는지는 알죠?"

"음성 전화 시장을 독점했던 회사죠."

"맞아요. 그 회사도 나와 같은 업종이었죠. 정보 산업입니다. 얇은 구리선을 통해 한 번에 하나씩 전화기로 음성을 연결해 주곤 했습니다. 내가 30개 주에서 케이블 TV 사업을 시작하던 무렵 정부가 AT&T를 망하게 해 버린 겁니다. 와우! 믿을 수 있습니까? 그건 마치 최초로 자동차와 비행기가 생기던 무렵에서야 운송 수단인 말의 사용을 규제할 방법을 찾아낸 것이나 마찬가지였어요."

"하지만 케이블 TV 망은 전화망과는 다르지 않나요?"

"그 당시에는 달랐죠. 왜냐하면 케이블 TV망은 지역적으로만 존재했으니까요. 하지만 일단 전 세계에 지역마다 케이블 TV망을 설치한 이후에는 그것들을 서로 엮어 주기만 하면 세계적인 시스템이 되는 겁니다. 전화망과 다를 게 하나도 없는 거죠. 다른 점은 케이블 TV망은 전화망보다 만 배는 더 빨리 정보를 전달한다는 겁니다. 게다가 사진, 음성, 데이터 등 뭐든 실어 보낼 수 있죠."

또 다른 기사는 노골적인 홍보성 프로그램으로 L. 밥 라이프가 특정 사안에 대한 자신의 사견을 밝히는 것 말고는 아무 의미도 없는, 30분짜리 텔레비전 광고나 마찬가지였다. 아마 라이프 밑에서 일하며 시스템을 관리하는 프로그래머들이 모여 조합을 결성해 라이프를 상대로 소송을 제기한 적이 있는 모양이다. 해커들 사이에서는 전례 없던 일이다. 조합은 라이프가 직원들 집에 몰래카메라를 설치하고 사실상 직원 모두를 24시간 감시하며 소위 '용납할 수 없는 생활 양식을 가진' 일부 직원들을 계속 괴롭히고 협박했다고 주장했다. 예를 들어, 어느 날 밤 여성 프로그래머 한 명이 자신의 집 침실에서 남편과 구강성교를 한 적이 있는데, 다음 날 아침 라이프가 그녀를 자신의 사무실로 불러 단정치 못한 색광이라고 비난하며 회사를 그만두라고 했다는 것이다. 그와 관련해 그를 비난하는 기사가 나자 짜증이 난 라이프는 홍보에 돈을 더 쏟아부어야겠다고 생각한 모양이었다.

"나는 정보를 다룹니다."

라이프는 그를 '인터뷰'하겠다고 알랑거리며 아첨을 떠는 사이비 사회자에게 말한다. 장소는 휴스턴에 있는 그의 사무실인데, 그래서 그런지 그는 평소보다 더 능수능란해 보인다.

"전 세계 시청자들은 나를 통해 모든 텔레비전 방송을 볼 수 있습니다. CIC의 모든 데이터베이스는 내가 소유한 네트워크를 통해 들어가고 나옵니다. 메타버스, 그러니까 스트리트 전체가 내가 소유하고 운영하는 네트워크 덕분에 존재합니다. 하지만 그 말은 내 밑에서 방대한 자료를 다루며 일하는 프로그래머들이 어마어마한 권력을 가진다는 뜻입니다. 이 논리를 이해하실 수 있는지 모르겠습니다만, 온갖 정보가 프로그래머의 머리로 들어갑니다. 그리고 머릿속에서 머물게 됩니다. 그 직원이 밤에 집으로 돌아가면 정보도 함께 갑니다. 꿈속에서 온통 뒤섞이고 난리가 나겠죠. 빌어먹을, 부인한테 말하기도 할 겁니다. 젠장, 그 직원은 정보에 대한 아무 권리도 없어요. 내가 만일 자동차 공장을 운영한다면 근로자들이 생산한 차를 집으로 몰고 가거나 공구를 빌려 가도록 두지 않을 겁니다. 하지만 매일 오후 5시에 전 세계에서 일하는 우리 회사의 해커들이 퇴근할 때면 그런 일이 벌어지고 있어요.

옛날에 소도둑을 목매달아 죽일 때, 도둑놈들은 죽기 직전 바지에 오줌을 지렸다고 합니다. 죽음에 이르러 스스로 신체를 제어할 수 없다는 결정적인 신호인 셈이죠. 어느 유기체든 제일 중요한 건 스스로 괄약근을 제어할 수 있어야 한다는 겁니다. 우리는 그것도 제대로 못 하고 있습니다. 그래서 우리는 경영 기법을 다시 다듬어 우리가 가진 정보가 어디에 있든 통제할 수 있도록 할 예정입니다. 정보가 하드 디스크에 들어 있든 아니면 심지어 프로그래머들의 머릿속에 들어 있든 말입니다. 경쟁사들이 보고 있을 테니 더 깊은 이야기를 해 드릴 수는 없을 것 같습니다. 하지만 진정으로 바라건대 앞으로 5년이나 10년 후에는 이런 일은 쟁점이라고 할 것도 없는 사회가 되길 바랍니다."

그리고 30분짜리 과학 뉴스 프로그램도 하나 있다. 다른 행성에서 날아오는 신호를 탐사하는 일이라는 '정보 천문학'의 새로운 화두를 다루는 내용으로 논쟁의 여지가 많은 내용을 담고 있다. L. 밥 라이프는 그런 문제에 개인적으로 관심이 많았다. 여러 나라 정부가 관련 시설을 시장에 내다 팔았고, 그는 그 가운데 무선 신호 관측소 여러 개를 사들인 다음 하나의 시스템으로 연결하고 자신의 엄청난 광섬유망을 사용해 결국 그것들을 지구만큼이나 거대한 하나의 안테나로 탈바꿈시켰다. 그리고 그는 하루 24시간 하늘을 훑으며 뭔가 의미가 담긴 무선 신호를 찾기 시작했다. 다른 외계 문명에서 보내는 정보를 담은 무선 신호를 찾는 것이다. MIT의 유명 교수인 사회자는 단순한 석유 업자였던 그가 왜 그렇게 엉뚱하고 모호한 일을 하느냐고 묻는다.

"이제 지구에서는 더는 할 일이 없거든요."

자신을 비웃는 사람들이 있다고 생각했는지 라이프는 믿기 어려울 정도로 냉소적이며 업신여기는 듯한 말투와 카우보이답게 과장된 모습으로 말한다.

다른 뉴스 화면이다. 다시 몇 년이 지난 것으로 보인다. 다시 항공 모함 엔터프라이즈호에서 찍은 모양인데, 그 사이 배의 분위기는 확 변한 모습이다. 맨 윗부분 갑판은 야외 난민 수용소로 변했다. 수용소에는 인도에 있는 강 상류 지방의 삼림이 무절제하게 개발되어 발생한 연속적인 홍수로 방글라데시가 바다로 휩쓸려 사라진 후, 벵골만에서 라이프가 구해 낸 난민들이 우글거리고 있다. 인도는 물을 이용해 방글라데시를 궤멸시킨 것이다. 카메라는 좌우로 움직여 가며 갑판의 끝부분을 보여 주고 난 다음 배 아래를 비춘다. '뗏목 선단'의 첫 번째 배가 보인다. 뗏목 선단이란 항공 모함 엔터프라이즈호에 매달려 공짜로 미국으로 갈 수 있기를 바라며 서로서로 몸을 묶은 수백 척의 작은 배들을 한꺼번에 가리키는 말이다.

라이프는 사람들 사이를 걸으며 만화로 만든 성경을 나누어 주고 어린아이들에게 키스한다. 사람들이 환하게 웃으며 주위로 몰려들더니 양손을 모으며 고개를 숙인다. 라이프도 아주 서툴게 양손을 모아 인사를 건네는데, 장난기라고는 전혀 느껴지지 않는다. 무척 심각한 표정이다.

"라이프 씨, 일부 사람들은 이런 사업을 두고 시선을 끌어 홍보에 이용하려는 행동이라고 비난하기도 합니다. 어떻게 생각하시죠?"

이번 기자는 나름대로 날카로운 면모를 보이려고 노력한다.

"제길, 그런 말도 안 되는 소리에 일일이 대꾸하려면 일할 시간이라곤 없을 거요. 여기 이 사람들에게 어떻게 생각하는지 물어보시오."

L. 밥 라이프가 말한다.

"지금 이 난민 돕기 사업이 라이프 씨의 대중적 이미지와 전혀 관계가 없다는 건가요?"

"아니요. 이⋯⋯."

편집했는지 갑자기 카메라는 오만한 표정을 짓는 기자를 향하고 있다. 히로가 보기에 라이프가 한바탕 설교를 늘어놓았지만, 방송국에서 편집으로 잘라 낸 것 같다.

그러나 도서관이 진정으로 멋진 이유 중 하나는 그런 식으로 삭제된 자료조차 엄청나게 많이 보유하고 있다는 점이다. 촬영된 화면이 잘려 나가 방송에 나가지 못했다고 해서 그 화면이 정보로서 가치가 없는 건 아니다. CIC는 오래전부터 방송국들이 자료실에 보관하고 있는 비디오테이프에 손을 뻗쳤다. 수백만 시간 분량이나 되는, 방송에 사용하지 않은 자료 화면들은 아직 모두 디지털 자료로 바뀌어 도서관에 전송되지는 않았다. 그러나 따로 요청하면 CIC는 해당 비디오테이프를 찾아 화면으로 보여 주기도 한다.

라고스가 이미 해 둔 작업이다. 해당 테이프가 눈에 보인다.

"아니요. 이봐요, 뗏목 선단은 오히려 언론이 만들어 낸 겁니다. 하지만 여러분이 생각해 낼 수 있는 것 이상으로 깊은 의미를 품고 있습니다."

"아."

"뗏목 선단은 애초에 언론 때문에 생겨났습니다. 언론이 아니었다면 사람들이 이런 게 있는지도 몰랐을 테고, 그랬다면 난민들이 몰려와 이런 식으로 줄지어 달라붙지도 않았을 겁니다. 그리고 뗏목 선단이 언론을 도와주고 있습니다. 여러 가지 볼거리를 만들어 주고 있지 않습니까? 영화나 새로운 뉴스 기사 같은 것들 말입니다."

"그러니까 라이프 씨는 뉴스거리를 스스로 만들어 내서 여러 가지 정보가 흐르는 걸 이용해 돈을 벌고 있다는 건가요?"

기자는 자포자기식으로 마지못해 대꾸한다. 목소리를 들어 보니 기자는 찍어 봐야 방송에 쓸 수 없다고 생각하는 것 같다. 걱정스러워하는 태도로 보아 라이프가 인터뷰 중에 이런 식으로 엉뚱한 쪽으로 새는 일이 처음은 아닌 것처럼 보인다.

"그런 부분도 없지 않습니다. 그러나 그건 제대로 된 설명이 아닙니다. 사실은 훨씬 더 깊은 의미가 있죠. 고래가 바닷물에서 크릴새우를 걸러 내어 먹듯 산업은 바이오매스를 먹고 자란다. 이런 표현을 들어 본 적이 있는지 모르겠군요."

"그런 말을 들어 본 적이 있습니다."

"내가 처음 한 말이죠. 내가 만들었어요. 그런 식의 말은 바이러스와 같습니다. 정보 한 조각, 그러니까 데이터가 옆 사람에게 퍼져 가는 거죠. 그러니까 뗏목 선단의 기능은 좀 더 많은 바이오매스를 제공하는 겁니다. 그래서 미국을 새롭게 바꾸는 거죠. 다른 대부분의 국가는 균형을 이룬 상태입니다. 그들은 그저 후손을 많이 낳기만 하면 됩니다. 하지만 미국은 덩치가 크고 오래되어 덜컥거리며 연기를 내뿜는 기계 신세인 데다 여기저기 돌아다니며 보이는 건 아무거나 집어삼키고 있습니다. 폭이 1킬로미터도 훨씬 넘는 쓰레기로 만들어진 자취를 뒤로 남기면서 말이죠. 게다가 늘 연료가 필요합니다. 미궁과 미노타우로스(그리스 신화에 등장하는 사람 몸에 소의 머리를 한 괴물)에 관한 이야기를 읽어 봤소?"

"물론이죠. 크레타섬에 있던 것 말이죠?"

기자는 그저 빈정대려고 대답하는 것 같다. 그는 자신이 이런 말 같지도 않은 이야기를 듣고 있다는 게 믿기지 않는 모양이다. 어제 LA에 되돌아갔더라면, 하는 눈치였다.

"그렇죠. 매년 그리스 사람들은 처녀 몇 명을 모아 크레타에 바쳤습니다. 그러면 크레타의 왕은 처녀들을 미궁에 집어넣고 미노타우로스에게 잡아먹게 하는 겁니다. 난 어릴 때 그 이야기를 읽으면서 크레타 사람들이 도대체 어떤 자들이기에 그리스 사람들은 자기 아이들이 잡아먹힐 걸 알면서도 그리로 보냈던 걸까 의아해했습니다. 크레타 사람들이 정말 잔인하고 나쁜 놈들인가보다 생각했어요. 지금 나는 전혀 다른 시각을 갖고 있습니다. 약한 나라 사람들이 볼 때 미국은 불쌍한 그리스 녀석들이 생각하던 크레타와 다를 게 없다는 겁니다. 다른 점은 그걸 미국이 강요하는 게 아니라는 겁니다. 저 아래에 있는 사람들은 자발적으로 아이들을 포기하는 겁니다. 수백만 명의 아이들을 미궁으로 들여보내 잡아먹히게 하는 거예요. 산업은 아이들을 잡아먹고 대신 이미지를 뱉어 내 주고 영화나 텔레비전 프로그램을 보내 줍니다. 내가 운영하는 네트워크를 통해 꿈도 꾸지 못할 풍요로움과 이국적 광경을 사람들에게 돌려주는 거죠. 뭔가 꿈꿀 거리나 갈망할 대상을 제공하는 겁니다. 그게 바로 뗏목 선단의 기능입니다. 커다랗고 오래된 크릴새우 운반선인 셈이죠."

마침내 기자는 포기한 듯 대놓고 L. 밥 라이프에게 쏘아붙인다. 더는 봐 줄 수가 없는 모양이다.

"추잡하기 이를 데 없군요. 사람들을 그런 식으로 생각한다는 걸 믿을 수가 없습니다."

"젠장. 이봐, 건방지게 굴지 말라고. 진짜로 잡아먹히는 사람은 없어. 그냥 상징적으로 말한 것뿐이야. 저들은 미국에 와서 괜찮은 일자리를 구하고, 예수를 영접하고, 바비큐 굽는 석쇠를 사고, 영원히 행복하게 사는 거란 말이야. 그게 뭐가 잘못됐다는 거야?"

라이프는 화를 내며 소리를 질러 댄다. 그의 뒤쪽에 몰려 있던 방글라데시 사람들이 라이프가 화를 내는 걸 보더니 덩달아 기분이 나빠지기 시작한다. 그 가운데 엄청나게 수척하고 콧수염을 길게 기른 한 사람이 갑자기 카메라 앞으로 달려 나오더니 소리를 지르기 시작한다.

"아 마 라 게 젠 바 담 갈 넌 카 아리아 수 수 나 안 다……."

그 소리는 사내로부터 주변 사람들로 퍼지더니 갑판 위로 파도처럼 퍼져 나간다.

"컷."

기자가 카메라를 돌아보며 말한다.

"그만 찍어. 중얼중얼 부대가 또 그 짓을 시작했어."

이제 화면에서 들리는 소리라고는 수많은 사람이 쏟아 내는 방언과 L. 밥 라이프의 날카롭게 낄낄거리는 웃음뿐이다.

"이게 방언의 기적이지."

떠들썩한 가운데 라이프가 소리를 지른다.

"난 이 사람들이 하는 한 마디 한 마디 모두 이해할 수 있소. 당신은 어떤 가, 형제?"

"이봐요! 여기 좀 봐요."

히로는 하이퍼카드에서 눈을 들어 올린다. 사서 말고는 사무실 안에 아무 도 보이지 않는다.

눈앞에 보이는 광경이 희미해지더니 시야에서 사라진다. 히로의 눈앞에 보이는 건 승합차 밖으로 보이는 풍경이다. 누군가 얼굴에서 고글을 벗겨 낸 것이다. 비탈리는 아니다.

"여기 밖이에요, 안경쟁이 씨."

히로는 창밖을 본다. 와이티가 한 손으로 승합차 옆을 붙잡고 다른 손으 로 히로의 고글을 들고 있다.

"메타버스에 너무 빠져 있잖아요. 현실 세계에서도 살려고 애써 봐요."

"우리가 가는 곳에는 내가 감당하지 못할 정도로 엄청난 현실 세계가 기다리고 있다고." 히로가 말한다.

히로와 비탈리가 오늘 밤 콘서트가 열릴 거대한 고속 도로 고가 교차로에 가까워지자 단단한 철판으로 된 승합차에 마치 크림 스펀지케이크에 달라붙는 바퀴벌레처럼 자석 작살이 여기저기서 날아든다. 만일 보드를 타는 애들이 비탈리 체르노빌이 이 차에 탄 걸 알았더라면 미쳐 버린 나머지 차를 세우고 난리를 쳤을 것이다. 그러나 지금 그들은 공연장으로 향하는 어떤 차에든 작살을 붙이는 일에만 열중하고 있을 뿐이다.

고가 교차로에 가까워지자 보드를 타는 사람들이 너무 많이 붐벼 운전하려 애쓸 필요조차 없는 상황이 된다. 마치 신발에 등산용 아이젠을 끼운 채 강아지가 우글거리는 방 안에서 걷는 느낌이다. 그들은 경적을 울리고 전조등을 깜박거리며 조심스럽게 앞으로 나가지 않을 수 없다.

마침내 그들은 오늘 밤 콘서트의 무대로 쓸 트레일러트럭에 도착한다. 그 옆에 있는 다른 트레일러트럭에는 앰프와 다른 음향 장비들이 가득 쌓여 있다. 분위기에 질린 듯한 트럭 운전사 두 명은 음향 장비를 실은 트럭 운전석에 함께 앉아 담배를 피우며 고속 도로라는 먹이 사슬에서 자신들이 공공연하게 적으로 인식하는 보드족이 우글거리는 모습을 향해 불길한 시선을 던지고 있다. 그들은 새벽 5시가 되어 주변이 정리되고 떠날 수 있는 상황이 되기 전까지는 스스로 밖으로 나오려 들지 않을 것 같다.

원자로 폭발 밴드의 멤버인 두 사람이 주변에 서서 담배를 피우고 있다. 그들은 슬라브 사람들답게 던지기 놀이에 쓰는 조그만 화살을 잡듯 담배를 엄지와 검지로 들고 있다. 그들은 담배꽁초를 콘크리트 위에 던지고 싸구려 비닐 구두로 밟아 끈 다음 승합차로 달려오더니 음향 장비를 내려놓기 시작한다. 비탈리는 고글을 쓰고 음향 장비를 실은 트럭에 달린 컴퓨터를 켜고 음향 시스템을 조정하기 시작한다. 컴퓨터 메모리에는 이미 삼차원으로 표현된 고가 교차로의 모습이 저장되어 있다. 비탈리는 멋지게 쿵쾅거리는 음악 소리의 울림이 극대화되려면 모든 스피커가 어떻게 서로 시간 차이를 두고 작동해야 하는지 계산해야 한다.

15

밤 9시가 되자 '둔기 손상' 밴드가 먼저 무대에 올라 흥을 돋우기 시작한다. 화끈한 첫 번째 코드가 시작되자마자 잔뜩 쌓아 올린 중고 스피커들이 합선을 일으킨다. 전깃줄에서 불꽃이 튀더니 빽빽이 몰려선 젊은이들 사이 공중으로 이리저리 마구 날아간다. 음향 장비 트럭에 탄 기술자들은 큰 고장으로 이어지거나 사람이 다치기 전에 얼른 문제가 되는 회로를 차단하고 꺼버린다. 둔기 손상 밴드는 일종의 빠른 레게 음악을 선보인다. 원자로 폭발 밴드의 반공학적 음악에서 상당한 영향을 받은 것처럼 들린다.

이 친구들은 아마 한 시간 정도 공연을 할 테고, 그 후에 모두가 기다리던 비탈리 체르노빌과 원자로 폭발 밴드가 두 시간 정도 연주할 것이다. 그리고 만일 스시 K가 공연장에 오면 언제든 마이크를 잡고 우정 출연을 하게 될 것이다.

실제로 그런 일이 생길까 봐 히로는 미쳐 날뛰는 관중 한가운데서 뒤로 빠져나가 바깥쪽에서 이리저리 어슬렁거리며 돌아다닌다. 와이티도 사람들 사이 어딘가 있을 테지만 억지로 만나려 애쓸 이유는 없다. 어쨌거나 그녀는 히로 같은 아저씨랑 같이 있는 걸 부끄러워할 것이다.

이제 공연은 열기를 더해 가고 스스로 분위기를 고조시키기 시작한다. 히로는 더는 할 일이 없다. 게다가 재미난 일은 관중석 끝부분에서 벌어지게 마련이다. 사람들이 잔뜩 모인 가운데 지역은 모두 똑같은 분위기다. 조명이 미치지 못하는 고가 교차로의 그늘이 시작되는 부분, 사람들이 선 가장자리나 되어야 혹시 뭔가 흥미로운 일이 터질 수 있다.

관중석 가장자리에 모여 선 사람들은 한밤에 LA의 고가 도로 아래에서 흔히 볼 수 있게 생긴 사람들이다. 제3세계에서 건너온 불법 이민자들이 한무리 잔뜩 몰려 서 있는 모습이 보이고, 사이사이로 이미 오래전 자신만의 세계에 빠져 밝게 빛나는 열기에 머릿속을 태워 버린 정신 빠진 백인들도 보인다. 대부분 뒤집힌 쓰레기통이나 냉장고 박스에서 기어 나와 관중 가장자리에 서서 발뒤꿈치를 들고 음악과 조명을 멍한 눈으로 보고 있다. 어떤 사람들은 졸려서 멍한 상태고 키 작고 다부지게 생긴 라틴계 사내들 몇몇은 전체적인 분위기에 즐거워하며 담배를 서로 돌려 피우고 믿기지 않는다는 듯 고개를 흔들어 댄다.

여기는 크립스(미국의 흑인 폭력 조직)의 구역이다. 크립스가 안전을 보장하겠다고 제의했지만, 알타몬트 사건(1969년 LA 지역에서 벌어진 무료 공연이 살인을 포함한 폭력으로 얼룩진 일)을 기억하는 히로는 그들의 요청을 거절하는 위험을 감수하기로 했다. 대신 그는 공연장 경비를 집행자에게 맡겼다.

그래서 몇십 미터 간격으로 덩치가 커다란 사내들이 등에 집행자들이라고 쓴 녹색 점퍼를 입고 꼿꼿선 자세로 서 있다. 그들은 아주 눈에 잘 띄었는데, 집행자들은 그런 방식을 좋아한다. 그러나 점퍼의 색깔은 전기 감응 염료를 사용한 것이라서 문제가 생겼을 때 옷에 달린 스위치만 눌러 주면 옷이 온통 검은색으로 변한다. 게다가 앞에 달린 지퍼를 올리기만 하면 점퍼는 완벽한 방탄복으로 변한다. 지금은 따뜻한 저녁이라 대부분은 지퍼를 연 채 시원한 바람을 쐬고 있다. 몇몇은 천천히 걷기도 하지만 대부분은 무대가 아닌 관중석을 보며 주의를 기울이고 있다.

집행자들을 둘러보던 히로는 책임자를 찾는다. 금세 발견한 책임자 사내는 키가 작고 살찐 흑인으로 덩치가 작은 역도 선수처럼 보인다. 다른 사람들과 마찬가지로 얇은 점퍼를 입었지만, 속에 추가로 방탄조끼를 입었고 이런저런 통신 장비를 몸에 지녔으며 귀찮은 사람을 제압할 수 있는 조그맣지만 쓸 만한 장비도 가지고 있다. 사내는 머리를 좌우로 흔들어 가며 가볍게 뛰면서 경기장 바로 옆에 서 있는 미식축구팀 코치처럼 머리에 쓴 헤드폰에 달린 마이크에다 대고 빠른 말투로 뭔가를 중얼거린다.

위엄 있어 보이는 염소수염에 키가 큰 삼십 대 후반의 사내가 히로의 눈에 띈다. 상당히 훌륭한 짙은 회색 양복을 입었다. 30미터도 더 떨어져 있지만, 넥타이핀에 박힌 다이아몬드들이 번쩍거리는 모습이 보인다. 만일 그가 더 가까이 다가오면 넥타이핀에 달린 다이아몬드들 사이에 사파이어로 새겨진 '크립스'라는 글자가 보일 것이다. 사내는 양복을 빼입은 개인 경호원 대여섯 명을 거느리고 있다. 크립스는 자신들이 경호 업무를 수행하지 않는다고 해서 아예 와 보지 않을 수는 없었을 것이다.

엉뚱한 말이지만 지난 10분 동안 히로의 마음을 조금씩 불편하게 하는 게 있다. 레이저 광선은 매우 강렬한 힘을 가졌기 때문에 늘 그 근원을 알아낼 수 있다. 사람의 눈은 왜 그런지 알 수는 없지만, 레이저를 감지하고 부자연스러운 걸 알아차린다. 레이저 광선은 어디서나 두드러지게 느껴지는데, 특히 한밤중에 지저분한 고가 교차로 아래라면 더욱 그렇다. 히로는 자신의 시선 가장자리에 계속 광선이 번득이는 걸 느끼며 어디서 비추는 건지 계속 찾고 있다. 그렇게 분명하게 느껴지는데도 다른 사람들은 전혀 눈치채지 못하고 있는 것 같다.

이곳 고가 교차로 아래 어딘가에서 누군가 히로의 얼굴에 레이저를 쏘고 있다.

짜증 나는 일이다. 너무 티가 나지 않도록 애쓰며 방향을 슬쩍 바꾼 히로는 철 드럼통 속에서 타는 쓰레기에서 나는 연기가 바람을 타고 흐르는 쪽으로 간다. 이제 그는 엷어서 눈에 잘 보이지는 않지만, 냄새를 풍기며 피어오르는 연기 속에 서 있다.

그러자 그를 따라와 얼굴을 비추던 레이저 광선은 마치 재를 뿌린 것처럼 조그맣고 수없이 많은 입자로 부서지며 스스로 공중에 순수하고 곧게 뻗은 선을 드러내 근원지를 똑바로 가리킨다.

한 판잣집 옆 침침한 그늘에 '가고일' 한 명이 서 있다. 온통 시선을 끌 만한 모습인데 그것만으로는 부족한지 양복까지 입었다. 히로는 그를 향해 걸어가기 시작한다.

가고일들은 CIC의 부끄러운 단면을 드러낸다. 그들은 노트북을 사용하는 대신 몸에 컴퓨터를 입고 다닌다. 각 부품을 따로따로 떼어 허리와 등에 매달고 머리에도 뒤집어쓰고 다니는 것이다. 그들은 주위 모든 상황을 기록하며, 인간이지만 살아 있는 감시 도구 노릇을 한다. 그보다 더 멍청해 보이는 짓도 없다. 그들이 갖춘 복장은 옛날 인간 사회에서 밑바닥 계급으로 통했던 사람들이 허리띠에 주머니를 매달아 자를 꽂거나 계산기를 집어넣던 걸 현대적으로 탈바꿈시킨 것이라 할 수 있다. 그들이 CIC의 정보 조사 요원으로서 가장 최악의 모습을 보여 주는 게 히로에게는 큰 선물이 되었다. 그들이 히로를 대신해 사람들의 이목을 끌기 때문이다. 하지만 그들이 그렇게 창피한 꼴을 당하면서 얻는 것도 있다. 항상 메타버스에 접속해 있을 수 있고, 늘 정보를 수집할 수 있다는 점이다.

이런 부류의 사람들이 데이터베이스에 전송하는 정보는 엄청나게 많다. 하지만 쓸모없는 그런 정보를 CIC의 고위 간부들이 참아 가며 두고 볼 리 없다. 그들이 올리는 정보 가운데 일부가 나중에 유익한 자료가 될 가능성이 전혀 없지는 않지만. 그건 마치 어떤 차가 교통사고를 일으키고 뺑소니를 칠지 모른다는 이유로 매일 아침 출근길에 보이는 모든 차량의 번호를 적어 두는 짓이나 다름없다. CIC의 데이터베이스조차 그렇게 많은 쓰레기 정보를 무작정 받아들일 수는 없다. 그래서 대개 습관적으로 가고일 짓을 하는 사람들은 오래 지나지 않아 CIC에서 쫓겨나곤 한다.

이 친구는 아직 쫓겨나지 않은 듯하다. 그리고 지닌 장비가 매우 비싼 걸 보니 이런 일을 한 지 꽤 오래된 것 같다. 실력이 상당히 뛰어난 것이 틀림없다.

만일 그렇다면 그런 사람이 이런 곳에서 뭘 하는 걸까?

"히로 프로타고니스트 씨."

히로가 마침내 판잣집 옆 어두컴컴한 곳에서 가고일 사내를 찾아내자 사내가 말한다.

"CIC의 정보 조사 요원으로 11개월 일했음. 산업 분야 전문. 해커, 보안 회사 직원, 피자 배달부, 공연 기획자로 일한 경력이 있음."

그는 자신이 이미 잘 아는 사실을 히로가 늘어놓아 시간을 낭비할까 봐 그런지 그렇게 중얼거린다.

히로의 눈 주위를 계속 찔러 대던 레이저를 쏘아 내는 건 사내의 컴퓨터 중에서도 고글 바로 위 이마 한가운데 얹혀 있는 주변 장치인 장거리 망막 스캐너였다. 눈을 뜬 채 사내를 향해 서면 레이저가 홍채를 통해 들어가 사람 몸에서 가장 연한 동공 괄약근을 지나 망막의 모양을 정밀하게 읽는다. 그리고 수천만 건의 망막 정보를 데이터베이스로 가진 CIC로 전송한다. 만일 이미 데이터베이스에 속한 망막의 주인공이라면 사내는 상대방이 누군지 알아낼 수 있다. 혹시 아직 데이터베이스에 오르지 못한 사람이라면 이제는 포함이 된 것이다.

물론 그런 물건을 사용하려면 CIC의 데이터베이스에 접근할 수 있는 권한이 있어야 한다. 그리고 상대방이 누군지 알아냈다고 하더라도 그 사람의 정보를 열람하려면 더 높은 접근 권한이 필요하다. 앞에 있는 사내는 상당히 높은 접근 권한을 가진 걸로 보인다. 어쩌면 히로보다 더 높은 접근 권한을 가졌을 수도 있다.

"라고스라고 합니다."

가고일이 말한다.

바로 그자였다. 히로는 사내에게 도대체 이런 곳에서 뭘 하느냐고 물어볼까 생각한다. 히로는 라고스를 만나면 술집으로 데려가 사서 데몬을 어떻게 만들었느냐고 물어보고 싶은 생각이 너무 간절하던 차였다. 하지만 히로는 화부터 났다. 라고스가 무례하게 굴었기 때문이다[가고일이 무례한 건 당연한 일이지만].

"레이븐 때문에 왔소? 아니면 그저 최근 36일 정도 공들여 기획한 공연 때문에 온 건가?"

라고스가 말한다.

가고일과의 대화는 재미가 없다. 그들은 말을 제대로 끝마치지도 않는다. 늘 레이저가 번쩍거리는 세상에 떠다니는 것처럼 온갖 방향에 있는 사람들의 망막 정보를 스캔하고, 반경 1킬로미터 이내에 있는 사람들의 뒷조사를 하며, 평범한 조명이나 적외선을 통해 보이는 모든 걸 주시하고 레이더에서 밀리미터파와 초음파를 동시에 쏘아 내보낸다. 상대방과 대화하는 것 같지만 사실은 다른 쪽에 있는 사람의 신용 정보를 들여다보는 중이거나 머리 위로 날아가는 비행기가 어느 회사에서 만든 어떤 종류인지 확인하는 중이다. 히로가 보기에 라고스는 자신과 이야기를 나누는 척하면서 사실은 바지 속을 꿰뚫어 보며 히로의 물건이 얼마나 큰지 재보고 있을 것 같다.

"당신이 후아니타와 일한다는 사람이군요?"

히로가 말한다.

"그녀가 나와 일하는 것일 수도 있지. 아니면 뭐 비슷한 거지."

"후아니타는 내가 당신을 만났으면 하던데요."

잠시 라고스는 꼼짝도 하지 않는다. 정보를 뒤지는 중인 것 같다. 히로는 물 한 양동이를 부어 주고 싶은 기분이다.

"그럴듯한 말이군. 당신은 다른 누구보다 메타버스와 친숙할 거요. 프리랜서 해커니까. 그러니 적격인 셈이지."

"뭐가 적격이란 겁니까? 요새 프리랜서 해커를 찾는 사람은 아무도 없어요."

"회사에 소속되어 작업장에 줄을 선 것처럼 모여 일하는 해커들을 감염시키는 건 쉬운 일이지. 예루살렘 벽 앞에 선 센나케리브(이스라엘 정벌에 나섰던 아시리아의 왕. 구약성서에 산헤립이란 이름으로 등장한다)의 군인들이 수천 명씩 쓰러졌던 것처럼 말이야."

라고스가 말한다.

"감염이요? 센나케리브라뇨?"

"하지만 당신은 현실 세계에서도 스스로 몸을 지킬 수 있어. 혹시라도 레이븐과 맞서는 일이 생기면 그런 게 도움이 될 거야. 그의 칼날이 엄청나게 날카롭다는 걸 기억하라고. 방탄복도 속옷처럼 쉽게 뚫을 수 있을 정도 니까."

"레이븐이라뇨?"

"어쩌면 오늘 밤 그를 볼 수 있을 거야. 그 친구에게 맞서지 마."

"알았습니다. 그 친구를 조심하죠."

히로가 말한다.

"내 말은 그게 아니야. 그 친구와 아예 맞서지 말란 말이야."

"왜죠?"

"위험한 세상이오. 늘 더 위험해지고 있어. 그래서 우리는 공포의 균형을 뒤엎기 싫은 거요. 냉전이 사라진다고 두려움이 사라지지 않는 걸 보면 알 거요."

"그렇군요."

이제 히로는 자리를 피하고 이 사내와 다시는 만나고 싶지 않은 마음이 다. 그러나 사내는 말을 맺지 않는다.

"당신은 해커야. 그 말은 심층 조직이 있으니 조심해야 한다는 말이지."

"심층 조직이요?"

"뇌에 있는 신경 언어학적인 통로를 말하는 거야. 처음으로 바이너리 코드를 배웠던 때를 기억하나?"

"물론이죠."

"그때부터 당신 뇌 속에 그런 통로가 생긴 거야. 심층 조직. 당신이 사용 함으로써 새로운 신경이 자라나며 서로 얽히는 거야. 갈라진 축색 돌기가 양 쪽으로 나뉜 신경 교세포 사이로 밀고 들어가는 거야. 몸이 스스로 변화하는 거지. 소프트웨어가 하드웨어의 일부가 되는 과정이라 할 수 있어. 그래서 이제 당신은 다른 해커들과 마찬가지로 위험에 노출된 거야. 남섭이라는 위험에 말이지. 우리 모두 스스로 조심해야만 해."

"남섭이 뭡니까? 내가 무슨 위험에 노출되었다는 거죠?"

"비트맵으로 된 건 아무것도 보지 말게. 최근에 누군가 비트맵 그림을 보여 주려 한 적은 없나? 이를테면 메타버스 안 같은 곳에서 말이야."

재미난 일이다.

"나한테 그런 적은 없지만 듣고 보니 생각나는 게 있네요. 어떤 브랜디 아바타가 내 친구에게 오더니만……."

"아세라 신전의 창녀지. 병을 퍼뜨리려 노력하는 거야. 병은 악惡과 같은 뜻이야. 우스운 소리로 들리나? 그렇지도 않다네. 사실 메소포타미아 사람들에게 사악하다는 관념은 독립적으로 존재하지 않았네. 그저 질병 그리고 건강이 안 좋다는 사실만 존재했어. 악은 질병과 같은 말이지. 그게 무슨 뜻일까?"

히로는 마치 길거리에서 자신을 따라오는 정신병자를 피하듯 자리를 떠난다.

"바로 악은 바이러스란 거야!"

라고스가 그의 뒤에 대고 소리를 지른다.

"남섭이 당신 운영 체제에 들어오지 못 하게 해!"

후아니타가 저런 괴물하고 일한다고?

둔기 손상 밴드의 연주는 노래 사이에 전혀 틈이 없이 꼬박 한 시간이나 이어진다. 전체적으로 하나의 작품으로 들린다. 음악이 멈추자 바로 그들의 무대는 끝이 난다. 히로는 처음으로 관중이 내지르는 환희에 찬 함성을 듣는다. 사람들이 뿜어내는 높고 날카로운 함성은 귀를 울리며 머릿속으로 파고든다.

그러나 동시에 낮게 울리는 소리가 들린다. 누군가 큰 북을 두드리는 듯한 소리다. 한참 동안 히로는 그 소리가 머리 위를 지나는 고가 도로를 달리는 트럭이 아닐까 하는 생각을 한다. 그러나 그런 소리라고 하기엔 너무 지속적이고 멀어지거나 멈추지 않는다.

뒤쪽에서 나는 소리다. 다른 사람들도 마찬가지로 알아차리고 소리가 나는 쪽으로 고개를 돌리더니 황급히 옆으로 비켜난다. 히로는 옆으로 걸으며 뭔지 보려고 몸을 돌린다.

일단 덩치 큰 흑인이 보인다. 그렇게 산처럼 큰 사내가 어떻게 오토바이에 올라타고 있는지 의문스럽다. 아무리 커다랗고 멋지게 퉁퉁거리는 소리를 내는 '할리'지만 말이다.

아니, 그냥 할리가 아니다. 오토바이에는 로켓처럼 보이는 미끈한 사이드카가 달려 있는데, 바퀴도 따로 달렸다. 하지만 사이드카 안에는 아무도 보이지 않는다.

사람이 뚱뚱하지도 않으면서 어떻게 이렇게 덩치가 클 수 있는지 의문스러울 정도다. 몸에 딱 붙는 옷을 입은 사내는 전혀 뚱뚱하지 않다. 가죽처럼 보이지만 뭔지 모를 소재로 만든 옷을 걸친 사내의 몸은 오직 뼈와 근육만으로 이루어져 있고 다른 건 전혀 보이지 않는다.

할리 오토바이는 너무 천천히 움직이고 있어서 사이드카가 없다면 사내는 분명히 금세 넘어지고 말 것이다. 사내는 가끔 손잡이에 얹은 손을 까딱거려 오토바이가 앞으로 움직이게 한다.

물론 몸집이 실제로 거대하기도 하지만 더욱 사내가 커 보이는 이유는 목이 전혀 없는 것처럼 보이기 때문이기도 하다. 머리는 아래쪽으로 갈수록 커지다가 곧바로 어깨와 연결된 것처럼 보인다. 히로는 처음에 그 모양을 보고 무슨 전위적인 멋을 낸 헬멧인가 생각했다. 그러나 눈앞을 스쳐 지날 때 보니 사내는 갈기 같은 검은 머리를 길게 길러 어깨 뒤로 넘긴 모습이다. 머리칼이 거의 허리에 닿을 정도로 길다.

길게 기른 사내의 머리칼을 보며 놀라던 히로는 사내가 고개를 돌려 자신을 바라보는 걸 느낀다. 아니면 사내는 그저 그가 선 쪽을 바라본 것인지도 모를 일이다. 사내가 고글을 끼고 있어서 정확히 뭘 보는지 알 수 없다. 부드럽게 볼록한 모양을 한 고글이 눈 주위를 덮었는데 수평으로 좁고 긴 틈이 하나 보인다.

사내는 히로를 바라보고 있다. 그는 히로를 향해, 오늘 저녁 일찍 만났을 때도 지어 보인 적이 있는 엿이나 먹으라는 듯한 미소를 던진다. 그때 히로는 블랙 선으로 들어가는 입구에 서 있었고, 사내는 어딘가에 있는 공중 컴퓨터를 사용하는 중이었다.

바로 그 사내. 후아니타가 찾던 그 사내. 라고스가 맞서지 말라고 했던 그 사내. 그리고 히로가 이미 블랙 선 입구 바깥쪽에서 만난 적 있는 사내. 바로 다파이비드에게 스노 크래시 카드를 준 사내다.

이마에는 여섯 글자로 이루어진 문신이 깔끔한 글씨체로 새겨져 있다. 충동 조절 불가.

히로는 비탈리 체르노빌과 원자로 폭발 밴드가 첫 곡인 〈방사선 화상〉이라는 노래를 연주하기 시작하자 놀라 실제로 펄쩍 뛰어오른다. 대부분 높고 날카로운 동시에 뒤틀린 소음으로 이루어진 폭발적인 곡으로, 마치 낚싯바늘로 만든 벽에 온몸이 내던져지는 느낌을 준다.

요즘 가맹점이나 버브클레이브로 이루어진 대부분 나라는 너무 작아 교도소 비슷한 것도 없고 심지어는 사법 체계 자체가 없는 경우도 많다. 그래서 어떤 사람이 정말 나쁜 짓을 저지르면 사람들은 빠르고 비열한 처벌을 하려 애쓰게 되는데, 태형이나 재산의 압수, 공개적인 모욕을 가하는 일이 대표적이다. 그 밖에도 혹시 범죄를 저지른 사람이 다른 사람을 해칠 가능성이 크다면 눈에 잘 띄는 신체 부위에 경고 문신을 새기기도 한다. 충동 조절 불가라니. 사내도 그런 곳에 갔다가 뭔가 이성을 잃고 끔찍한 짓을 저지른 것 같다.

순간적으로 번쩍이는 격자 모양 붉은빛이 레이븐의 옆얼굴을 훑고 지나간다. 빛은 오른쪽 동공 쪽으로 줄어들며 모이는 듯하더니 재빨리 사라진다. 레이븐은 고개를 흔들며 누가 레이저 광선을 쏘았는지 찾는 눈치지만 빛은 이미 사라진 뒤다. 라고스는 이미 레이븐의 망막 정보를 읽어 냈다.

그게 라고스가 여기 온 이유였다. 그는 히로나 비탈리 체르노빌에게는 관심이 없다. 레이븐에게 관심이 있다. 그리고 어찌 된 일인지는 몰라도, 라고스는 레이븐이 여기 나타나리라는 걸 알고 있었다. 그리고 라고스는 지금 근처 어디선가 레이븐을 촬영하며 레이더를 이용해 주머니에 뭘 가졌는지 조사하고 그의 맥박과 호흡을 기록하고 있을 것이다.

히로는 휴대 전화를 꺼낸다.

"와이티."

히로가 말하자 전화기는 와이티에게 전화를 건다.

한참 벨 소리가 울리더니 그녀가 전화를 받는다. 공연장 소음이 워낙 대단해 거의 아무 소리도 들리지 않는다.

"도대체 무슨 일이에요?"

"와이티, 미안해. 하지만 상황이 벌어지고 있어. 뭔가 큰 건인 것 같아. 지금 레이븐이라고 오토바이를 탄 덩치 큰 사내를 지켜보는 중이야."

"해커들이란 늘 일에서 빠져나오지 못하는 게 문제예요."

"해커는 그런 법이야."

히로가 말한다.

"저도 그 레이븐이란 사내를 주시할게요."

그녀가 말한다.

"하지만 전 지금 근무 시간이 아니라고요."

그녀는 전화를 끊어 버린다.

16

레이븐은 여기저기 두리번거리며 관중이 몰려 서 있는 바깥쪽 끄트머리를 따라 몇 번 천천히 돌아다닌다. 짜증스러울 정도로 차분하고 여유로운 모습이다.

그러더니 사람들한테서 멀리 떨어진 어두운 곳으로 들어간다. 그는 주위를 조금 더 둘러보더니 오두막 같은 곳 주변을 유심히 바라본다. 그리고 마침내 커다란 원을 그리며 할리를 몰아 덩치 큰 크립스 사내에게 다가간다. 사파이어 넥타이핀을 달고 경호원들에게 둘러싸인 사내.

히로는 최대한 눈에 띄지 않도록 애쓰면서 사람들 사이를 뚫고 그쪽으로 다가간다. 뭔가 재미난 일이 생길 것 같다.

레이븐이 다가가자 경호원들이 사내를 중심으로 모여들며 둥근 원을 그린다. 레이븐이 더 가까이 다가오자 마치 그가 보이지 않는 기운을 뿜어내기라도 하는 것처럼 경호원들이 뒤로 한두 걸음 물러선다. 마침내 멈춘 레이븐은 황송하게도 두 발로 땅을 디디고 내려선다. 그는 할리에서 내려서기 전에 손잡이에 달린 스위치 몇 개를 조작해 둔다. 그리고 뭔가를 기다리는 듯 두 다리를 벌리고 양팔을 들어 올린다.

크립스 사내 둘이 양쪽 옆으로 다가선다. 그들은 자신들이 해야 하는 일이 마음에 들지 않는 표정으로 계속 오토바이를 힐끔거린다. 크립스 대장 사내는 뭔가 지시를 내리기도 하고 부하들이 레이븐에게 다가가도록 손짓하며 재촉도 한다. 부하 사내 둘은 손에 휴대용 금속 탐지기를 하나씩 들고 있다. 그들은 탐지기를 레이븐의 몸 위로 이리저리 흔들어 대지만 그의 몸에서는 작은 금속 알갱이 하나조차 나오지 않는다. 주머니에 동전 하나도 없다. 레이븐은 100퍼센트 유기체 덩어리다. 그러니 뭔가 다른 게 없다면 레이븐의 칼날이 어쩌고 떠들던 라고스의 경고는 헛소리임이 드러난 것이다.

일을 마친 두 사내가 황급히 동료들에게 돌아간다. 레이븐이 그들을 따라간다. 그러나 크립스 대장 사내는 멈추라는 듯 양손을 들어 올려 보이며 한 걸음 물러선다. 레이븐은 멈춰 서서 다시 웃음을 지어 보인다.

크립스 대장 사내가 돌아서더니 자신의 검은색 BMW 자동차를 향해 손짓을 한다. BMW의 뒷문이 열리고 더 젊고 어린 흑인 청년 하나가 내린다. 동그란 금속 테 안경을 쓰고 청바지에 커다랗고 하얀 운동화를 신은 게 전체적으로 학생 같은 느낌이다.

학생은 천천히 레이븐에게 걸어가더니 주머니에서 뭔가를 꺼낸다. 뭔가 손으로 조작하는 기기인데 계산기라고 하기엔 부피가 꽤 커 보인다. 윗부분에는 키패드가 달려 있고 한쪽 끝에는 조그만 유리창 같은 게 달려 있는데, 학생은 그 창을 레이븐을 향해 겨눈다. 키패드 위에는 LED 창이 달려 있고 바로 아래에서는 붉은빛이 하나 반짝거린다. 학생이 머리에 뒤집어쓴 헤드폰은 손에 든 기기 아래쪽 소켓에 연결되어 있다.

학생은 우선 기기의 창이 땅바닥을 향하도록 하더니 다시 하늘 그리고 레이븐을 차례로 겨눈다. 그러는 동안 LED 창과 붉은빛에서 눈을 떼지 않는 모습이다. 일종의 종교적 의식 같은 분위기를 풍긴다. 하늘의 정령으로부터 그리고 땅의 정령으로부터 디지털 입력 신호를 받아들인 다음 오토바이를 타고 온 검은 천사의 기운을 빨아들이는 것처럼 보인다.

그러더니 천천히 한 걸음씩 레이븐을 향해 걷는다. 손에 든 기계에서 간헐적으로 붉은빛이 반짝이는 모습이 보이지만 특별한 패턴이나 리듬은 없다.

학생은 레이븐으로부터 두어 걸음 떨어진 곳까지 가더니 손에 든 기계를 계속해서 안쪽으로 겨눈 채 레이븐 주위를 두어 바퀴 돈다. 그러다 일을 마쳤는지 힘차게 뒤로 돌아 다시 기계를 들어 오토바이를 겨눈다. 기계 장치가 오토바이를 향하자 빨간 불빛이 훨씬 빨리 번쩍거린다.

학생은 크립스 대장 사내에게 걸어가 헤드폰을 벗고 잠시 대화를 나눈다. 대장 사내는 학생의 말을 들으면서도 레이븐에게서 눈을 떼지 않은 채 고개를 몇 번 끄덕이더니 마침내 학생의 어깨를 두드리고는 그를 BMW로 돌아가도록 한다.

그건 방사능 측정기였다.

레이븐은 크립스 대장 사내에게 걸어간다. 두 사람은 악수한다. 평범한 유럽식 악수로 별난 손장난은 하지 않는다. 친한 사람끼리 만나는 분위기는 아니다. 히로가 보니 눈을 약간 크게 치켜뜬 대장 사내는 이마에 주름이 잡힌 모습인데, 자세나 얼굴은 마치 이렇게 외치는 듯하다. 이 외계인 녀석으로부터 얼른 달아나고 싶어.

방사능을 뿜어내는 오토바이로 되돌아간 레이븐은 두꺼운 고무줄을 풀더니 묶어 두었던 금속 가방을 집어 든다. 레이븐은 가방을 크립스 대장 사내에게 넘겨주고, 둘은 다시 악수한다. 그리고 레이븐은 돌아서서 천천히 그리고 차분하게 걸어 오토바이로 되돌아가 올라타고 퉁퉁거리며 떠난다.

히로는 주변을 어슬렁거리며 좀 더 지켜보고 싶은 마음이 굴뚝같지만, 왠지 라고스가 이 특별한 광경을 잘 기록하고 있을 것 같은 생각이 든다. 그리고 어차피 다른 할 일이 생긴 참이다. 멀리서 리무진 두 대가 사람들 사이를 뚫고 무대로 향하는 모습이 보인다.

리무진들이 멈추고 일본 사람들이 내리기 시작한다. 멋이라고는 느껴지지 않는, 칙칙한 옷차림을 한 사람들이 파티인지 폭동인지 모를 난리판 가운데 어색하게 둘러서 있는 모습은 마치 젤리에 섞인 부러진 손톱 끝처럼 보인다. 마침내 히로는 용감하게 마음먹고 차에 다가가 자신이 생각하는 사람이 왔는지 보려고 창문 안쪽을 들여다본다.

창문 유리가 너무 짙어 안쪽이 보이지 않는다. 히로는 허리를 숙여 얼굴을 바로 창문에 들이밀어 안에서 그를 안 볼 수가 없도록 해 본다.

여전히 반응이 없다. 결국 그는 창문을 두드린다.

침묵. 히로는 고개를 들어 차에서 내린 수행원들을 본다. 그들은 모두 히로를 바라보고 있다. 그러나 히로가 고개를 들자 딴청을 피우며 갑자기 담배를 뽑아 들거나 눈썹을 문지른다.

짙은 차창 안쪽 차 안에서 빛을 뿜는 물건이 하나 보였는데, 네모난 텔레비전 화면이다.

이런 빌어먹을. 여기는 미국이고 히로도 반은 미국인이니 이렇게 불편할 정도로 예의를 갖출 건 없다. 그는 문을 열고 리무진 뒷좌석을 들여다본다.

스시 K가 자신의 아바타를 관리하는 프로그래머인 다른 젊은 일본인 사내 둘 사이에 끼어 앉아 있다. 전원을 넣지 않은 머리 모양은 그냥 주황색 아프로(곱슬머리를 둥글게 부풀린 흑인들의 머리 모양)에 지나지 않는다. 무대에 어울릴 정도로 어느 정도 복장을 갖춘 걸 보니 오늘 밤 공연 무대에 올라갈 마음이 있는 모양이다. 히로가 던진 제안을 받아들인 것 같다.

그는 '스파이의 시선'이라는 유명한 텔레비전 프로그램을 보고 있다. CIC가 제작하고 거대 영화사 중 하나가 배급하는 프로그램으로 실제로 일어나는 일을 담고 있다. CIC는 불법 작전을 수행하는 정보원 하나를 골라 가고일이 사용하는 장비를 착용하게 한 다음 그가 보고 듣는 모든 걸 랭글리에 있는 본부로 전송하게 한다. 실제 첩보 활동을 하는 정보원이다. 그렇게 모인 정보를 바탕으로 일주일에 한 시간짜리 프로그램을 만든다.

히로는 그 프로그램을 본 적이 없다. 자신이 CIC에서 일하고 있어 그런지 그런 식으로 프로그램을 만드는 게 짜증이 난다. 그러나 프로그램의 소문은 익히 들어서 알고 있다. 오늘 밤에는 다섯 편으로 이루어진 내용 중 네 번째 이야기가 방송된다고 했다. CIC는 정보원을 뗏목 선단에 잠입시켰다. 그는 잔학한 짓을 일삼는 다양한 해적 무리 가운데 한 조직에 침투하려 애쓰는 중이다. 바로 '브루스 리'가 이끄는 해적단이다.

히로가 리무진에 올라탄 순간 마침 불행한 가고일 스파이가 보는 시선으로 브루스 리의 모습이 보인다. 브루스 리는 어떤 유령선 같은 배의 축축한 복도를 걸어오고 있다. 브루스 리가 든 사무라이 칼의 칼날에 방울로 맺혔던 물이 떨어지고 있다.

"브루스 리의 부하들이 스파이를 '중심 선단'에 있는 한국 배로 유인했어요."

스시 K 밑에서 일하는 사내 하나가 재빨리 속삭이듯 설명한다.

"지금 스파이를 찾아내는 중이죠."

갑자기 환한 조명 불빛이 브루스 리를 비추고, 그는 자신의 상징인 보석처럼 빛나는 미소를 짓는다. 화면 한가운데 조준용 십자선이 나타나더니 브루스 리의 이마에서 멈춘다. 스파이는 엉망이 되어 버린 상황을 돌파해 빠져나가기로 마음먹고 CIC의 강력한 무기 체계를 동원해 브루스 리의 머리통을 날려 버리려는 것 같다. 그러나 그 순간 흐릿한 것이 화면에 나타나더니 뭔지 모를 덩어리가 브루스 리의 모습을 가린다. 이제 조준경이 정확히 뭘 겨냥하고 있는 건지 알 수가 없다.

결과를 알려면 다음 주까지 기다려야 할 것이다.

히로는 스시 K와 프로그래머들의 맞은편, 텔레비전 옆에 앉는다. 그렇게 앉아야 텔레비전에 몰두하고 있는 스시 K의 눈길을 잡을 수 있을 것 같다.

"히로 프로타고니스트라고 합니다. 제가 드린 연락을 받으셨나 보군요."

"끝장!"

스시 K가 외친다. 그 말은 할리우드에서 만능으로 쓰이는 감탄사인 '끝내 준다'를 일본식으로 줄인 것이다.

그는 계속 말을 잇는다.

"히로 상, 저런 관중 앞에서 보잘것없는 제 공연을 펼칠 평생 한 번 있을까 말까 한 기회를 주셔서 정말 깊이 감사드립니다."

그는 '평생 한 번 있을까 말까'라는 말을 제외하고는 전부 일본어로 말한다.

"모든 일이 다급하게 진행된 점, 진심으로 사과드립니다."

히로가 말한다.

"일본인 래퍼라면 어떤 대가를 치르고라도 갖고 싶은 이런 기회를 주시고도 제게 사과를 하시곤픈 마음이라니 진정으로 마음이 아픕니다. 별것 아닌 제 노래를 LA에 사는 진짜 가난한 소수 민족 친구들 앞에서 보여 주는 일은 대단한 기회입니다."

"여기 모인 관중은 정확히 말해 가난한 소수 민족 친구들이 아니란 걸 밝히게 되어 심히 당혹스럽습니다. 아마 제가 부주의한 탓에 그렇게 알고 계신 것 같군요. 여기 모인 사람들은 보드를 타는 친구들입니다. 스케이트보드를 즐기고 랩 음악과 헤비메탈 음악을 좋아합니다."

"아, 뭐 그래도 괜찮습니다."

그러나 스시 K의 목소리는 전혀 괜찮게 들리지 않는다.

"하지만 크립스에서 대표들이 와 있습니다."

히로는 평상시보다 머리를 빠르게 돌리며 말을 늘어놓는다.

"만일 그 친구들이 공연을 보고 좋은 인상을 받으면 자기들 사이에 좋은 소문을 내 줄 겁니다. 공연이야 당연히 좋은 인상을 줄 테고 말이죠."

스시 K가 창문을 내린다. 순간적으로 소음이 다섯 배는 더 커진다. 그는 젊고 멋을 추구하는 5천 명이나 되는 잠재적 시장인 관중을 물끄러미 바라본다. 그들은 완벽하지 않은 음악은 단 한 번도 들어 본 적이 없다. 스시 K의 음악은 스튜디오에서 완벽하게 만들어 시디플레이어로 듣는 노래도 아니고, 완벽한 무대 연출을 보여 주는 퍼지 그런지 밴드의 음악도 아니다. 더구나 원자로 폭발 밴드는 그 분야에서는 최고인 사람들로, 유명해지려고 LA로 왔으며 검투사들이 맞대결하는 듯한 분위기의 클럽에서 실제 싸움을 거쳐 살아남은 자들이다. 스시 K의 얼굴은 즐거움과 두려움이 함께 떠오르며 환해진다. 이제 그는 실제 무대에 올라 싸워야만 한다. 끓어오르는 바이오매스 앞에서.

히로는 차에서 내려 스시 K가 이동할 길을 안내한다. 너무나 쉽게 해결되었다. 그리고 그는 모습을 감춘다. 해야 할 일을 마친 것이다. 훨씬 많은 돈을 벌게 해 줄 레이븐이 돌아다니는 상황에서 스시 K처럼 별것 아닌 일에 매달려 있을 수는 없다. 그래서 그는 다시 사람들이 서 있는 끄트머리 쪽을 돌아다닌다.

"이봐! 칼 찬 친구."

누군가 말을 걸어온다.

히로가 몸을 돌리니 녹색 재킷을 입은 집행자 하나가 손짓하고 있다. 키가 작고 머리에 헤드폰을 쓴, 강인하게 생긴 경비 책임자다.

"스퀴키라고 합니다."

그는 손을 내밀며 말한다.

"히로입니다."

히로는 악수를 하고 명함을 건넨다. 이런 친구들하고 거리를 둘 필요는 없다.

"뭘 도와드릴까요, 스퀴키?"

스퀴키는 명함을 읽는다. 군인들이 하듯 왠지 필요 이상으로 친절한 느낌을 풍긴다. 그는 차분하고 원숙하며 고등학교 미식축구팀 코치처럼 다른 이들의 모범이 될 만한 사내다.

"여기 공연 책임자죠?"

"누구든 책임져야 할 일이 있다면 그렇죠."

"프로타고니스트 씨, 몇 분 전에 와이티라는 당신 친구로부터 전화를 받았습니다."

"무슨 일이죠? 그녀에게 무슨 일이 있습니까?"

"아, 네. 친구분은 괜찮습니다. 하지만 아까 이야기를 나누던 벌레 같은 녀석 아시죠?"

히로는 왜 그가 왜 '벌레'라고 부르는지 모르지만, 스퀴키가 가고일인 라고스를 가리킨다는 걸 알아차린다.

"알죠."

"아, 그 사람과 관련된 일이 벌어졌다고 와이티가 우리에게 알려 왔습니다. 당신이 보고 싶어 할 것 같아서 말이죠."

"무슨 일입니까?"

"아, 일단 저랑 가시죠. 말로 설명하는 것보다 보여 주는 게 나은 경우가 있는 법이죠."

스퀴키가 몸을 돌리는 순간 스시 K가 첫 랩을 시작한다. 상당히 긴장한 듯한 목소리다.

내 이름은 스시 K, 난 할 말이 있어
나는 전혀 다른 식으로 랩을 하고 싶어

다른 곳에 일인자들은 두려워해야 하지
스시 K의 랩은 아름답기까지 하지

내가 들려주는 특별한 노랫말은 달라
뻐드렁니 멍청이들이 하는 뻔한 노래완 달라

내 머리는 은하계만큼이나 크지
내가 가진 기술은 아예 다르기 때문이지

히로는 스퀴키를 따라 사람들 사이에서 나와 빈민굴 끝 쪽에 있는 어두운 곳으로 간다. 머리 위쪽으로 고가 교차로를 받친 구조물 위에서 희미하게 인광을 내뿜는 형상이 보인다. 녹색 재킷을 입은 집행자들이 뭔가 이상한 걸

둘러싸고 서성거리고 있다.

"발을 조심하십시오."

스퀴키가 구조물 위로 올라가기 시작하며 말한다.

"여기저기 미끄러운 곳이 있습니다."

나는 달콤한 사랑 이야기를 하고 싶어
내가 좋아하는 꿈, 들려주고 싶어

여기 특별하고 좋은 방법이 있지
스시 K란 친구가 하는 랩을 듣는 거지

일본인인 그는 특이한 말을 늘어놓지
날카로운 혀는 사무라이 칼과 같지

누가 랩으로 동아시아와 태평양을 노래할까
차라리 정확히 동아 공영권이라 말할까

흙과 돌로 이루어진, 흔히 볼 수 있는 완만한 오르막길은 비라도 한 번 내리면 금세 휩쓸려 사라질 것 같은 모습이다. 여기저기 보이는 잡초와 선인장은 오염된 공기 때문인지 거의 죽은 상태로 엉망이다.

그 무엇도 명확하게 보이지 않는다. 스시 K가 멀리 아래쪽 무대에서 펄쩍거리며 뛰는 바람에 햇살이 비치는 듯한 모양의 주황색 머리에서 퍼져 나오는 빛이 초음속과도 같은 속도로 고가 도로 구조물 주변을 휩쓸고 지나고 있다. 거칠고 껄끄러운 느낌의 빛줄기가 잡초와 돌멩이들 위를 휩쓸고 지나가면 모든 사물은 기묘한 색을 띠고 짙은 그림자와 밝게 빛나는 부분으로 나뉘어 잠깐 멈춘 장면처럼 보인다.

지하철 탄 샐러리맨도 들어
핵폭탄 같은 스시 K의 노래를 들어

불을 내뿜는 도마뱀 고지라
녀석은 언제나 나의 영웅이라

그의 돌연변이 랩에 온 동네가 난리
이제 스시 K의 주식에 투자해야 하리

스시 K 주식은 닛케이 주식 시장에 있어
다른 래퍼들이 지는 사이 떠오르고 있어

최고의 투자로 끝장을 내자
주식회사 스시 K로 끝을 보자

스퀴키는 무른 노란색 땅바닥을 깊이 파고 들어간, 생긴 지 얼마 되지 않은 오토바이 바퀴 자국을 따라 똑바로 걸어 올라간다. 깊고 넓은 바퀴 자국에서 몇 걸음 오른쪽에는 평행하게 좁은 자국도 하나 보인다.

위로 올라갈수록 바퀴 자국은 깊어진다. 깊어지고 검은빛을 띤다. 물렁거리는 땅바닥에 난 오토바이 바퀴 자국이 점점 뭔가 사악한 검은 폐수가 흐르는 하수구처럼 보인다.

이제 막 미국으로 왔다네
미국 래퍼들이 한바탕 싸움을 걸어 온다네

그들이 말하길 "미국엔 오지 마. 우리 말 제발 들어!
우린 도저히 너와 경쟁할 수 없어."

미국 래퍼들이 떠들어 대네.
미국 랩 음악을 보호해 달라네

그들은 스시 K를 두려워해
그들 관객이 떠나려 하니 그래

스시 K는 돈줄이 든든하네
미국 래퍼들에게 한 방을 먹이네

스시 K는 멈추지 않고 공연을 하지
빠르고 실력 있고 화끈하고 깨끗하지

시계 속에 든 태엽처럼 달려
늙다리 래퍼들 가랑이에 한 방 날려

구조물 위쪽에 있는 크립스 한 명이 손전등을 들고 있다. 사내가 움직이
자 손전등 불빛이 마치 탐조등 불빛처럼 잠깐 땅바닥을 훑고 지나간다. 순간

적으로 전등 불빛이 오토바이 바퀴 자국을 비출 때, 히로는 바퀴 자국 안에 오래되지 않은 빨간 피가 가득 찬 광경을 본다.

> 스시 K는 열심히 영어를 배우지
> 영어와 일어를 섞어서 사용하지

> 멋진 조화를 이루네
> 나라마다 팬이 없는 곳이 없네

> 홍콩에서도 영어를 쓰니
> 바로 나 같은 래퍼를 원하고 있지

> 호주에서 영어 쓰는 이들도 마찬가지
> 이제 곧 그런 생각이 들겠지

> 먼 나라의 래퍼들이 지겨운 날이 오지
> 그러면 자기네 랩 스타가 생겨나겠지

라고스는 오토바이 바퀴 자국 위로 벌렁 나자빠진 모습이다. 그의 몸은 마치 생선처럼 길게 열린 상태다. 항문에서 부드럽게 출발한 상처는 배를 지나고 가슴 한가운데를 통과해 턱까지 연결되어 있다. 그냥 칼로 벤 수준이 아니다. 상처는 어떤 부분에서는 등뼈까지 파고들기도 했다. 몸에 컴퓨터를 붙들어 맸던 검은색 나일론 줄들은 몸 가운데를 지나는 상처가 있는 곳에서 깔끔하게 잘린 모습이고, 장비의 절반 정도는 흙바닥에 나뒹굴고 있다.

이제 내 노래가 라디오를 채우겠지
사람들을 보면 당연하다 생각하겠지

스시 K는 통계를 연구하지
밝은 미래로 날아가지

스시 K 주식이 날아오르지
미국 래퍼들은 충격에 빠지지

17

제이슨 브레킨리지는 적갈색 상의를 입고 있다. 시칠리아의 빛깔이다. 그는 시칠리아에 가 본 적도 없다. 언젠가 상을 타면 갈 수 있을지도 모른다. 시칠리아로 가는 공짜 크루즈 여행을 하려면 10,000 굼바타(이탈리아어로 친구라는 뜻) 포인트를 모아야 한다.

그래도 그는 유리한 입장에서 포인트를 모으기 시작한 셈이다. 스스로 노바 시칠리아 가맹점을 시작하면서 자동으로 3,333 굼바타 포인트를 은행에 적립했으니 말이다. 거기에다 한 번만 적립할 수 있는 시민권 획득 점수 500 포인트를 더하니, 시작하자마자 상당히 괜찮은 점수처럼 보였다. 모든 포인트는 브루클린에 있는 거대한 컴퓨터에 저장되어 있다.

제이슨은 시카고 서부의 교외 주택지에서 자랐다. 미국에서 가맹점이 가장 발달한 지방이다. 그는 일리노이 주립 대학에서 경영학을 공부했고 평균 평점 2.9567점을 따냈다. 졸업 논문의 제목은 「특정 시장 경쟁에 관한 민족적, 재정적 그리고 준군사적 차원의 상호 작용」이다. 논문은 그가 자란 도시인 오로라에서의 노바 시칠리아와 나르콜롬비아 가맹점 사이의 세력권 다툼을 다뤘다.

제이슨이 논문을 작성하던 시절 엔리케 코르타사르는 망해 가는 나르콜롬비아 가맹점을 운영하고 있었다. 제이슨은 그를 전화로 간단히 인터뷰한 적은 여러 번 있지만 실제로 만나 보지는 못했다.

코르타사르 씨는 주차장에 세워 둔 브레킨리지의 밴 승용차에 소이탄을 던지는 걸로 그의 졸업을 축하해 주었고, 이어 브레킨리지의 집 담벼락에 탄창 11개가 떨어질 때까지 자동 소총을 갈겨 댔다.

다행스럽게도 마침 그 지역에서 노바 시칠리아 가맹점을 여럿 운영하며 엔리케 코르타사르를 혹독하게 공격하던 카루소 씨가 그런 공격이 있을 걸 미리 알아차렸다. 아마 코르타사르 일당이 사용하는 휴대 전화나 무전기가 보안이 잘 안 되었던 모양이다. 카루소 씨는 시간에 맞춰 제이슨의 가족에게 연락해줄 수 있었다. 그래서 한밤중, 집에 온통 총알이 빗발치는 순간에 그들은 96번 고속 도로를 타고 5마일이나 가야 하는 '올드 시칠리아 인' 호텔에서 샴페인을 즐기고 있었다.

대학을 마무리하는 마지막 학기에 열린 취업 박람회에 참가한 제이슨이 꼼짝없이 죽을 뻔했던 가족 모두를 살려 준 카루소 씨에게 감사하다는 인사를 하러 노바 시칠리아 전시 부스에 들른 건 자연스러운 일이었다.

"여, 그건 말이야. 그냥 이웃끼리 도운 것뿐이란다."

카루소 씨는 제이슨의 어깨를 움켜잡고 멜론만 한 그의 삼각근을 힘주어 누르며 말했다. 제이슨은 열여섯 살 때처럼 스테로이드를 열심히 맞지는 않았지만, 여전히 체격이 좋았다.

카루소 씨는 뉴욕 출신이다. 취업 박람회장에서 그가 차린 부스는 가장

인기 있는 곳 가운데 하나였다. 취업 박람회는 유니온시에 있는 커다란 전시장에서 열렸다. 전체적으로 도로 모습을 본떠 꾸민 모습이다. 두 개의 '고속도로'가 전시장을 네 개의 구역으로 나누었고, 모든 가맹점 회사들과 국가 자치 지역들이 그 고속 도로 주변에 부스를 마련했다. 버브클레이브나 다른 회사들은 네 개의 구역 안쪽으로 난 교외 '도로' 사이에 숨은 듯 공간을 차렸다. 카루소 씨의 노바 시칠리아 전시관은 두 고속 도로가 만나는 교차로 바로 옆에 있었다. 수십 개나 되는 별 볼 일 없는 대학 졸업생들이 면접을 보기 위해 줄을 길게 늘어섰는데, 카루소 씨는 줄에 껴 서 있는 제이슨을 발견하더니 바로 다가와 줄에서 빼내 어깨를 움켜잡은 것이다. 다른 졸업생들은 제이슨을 시기하는 눈빛으로 노려보았다. 제이슨은 그 느낌이 좋았다. 스스로 특별해진 것 같았다. 그게 바로 그가 노바 시칠리아에 품고 있던 감정이다. 날 특별하게 생각해 준다.

"글쎄요, 여기도 물론 면접을 봐야 하고요, 이 선생의 위대한 홍콩에도 지원해 보고 싶어요. 첨단 기술에 정말 관심이 많거든요."

제이슨은 마치 아버지처럼 자신의 의향을 묻는 카루소 씨에게 대답했다.

카루소 씨는 제이슨 어깨에 두른 팔에 범상치 않게 힘을 주었다. 가슴이 아플 정도로 놀랐다는 목소리였지만, 그렇다고 제이슨을 무시하거나 하지는 않았다. 아직은 말이다.

"홍콩이라고? 너처럼 똑똑한 백인 청년이 뭐 하러 빌어먹을 일본 놈 밑으로 들어간단 말이야?"

"아, 정확히 말하자면 그들은 일본 놈, 그러니까 일본 사람이 아니에요. 홍콩은 대부분 광둥 사람들이죠."

"전부 일본 놈들이야. 왜 내가 그렇게 말하는지 아니? 내가 인종 차별주의자라서 그런 게 아니고 오히려 그렇지 않기 때문에 그러는 거야. 그 친구들,

그러니까 일본 놈들한테는 우리 모두 멀리서 온 악마일 뿐이야. 녀석들은 우리 그렇게 부른다고. 멀리서 온 악마. 그 말이 어떻게 들려?"

제이슨은 잘 알았다는 듯 웃기만 했다.

"우리가 다시 살려 주었는데 말이야. 하지만 여기 미국에는 멀리서 온 악마들만 모여 사는 게 아닌가? 미국 사람들은 모두 멀리서 온 사람들이야. 빌어먹을 인디언들만 빼고. '라코타네이션'에 가서도 면접 볼 거니?"(라코타는 미국 인디언 부족 중 하나이다)

"아뇨, 카루소 씨."

제이슨이 말했다.

"잘 생각했어. 그래야지. 엉뚱한 이야기로 흘렀군. 그러니까 내 말은 사람들은 저마다 고유한 민족적 그리고 문화적 개성이 있으니 그런 독특한 개성을 유지하는 걸 존중하고 추구하는 조직에 일자리를 구해야 한단 말이야. 그런 독특한 개인들이 모여 큰 조직이 작동하는 거 아니겠어?"

"네, 무슨 말씀인지 압니다, 카루소 씨."

제이슨이 말했다.

카루소 씨는 제이슨을 데리고 고속 도로처럼 꾸며 놓은 통로를 따라 한참 멀리 떨어진 곳까지 갔다.

"자, 그럼 내가 말한 요건에 맞을 만한 조직이 어딘지 알아, 제시?"

"글쎄요……."

"빌어먹을 홍콩은 아니지. 그런 곳은 일본 놈이 되고 싶지만 그렇게 하지 못하는 백인 녀석들이나 갈 곳이야. 알아? 너 일본 놈이 되고 싶은 건 아니지?"

"하하. 아닙니다, 카루소 씨."

"이런 말 들어 봤나?"

카루소 씨는 제이슨의 어깨에 둘렀던 팔을 풀더니 그와 마주 보고 가까이 섰다. 그가 손짓해 가며 이야기를 하는 동안 손에 든 시가가 마치 불이 붙은 화살처럼 제이슨의 귓가를 스쳐 지나곤 했다. 이때 서로 비밀리에 나눈 이야기는 두 사람 사이에만 오간 이야기로 남았다.

"일본에서는 말이야, 일을 망치면 어떻게 되는지 알아? 손가락을 하나 잘라 내야 해. 싹둑. 그렇게 잘라내는 거야. 정말이야. 내 말이 안 믿어지나?"

"믿습니다. 하지만 일본이 전부 그런 건 아니라던데요. 일본식 마피아인 야쿠자에서나 그렇다고 하더군요."

카루소 씨는 고개를 뒤로 젖히며 웃음을 터뜨리더니 다시 제이슨의 어깨에 팔을 둘렀다.

"있잖나. 난 제이슨 자네가 마음에 쏙 드네. 일본식 마피아라. 말해 봐, 제이슨. 누가 우리 조직을 '시칠리아식 야쿠자'라고 부르는 걸 본 적이 있나?"

제이슨은 웃었다.

"없습니다."

"왜 그런지 알아? 응?"

카루소 씨는 심각하고 의미심장한 이야기를 꺼내기 시작했다.

"왜 그렇죠, 카루소 씨?"

카루소 씨는 제이슨의 몸을 돌려세웠고 두 사람은 고속 도로 쪽을 향해 섰다. 고속 도로가 서로 만나는 교차로에는 마치 자유의 여신상처럼 엉클 엔조의 커다란 동상이 서 있었다.

"유일한 존재이기 때문이야. 단 하나뿐이라고. 그리고 자네도 그 일부가 될 수 있어."

"하지만 너무 경쟁이 심해서……."

"뭐야? 내 말을 들어! 자네는 학점이 평균 3점이나 되잖아! 할 수 있어!"

다른 모든 가맹점 업주와 마찬가지로 카루소 씨도 터프넷에 접속할 수 있는 권한이 있다. 터프넷에는 노바 시칠리아가 관리하는 '유망 사업 지역' 목록이 있다. 그는 제이슨을 다시 부스로 데려가 터프넷에 접속했다. 그러면서 줄을 서서 기다리는 멍청이들 앞을 지나쳤는데, 제이슨은 정말 기분이 좋았다. 제이슨이 해야 할 일은 그저 지역을 고르는 일이었다.

"저희 친척 아저씨 한 분이 남부 캘리포니아에서 자동차 대리점을 하세요. 그 지역이 빠른 속도로 발전하고 있다고 하던데……."

제이슨이 말했다.

"그쪽에도 유망한 지역은 넘쳐나지!" 카루소 씨는 과장된 몸짓으로 키보드를 두들겨 댔다. 그는 모니터의 방향을 돌려 제이슨에게 LA 주변 지도를 보여 주었다. 지도 위에는 아직 가맹점이 없는 지역을 가리키는 붉은 반점들이 번쩍거렸다.

"아무 곳이나 골라잡아, 제시!"

현재 제이슨 브레킨리지는 밸리 지역의 노바 시칠리아 5328호점 매니저로 일하고 있다. 그는 매일 아침, 멋진 적갈색 양복 상의를 입고 올즈모빌 승용차를 몰고 일터로 간다. 사업을 하는 많은 젊은이가 BMW나 아큐라를 타지만, 제이슨이 소속된 조직은 전통과 가족 같은 가치에 무게를 두며 외국에서 수입한 겉치레뿐인 상품에 현혹되지 않는다.

"미국산 자동차가 좋아서 엉클 엔조도 타실 정도인데……."

제이슨이 입은 상의 가슴에는 마피아 로고가 새겨져 있다. 로고는 갬비노를 뜻하는 영문자 'G'를 이용해 만들었다. 갬비노는 LA를 포함한 주변 지역을 담당하는 부서를 나타낸다. 로고 밑에는 그의 이름이 쓰여 있다. '제이슨 [왕근육] 브레킨리지.' 왕근육은 그와 카루소 씨가 1년 전 일리노이주에서 열

렸던 취업 박람회장에서 만든 별명이다. 조직원이 되면 누구나 별명을 만들게 된다. 전통이자 자부심의 상징이다. 그리고 사람들은 상대방을 잘 나타내는 특징을 잡아 이름 대신 부르길 좋아하는 법이다.

지역 가맹점 매니저로 일하는 제이슨의 업무는 이런저런 일을 외부 업자들에게 배분하여 맡기는 것이다. 매일 아침 자동차를 주차장에 두고 사무실로 들어갈 때, 그는 혹시라도 있을지 모르는 나르콜롬비아의 저격수 때문에 고개를 숙이고 방탄유리가 달린 현관으로 재빨리 들어간다. 아무리 그래도 사무소 건물 위에 선, 엉클 엔조의 모습을 한 광고판에 가끔 총탄이 날아드는 걸 피할 수는 없다. 하지만 광고판이 워낙 커서 엄청나게 많은 공격을 받기 전에는 그리 흉하게 보이지 않는다.

안전하게 사무실 안으로 들어간 제이슨은 터프넷에 접속한다. 자동으로 해야 할 일 목록이 화면에 나타난다. 제이슨이 해야 할 일은 그저 밤에 집에 가기 전까지 해야 할 일을 청부업자들에게 할당하여 시키는 것뿐이다. 아니면 스스로 해결하든가. 어느 쪽이든 일은 처리해야 한다. 일의 대부분은 단순히 물건을 전달하는 일인데, 그런 일들은 쿠리에에게 맡긴다. 그리고 이자를 연체한 채무자에게서 돈을 받아 와야 한다거나 노바 시칠리아 조직이 보호해 주는 가맹점이 보호비를 내지 않았다든지 하는 일이 있다. 만일 그런 일이 처음인 상대라면 제이슨은 직접 찾아가는 편이다. 찾아가 경고하고 자신의 조직은 돈을 떼먹는 일에 관해서는 개인적으로, 일대일로, 상세하게 관리한다는 점을 강조해 말한다. 만일 두 번이나 세 번째 있는 일이라면 대개 '국제 해결사'라는 능력 넘치는 수금 대행사를 불러 해결을 의뢰한다. 그들은 늘 매우 만족할 만한 결과를 제공한다. 그리고 또 'H급 업무'라 부르는 일도 있다. H급 업무를 사회가 정상적으로 작동하도록 하는 상호 신뢰가 무너지는 신호쯤으로 여기는 제이슨은 그 일을 다루는 게 너무 싫다. 다행히 그런 일은 대개 광역 본부에서 직접 다루기 때문에 제이슨은 사후 관리나 홍보 및 관리 측면의 일만 도우면 된다.

오늘 아침 제이슨은 특별히 힘이 넘쳐 보이고, 깨끗이 닦은 그의 자동차는 번쩍거린다. 사무실로 들어서던 그는 저격수고 뭐고 신경 쓰지 않은 채 주차장에 굴러다니는 햄버거 포장지를 줍기까지 한다. 들리는 바로는 엉클 엔조가 근처에 온다고 했으니, 언제 리무진 여러 대와 전투 장비를 실은 승용차를 줄줄이 끌고 근처에 있는 가맹점에 나타나 일반 직원들과 악수를 하려들지 모를 일이다. 그래서 제이슨은 엉클 엔조가 탄 비행기가 안전하게 지역을 벗어났다는 소식을 들을 때까지 사무실에 남아 늦은 밤까지 일하기로 마음먹는다.

그는 터프넷에 접속한다. 늘 그렇듯 업무 목록이 뜨지만 그리 많지는 않다. 모든 지역 매니저들이 긴장하고 사무실을 치우고 혹시라도 엉클 엔조가 갑작스레 나타나지나 않을까 걱정하는 터라 가맹점 간에 협조를 구하는 업무도 별로 없다. 그러나 업무 중 한 개가 빨간색으로 표시되어 있다. 긴급 업무라는 뜻이다.

긴급 업무라는 건 약간 유별난 것이다. 정신이 해이해졌거나 전체적으로 일이 잘 안 돌아간다는 징조다. 모든 일이 긴급한 업무여야 마땅하다. 그러나 언제나 절대로 뒤로 미루거나 실수를 저지르면 안 되는 일은 있게 마련이다. 제이슨 같은 지역 매니저는 긴급 업무를 지시할 수 없다. 긴급 업무란 더 높은 곳에서 내려오는 것이다.

긴급 업무는 H급 업무인 경우가 대부분이다. 하지만 제이슨은 이 긴급 업무가 단순한 서류 전달임을 알고 안심한다. 사무실에 있는 어떤 서류를 시내 남쪽에 있는 노바 시칠리아 4649호점으로 사람을 시켜 보내라는 것이다.

먼 남쪽. 컴프턴이다. 오랜 세월 나르콜롬비아와 라스타파리파派(원래는 성서를 달리 해석하는 흑인들의 종교 운동을 가리킨다)의 총잡이들이 본거지 삼아 싸움을 벌이는 곳.

컴프턴. 컴프턴에 있는 가맹점에서 도대체 무엇 때문에 자필 서명이 들어간 그의 개인 재정 현황 서류를 요구하는 걸까? 그쪽 동네라면 세력 싸움이 심해 H급 업무를 하느라 시간이 모자랄 지경일 텐데.

사실 컴프턴의 특정 지역에는 매우 활발하게 활약하는 젊은 마피아 그룹이 있다. 그들은 성공적으로 나르콜롬비아 세력을 몰아내고 해당 지역 전체를 '마피아 관리 지역'으로 만들어 버렸다. 나이 많은 여인네도 이제 길거리를 안전하게 돌아다닐 수 있다. 최근까지만 해도 피로 얼룩지곤 했던 보도에서 아이들은 학교 버스를 기다리거나 돌차기 놀이를 즐긴다. 아주 좋은 본보기다. 그 동네에서 가능한 일이라면 다른 어디서도 해낼 수 있는 것이다.

사실 엉클 엔조는 그들을 개인적으로 격려하려고 이 지역을 찾는 것이다.

그것도 바로 오늘 오후.

그리고 엉클 엔조는 4649호점을 임시 사무실 삼아 머물 예정이다.

그 말이 품은 의미는 놀라울 정도다.

제이슨은 자신에 관한 서류를 오늘 오후 엉클 엔조가 커피를 마시고 있을, 바로 그 가맹점에 갖다주어야 한다!

엉클 엔조가 그에게 관심이 있는 게 분명하다.

카루소 씨는 자신이 아주 높은 사람과 연줄이 있다고 했다. 그렇지만 이렇게까지 높았단 말인가?

제이슨은 거무스름한 색깔이 감도는 회전의자에 몸을 깊숙이 넣고 앉아 자신이 며칠 내로 주변 지역 전체를 맡게 될 가능성이 매우 크다고 생각해 본다. 아니 그보다 더 좋은 일이 있을지도 모른다.

한 가지는 확실하다. 이런 중요한 일은 스케이트보드를 타고 돌아다니는 애송이나 쿠리에에게 맡겨서는 안 된다는 것. 제이슨은 자동차를 컴프턴으로 몰고 가서 직접 서류를 전달할 작정이다.

18

도착 시간은 예정보다 한 시간이나 빠르다. 30분이나 빨리 출발하고도 일단 컴프턴에 들어서서 상황을 직접 본 그는 미친 듯 차를 몬다. 그 동네 소문을 듣지 못한 건 아니지만, 실제로 보니……. 세상에. 불결한 싸구려 가맹점들은 모두 간판에 끔찍할 정도로 밝은 노란색을 잔뜩 쓰는지라 양쪽으로 간판들이 줄지어 선 큰 도로는 아주 잘 보인다. 마치 죽어 버린 LA의 도심이 남쪽으로 싸 갈긴 방사능 섞인 오줌 줄기 같다. 제이슨은 도로 한가운데로 방향을 잡고 차선이고 신호등이고 모두 무시한 채 가속 페달을 힘껏 밟아 댄다.

가맹점 대부분은 '업타운'이나 나르콜롬비아, 케이맨플러스, 메타자니아, 클링크처럼 노란색 간판을 단 채 구질구질하게 영업하는 곳들이다. 그러나 이런 늪지대에 우뚝 선 바위섬처럼 보이는 노바 시칠리아의 가맹점들도 보인다. 그들은 이 지역을 주름잡는 강력한 나르콜롬비아를 물리치기 위한 마피아의 노력이 깃든 교두보들이다.

클링크 가맹점에서도 사려고 하지 않을 정도로 형편없는 땅은 늘 나르콜롬비아 가맹점 가입비 백만 엔을 낸 지 얼마 되지 않은 가난한 가맹점주들이다. 그들은 얼른 울타리를 치고 치외 법권을 부여받고 싶은 마음에 아무 곳이나 부동산이 있기만 하면 사들이는 그런 사람들이다. 이런 식으로 영업을 시작한 가맹점들은 수입 대부분을 콜롬비아 본사에 수수료로 송금하고 나면 이익은커녕 운영비만 간신히 건진다.

그런 업주들 가운데 일부는 본사의 보안 카메라가 감시하지 않는 것 같으면 어떻게 해서든 손님을 속여 몇 푼이라도 더 뜯어낸 다음, 재빨리 가장 가까운 케이맨플러스나 알프스 가맹점으로 뛰어가 저축을 하기도 한다. 그런 은행 가맹점들은 마치 차에 치여 죽은 동물에 꼬이는 파리들처럼 이런 지역을 떠나지 않는다. 그러나 그런 업주들은 얼마 지나지 않아 모든 걸 깨닫게 된다. 나르콜롬비아에서는 모든 잘못된 행동이 사형을 당할 정도로 중죄이며, 제대로 된 사법 제도를 기대하기는 어렵고, 낮이나 밤이나 툭 하면 무소불위의 감사팀이 들이닥쳐 까다롭기로 악명 높은 본사 컴퓨터로 온갖 자료를 보내곤 한다는 걸 말이다. 스스로 일군 가게 벽을 등진 채 처형당하는 일보다 더 끔찍한 건 없을 것이다.

엉클 엔조는 마피아가 충성심과 전통적인 가족적 가치를 중시한다면 이런 업주들이 나르콜롬비아의 시민이 되기 전에 끌어들일 수 있다고 판단하고 있다.

컴프턴으로 들어서는 제이슨의 눈에 더 자주 보이는 광고판들이 바로 엉클 엔조의 그런 생각을 보여 준다. 웃음 짓는 엉클 엔조의 얼굴이 골목마다 빛을 뿌리는 것처럼 걸려 있다. 광고판의 그림은 대개 엉클 엔조가 젊고 착하게 생긴 흑인 아이의 어깨에 팔을 두른 모습으로 위쪽에 이런저런 광고 문구가 쓰여 있다. '마피아 - 우리 패밀리는 여러분의 친구입니다'라든가 또는 '안심하세요, 여러분은 이제 마피아 관리 구역에 계십니다!' 아니면 '엉클 엔조는 관대하고 잊을 줄 아는 분입니다' 같은 식이다.

마지막 문구는 대개 엉클 엔조가 어린아이의 어깨에 팔을 두르고 아이에게 엄격한 아저씨처럼 꾸중하는 듯한 모습이 담긴 광고판에 쓰였다. 그건 콜롬비아나 자메이카에서는 아무렇게나 시민을 죽인다는 걸 암시하는 광고다.

'안 돼, 호세!'라고 쓰인 광고판에는 엉클 엔조가 한 손을 높이 들어서 우지 기관 단총을 든 남미계 깡패 녀석을 막아선 모습이 보인다. 엉클 엔조 뒤에는 온갖 인종의 아이들과 할머니들이 뒤섞인 채 서 있는데, 그들은 손에 제각기 야구 방망이와 프라이팬을 들고 단호한 표정으로 서 있다.

아, 물론 나르콜롬비아는 여전히 코카 잎사귀에 대한 권리를 쥐고 있다. 그러나 '닛폰 제약'이 멕시코에 세우는 합성 코카인 공장이 완공을 눈앞에 두고 있어 그들도 장래가 그렇게 밝지만은 않다. 마피아는 직장을 잡으려는 똑똑한 젊은이라면 그들이 세운 광고판을 보고 다시 생각해 보지 않을까, 생각하고 있다. 깔끔한 적갈색 양복 상의를 입고 행복한 패밀리의 일원이 될 수 있는데, 뭐 하러 편의점 뒷골목에서 스스로 목줄을 잡아 누르며 인생을 마감하려 하겠는가? 더구나 요즘은 마피아에도 흑인, 남미계, 동양인 등 다양한 인종의 보스들이 있어 부하들의 다양한 문화적 개성을 존중해 주지 않는가? 길게 보면 제이슨은 마피아 조직에서 전망이 좋았다.

이런 곳이라면 그의 올즈모빌 승용차는 표적이 되기 딱 좋다. 컴프턴은 그가 경험한 가장 끔찍한 곳이다. 떠돌이 노숙자들이 꼬챙이에 꿴 개들을 드럼통 속 석유 불 위에 올려 굽고 있다. 거지들은 하수도에서 긁어낸 건지 물이 뚝뚝 떨어지는 백만 달러와 십억 달러짜리 지폐 뭉치를 가득 실은 수레를 밀고 돌아다닌다. 도로에는 차에 치여 죽은 동물의 흔적이 엄청나게 많이 보인다. 크기로 보아 사람인 게 분명한 커다란 자국은 거의 한 구역이나 길게 이어지며 도로에 들러붙어 있다. 주요 도로에는 불타는 바리케이드들이 보인다. 주위엔 아무 가게도 보이지 않는다. 자동차에서 계속 팅팅거리는 소리가 난다. 제이슨은 한참이 지나고서야 사람들이 자신을 향해 총을 쏘고 있다는 걸 알아차린다. 차를 판 친척 아저씨가 자신을 설득해서 차를 방탄차로 완전히 고치도록 한 일이 얼마나 다행스럽던지! 총알이 날아온다는 걸 알아차린 그는 정말 정신이 나가는 기분이다. 이거 끝내주는데! 자신이 몰고 가는 자동차에 나쁜 놈들이 총을 쏴 대지만 아무렇지 않다니!

노바 시칠리아 4649호 점을 둘러싼 지역을 통하는 모든 도로를 마피아의 전투용 차량이 막고 있다. 불에 탄 건물들 꼭대기에는 저격수들이 사람 키만큼 긴 소총을 들고 숨어 있다. 그들은 '마피아'라는 주먹만 한 형광 글씨가 등에 박힌 검은색 점퍼를 입었다.

정말 난리도 이런 난리가 없다.

검문소에 차를 세우고 난 제이슨은 자신의 자동차가 지금 이동식 클레이모어 지뢰 위에 올라앉았다는 걸 알아차린다. 만일 검문을 통과하지 못하면 지뢰는 자동차를 고철 도넛으로 만들어 버릴 것이다. 그러나 그가 검문을 통과하지 못할 리가 없다. 그는 엉클 엔조가 기다리는 사람이니까. 그는 긴급 업무를 수행하는 중이며, 옆자리에는 문서 더미가 깔끔하고 예쁘게 싸인 채 놓여 있다.

창문을 내리니 최고위층 경호를 맡은 사내 하나가 망막 스캐너를 들이댄다. 신분증이니 뭐니 전혀 필요가 없다. 100만분의 1초 만에 그들은 제이슨의 신분을 확인한다. 제이슨은 몸을 뒤로 편안하게 기대고 실내 거울을 얼굴 쪽으로 돌려 보며 머리 모양을 매만진다. 나쁘진 않아 보인다.

"이봐, 자네는 여기 올 필요가 없는데."

경호원이 말한다.

"아닙니다. 긴급 업무를 수행하는 중입니다. 업무 지시서도 여기 있어요."

제이슨이 말한다.

그는 터프넷에서 인쇄한 작업 지시서를 내민다. 사내는 서류를 들여다보더니 투덜거리다가 자신의 전투용 차량에 올라탄다. 차에는 온통 여기저기 안테나들이 달렸다.

제이슨은 아주 오랫동안 기다린다.

한 사내가 마피아 가맹점과 방어선 사이의 텅 빈 거리를 걸어서 나온다. 빈 지역은 불에 탄 벽돌과 이리저리 꼬인 전선으로 온통 난장판이지만 사내는 마치 갈릴리 호수 위 예수처럼 걷는다. 완벽하게 검은색 정장으로 차려입었다. 머리칼도 검은색이다. 따라붙는 경호원도 없다. 그 정도로 주위 경비가 철저한 것이다.

제이슨은 검문소에 있는 경호원들이 몸을 똑바로 하고 넥타이를 고쳐 매고 와이셔츠 소맷부리를 매만지는 걸 알아차린다. 사내가 누구든 제이슨은 총알로 엉망이 된 차에서 내려 제대로 경의를 표하고 싶다. 그러나 덩치가 큰 경호원 하나가 바로 자동차 운전석 문 앞에 서서 자동차 지붕을 거울처럼 들여다보고 있어서 도저히 내릴 수가 없다.

사내는 금세 차 앞에 도착한다.

"이 녀석이야?"

사내는 경호원에게 말한다.

경호원은 도저히 믿을 수 없다는 듯 한참 동안 제이슨을 보다가 중요한 인물처럼 보이는 사내를 향해 고개를 끄덕인다.

검은 양복을 입은 사내도 고개를 끄덕이더니 와이셔츠 소맷부리를 약간 잡아당기고 제이슨 쪽을 향해 눈을 굴리다가 다시 건물 지붕 위에 있는 저격수들을 바라본다. 제이슨만 빼고 여기저기를 모두 둘러보는 것 같다. 그러더니 앞으로 한 걸음 다가선다. 눈알 하나가 유리알이어서 성한 다른 쪽 눈이 보는 방향을 제대로 보지 못한다. 제이슨 생각에 그는 다른 곳을 보는 것 같다. 그러나 사내는 멀쩡한 쪽 눈으로 제이슨을 바라보고 있다. 아니, 어쩌면 아닐 수도 있다. 제이슨은 어느 쪽 눈이 진짜인지 확실하게 알 수 없다는 생각이 든다. 그는 몸서리를 치다가 얼음물에 빠진 강아지처럼 뻣뻣해진다.

"제이슨 브레킨리지."

사내가 말한다.

"왕근육입니다."

제이슨이 상기시키듯 말한다.

"닥쳐. 앞으로 아무 말도 하지 마라. 네 녀석이 뭘 잘못했는지 얘기를 해 주더라도 미안하다는 소리는 하지 마. 미안해하는 줄 이미 알고 있으니까. 그리고 여기서 살아서 나가게 되면 살려 줘서 고맙다고도 하지 마. 그리고 안녕히 계시라는 등 인사도 필요 없어."

제이슨은 고개를 끄덕인다.

"고개도 끄덕이지 마. 그것도 짜증 나니까 말이야. 그냥 꼼짝하지 말고 아가리도 닥치고 있어. 좋아, 말해 주지. 아침에 긴급 업무를 내려보냈지. 정말 쉬운 일이었어. 네놈은 그냥 빌어먹을 업무 지시를 제대로 읽기만 했으면 되는 거였어. 하지만 넌 읽지 않았어. 넌 그냥 제멋대로 생각하곤 빌어먹을 그 업무를 직접 처리하기로 한 거야. 업무 지시에 분명히 그렇게 하지 말라고 적혀 있는데도 말이지."

제이슨의 눈이 서류 뭉치가 놓인 옆자리로 향한다.

"지랄하지 마."

사내가 말한다.

"빌어먹을 서류는 필요 없어. 우린 네놈이나 어디 처박혀 있는지도 모를 네 사무실 따위엔 관심이 없다. 우리가 원한 건 쿠리에야. 업무 지시를 보면 이번 전달은 네놈 지역에서 일하는 와이티라는 쿠리에를 시키라고 되어 있어. 엉클 엔조께서 와이티를 마음에 들어 하셨기 때문이지. 그분께서는 와이티를 보고 싶어 하셨어. 자, 네놈이 일을 망치는 바람에 엉클 엔조께서 원하던 걸 얻지 못하셨다. 이런 끔찍한 결과를 만들어 내다니 황당하기 이를 데 없군. 어떻게 일을 이따위로 망칠 수가 있느냐고. 네 녀석이 운영하던 가맹점을 구해 내기엔 이미 늦었다, 왕근육 제이슨. 하지만 하수구 쥐새끼들이 저녁 반찬으로 네놈 젖꼭지를 뜯어먹는 일을 피하기엔 아직 시간이 남았을지도 몰라."

19

"이건 칼에 당한 게 아니네요."

정신이 빠질 정도로 놀란 히로는 멍하니 서서 라고스의 시체를 보고 있다. 모든 감정은 나중에 집에 가서 잠자리에 들 때 한꺼번에 몰려들지도 모르겠다. 지금은 머리의 생각하는 부분이 몸에서 떨어져 나간 것처럼 느껴진다. 마치 마약을 엄청나게 먹은 것처럼, 그는 스퀴키와 마찬가지로 그저 침착한 상태다.

"그래요? 어떻게 알죠?"

스퀴키가 말한다.

"칼은 날카롭게 전부 잘라 냅니다. 머리를 베거나 팔을 자르는 것처럼 말입니다. 칼에 맞아 죽은 사람은 이런 모습이 아닙니다."

"그래요? 칼로 여러 사람을 죽여 보셨나요, 프로타고니스트 씨?"

"네. 메타버스 안에서지만요."

두 사람은 한참 동안 서서 시체를 바라본다.

"재빠른 속도로 한 짓이 아닌 것 같습니다. 힘으로 저지른 거죠."

스퀴키가 말한다.

"레이븐이라면 이 정도는 충분히 해낼 것 같군요."

"그렇죠."

"그렇지만 그 친구가 무기를 지닌 것 같지는 않았습니다. 크립스 친구들이 몸을 뒤졌는데 깨끗하던걸요."

"글쎄요, 그럼 다른 사람에게서 빌렸나 보군요."

스퀴키가 말한다.

"이 벌레 같은 친구는 안 나타나는 곳이 없었습니다. 혹시 레이븐을 화나게 할까 봐 늘 지켜보던 중이었습니다. 이 친구는 전망이 좋은 위치를 찾아 계속 돌아다녔습니다."

"몸에 감시용 장비를 잔뜩 매달고 있더군요. 높은 곳에 오를수록 잘 작동했을 겁니다."

히로가 말한다.

"그래서 여기 위쪽으로 올라온 겁니다. 그리고 분명히 범인은 이 친구가 여기 자리를 잡은 걸 알았던 것 같군요."

"먼지 때문이죠. 먼지가 나면 레이저가 눈에 띄거든요."

히로가 말한다.

멀리 아래쪽 무대에서 맥주병에 이마를 얻어맞은 스시 K가 경련을 일으키는 것처럼 빙그르르 도는 모습이 보인다. 바람에 날리는 고운 먼지 덕분에 그의 머리에서 뻗어 나오는 레이저 광선이 이리저리 퍼지며 제방 위를 쓸고 지나는 모습이 확연하게 보인다.

"여기 이 사람은 레이저를 사용하고 있었습니다. 여기 올라오자마자……."

"자신의 위치를 드러내고 말았군요."

스퀴키가 말한다.

"그리고 레이븐이 이리로 올라온 거죠."

"글쎄요, 그자가 범인이라고 말하는 건 아닙니다."

스퀴키가 말한다.

"하지만 혹시 이 친구가……."

스퀴키는 시체를 턱으로 가리킨다.

"레이븐이 위협을 느끼도록 했는지 파악해야 할 필요는 있습니다."

"뭐 하는 겁니까? 심리 상담이라도 하는 건가요? 레이븐이 위협을 느꼈든 그렇지 않든 누가 신경이나 쓴답니까?"

"전 신경이 쓰입니다."

스퀴키는 단호한 표정으로 잘라 말한다.

"라고스는 그냥 가고일이었을 뿐입니다. 그냥 정보를 수집하는 사람이었죠. 현장 작전을 수행하는 정보원이 아니란 말입니다. 혹시라도 그랬다면 이런 옷차림을 하지 않았겠죠."

"그럼 레이븐은 왜 그렇게 신경을 썼던 걸까요?"

"아마 누군가 자신을 감시하니까 기분이 안 좋았던 모양이죠."

히로가 말한다.

"맞습니다. 그걸 기억해야 합니다."

말을 마친 스퀴키는 헤드폰에서 흘러나오는 목소리를 잘 들으려고 한쪽 손을 귀에 대고 누른다.

"와이티가 사건을 목격했나요?"

히로가 묻는다.

"아뇨."

스퀴키는 잠시 후 중얼거리듯 대답한다.

"하지만 레이븐이 현장을 떠나는 걸 봤답니다. 와이티가 뒤를 밟고 있었거든요."

"도대체 왜 그런 짓을 했을까요?"

"당신이 시켰거나, 뭐 그랬겠죠."

"와이티가 그자를 뒤따라갔다고는 생각하지 않습니다."

"글쎄요, 와이티는 레이븐이 이 사람을 죽였다는 걸 모릅니다."

스퀴키가 말한다.

"좀 전에 미행하다 전화를 했더군요. 레이븐은 오토바이를 몰고 차이나타운으로 들어가고 있다고 했습니다."

스퀴키는 말을 마치더니 고속 도로 쪽으로 경사면을 뛰어 올라가기 시작한다. 집행자들이 탄 자동차 두 대가 고속 도로 갓길에 서서 기다리고 있다.

히로는 그를 따라간다. 칼싸움으로 단련한 히로의 다리는 믿기 어려울 정도로 탄탄해서 그는 스퀴키가 자동차에 닿을 때쯤 그를 따라잡는다. 운전석에 앉은 사내가 전자식 문을 열자 스퀴키는 앞자리에 올라타고 히로는 뒷자리로 뛰어 들어간다. 스퀴키는 뒤를 돌아보며 피곤하다는 표정을 지어 보인다.

"얌전히 있겠습니다."

히로가 말한다.

"한 가지만 약속해 주세요."

"압니다. 레이븐에게 덤벼들지 말라는 거죠."

"맞습니다."

스퀴키는 잠깐 더 히로를 바라보더니 고개를 앞으로 돌리며 운전석에 앉은 사내를 향해 출발하라고 고갯짓을 해 보인다. 그리고 짜증을 부리듯 좌석 앞쪽에 달린 프린터에서 길이가 3미터는 족히 되는 서류를 뽑아 들더니 차근 차근 읽기 시작한다.

히로가 흘깃 들여다본 긴 출력물에는 아까 레이븐과 만났던 염소수염을 한 크립스 대장 사내의 다양한 사진이 여러 장 담겨 있다. 이름은 '뼈다귀 머 피'라고 쓰여 있다.

그리고 레이븐의 사진도 보인다. 가만히 선 모습을 찍은 사진이 아니라 움직이는 걸 포착한 사진이다. 화질은 형편없다. 강제로 조명을 증폭하는 렌 즈라도 사용했는지 빛깔은 거의 다 사라지고 모든 사물은 입자가 굵고 명암 구분도 잘 안 되는 모습이다. 화질을 높이려고 뭔가 조작을 한 것처럼 보이 는데, 그래서 화질이 더 안 좋은 것 같다. 오토바이 후미등 불빛이 환해 나머 지 번호판은 그저 흐릿한 물체로밖에 보이지 않는다. 오토바이가 한쪽으로 심하게 쏠려 사이드카의 바퀴는 지면에서 한 뼘 정도가 뜬 상태다. 어쨌든 오토바이에 탄 사람은 목이 전혀 보이지 않는다. 머리가 계속 넓어지며 내려 오다가 바로 어깨와 붙는 모습이다. 사실 머리랄 것도 없는 것이 사진에서는 검은 반점에 불과해 보인다. 어쨌든 레이븐이 틀림없다.

"서류에 왜 뼈다귀 머피의 사진이 들어 있죠?"

히로가 말한다.

"그를 뒤쫓고 있어요."

스퀴키가 말한다.

"누가 누굴 뒤쫓는다는 겁니까?"

"아, 당신 친구 와이티는 옛날 방송 기자들처럼 깔끔하게 소식을 정리하 지 못하더군요. 어쨌든 그녀가 전해 온 소식을 종합해 보면, 그 둘은 같은 장 소에 있으며 서로 죽이려고 한답니다."

스퀴키는 머리에 쓴 헤드폰으로 현재 상황을 계속 전달받으며 천천히 말을 잇는다.

"아까 두 사람이 만나서 뭔가 거래를 하는 것 같았는데."

히로가 말한다.

"그럼 지금 서로 죽이려 한다는 게 그리 놀랄 일은 아니군요."

머피와 레이븐의 뒤를 쫓아 도착한 지역에는 가는 곳마다 구급차가 보인다. 몇 구역 간격으로 경찰과 구급대원이 모여 서 있고 불빛이 번쩍거리고 무전기 소리가 끊이지 않는다. 그들이 할 일은 그저 그런 현장을 따라다니는 것이다.

첫 번째 사고 현장에는 크립스 조직원 한 명이 죽은 채 도로에 쓰러져 있다. 시체에서 흘러나오는 핏물이 비스듬히 하수구로 흘러 들어간다. 구급차에서 내린 대원들은 집행자들이 현장을 조사하고 사진을 찍는 일을 마무리하면 시체를 안치소로 옮기려고 주위에 서서 담배를 피우거나 커피를 마시고 있다. 몸에 수액을 공급하는 장비나 의료용품이 흩어진 모습 같은 건 눈에 띄지 않는다. 손을 써 볼 상황도 아니었던 모양이다.

히로와 스퀴키는 몇 골목을 돌아 불빛이 번쩍거리는 다음 현장으로 간다. 이번 현장에서는 구급차 운전기사가 한 메타캅의 다리를 튜브형 장비로 고정하는 중이다.

"오토바이에 치였군."

스퀴키가 고개를 저으며 말한다. 그는 집행자들이 자신들보다 등급이 아래인 메타캅을 불쌍하게 여기며 오만하게 굴 때 짓는 전형적인 표정을 짓는다.

마침내 그는 무전기에서 나오는 소리를 자동차 실내 스피커를 통해 모두

들을 수 있도록 연결한다.

무전기로 오가는 소리를 들어 보니 오토바이의 흔적은 이미 사라졌고 지역 경찰은 오토바이가 온통 헤집고 지나간 현장을 수습하느라 정신이 없는 것 같다. 하지만 어떤 시민이 경찰에 신고했다는 소식이 들린다. 신고자 말로는 자신이 사는 동네에 홉(열매를 맥주 원료로 쓰는 식물)을 키우는 밭이 있는데, 어떤 사내가 오토바이를 타고 그리로 들어갔고 다른 여러 명이 그 뒤를 쫓아갔다고 한다.

"여기서 세 구역 떨어진 곳이야."

스퀴키는 운전을 맡은 사내에게 말한다.

"홉이라뇨?"

히로가 묻는다.

"어딘지 압니다. 소량으로 맥주를 만드는 곳이죠. 홉을 직접 재배합니다. 도시에서 취미로 정원을 가꾸는 사람들과 계약을 맺는 겁니다. 고된 일은 중국인 농부들을 시키고요."

그들은 다른 사람들보다 먼저 현장에 도착한다. 직접 눈으로 보니 레이븐이 왜 홉을 키우는 곳으로 달아났는지 알 것 같다. 숨기에 더할 나위 없이 좋은 곳이다. 긴 대나무 장대들마다 매달린 격자 모양 받침대를 따라 무성하게 뻗어 올라간 덩굴에 꽃이 빽빽하게 피어 있다. 그 높이가 2미터도 훨씬 더 넘어 아무것도 보이지 않는다.

그들은 모두 차에서 내린다.

"머피?"

스퀴키가 크게 소리를 지른다.

밭 한가운데서 누군가가 영어로 소리를 지른다.

"여기야!"

하지만 그 목소리는 스퀴키가 한 말에 대답하는 게 아니다.

그들은 밭으로 들어선다. 조심스럽게. 뭔가 송진 같기도 하고 마리화나 같기도 한 냄새가 심하게 풍긴다. 고급 맥주에서 나는 날카로운 향과도 비슷하다. 스퀴키는 자신의 뒤에 붙어 있으라고 히로에게 몸짓을 해 보인다.

다른 상황이었더라면 히로는 그 말을 들었을 것이다. 그는 절반은 일본인이었기에 특정한 상황이 되면 공권력을 절대적으로 존중한다.

하지만 지금은 그런 상황이 아니다. 레이븐이 근처에 나타나기만 하면 히로는 칼로 이야기를 대신할 것이다. 그리고 만일 그런 상황이 되면 히로는 그때 스퀴키가 주변에 없기를 바란다. 뒤에 서 있다가 혹시라도 휘두르는 칼에 맞아 팔이 잘릴 수도 있기 때문이다.

"이봐, 머피!"

스퀴키가 고함을 지른다.

"우린 집행자야. 열 받았어! 거기서 나와! 집에 가자고!"

누군가 자동 권총을 몇 발 날리는 걸로 대답을 대신한다. 히로가 생각하기에 뼈다귀 머피의 짓인 것 같다. 총알이 총구를 빠져나올 때마다 번쩍거리는 불빛에 홉 덩굴이 하얗게 보인다. 히로는 몸을 날려 부드러운 땅바닥에 어깨를 박은 채 잠시 꼼짝도 하지 않는다.

"빌어먹을!"

머피의 실망감이 묻어나는 목소리다. 두려움이라고는 전혀 느껴지지 않고 그저 대단히 실망한 듯 낮고 무거운 목소리다.

히로는 몸을 일으켜 조심스럽게 웅크려 앉은 채 주위를 살핀다. 스퀴키 그리고 함께 온 집행자 사내는 어디로 갔는지 보이지 않는다.

히로는 홉 덩굴 사이를 뚫고 상황이 벌어지는 곳 주변으로 다가간다.

자동차를 운전했던 다른 집행자 사내도 같은 고랑 10미터쯤 떨어진 곳에서 히로에게 등을 보이고 있다. 그는 얼굴을 뒤로 돌려 어깨 너머로 히로가 있는 쪽을 보더니 다른 방향을 바라본다. 그가 누군가를 발견한 듯하지만, 히로는 사내가 앞을 가리고 있는 탓에 그게 누군지 알 수가 없다.

"이런 빌어먹을."

집행자 사내가 말한다.

그렇게 외치더니 사내는 뭔가에 놀란 듯 살짝 뛰어올랐는데 윗도리 뒤쪽이 뭔가 달라진 것 같은 모습이다.

"누굽니까?"

히로가 묻는다.

집행자 사내는 아무런 말이 없다. 돌아서려고 애쓰지만 뭔가 걸리는 것 같다. 그가 선 곳 주변 덩굴이 흔들린다.

집행자 사내가 몸을 부르르 떨더니 옆으로 한 걸음씩 움직이며 몸을 기울인다.

"몸을 피해야 해."

사내는 누구에게랄 것 없이 크게 말한다. 그러더니 종종걸음을 치며 히로에게서 멀어진다. 누군지 몰라도 사내 앞에 서 있던 사람은 사라져 보이지 않는다. 집행자 사내는 이상하게 몸을 곧추세우고 뻣뻣한 자세로 양팔을 옆으로 늘어뜨린 채 달리고 있다. 밝은 녹색 윗도리가 흔들리는 모양이 이상해 보인다.

히로는 그를 따라 뛴다. 집행자 사내는 고랑 끝을 향해 달린다. 밭이 끝나는 곳에서 도로의 불빛이 보인다.

집행자 사내는 히로보다 몇 초 앞서 밭 밖으로 빠져나갔고, 히로가 도로 옆 보도에 닿았을 때는 이미 도로 한가운데로 나가 있다. 높은 곳에 매달린

236

거대한 광고용 비디오 스크린에서 쏟아져 내리는 푸른 조명이 그의 몸 위로 환히 비친다. 그는 제자리에서 뜀뛰기를 하는 것처럼 묘하게 빙글빙글 돌지만, 왠지 균형을 제대로 잡지 못한다. 낮고 차분한 목소리로 "아, 아." 하는 소리를 내는데 목청을 가다듬지 않고는 못 배기겠다는 듯한 느낌이다.

돌아선 집행자 사내는 길이 2미터가 넘는 대나무 막대에 꿰인 모습이다. 막대 절반은 몸 앞쪽으로 튀어나왔고 나머지 절반은 몸 뒤쪽으로 튀어나왔다. 몸을 뚫고 뒤로 튀어나온 대나무 막대 절반은 피와 검은색 찌꺼기가 묻어 거무튀튀한 데 반해 몸 앞쪽에 남은 막대 절반은 녹색과 노란색이 섞인 깨끗한 모습이다. 집행자 사내는 자신의 몸 앞쪽에 남은 대나무 막대 절반만 볼 수 있는 상태인데, 양손을 위아래로 흔들어 가며 눈앞에 보이는 광경이 도대체 어찌 된 일인지 인식하려 애쓰는 것처럼 보인다. 그러다 뒤로 튀어나온 대나무 막대가 주변에 서 있는 자동차에 부딪히더니 깨끗하게 닦아 왁스를 칠해놓은 자동차 트렁크 위로 걸쭉한 핏덩어리가 떨어진다. 자동차 도난 경보기가 울리기 시작한다. 집행자 사내는 경보기 소리를 듣더니 무슨 일인지 몸을 뒤로 돌려 바라본다.

히로가 마지막으로 본 건 차이나타운 중심가 쪽으로 뻗은, 네온사인 가득한 길 한가운데로 뛰는 그 사내의 모습이다. 그가 아무렇게나 외쳐 대는 끔찍한 비명이 시끄럽게 울려 대는 자동차 도난 경보기 소리에 섞인 채 들린다. 이 순간에도, 히로는 뭔가 세상이 갈라졌으며 자신은 그 갈라진 틈 위에 매달려 절대로 빠지고 싶지 않은 곳을 내려다보고 있다는 기분이 든다. 바이오매스 한가운데서 갈 길을 잃은 채로.

그는 카타나를 뽑아 든다.

"스퀴키! 놈이 창을 던지고 있어요! 솜씨가 좋다고요! 운전하던 친구가 맞았어요!"

히로는 소리를 지른다.

"알았소!"

스퀴키도 고함을 지른다.

히로는 뒤로 돌아서 가장 가까운 밭고랑으로 뛰어든다. 오른쪽에서 무슨 소리를 들은 그는 카타나로 덩굴을 베며 그쪽으로 다가간다. 지금 같은 순간 밭으로 들어가는 일이 좋지는 않지만, 그래도 비디오 스크린이 불빛을 비추는 도로에 서 있는 것보다는 낫다.

밭고랑에 한 사내가 서 있다. 히로는 사내의 이상한 머리 모양을 알아볼 수 있다. 점점 넓어지며 어깨와 연결되는 머리 모양이다. 사내는 한 손에 방금 자른 홉 덩굴 재배용 대나무 막대를 들고 있다.

레이븐이 다른 손으로 손에 든 대나무 막대 끝을 내려치자 대나무가 조금 잘려 나간다. 뭔가 번쩍이는 것으로 보아 손에 든 건 칼이 틀림없다. 그는 방금 대나무 막대 끝을 잘라 내어 날카로운 죽창으로 만든 것이다.

그는 유연하게 죽창을 집어 던진다. 침착한 동작이 아름다울 정도다. 죽창의 모습이 전혀 보이지 않는다. 히로를 향해 똑바로 날아오기 때문이다.

히로는 자세를 제대로 잡을 시간도 없다. 그러나 이미 균형을 잡고 있었기 때문에 아무 문제도 없다. 카타나를 뽑아 든 상태라면 무의식적으로 언제나 제대로 된 자세를 잡게 된다. 그렇지 않으면 균형을 잃고 실수로 자신의 손발을 벨 위험에 처하게 될지도 모르는 일이다. 양쪽 발을 옆으로 벌려 똑바로 앞을 향한 상태에서 오른쪽 발을 왼쪽 발 앞에 두고 카타나를 사타구니 앞에 마치 남근이 늘어난 것과 같은 모양으로 잡는다. 그리고 칼끝을 들어 날아드는 죽창이 옆으로 살짝 방향을 바꿀 정도로 쳐 낸다. 죽창은 히로를 살짝 비켜 가더니 오른편에 있는 덩굴에 얽히며 떨어진다. 죽창은 꽁무니가 휙 돌더니 왼편으로 떨어지면서 홉 덩굴 몇 개를 엉망으로 만들고 나서야 멈춘다. 죽창은 무거운 데다 속도도 빠르다.

레이븐은 보이지 않는다.

기억해 둘 사항. 오늘 밤 크립스, 집행자들 무리와 홀로 맞상대하려고 의도했든 그렇지 않든 레이븐은 총 한 자루도 챙겨 오지 않았다.

약간 떨어진 곳에서 또 총소리가 들린다.

히로는 자신에게 벌어진 일을 생각하느라 선 자리에 너무 오래 머물러 있었다. 그는 칼로 덩굴을 베어 가며 총구에서 내뿜는 불빛을 따라 옆 고랑 쪽으로 뛰며 소리 지른다.

"쏘지 마요, 머피. 난 당신 편이라고요, 친구."

"저 새끼가 내 가슴에 창을 집어 던졌다고!"

뼈다귀가 소리친다.

방탄복을 입고 있으면 창에 맞아도 별로 큰일이 벌어지지는 않는 모양이다.

"그냥 잊어버려요."

히로가 말한다. 뼈다귀 머피가 있는 곳까지 가려면 한참 동안 덩굴을 베어 가며 더 달려야 하지만, 그가 계속 지껄여 준다면 충분히 찾을 수 있을 것이다.

"난 크립스 조직원이야. 이런 걸 잊을 수는 없다고."

머피가 말한다.

"너야?"

"아뇨, 난 아직 더 가야 해요."

히로가 달리며 말한다.

아주 짧은 총성이 울리더니 금세 멈추고 만다. 갑자기 조용해진다. 홉 덩굴을 뚫고 다음 고랑으로 뛰어들던 히로는 하마터면 뼈다귀 머피의 손을 밟을 뻔했다. 손목에서 잘려 나온 그의 손을. 그의 손가락은 아직도 MAC-11 기관 단총의 방아쇠울에 걸린 상태다.

머피의 나머지 몸은 두 고랑 떨어진 곳에서 움직이고 있다. 달리던 히로는 멈춰 서서 덩굴 사이로 들여다본다.

레이븐은 히로가 지금까지 본 사람들 가운데 프로 운동선수를 제외하면 가장 덩치가 크다. 머피는 레이븐을 피해 밭고랑을 따라 달아나는 중이다. 레이븐은 자신 있게 성큼성큼 걸으며 그를 따라잡더니 한쪽 손을 머피의 몸을 향해 휘두른다. 굳이 자세히 보지 않아도 그 손에 칼이 쥐어져 있음을 히로는 잘 알고 있다.

상황을 보니 뼈다귀 머피는 잃은 손을 잘 꿰매고 재활하는 것 이상의 피해를 볼 것 같지는 않다. 왜냐하면 저런 식으로는 방탄복 입은 사람을 칼로 찔러 죽일 수 없기 때문이다.

머피가 비명을 지른다.

그는 레이븐의 손아귀에 붙잡힌 채 펄떡거리며 위아래로 뛰고 있다. 칼은 이미 방탄 섬유를 뚫고 몸속에 박힌 상태다. 그리고 이제 레이븐은 라고스에게 했던 것처럼 뼈다귀 머피의 배를 갈라놓으려 하고 있다. 그러나 어떤 칼인지는 모르겠지만 레이븐이 손에 쥔 것으로는 방탄복을 그렇게 찢을 수 없는 모양이다. 방탄복을 뚫고 들어갈 정도로 날카롭긴 하지만 베어 낼 정도는 안 되는 칼이다. 뚫고 들어간 것도 놀랍긴 하지만.

레이븐은 한쪽 무릎을 꿇더니 상대방 몸에서 빼낸 칼로 머피의 양쪽 허벅지 안쪽을 긴 타원을 그리며 그어 댄다. 그리고 쓰러진 머피의 몸을 뛰어넘어 달린다.

뼈다귀 머피가 죽었다고 생각한 히로는 레이븐을 뒤쫓는다. 붙잡겠다는 생각이 아니라 레이븐이 어디에 있는지 눈을 떼고 싶지 않다는 편에 가깝다.

밭고랑 몇 개를 넘어 덩굴을 뚫고 달린다. 금세 레이븐이 보이지 않는다. 오던 방향으로 돌아서서 최대한 빨리 달아나야 하는 게 아닐까 하는 생각도 든다.

그때 폐부를 긴장시킬 정도로 깊은 오토바이 엔진의 우르릉거리는 소리가 들린다. 히로는 혹시 사라지는 모습이라도 볼 수 있을까 하는 생각에 가장 가까운 도로 쪽으로 달려 나간다.

레이븐의 모습이 보이긴 하지만 워낙 순식간이라 올 때 차 안에서 출력물로 본 사진보다 나을 것도 없다. 달려 나가던 레이븐이 고개를 돌려 히로를 바라본다. 바로 가로등 아래를 달리던 중이라 히로는 처음으로 레이븐의 얼굴을 자세하게 본다. 동양인이다. 가느다란 콧수염을 턱 밑까지 길게 기른 모습이다.

0.5초 뒤에 또 다른 크립스 조직원 사내 하나가 밭에서 뛰쳐나오더니 달아나는 레이븐의 바로 뒤 도로로 뛰어든다. 그는 잠시 달리던 속도를 늦추며 상황을 파악하는가 싶더니 마치 미식축구 수비수처럼 오토바이를 향해 내달린다. 마치 전장의 전사처럼 고함을 내지르며 달린다.

스퀴키가 크립스 사내와 거의 동시에 뛰쳐나와 도로를 따라 두 사람을 뒤쫓는다.

레이븐은 자신의 뒤를 쫓아 뛰는 크립스 사내를 알아채지 못하는 것처럼 보이지만, 나중에 생각해 보니 오토바이에 달린 뒷거울로 보고 있었던 모양이다. 크립스 사내가 적당한 거리 안으로 들어오자 레이븐은 잠시 운전대를 잡았던 한쪽 손을 놓더니 마치 쓰레기라도 집어 던지듯 뒤로 날카롭게 뻗는다. 그의 주먹은 마치 얼어붙은 햄 통조림을 대포에 넣고 쏜 것처럼 날아 크립스 사내의 얼굴 한가운데를 때린다. 머리가 뒤로 젖혀진 크립스 사내의 두 발이 하늘로 날아오르고 몸은 거의 공중제비를 돌듯 도로 위로 내팽개쳐진다. 그 와중에도 사내는 목덜미를 먼저 바닥에 닿도록 하고 양팔로 똑바로 땅을 때린다. 낙법을 사용한 것 같은데, 그렇다고 해도 그건 그저 반사 행동에 지나지 않았을 것이다.

스퀴키는 달리던 속도를 늦추더니 레이븐은 무시하고 돌아서서 쓰러진 사내 옆에 무릎을 꿇고 앉는다.

히로는 커다란 덩치에 방사능을 풍기며 창을 던져 대는 살인자 마약왕이 차이나타운으로 오토바이를 몰고 사라지는 모습을 지켜본다. 차이나타운으로 달아나 버린 그를 추적하는 건 중국에 숨어 버린 사람을 잡는 것이나 마찬가지다.

그는 도로 한복판에 뻗은 크립스 사내에게 달려간다. 사내의 얼굴 아래쪽은 거의 알아볼 수도 없을 지경이다. 눈을 절반쯤 뜨고 있는데 상당히 편안한 모습이다. 사내가 조용히 말한다.

"그 자식, 빌어먹을 인디언처럼 생겼더라고요."

재밌는 생각이다. 그러나 히로는 여전히 레이븐은 동양인이라고 생각한다.

"도대체 무슨 짓들을 하고 있던 거야, 이 자식들아."

스퀴키의 목소리를 들으니 화가 단단히 난 것 같아 히로는 그에게서 한 걸음 물러선다.

"저 새끼가 우릴 속였어요. 가방이 홀랑 타 버렸다고."

크립스 사내는 엉망이 된 턱을 움직여 가며 중얼거리듯 말한다.

"그냥 속고 말 것이지, 미쳤나? 레이븐에게 그런 식으로 달려들다니."

"우릴 속였다고요. 그런 짓을 한 놈은 살려 둘 수 없어."

"글쎄, 레이븐은 살아남았잖아."

스퀴키는 이제야 조금 진정이 되는 모양이다. 몸을 뒤로 약간 젖히더니 히로를 쳐다본다.

"뼈다귀 머피와 당신네 운전사는 목숨을 건지지 못한 것 같습니다."

히로가 말한다.

"이 친구는 움직이지 않는 편이 낫겠네요. 목뼈가 부러진 걸지도 몰라요."

"이 빌어먹을 녀석은 내가 직접 목을 부러뜨리지 않은 걸 다행으로 생각해야 할 거야."

스퀴키가 말한다.

구급차와 구급대원들은 크립스 사내가 만용을 부리며 일어서려고 하기도 전에 재빨리 도착하더니 공기를 불어 넣는 경추 보호대를 꺼내 목을 고정한다. 채 몇 분도 지나지 않아 그들은 사내를 구급차에 태운다.

히로는 다시 홉 밭으로 들어가 머피를 찾는다. 그는 덩굴 쪽으로 무릎을 꿇은 채 엎어져 죽어 있다. 방탄조끼를 뚫고 들어간 상처만으로도 충분히 치명적이지만, 레이븐은 그것만으로 만족할 수 없었던 모양이다. 그는 몸을 낮게 숙여 머피의 허벅지 안쪽을 온통 난도질해 놓았다. 허벅지는 뼈가 모두 드러난 모습이다. 그렇게 되는 과정에서 머피의 양쪽 대퇴부 동맥이 세로로 길게 찢어지는 바람에 몸속에 피라고는 전혀 남지 않았다. 마치 음료가 담긴 스티로폼 컵의 아래쪽을 찢어 버린 것처럼.

20

집행자들은 자동차와 호송 차량 그리고 위성 접시를 실은 낮은 트럭을 즐비하게 세워 주변 구역 전체를 야외 수사본부로 바꾸어 놓는다. 하얀 가운을 입은 친구들이 방사능 측정기를 들고 홉 밭을 걸어 다닌다. 스퀴키는 무전기용 헤드폰을 머리에 쓴 채 허공을 응시하며 이리저리 돌아다닌다. 여기 없는 사람들과 이야기를 나누는 것 같다. 견인 트럭이 꽁무니에 머피가 타던 검은색 BMW를 매달고 나타난다.

"파트너 아저씨."

히로는 뒤를 돌아본다. 와이티다. 그녀는 방금 길 건너 중국 음식점에서 나오는 길이다. 히로에게 조그맣고 하얀 상자와 젓가락 한 벌을 건넨다.

"매콤한 닭고기를 검은콩 소스에 버무린 거예요. 화학조미료는 전혀 안들었고요. 젓가락 사용법은 알죠?"

히로는 와이티의 모욕적인 말을 못 들은 척한다.

"오늘 밤에 괜찮은 정보를 물은 것 같아서 곱빼기로 시켰어요."

와이티가 계속 떠들어 댄다.

"여기서 무슨 일이 벌어졌는지 알아?"

"아뇨. 그러니까, 누군가 상당히 다친 것만은 틀림없어요."

"하지만 넌 목격자는 아니군."

"맞아요, 도저히 따라붙을 수가 없더라고요."

"잘 된 거야."

히로가 말한다.

"무슨 일이에요?"

히로는 그냥 고개를 흔든다. 환한 불빛 아래 양념 닭고기가 어두운 색으로 번쩍거린다. 태어나서 이렇게 식욕이 없던 적은 처음이다.

"내가 알았더라면 널 끌어들이지 않았겠지. 난 그저 감시만 하면 되는 일인 줄 알았어."

"무슨 일인데요?"

"별로 말려들고 싶지 않아. 이봐. 레이븐에게 가까이 가지 마, 알았지?"

"그럼요."

그녀는 거짓말을 하면서 상대방이 거짓말이란 걸 알아차리길 바랄 때 쓰는 생기 넘치는 목소리를 낸다.

스퀴키는 BMW의 뒷문을 잡아채듯 열고 안을 들여다본다. 그쪽으로 몇 걸음 다가서던 히로에게 메스꺼운 냄새가 훅 밀려온다. 플라스틱이 탄 냄새다.

아까 레이븐이 뼈다귀 머피에게 건네준 알루미늄 서류 가방이 뒷좌석 가운데에 놓여 있다. 불더미 속에서 꺼내 온 것 같은 모습이다. 잠금장치 근처에 흉하게 보이는 탄 자국이 남았고 플라스틱 손잡이가 약간 녹아내렸다.

BMW 자동차의 좌석을 덮은 부드러운 가죽 시트에도 타다 남은 자국이 보인다. 머피가 화를 낸 건 너무나 당연하다.

스퀴키가 라텍스 장갑을 낀다. 그리고 서류 가방을 집어 들더니 트렁크 위에 올려놓고 작은 쇠막대로 자물쇠를 뜯어낸다.

뭔지는 몰라도 복잡하고 정교하게 만든 물건이다. 열린 가방의 뚜껑 쪽에는 빨간색 마개가 달린 튜브가 여러 줄로 가득 들어 있다. 히로가 임대 창고 바닥에서 본 것들이다. 다섯 줄 정도 되어 보이고 한 줄마다 20개는 되는 듯하다.

가방 아랫부분에는 일종의 축소된 구형 컴퓨터 단말기 같은 게 있다. 전체에서 키보드가 대부분을 차지하고 있다. 한 번에 다섯 줄 정도 문자를 표현할 수 있는 액정 화면도 보인다. 본체와 줄로 연결된, 펜처럼 생긴 물건도 보이는데 줄의 길이는 1미터가 조금 안 되는 것 같다. 액정을 누르는 데 사용하는 것이거나 아니면 바코드를 읽는 스캐너처럼 보인다. 키보드 위에 키보드를 두드리는 사람을 볼 수 있는 각도로 렌즈가 하나 달려 있다. 그 외에도 어디에 쓰는 건지 정확히 알기 어려운 여러 가지가 보인다. 가늘고 긴 홈이 하나 있는데, 신용 카드나 신분증을 꽂는 곳으로 보인다. 그리고 가방 뚜껑에 있는 작은 튜브가 들어갈 정도의 크기인 원통형 소켓도 하나 보인다.

지금까지 한 묘사는 원래 그 물건이 어떻게 생겼었는지 히로가 재구성해 설명한 것이다. 히로가 본 가방 안쪽은 한꺼번에 녹아내린 모습이다. 가방 바깥쪽에 보이는 그을린 연기 자국으로 볼 때 불은 바깥쪽이 아닌 안쪽에서 난 것처럼 보인다. 가방을 닫은 틈으로 연기가 빠져나온 모양으로 흔적이 남았다.

스퀴키가 손을 뻗어 튜브를 하나 꺼내 들더니 차이나타운의 밝은 불빛에 비추어 본다. 원래는 투명한 재질이지만 지금은 열과 연기에 더러워진 상태다. 멀리서 보면 단순한 유리 약병처럼 보이지만, 히로가 좀 더 자세히 들여다보니 약병 내부는 최소한 대여섯 개의 독립된 작은 공간으로 나뉘어 있고, 그 작은 공간들은 가느다란 관을 통해 서로 연결되어 있다. 튜브 한쪽 끝에는 빨간색 플라스틱 마개가 달렸다. 마개에는 검은색 직사각형 창이 나 있는데, 스퀴키가 그걸 돌리자 작동하지 않는 검붉은 빛의 LED 창이 나온다. 마치 꺼 놓은 계산기 창과 비슷한 모양이다. 그 아래 조그만 구멍이 나 있다. 그냥 단순하게 뚫어 놓은 구멍은 아니다. 바깥쪽은 넓지만, 급격히 좁아지면서 빠져나가는 쪽 구멍은 바늘구멍처럼 거의 보이지 않을 정도다. 마치 트럼펫의 나팔 모양처럼.

유리 약병 안의 따로 분리된 공간에는 액체가 조금씩 들어 있다. 어떤 것은 투명하지만 거무스름한 갈색을 띤 것도 보인다. 갈색을 띤 건 일종의 유기체임이 분명한데 뜨거워서 죽처럼 변해 버린 것 같다. 투명한 물질은 무엇인지 감을 잡을 수가 없다.

"술집에 가서 한잔하려고 차에서 내린 거야. 멍청한 놈 같으니."

스퀴키가 중얼거린다.

"누가요?"

"뼈다귀 머피 말입니다. 그러니까 머피는 말하자면 이 장치의 주인으로 등록된 겁니다. 서류 가방 말이에요. 그가 가방에서 세 걸음 이상 떨어지는 순간 픽하고 자폭 장치가 폭발한 거죠."

"왜죠?"

스퀴키는 왜 그리 멍청하냐는 듯한 눈초리로 히로를 바라본다.

"글쎄요. 내가 정보국에서 일하는 사람이 아니니 알 수야 없죠. 하지만 짐작건대 사람들이 '카운트다운'이나 '빨간 마개' 또는 스노 크래시라고 부르는 이 마약을 만드는 놈들은 정말 비밀 유지 하나는 제대로 하는 것 같습니다.

그러니까 만일 밀매업자가 이 가방을 버리거나 잃어 버리거나 또는 다른 사람에게 넘기려 하면 자동으로 터지게 한 거겠죠."

"크립스가 레이븐을 추적해 잡을 거라고 봅니까?"

"차이나타운에 숨어 있으면 어렵겠죠, 젠장."

스퀴키는 생각할수록 화가 나는 듯 보인다.

"믿을 수가 없는 놈이군. 나한테 죽을 수도 있었어."

"레이븐 말인가요?"

"아니, 아까 레이븐을 쫓아가던 크립스 녀석 말이오. 녀석이 나 아닌 레이븐에게 얻어맞은 건 행운이었소."

"당신은 크립스 사내를 쫓고 있었던 겁니까?"

"그래요, 난 크립스 녀석을 쫓아가고 있었어요. 내가 레이븐을 잡으려고 뛰어가는 줄 알았소?"

"그런 줄 알았죠. 그러니까, 레이븐이 나쁜 놈 아닌가요?"

히로가 말한다.

"당연히 그렇죠. 그러니까 만일 내가 경찰이었다면 나쁜 놈을 잡는 게 일이니 레이븐을 뒤쫓았겠죠. 하지만 나는 집행자입니다. 내 임무는 질서를 유지하는 거죠. 그러니 난 레이븐을 보호하기 위해 온 힘을 다하는 겁니다. 다른 집행자들도 모두 마찬가지죠. 그러니 혹시라도 레이븐을 찾아내 희생당한 동료를 위한 복수를 직접 하겠다는 생각이라면 빨리 잊는 게 좋을 겁니다."

"희생? 동료라뇨?"

와이티가 끼어든다. 그녀는 라고스가 어떤 일을 당했는지 알지 못한다.

히로는 그 말에 굴욕감이 느껴진다.

"그래서 모두 나더러 레이븐과 맞서지 말라고 한 겁니까? 내가 그를 공격할까 봐 두려워하는 건가요?"

스퀴키는 히로의 칼에 시선을 던진다.

"당신은 그럴 수 있는 수단이 있으니까요."

"왜 누구나 레이븐을 보호하려는 거죠?"

스퀴키는 마치 이제부터 하는 이야기는 모두 농담에 지나지 않는다는 듯한 표정으로 웃어 보인다.

"그는 주권을 가진 나라입니다."

"그럼 그자를 상대로 전쟁을 선포하면 되겠군요."

"핵무기를 가진 나라에 선전 포고를 하는 건 별로 좋은 생각이 아닌 것 같습니다."

"네?"

"빌어먹을."

스퀴키는 고개를 흔들어 가며 말을 잇는다.

"당신이 돌아가는 상황을 이 정도로 까맣게 모른다는 걸 미리 알았다면 차에 태우지도 않았을 거요. 난 당신이 CIC의 상당히 중요한 비밀 현장 요원인 줄 알았단 말이오. 그런데 당신은 정말 레이븐에 관해 전혀 모르고 있었다는 겁니까?"

"네, 바로 그렇습니다."

"좋소. 당신이 다른 곳에 가서 엉뚱한 사고를 치지 않도록 내가 얘기를 해 드리지. 레이븐은 오래된 소련 핵 잠수함에서 빼낸 어뢰 탄두를 갖고 있소. 항공 모함 전단을 한 방에 날려 버리려고 만든 어뢰지. 핵 어뢰란 말이오. 레이븐이 오토바이에 매달고 다니는 이상하게 생긴 사이드카 알죠? 그게 바로 수소 폭탄입니다. 언제든 발사할 수 있는 거지. 발사 장치는 녀석의 머릿속에 박힌 뇌파 측정기에 연결된 상태입니다. 만일 레이븐이 죽으면 폭탄은 터지는 겁니다. 그래서 레이븐이 시내에 나타나기만 하면 우리는 온 힘을 기울여 녀석이 잘 지낼 수 있도록 돕는 겁니다."

히로는 그저 입을 크게 벌릴 뿐이다. 그래서 와이티가 대신 나서야만 한다.

"좋아요. 제가 여기 파트너 몫까지 다 말씀드리죠. 우린 그 사람 근처에 얼씬도 하지 않겠어요."

21

와이티는 오후 내내 고속 도로 출구에 처박힌 신세가 될 게 뻔하다고 생각한다. 시내에서 컴프턴으로 향하는 '하버 프리웨이'에는 오가는 차들이 많아 쉽게 달릴 수 있다. 그런데 컴프턴 중심가로 내려가는 고속 도로 출구 주변은 나가는 차들이 없어 도로 여기저기에 잡초가 허리 높이까지 자라 있을 정도다. 그리고 그녀는 절대로 스스로 땅을 지치며 컴프턴으로 들어서고 싶지는 않다. 뭔가 크고 빠른 녀석에게 붙어 움직이고 싶다.

평상시에 하듯 목적지로 피자를 배달시킨 후 배달부가 지나갈 때 재빨리 달라붙을 수도 없다. 모든 피자 가게가 이 동네에는 배달을 아예 하지 않기 때문이다. 그러니 그녀는 고속 도로를 빠져나가는 출구에 서서 여러 시간 기다리고 또 기다리게 될 것이다.

이번 배달은 내키지 않는다. 하지만 거래하는 가맹점에서 간절히 바라는 일이다. 간청하다시피 했다. 주겠다는 돈도 어이없을 정도로 많았다. 배달할 물건이 새로 나온 일종의 강력한 마약인 게 분명하다.

하지만 그런 생각을 하던 중에 더 황당한 일이 벌어진다. 그녀는 남쪽으로 가는 트럭에 붙어 컴프턴으로 빠져나가는 고속 도로 출구를 향해 하버 프리웨이를 달리는 중이다. 출구를 4백 미터 정도 앞두고 있을 때, 온통 총알 자국으로 지저분한 검은 올즈모빌 자동차 한 대가 그녀를 스치고 가면서 오른쪽 깜빡이를 켜는 모습이 보인다. 고속 도로에서 빠져나가려는 것이다. 현실로 일어나기에는 지나치게 운 좋은 일이다. 그녀는 올즈모빌에 작살을 던져 붙인다.

멋을 잔뜩 부린 자동차에 붙어 고속 도로 출구로 나가면서 와이티는 자동차 실내에 달린 뒷거울로 운전석에 앉은 사람을 살펴본다. 운전자는 그녀에게 이번 일을 맡기면서 말도 안 될 정도로 많은 돈을 준 가맹점의 매니저 본인이다.

일이 이렇게 되자 그녀는 컴프턴이라는 동네보다 오히려 이 사내가 두려워진다. 미친놈이 틀림없다. 그녀에게 푹 빠진 것이다. 모든 상황은 정신이 돌아 버린 녀석이 그녀를 사랑해서 생긴 일이 틀림없다.

그러나 이미 조금 늦어 버렸다. 와이티는 차에 달라붙은 채 불에 타고 썩어 가는 이 동네에서 빠져나갈 방법을 찾는다.

저기 멀리 앞쪽에 마피아가 설치해 놓은 커다란 검문소가 보인다. 운전하는 사내는 가속 페달을 힘껏 밟아 죽음의 한가운데로 돌진한다. 검문소 너머에 배달 장소인 가맹점이 자리하고 있다. 마지막 순간 자동차는 옆으로 방향을 급히 바꾸면서 날카로운 소리를 내며 멈춰 선다.

그녀를 그보다 더 도와줄 수는 없었다. 그녀는 작살을 떼어 내며 마지막 순간 발생한 힘을 이용해 검문소를 안전하고 적당한 속도로 통과한다. 그녀가 검문소 앞을 스치며 지나자 그곳을 지키던 사내들은 총구가 하늘로 향하도록 총을 든 채 고개를 돌려 그녀의 엉덩이만 바라볼 뿐이다.

컴프턴의 노바 시칠리아 가맹점은 끔찍한 모습이다. 젊은 마피아 단원들이 모여 잔치라도 벌이는 것 같다. 이런 어린 놈들은 '오직 모르몬교教 버브 클레이브'에 사는 녀석들보다 더 멍청하다. 남자아이들은 따분한 검은색 정장을 입었다. 여자아이들에게서는 말도 안 되는 여성스러움이 넘친다. 여자아이들은 '마피아 청년단'에도 끼지 못하는 신세다. 그들은 '마피아 여성 모임'으로 따로 모여 은쟁반에 과자를 담아 대접이나 하는 역할을 맡는다. 그들에게 '여성'이라는 수준 높은 단어를 쓴다는 건 진화론적인 단계에서 볼 때 무리다. 계집애들이란 단어조차 쓸 수 없을 정도다.

달리던 속도가 너무 빨랐던 탓에 와이티는 달리던 방향을 급격히 바꾸면서 바닥을 보드로 긁으며 멈춘다. 그 바람에 모래 섞인 먼지가 일더니 문 앞에 몰려나와 먹을 걸 씹어 가며 어른 흉내를 내던 젊은 마피아 녀석 몇 명의 반들거리는 구두가 더러워진다. 먼지는 아직 계집애도 되지 못한 어린 여자아이의 하얀색 레이스 스타킹 위에도 들러붙는다. 와이티는 보드에서 뛰어내리는 마지막 순간에야 겨우 균형을 잡은 듯 보인다. 그녀가 한쪽 끝을 세게 밟자 보드가 허리 위까지 튀어 오른다. 뱅글뱅글 회전하면서 겨드랑이 쪽으로 향하는 보드를 그녀는 한쪽 팔로 단단히 붙잡는다. 스마트 휠의 바큇살들이 모두 최소한으로 줄어든 상태라 바퀴는 바퀴통보다 그리 커 보이지도 않는다. 작살은 접어 보드 바닥에 달린 소켓에 끼워 넣는다. 그렇게 하니 그녀는 모든 장비를 한 손으로 간단히 들 수 있게 된다.

"와이티예요. 젊고 빠르고 여자죠. 엔조는 대체 어디 있는 거죠?"

그녀가 말한다.

사내아이들은 와이티에게 최대한 '어른답게' 굴기로 한다. 이런 나이의 남자들은 서로 속옷을 잡아당기며 장난치거나 정신이 나갈 때까지 술 마시는 일에 열중하는 법이다. 그러나 여자가 나타나면 그들은 '어른다운' 행동을 한다. 웃기는 일이다. 한 녀석이 약간 앞으로 나서더니 와이티와 아직 계집애도 못 된 여자아이 사이에 자리를 잡고 선다.

"노바 시칠리아에 오신 걸 환영합니다. 뭘 도와드릴까요?"

사내아이가 말한다.

와이티는 깊은 한숨을 내쉰다. 녀석은 지금 완전히 독립해 사업을 하는 와이티와 맞먹자는 것 아닌가?

"엔조라고 있나요? 그 사람한테 온 배달이에요. 이 동네에서 얼른 벗어나고 싶은 생각이 굴뚝같다고요."

"이제 이 동네도 좋아졌습니다."

어린 마피아가 말한다.

"잠깐만 돌아다녀 보면 알아요. 예절도 조금 배울 수 있을 겁니다."

"출퇴근 시간에 벤투라 도로에서 보드를 좀 타 보세요. 그럼 자신의 한계를 알 수 있을 테니까."

어린 마피아 녀석은 마음대로 하라는 듯 웃어 보인다. 그는 문을 가리킨다.

"당신이 만나고 싶어 하는 분은 저 안에 계십니다. 그분이 당신하고 이야기하고 싶어 하실지, 그렇지 않을지는 잘 모르겠지만 말이죠."

"날 부른 건 그 사람이에요, 젠장."

와이티가 말한다.

"그분은 우리와 함께하시려고 동부 끝에서 오셨습니다. 그리고 우리랑 있는 걸 즐거워하시는 것 같아요."

다른 모든 어린 마피아들이 중얼거리며 그렇다는 듯 고개를 끄덕인다.

"그렇다면 왜 전부 밖에 나와 서 있는 거죠?"

와이티는 그렇게 물으며 안으로 들어간다.

건물 안으로 들어가니 분위기는 놀라울 정도로 누그러진다. 엉클 엔조는 사진 속 모습 그대로 멀리 안쪽에 앉아 있다. 사진과 다른 건 와이티가 생각한 것보다 덩치가 크다는 것뿐이다. 그는 탁자 앞에 앉아 장례식 복장을 한 다른 사내들과 카드놀이를 하는 중이다. 시가를 피우며 에스프레소 커피를 마시고 있다. 웬만해서는 흥분하지 않을 것처럼 생겼다.

엉클 엔조를 따라다니며 지원하는 모든 이동식 장비가 갖춰져 있다. 여행용 에스프레소 기계는 다른 탁자 위에 놓여 있다. 그 옆에는 장식장이 문을 연 채 자리 잡고 있다. 안에는 커다란 이탈리아산 디카페인 커피 봉지와 하바나산 시가 상자가 보인다. 한쪽 구석에는 평범한 컴퓨터보다도 더 큰 장비를 짊어진 가고일 한 명이 앉아 뭔가 중얼거리고 있다.

와이티는 팔을 몸에서 떼면서 떨어지는 보드를 손으로 받친다. 비어 있는 탁자 위에 보드를 올려놓고 엉클 엔조에게 다가가며 어깨에 둘러멨던 물건을 주섬주섬 끄른다.

"지노, 받아줘."

엉클 엔조는 물건을 향해 고개를 끄덕여 가며 말한다. 지노라는 사내가 물건을 받으려고 앞으로 나선다.

"받는 분이 서명해 주셔야 해요."

와이티는 그렇게 말하면서도 웬일인지 지노를 '친구'라든지 '당신'이라고 섣불리 부르지 못한다.

지노를 생각하느라 잠시 한눈을 팔았는지, 엉클 엔조가 생각보다 갑자기 나타나더니 왼손으로 와이티의 오른손을 잡는다. 쿠리에들이 사용하는 장갑을 낀 그녀 손등에는 간신히 그가 입을 맞출 수 있을 정도의 살이 드러나 있다. 엔조는 와이티의 손등에 입을 맞춘다. 따뜻하고 촉촉한 느낌이다. 축축하지도 천박하게 느껴지지도 않지만, 그렇다고 너무 깔끔하거나 메마른 느낌도 아니다. 재미있는 일이다. 왠지 믿음직한 느낌을 주는 사람이다. 세상에, 능숙하기도 하군. 멋진 입술이야. 열여섯 살짜리의 입술처럼 끈적거리거나 두툼한 입술이 아니라 왠지 단단한 근육으로 이루어진 듯한 느낌을 주는 입술이다. 엉클 엔조에게서 오래된 담배 냄새가 아주 희미하게 난다. 그 냄새를 온전히 느끼려면 아주 가까이 붙어서야 할 것 같다. 이제 그는 적당히 거리를 두고 서서 중년 남자다운 주름진 눈매 속 눈을 반짝거리며 그녀를 내려다보고 있다.

상당히 괜찮아 보인다.

"와이티, 내가 얼마나 만나 보고 싶어 했는지 모를 거야."

그가 말한다.

"안녕하세요?"

그녀의 목소리는 스스로 의도했던 것보다 수다스럽게 들린다. 그래서 그녀는 덧붙여 말한다.

"도대체 뭐가 그리 중요한 게 들었기에 급하게 배달을 시키셨나요?"

"자네를 만나고 싶었을 뿐이야. 물건은 아무것도 아니야."

그렇게 말하는 엉클 엔조의 웃음은 잘난 체하는 모습은 아니다. 오히려 누군가를 이런 식으로 괴상하게 만나야 한다는 사실이 난처한 모양이다.

"이상한 소문이라도 날까 봐 그런 거지."

그는 경멸스럽다는 듯한 손을 들어 보이며 말한다.

"나 같은 남자가 어린 여자를 만난다면 언론에 어떤 식으로 보일지 뻔한 일이야. 멍청한 일이지. 하지만 신경 쓰지 않을 수는 없거든."

"그럼, 무슨 일로 절 만나려고 하신 건데요? 어디 배달시킬 물건이라도 있

256

으세요?"

주위에 있는 모든 사람이 웃음을 터뜨린다.

웃음소리에 살짝 놀란 와이티는 자신이 여러 사람 앞에 있다는 걸 다시 마음속으로 되새긴다. 그녀는 잠시 엉클 엔조에게서 시선을 떼고 주위를 둘러본다.

엉클 엔조가 눈치를 챈다. 얼굴에서 아주 살짝 웃음을 거두더니 잠깐 머뭇거린다. 그 순간, 안에 있던 모든 사람이 일어서 출구로 향한다.

"내 말을 믿지 않을 수도 있지만, 몇 주 전에 우리 피자를 배달해 줘 고맙다고 말하고 싶었지."

그가 말한다.

"그 말을 믿지 못할 이유가 뭐가 있겠어요?"

와이티는 그렇게 되묻는다. 그녀는 자기 입에서 그렇게 다정하고 듣기 좋은 말이 튀어나오자 깜짝 놀란다.

놀라는 건 엉클 엔조도 마찬가지인 것 같다.

"너라면 다른 누구보다 더 못 믿을 줄 알았는데."

"저, 밖에 있는 조무래기 마피아들하고 즐거운 한때를 보내고 계신 건가요?"

그녀가 말한다.

엉클 엔조는 그녀를 향해 말조심하라는 듯한 눈길을 보낸다. 두려움도 잠시, 그녀는 웃기 시작한다. 거짓으로 겁주려는 걸 알았기 때문이다. 그는 웃어도 좋다는 듯 미소를 지어 보인다.

와이티는 누구랑 이렇게 제대로 된 대화를 나눠본 게 언제였는지 기억도 잘 나지 않는다. 왜 모든 사람이 엉클 엔조처럼 굴지 않는 걸까?

"어디 보자."

엉클 엔조는 천장을 올려다보며 기억을 더듬기 시작한다.

"난 너에 관해 몇 가지 알고 있지. 열여섯 살이고 밸리 지역의 한 버브클레이브에서 엄마와 산다는 것."

"저도 선생님에 대해 제법 알고 있어요."

와이티는 과감하게 말해 본다.

엉클 엔조는 웃음을 터뜨린다.

"난 분명히 네가 생각하는 것과 다를 거야. 말해 봐. 엄마가 네 직업에 대해 어떻게 생각하시지?"

'직업'이라고 생각해 주니 고마운 일이다.

"엄마는 제가 이런 일 하는 걸 잘 몰라요. 어쩌면 알고 싶지 않은 건지도 모르죠."

"네 생각이 틀렸을 수도 있어."

그녀의 말을 무시하는 게 아니라는 듯 엉클 엔조는 쾌활한 목소리로 말한다.

"네가 놀랄 정도로 어머니가 잘 알고 계실지도 몰라. 내 경험으로는 그래. 어머니께서는 뭘 하시지?"

"연방 정부에서 일하세요."

엉클 엔조는 대단히 놀란 모양이다.

"그런데 그 딸이 노바 시칠리아를 위해 피자를 배달한단 말인가? 연방 정부에서 무슨 일을 하시지?"

"제가 혹시라도 나가서 말실수할까 봐 말을 안 해 주세요. 거짓말 탐지기 조사를 자주 받으시죠."

엉클 엔조는 그런 일을 아주 잘 이해하는 것 같다.

"그래, 연방 정부 일이란 대개 그런 법이지."

적절한 침묵이 흐른다.

"그런 일을 생각하면 끔찍하다는 생각이 들어요."

와이티가 말한다.

"어머니가 연방 정부에서 일한다는 것 말이냐?"

"거짓말 탐지기요. 혈압을 재려고 팔에 뭔가를 두르더라고요."

"혈압계야."

엉클 엔조는 명쾌하게 말한다.

"그걸 하고 나면 엄마 팔에 멍이 들더라고요. 왜 그런지 모르지만 그걸 보면 마음이 아파요."

"당연히 마음이 아파야지."

"그리고 집은 도청당하고 있어요. 그러니 집에 있을 때는 제가 뭘 하든 다른 사람이 듣고 있을 수도 있죠."

"아, 그건 남 얘기 같지 않군."

엉클 엔조가 말한다.

둘은 함께 웃는다.

"쿠리에를 만나면 늘 묻고 싶었던 게 있어. 나는 너희 같은 쿠리에를 늘 리무진 창밖으로만 보니까 말이야. 사실 쿠리에가 내 차에 작살을 던져 붙이면 운전을 하는 피터에게 신경 쓰지 말라고 말하곤 하지. 내가 궁금한 건 쿠리에가 머리부터 발끝까지 온통 두꺼운 보호 장비를 착용하면서도 헬멧은 왜 안 쓰느냐 하는 거야."

"보드에서 떨어지면 옷 속에 숨었던 목뼈 보호용 에어백이 터져서 머리를 보호해 줘요. 그리고 헬멧은 느낌이 좋지 않아요. 소리를 듣는 데 아무 문제 없다고 선전하지만 그렇지 않거든요."

"일할 때 귀로 소리를 듣는 게 중요하지?"

"엄청나게 중요하죠."

엉클 엔조는 고개를 끄덕인다.

"그럴 것 같더군. 베트남에 있을 때 우리 부대원들도 똑같은 상황이었거든."

"베트남 전쟁에 참전하셨다는 말은 들었지만······."

그녀는 위험을 감지하며 말을 멈춘다.

"거짓말이라고 생각했군. 난 정말 베트남에 갔었다. 원한다면 빠질 수도 있었지만, 난 자원입대했어."

"자원해서 베트남으로 가셨다고요?"

엉클 엔조는 웃음을 터뜨린다.

"그랬다니까. 우리 집안에서 베트남에 간 건 나뿐이었지."

"왜 그러셨어요?"

"브루클린에 있는 것보다는 더 안전할 것 같았지."

와이티는 웃는다.

"말도 안 되는 농담이지. 난 아버지가 반대했기 때문에 자원한 거야. 아버지를 화나게 하고 싶었거든."

"정말요?"

"정말이고 말고. 아버지를 화나게 하려고 몇 년 동안 별짓을 다 했지. 흑인 여자애들하고 데이트도 했어. 머리도 길게 길렀고. 마리화나도 피웠지. 하지만 반항의 절정이자 최고로 아버지를 화나게 한 일은 자원해 베트남으로 갔던 일이야. 귀를 뚫은 것보다 효과가 컸어. 하지만 군대에 가면서도 극단적인 계획을 세워야만 했지."

와이티는 엉클 엔조의 주름지고 질겨 보이는 양쪽 귓불을 재빨리 번갈아 바라본다. 왼쪽 귓불에 간신히 보일 정도로 작은 다이아몬드 귀걸이가 꽂혀 있다.

"극단적인 계획이라니, 그게 무슨 말이에요?"

"내가 누군지 모르는 사람이 없었거든. 소문이란 금방 돌게 마련이니까. 일반 육군으로 지원했더라면 아마 본토에 남아 서류 꾸미는 일이나 했겠지. 아니, 어쩌면 뉴욕에 있는 포트해밀턴 기지에 배치될 수도 있었을 거야. 바로 집 앞에 말이야. 그런 일을 막으려고 난 특수 부대에 지원했고, 전선에서 싸우는 부대로 가려고 별짓을 다 했어."

이 대목에서 엉클 엔조가 웃음을 터뜨린다.

"그리고 성공했지. 어쩌다 보니 노인네처럼 횡설수설하고 있군. 헬멧 이야기를 하던 참이었지."

"아, 맞아요."

"우리가 맡은 임무는 밀림을 돌아다니면서 자기 키보다 더 큰 총을 든 채 요리조리 도망 다니는 녀석들을 잡는 거였어. 녀석들은 눈에 보이지 않는 존재였지. 그래서 우리도 마찬가지로 청각에 의지하게 된 거야. 쿠리에처럼 말이지. 그러니 어떻겠나? 철모를 한 번도 쓴 적이 없었지."

"같은 이유로군요."

"바로 그거야. 철모가 귀를 덮는 건 아니지만 어쨌든 청각에 영향을 미치나 봐. 난 아직도 내가 맨머리로 돌아다닌 덕분에 목숨을 건졌다고 생각하고 있어."

"멋진 이야기네요. 정말 재미있어요."

"시간이 많이 지났으니 그런 문제는 당연히 해결되었어야 마땅한데 말이야."

"그러게요. 그런데 절대 변하지 않는 것들이 있더라고요."

와이티는 신이 나서 말한다.

엉클 엔조는 머리를 뒤로 젖혀 가며 크게 웃는다. 와이티는 그런 모습을 보면 대개 짜증이 나곤 했지만, 엉클 엔조의 그런 모습은 왠지 그녀를 깎아내리는 것이 아니라 스스로 즐거워서 그러는 것처럼 보인다.

와이티는 엔조가 그렇게까지 반항을 하다가 왜 가업에 뛰어들게 되었는지 묻고 싶어진다. 하지만 묻지 않는다. 그러나 엉클 엔조는 이야기의 자연스러운 다음번 주제가 그런 내용이란 걸 알아차린다.

"가끔 내 후계자가 누가 될지 궁금해하곤 해. 아, 나보다 젊은 세대에도 뛰어난 친구들은 많아. 하지만 그 뒤엔……. 글쎄, 모르겠군. 늙은 사람들은 모두 세상이 곧 끝장난다고 느끼는 것 같아."

"젊은 마피아 청년들이 수백만 명이나 되잖아요?"

와이티가 말한다.

"녀석들은 모두 멋지게 빼입고 서류나 뒤적거리면서 시내에서 먼 교외에 살지. 너도 그런 놈들을 존경하진 않을 거야, 와이티. 너 자신이 젊고 거만하니까 말이야. 그렇지만 나도 그런 놈들을 존경하지 않아. 난 늙은 데다 지혜롭기 때문이지."

그런 말이 엉클 엔조의 입에서 나왔다는 사실이 믿어지지 않긴 했지만, 와이티는 별로 놀라지 않는다. 자신의 분별 있는 친구인 엉클 엔조가 할 만한, 분별 있는 말이기 때문이다.

"그런 녀석들 가운데에는 그저 아버지를 화나게 하려고 총 맞을 각오를 하고 밀림으로 자원해서 갈 만한 놈이 없어. 근성이 부족해. 활력도 없고 패배주의에 빠져 있지."

"유감이네요."

이렇게 말하는 게 그들을 쓰레기 취급하는 것보다 기분이 낫다. 처음엔 그들이 한심하게 느껴졌다.

"자."

엉클 엔조가 말을 꺼낸다. 이번에 들린 '자.'라는 소리는 이야기를 끝내자는 말을 시작하려는 느낌을 준다.

"장미를 좀 보낼까 생각했지만, 꽃은 별로 좋아할 것 같지 않아서 말이야. 그렇지?"

"아, 아무래도 괜찮아요."

그렇게 말하는 와이티의 목소리는 스스로 들어도 측은할 정도로 약하다.

"자, 이제 우린 서로 손을 맞잡은 동지니까 더 좋은 걸 주지."

그는 넥타이를 풀고 단추를 하나 풀더니 셔츠 속에 손을 넣어 놀랄 정도로 싸구려 쇠줄에 뭔가 새겨진 은색 꼬리표가 두 개 매달린 목걸이를 꺼낸다.

"오래전 군인일 때의 인식표야. 흔히 개 목걸이라고 하지. 별 의미는 없지만, 몸에 지니고 다닌 지 아주 오래되었다. 네가 걸고 다니면 아주 기쁠 것 같다."

와이티는 떨리는 무릎으로 몸을 간신히 지탱하며 군번줄을 목에 건다. 인식표가 작업복 위로 덜렁거린다.

"안으로 집어넣는 게 나을 거야."

엉클 엔조가 말한다.

그녀는 목걸이를 가슴 사이 비밀스러운 곳으로 집어넣는다. 목걸이는 여전히 엉클 엔조의 몸처럼 따뜻하다.

"고맙습니다."

"재미 삼아 주는 거야. 하지만 만일 곤경에 처하면, 누가 되었든 널 괴롭히는 사람에게 그 개 목걸이를 보여 주라고. 아마 상황이 아주 빨리 변할 거야."

"고마워요, 엉클 엔조."

"몸조심하도록 해. 어머니한테 잘하고. 어머니는 널 사랑하신단다."

22

노바 시칠리아 사무실 밖으로 나오는 와이티를 한 사내가 기다리고 있다. 약간 빈정대는 듯한 웃음을 지으며 할 말이 있다는 걸 드러낼 요량으로 보일 듯 말 듯 고개를 숙여 보인다. 상당히 이상한 태도지만, 엉클 엔조와 한참 이야기를 나눈 그녀는 그런 분위기가 익숙해졌다. 그래서 사내의 얼굴을 보며 웃거나 하지 않고 그냥 다른 쪽을 보며 무시해 버린다.

"와이티, 해 주어야 할 일이 있어."

사내가 말한다.

"바빠요. 또 다른 배달을 하러 가야 하거든요."

"거짓말 한번 잘하는군."

사내는 다 안다는 듯 말한다.

"가고일이 안에 있는 거 알지? 그 친구가 지금도 래딕스사社의 컴퓨터에 접속해 있어. 네가 당장 할 일이 없다는 걸 우리 모두 잘 알아."

"저희는 고객으로부터 직접 의뢰를 받을 수 없어요. 본사에서 내려 주는 일만 하죠. 배달 의뢰를 하고 싶으면 800 무료 전화를 이용하시면 돼요."

"젠장, 넌 내가 무슨 바보 멍청이라고 생각하는 거야?"

사내가 말한다.

와이티는 마침내 걷던 걸음을 멈추고 돌아서서 사내의 얼굴을 바라본다. 키가 크고 말랐다. 검은 양복에 검은 머리칼. 그리고 유리로 된 한쪽 눈이 상 스러워 보인다.

"눈은 왜 그런 거예요?"

그녀가 말한다.

"1985년에 베이온에서 얼음 깨는 송곳에 당했지. 다른 질문 있어?"

사내가 말한다.

"미안해요. 그냥 궁금해서요."

"이제 다시 일 이야기를 하도록 하지. 넌 내가 아무렇게나 일하는 걸로 알 겠지만, 고객들이 800 무료 전화로 배달 신청을 하면 본사에서 쿠리에에게 배당한다는 것쯤은 나도 알아. 자, 그런데 우린 800 무료 전화를 거는 일이나 본사에서 배정하는 걸 좋아하지 않는단 말이야. 그게 우리 식이야. 우린 구 식으로 얼굴을 맞대고 직접 일을 처리하는 걸 좋아해. 엄마 생일에 전화기를 들고 800-CALL-MOM(엄마에게 전화를)에 전화를 거는 짓 따위는 하지 않아. 직접 어머니를 찾아뵙고 뺨에 입을 맞춘다고, 알아? 그리고 이번 일거리는 꼭 네가 해 주었으면 해."

"왜요?"

"우린 말 같지도 않은 질문을 수시로 던져 대는 조그맣고 까다롭고 조그 만 계집애들이랑 거래하는 걸 좋아하기 때문이지. 그래서 우리 가고일이 이 미 래딕스사 컴퓨터로 들어가서 쿠리에 배정 시스템을 건드리는 중이란 말이야."

유리 눈 사내는 올빼미처럼 고개를 꼬며 몸을 돌리더니 가고일이 있는 안쪽으로 고갯짓을 해 보인다. 바로 와이티의 휴대 전화가 울린다.

"빌어먹을 전화를 받아."

사내가 말한다.

"여보세요?"

와이티는 전화기를 들고 대답한다.

컴퓨터 목소리로 '그리피스 공원'에서 물건을 받아 웨인 목사의 천국의 문 '밴 나이스' 가맹점에 배달하라는 지시가 흘러나온다.

"A 지점에서 B 지점으로 뭔가를 옮기고 싶으면, 왜 직접 차로 옮기지 않는 거죠? 저기 서 있는 검은색 차에 싣고 가 버리면 되잖아요."

와이티가 묻는다.

"왜냐하면 이번에 옮기는 물건이 엄밀히 말하자면 우리 것이 아니고 A 지점과 B 지점에 있는 사람들과 우리가 서로 사이도 좋지 않아서 그래."

"나더러 물건을 훔치라는 거네요."

와이티가 말한다.

유리 눈 사내는 기분이 상한 모양이다.

"아니, 그런 게 아니야. 아가야, 들어 봐. 우린 빌어먹을 마피아라고. 물건 훔치는 일에는 나름대로 전문가야, 알아? 열여섯 살짜리 여자애한테 뭘 훔쳐 달라고 부탁하지는 않아. 우리가 하는 일은 비밀 작전에 더 가까운 거야."

"첩보 작전이군요."

정보다.

"그래, 첩보 작전이지."

사내의 목소리는 누군가를 웃기려고 애쓰는 것 같다.

"그리고 이번 작전이 제대로 돌아가기 위해 꼭 필요한 건 우리와 손발을 맞춰 간단한 도움을 줄 쿠리에란 말이야."

"그러면 엉클 엔조와 만난 일은 모두 가짜인 셈이네요. 그냥 쿠리에 한 명 구워삶으려 했던 거로군요."

와이티가 말한다.

"오, 이 녀석 말하는 것 좀 봐."

유리 눈 사내는 정말로 흥겨워하며 말한다.

"그래, 우리가 열여섯 살짜리한테 환심을 사려고 최고위층까지 나서서 난리를 친 셈이 되었구나. 이봐, 아가야 돈 좀 집어 주면 이번 일을 해 줄 쿠리에는 백만 명도 넘어. 우리가 네게 일을 시키려는 건 네가 우리 조직과 개인적 관계가 있기 때문이야."

"네, 그럼 뭘 어떻게 하면 되죠?"

"이런 상황에서 평상시 하던 행동을 그대로 하면 돼. 그리피스 공원에 가서 물건을 받아야지."

"끝이에요?"

"그래. 그리고 물건을 배달해. 하지만 한 가지만 부탁하자. I-5 고속 도로를 이용해서 가는 거야, 알았지?"

"그리로 가면 돌아서 가는 건데……."

"어쨌든 그렇게 해."

"좋아요."

"그럼 가자고. 일단 우리가 이 지옥 같은 곳에서 빠져나갈 수 있게 해 주지."

가끔 바람이 제대로 방향을 맞춰 불 때는, 매우 빠른 속도로 달리는 대형 트레일러트럭 뒤에 생기는 공기 주머니 안에 들어가 있으면 차에 굳이 작살을 붙이지 않아도 된다. 진공 상태의 공간이 강력한 청소기처럼 몸을 빨아당기기 때문이다. 온종일 가만히 서 있을 수도 있다. 하지만 까딱 실수하면 어느새 몸은 앞에서 당기는 힘도 전혀 없는 상태로 고속 도로 1차선에 서 있게 된다. 뒤에서는 트럭들이 떼를 지어 달려오는데 말이다. 앞서 달리는 트럭의 당기는 힘을 이기지 못해 흙받기 안으로 빨려 들어가는 일도 그에 못지않을 정도로 끔찍하다. 몸이 트럭의 차축을 적시는 기름이 되어 버린다고 해도 아무도 모를 것이다. 이게 소위 '마술 청소기 작살'이라는 것이다. 그렇게 아슬아슬하게 트럭에 붙어 가다 보니 와이티는 히로 프로타고니스트와 피자 모험을 벌이던 운명적인 밤부터 변해 버린 그녀의 살아가는 방식도 그리 다르지 않다는 생각이 든다.

다른 차들을 제쳐 가며 '샌디에이고 프리웨이'를 달리는 그녀의 작살은 빗나가는 법이 없다. 그녀는 아무리 가볍고 하찮아 보이는, 플라스틱과 알루미늄으로 만든 중국제 경차라고 해도 달라붙어 속도를 더할 수 있다. 사람들은 그녀에게 허튼수작을 걸지 못한다. 그녀는 도로 위에 자신만의 공간을 당당히 확보해 낸 것이다.

이제부터 일거리도 많이 늘어나게 될 것이다. 로드킬에게도 대신 많은 일을 시켜야 할 것이다. 그리고 가끔은 중요한 사업상 만남을 위해 둘이 모텔에도 투숙하게 될 것이다. 진짜 사업을 하는 사람들은 그런 곳에서 묵기도 하는 법이다. 최근 들어 와이티는 로드킬에게 안마하는 법을 가르치고 있다. 하지만 녀석도 사내라고 미처 어깨뼈를 주무르기도 전에 참지 못하고 달려들곤 한다. 하지만 그런 모습이 귀여울 때도 있다. 그리고 가능할 때 누릴 건 누려야 한다.

지금 가는 길은 그리피스 공원으로 가는 지름길이 전혀 아니지만, 마피아는 그녀가 이 길로 가길 원하니 어쩔 도리가 없다. 밸리 지역을 향해 북쪽으로 405번 도로 끝까지 간 다음 평상시에 하듯 그쪽에서 다시 내려오라는 것이다. 너무 편집증처럼 보인다. 전문가답다는 생각도 든다.

LA 공항이 왼쪽으로 지나간다. 오른쪽으로 흘깃 보이는 임대 창고에 사는 그녀의 얼간이 파트너는 아마 고글을 쓰고 컴퓨터 앞에 앉아 있을 것이다. 그녀는 휴스 공항 주변 도로를 빽빽이 채운 자동차들 사이를 요리조리 뚫고 나간다. 휴스 공항은 이제 이 선생의 위대한 홍콩이 전용으로 사용한다. 그다음에 나타나는 산타모니카 공항은 최근 밥 제독의 국가 보안대가 매입했다. 산타모니카 공항 옆을 지나면 엄마가 매일 일하러 가는 '연방 청사 단지'를 관통하는 도로가 나온다.

연방 청사 단지는 한때 보훈 병원을 비롯한 여러 연방 기관 건물들이 자리 잡고 있던 곳이다. 지금은 콩팥처럼 405번 도로를 감싸는 마름모꼴 지역으로 줄어들었다. 단지 주위를 울타리가 둘러싸고 있다. 건물들 주위를 온통 철조망과 돌무더기, 도로 중앙 분리대 같은 장애물이 에워싸고 있다. 단지 안에 보이는 건물은 모두 크고 흉측한 모습이다. 칙칙한 화강암 색을 띤 모직 옷을 입은 사람들이 건물 입구 주변에서 서성거리는 모습이 보인다. 웅장한 하얀색 건물 아래라서 그런지 사람들은 작고 흐릿해 보인다.

단지 울타리에서 오른편으로 멀리 떨어진 곳에 UCLA(캘리포니아 주립 대학)가 보인다. 지금은 일본인들, 이 선생의 위대한 홍콩 그리고 미국의 몇몇 대기업이 공동으로 운영하고 있다.

사람들 말로는 멀리 왼편으로 가면 바다 위로 거대한 건물이 솟아 있는데, 그게 바로 CIC의 서부 지역 본부라고 한다. 내일쯤 그녀는 그 건물을 찾아 주변에서 보드를 타며 손을 흔들어 볼까 생각한다. 그녀에겐 히로에게 말해 줄 엄청난 정보가 있다. 엉클 엔조에 대한 엄청난 정보. 사람들은 그 정보를 보려고 비싼 대가를 치를 것이다.

그러나 그녀는 마음속으로 이미 양심의 가책을 느끼기 시작한다. 그녀는 마피아에 관한 건 누설할 수 없다는 걸 잘 안다. 그들이 두려워서가 아니다. 그들이 그녀를 믿기 때문이다. 그들은 그녀를 잘 대해 주었다. 그리고 그 좋은 관계는 다른 쪽으로 발전할 수도 있다. 누가 알겠는가? CIC를 위해 일하는 것보다 더 좋은 일자리가 생길지.

고속 도로에서 연방 청사 단지로 빠져나가는 차들이 별로 보이지 않는다. 엄마는 매일 아침 다른 많은 공무원처럼 그곳으로 일하러 간다. 모든 공무원이 아침에 일찍 일하러 가서 늦게까지 근무한다. 충성스럽기 때문이다. 그들은 맹목적으로 충성을 바친다. 공무원은 돈도 많이 받지 못하고 존경받지도 못한다. 그들은 각자 헌신적이며 권력 따위에는 신경 쓰지 않는다는 걸 보여 주어야 한다.

예를 들면 이렇다. 와이티는 LA 공항부터 어떤 택시에 작살을 붙이고 매달린 채 이곳까지 왔다. 택시 뒷자리에는 아랍계 사람이 한 명 앉아 있다. 그가 입은 아랍식 옷깃이 열린 창문으로 들어오는 바람에 펄럭거리는 모습이 보인다. 에어컨이 말을 안 듣는 모양이다. LA의 택시라면 암시장에서 프레온 가스를 살 수 있을 만큼 돈을 많이 벌지 못한다. 흔히 볼 수 있는 일이다. 더럽고 에어컨도 나오지 않는 택시를 타는 건 공무원들을 만나러 오는 손님밖에 없다. 예상했던 대로 택시는 '미합중국'이란 표지가 달린 출구로 빠져나간다. 와이티는 떼어 낸 작살을 밸리 지역으로 향하는 배달 트럭에 철컥 붙인다.

커다란 연방 청사 단지 건물 꼭대기에는 무전기를 들고 짙은 선글라스를 쓰고 큰 글씨가 쓰인 점퍼를 입은 요원들이 엎드린 채 '윌셔 대로'를 따라 달리는 자동차들을 망원경으로 감시하고 있다. 밤이었다면 아마 미합중국이라는 표지가 붙은 출구로 방향을 바꾸는 택시에 붙은 번호판에서 바코드를 읽어 내리려고 레이저 스캐너가 작동하고 있었을 것이다.

엄마가 옥상에서 일하는 사람들에 관해 자세히 말해 준 적이 있다. 그들은 흔히 '행작사'라고 부르는 '행정부 작전 총괄 사령부' 소속이다. FBI, 연방 경찰, 비밀 검찰국 그리고 특전 부대들은 예전에 육군, 해군, 공군이 그랬듯 서로 다른 주체성이 있다고 주장하지만, 모두 행작사의 지시를 받으며, 하는 일이 같고 대개 서로 대체해서 일할 수 있다. 연방 청사 단지 밖 사람들은 그들 모두를 그저 연방 요원이라고 부른다. 행작사는 원래 미합중국 영토였던 곳이라면 어디든 언제라도 영장은 그만두고 특별한 사유 없이도 요원들이 조사할 수 있는 권한이 있다고 주장하곤 한다. 하지만 그런 그들도 이곳 연방 청사 단지 안에서 망원경을 들고 내려다보거나 음성 탐지기에 귀를 기울이거나 저격용 소총에 눈을 대고 있을 때만 안심하고 있을 수 있다. 멀리 떨어진 곳일수록 더 좋다.

요원들이 내려다보는 가운데 뒷자리에 아랍인을 태운 택시는 속도를 약간 줄이더니 장애물 사이 곳곳에 50구경 기관총이 숨은 회전형 도로를 따라 내려가고 있다. 택시는 타이어 파괴 장치 앞에서 멈춘다. 택시 앞에 땅을 우묵하게 판 공간이 보이고, 그 주위에서 개를 거느린 연방 요원들이 강한 조명을 비추며 택시 밑에 폭탄이나 화생방정[화학, 생물학, 방사능, 정보전 관련] 무기류가 숨겨져 있지는 않은지 확인하기 시작한다. 그러는 사이 택시 운전사가 내리더니 보닛과 트렁크를 열어 요원들이 더 자세히 조사할 수 있도록 돕는다. 한 요원은 아랍인이 앉은 쪽 창문에 몸을 바짝 붙이고 창문 안쪽을 아주 찬찬히 훑어본다.

사람들 말로는 정부가 워싱턴 D.C.에 있는 모든 박물관과 기념 건조물들의 사용권을 외부에 위탁해 관광객을 받아들임으로써 정부 수입의 10퍼센트에 해당하는 신규 매출을 올리기 시작했다고 한다. 물론 공무원들이 직접 관리하면 더 많은 수입을 올릴 수도 있지만 중요한 건 그게 아니다. 철학적 문제다. 다시 기본으로 돌아가자는 것이다. 정부는 나라를 운영해야 한다. 정부가 관광 사업을 하는 건 아니지 않은가? 사람들을 즐겁게 하는 일은 그런 일을 직업으로 삼는 괴짜들에게 맡기면 될 일이다. 탭 댄스를 전공한 그런 사람들 말이다. 공무원은 그런 사람들과는 다르다. 진지한 사람들이다. 정치학을 전공한 사람들, 학생회 회장 출신, 토론 모임의 의장 노릇을 하던 사람들, 짙은 색 모직 양복을 입을 정도로 담력이 좋고, 비닐하우스에 들어온 것처럼 기온이 40도를 웃돌고 비행기도 뜨지 못할 정도로 습도가 높아도 단단히 채운 셔츠 단추를 풀 생각도 하지 않는 그런 사람들. 거울처럼 보이는 유리 벽 뒤, 어두운 방에 앉아 있을 때 마음이 편안한 그런 사람들이 공무원이다.

23

가끔 사내다운 척하려는 와이티 또래의 사내아이들은 '할리우드 힐스' 동쪽 끝까지 차를 몰고 가서 그리피스 공원으로 들어간 다음 아무 길로나 마구 돌아다니기도 한다. 그런 곳에서 아무런 상처도 입지 않고 살아남는다는 건 대평원에서 벌어진 전투에서 혁혁한 무공을 세우는 일이나 다름없다. 그런 위험에 스스로 가까이 다가간다는 것만으로도 사내답다고 우쭐거릴 만한 일이다.

그래 봐야 그들이 볼 수 있는 건 자신이 달리는 도로 양쪽 풍경뿐이다. 혹시 뭔가 재미난 구경거리가 없나 하는 마음에 공원 깊숙이 들어간다고 해도 '나가는 길 없음'이라는 표지판을 만나기라도 하면 몰고 나온 아빠 차의 기어를 얼른 후진 상태로 바꾼 다음 속도계가 치솟도록 냅다 집까지 거꾸로 달려야 한다는 걸 아이들은 잘 안다.

공원으로 들어선 와이티는 자연스럽게 미리 전해 들은 길을 따라간다. 길가에 '나가는 길 없음' 표지판이 보인다.

와이티 말고도 이런 일을 해 본 쿠리에는 많았다. 그래서 그녀는 나름대로 자신이 가는 곳에 관한 이야기를 들어 본 적이 있다. 지금 그녀가 들어선 길로만 접근이 가능한 계곡이 있는데, 그곳에 새롭게 등장한 패거리가 있다. 사람들은 그들을 '팔라발라족族'이라고 부른다. 서로 그런 식으로 말을 하기 때문이다. 그들은 자기들끼리만 쓰는 말이 따로 있는데 뭐라고 중얼대는 건지 알아들을 수가 없다.

지금 가장 중요한 일은 자신이 하는 짓이 얼마나 어리석은지 따위에는 신경 쓰지 않는 것이다. 담배를 한 대 피웠으면 좋겠다든지 멋진 진주 귀걸이를 주서서 고맙다고 할머니께 편지를 보내야 한다든지 하는 건 나중에 생각해도 된다. 우선 급한 일부터 처리해야 한다. 가장 중요한 한 가지는 물러서지 않는 일이다.

팔라발라족의 영역으로 들어가는 입구에는 기관총이 줄지어 자리 잡고 있다. 와이티가 보기엔 지나치게 과시하는 듯 보인다. 하지만 그녀는 마피아와 적대적 관계에 처해 본 적이 없어 그렇게 생각하는 것일 수도 있다. 그녀는 냉정하게 행동하며 경계선을 향해 시속 16킬로미터 정도로 속도를 줄이며 다가간다. 겁을 먹고 달아나려면 지금밖에 기회가 없다. 그녀는 래딕스 사에서 받은 작업 지시서를 높이 치켜든다. 그 서류에는 그녀가 정말 중요한 배달을 위해 물건을 받으러 왔다는 사실이 적혀 있다. 그런 게 이 사람들에게 통할 리가 없지만.

그런데 통한다. 둥그렇게 말린 모양의 철조망이 아무렇지도 않게 양쪽으로 열리고, 그녀는 속도를 늦추지도 않고 안으로 미끄러져 들어간다. 그리고 그 순간 그녀는 일이 잘 풀릴 거라는 생각이 든다. 여기 사람들도 다른 모든 이들과 마찬가지로 사업을 하는 것뿐이다.

계곡 깊은 곳까지 보드를 지쳐 들어갈 필요는 없다. 고맙기도 하지. 방향을 몇 번 바꾼 그녀가 나무들에 둘러싸인 평평한 지역에 들어서며 보니 마치 야외에 설치된 정신병자 보호 시설 같은 느낌이다.

아니면 문선명의 통일교도들이 모여 잔치를 벌이는 듯한 분위기라고나 할까.

사람들 수십 명이 보인다. 스스로 매무새에 신경 쓰는 사람은 보이지 않는다. 모두 예전에는 멋졌지만 이제는 넝마가 된 옷을 입고 있다. 대여섯 명이 바닥에 무릎을 꿇은 채 주먹을 꼭 쥐고 보이지 않는 뭔가를 향해 중얼거리고 있다.

버려진 자동차 트렁크 위에 오래된 고물 컴퓨터 단말기가 놓여 있다. 시커먼 모니터 화면에 커다랗게 깨진 자국이 보인다. 아마 누군가 머그잔이라도 집어던진 모양이다. 풀어놓은 붉은색 멜빵이 무릎 위로 덜렁거리는 한 뚱뚱한 사내가 키보드 위에 올린 두 손을 연방 놀리며 뜻을 알 수 없는 말을 크게 지껄이고 있다. 두 사람이 사내 뒤에 서서 어깨 너머로 들여다보며 때때로 간섭하려 하지만 사내는 계속 그들을 밀쳐 낸다.

그 밖에도 여러 사람이 모여 손뼉을 치며 몸을 흔들어 대고 〈행복한 방랑자〉라는 노래를 부르기도 한다. 정말 흠뻑 빠진 모습이다. 와이티는 로드킬이 그녀의 옷을 처음 벗길 때 이후에 이렇게 아이처럼 환희에 찬 표정을 한 사람은 처음 본다. 하지만 머리가 지저분한 삼십 명 정도의 사람들 얼굴에 비친 어린애처럼 들뜬 표정은 뭔가 정상이 아닌 것 같다.

그리고 마지막으로 와이티가 '대제사장'이라고 이름 붙인 사내가 보인다. 사내는 과거에 연구소 같은 곳에서 쓰던 하얀색 가운을 걸쳤는데, '베이' 지역에 있는 어떤 회사 로고가 찍혀 있다. 버려진 자동차 뒷자리에서 자던 그 사내는 와이티가 나타나자 벌떡 일어서서 그녀에게 달려온다. 그 모습을 본 와이티는 겁내지 않을 수가 없다. 그러나 다른 사람들과 비교하면 사내는 아주 정상적이고 건강해서 정신이 나가서 숲에서 살아가는 미치광이 정도로 보인다.

"서류 가방을 가지러 왔지?"

"물건을 받으러 왔어요. 그게 뭔지는 몰라요."

와이티가 말한다.

사내는 버려진 차들 중 한 대로 다가가더니 보닛을 열고 알루미늄 서류 가방을 꺼낸다. 어젯밤 스퀴키가 BMW에서 꺼냈던 것과 똑같은 가방이다.

"이게 배달할 물건이야."

사내는 그녀에게 걸어오며 말한다. 와이티는 본능적으로 사내를 피해 뒤로 움직인다.

"알아, 안다고. 내가 좀 무섭긴 하지."

사내가 말한다.

그는 가방을 땅에 내려놓더니 한쪽 발로 밀어낸다. 가방은 돌멩이들을 튕겨 내며 미끄러져 와이티에게로 온다.

"그리 바쁠 건 없는 일이야. 여기서 한잔하고 가지 않을 텐가? 쿨에이드가 있어."

"정말 그러고 싶지만, 제가 당뇨가 심해서요."

와이티가 말한다.

"그래, 그럼 음료수는 그만두고 우리와 함께 어울려 보는 건 어때? 네게 해 줄 멋진 이야기가 무궁무진한데 말이야. 모두 네 인생을 바꾸어 놓을 만한 것들이지."

"혹시 글로 써 놓은 건 없나요? 제가 가지고 가서 읽을 수 있는 거 말이에요."

"이런, 그런 건 없는 것 같군. 그냥 좀 머물다가 가지 그래. 넌 아주 좋은 사람인 것 같구나."

"미안해요. 하지만 저를 막돼먹은 여자로 오해하신 것 같네요. 가방 고마워요. 갈게요."

와이티는 그렇게 말하고는 한쪽 발로 땅을 지치며 최대한 빠른 속도를 내려고 애쓴다. 밖으로 나오는 길에 넝마가 되다시피 한, 샤넬 디자인을 흉내 낸 옷을 걸친 젊은 여자 곁을 스쳐 지난다. 머리를 박박 깎은 모습이다. 여자는 스쳐 지나가는 와이티를 향해 공허한 웃음을 지어 보이며 손을 들어 흔든다.

"안녕? 바 마 주 나 라 아무 파 고 루 네 메 아 바 두."

여인이 말한다.

"헤이."

와이티가 말한다.

몇 분 뒤, 와이티는 달리는 차에 붙어 I-5번 도로를 따라 밸리 지역으로 향한다. 약간 겁을 먹은 그녀는 늦었지만 서두르지 않는다. 머릿속에서 노랫가락이 떠나지 않는다. 〈행복한 방랑자〉. 미칠 것 같은 기분이다.

뭔가 커다랗고 시커먼 그림자가 계속 그녀 곁에 따라붙고 있다. 아주 크고 철분이 많은 차로 보여서 조금만 더 빨랐다면 얼른 달라붙었을 것이다. 하지만 아무리 그녀가 천천히 달리고 싶다고 할지라도 나룻배 같은 이 녀석보다는 빠를 것 같다.

검은 차의 운전석 창문이 내려간다. 그 녀석이다. 제이슨. 그는 고개를 완전히 밖으로 내밀어 그녀를 돌아본다. 앞은 보지도 않으면서 운전하는 것이다. 짧게 자른 머리에 젤을 얼마나 처발랐는지 시속 80킬로미터로 부는 바람에도 끄떡도 하지 않는다.

제이슨이 웃는다. 그의 표정은 로드킬과 마찬가지로 뭔가 애원하는 듯한 느낌을 준다. 뭔가를 암시하는 듯 차체 뒷부분을 가리킨다.

도대체 무슨 짓인지. 지난번 그녀가 차에 작살을 붙였을 때, 그는 정확히 그녀가 가고자 하는 목적지로 데려다주었다. 와이티는 거의 1킬로미터 가까이 붙어 달리던 자동차에서 작살을 떼어내 제이슨의 커다란 자동차에 붙인다. 그러자 제이슨은 그녀를 붙인 채 고속 도로에서 내려와 '빅토리아 거리'로 들어서더니 밴 나이스로 향한다. 그녀가 가려던 방향이다.

그러나 한참을 달리던 제이슨은 운전대를 급히 오른쪽으로 꺾더니 버려진 상가 주차장으로 들어선다. 엉뚱한 곳이다. 지금 주차장에 보이는 차라곤 시동이 걸린 채 서 있는 엄청나게 큰 트럭뿐이다. 트럭 옆면에는 '살두치 형제. 이사 및 짐 보관'이라고 쓰여 있다.

제이슨이 올즈모빌 자동차에서 내리며 말한다.

"얼른 처리하자고. 시간 낭비하고 싶지 않겠지?"

"웃기지 마, 망할 자식."

와이티는 작살을 되감으며 서쪽으로 향하는 차들이 질주하는 도로 쪽을 돌아본다. 녀석이 무슨 생각을 하는지는 몰라도 아마도 직업 윤리에 어긋나는 일일 것이다.

"어린 아가씨."

다른 목소리가 들린다. 나이가 더 들고 흥미를 갖게 하는 그런 목소리다.

"제이슨이 마음에 들지 않는다면, 그건 좋아. 그렇지만 친구인 엉클 엔조가 도움을 기다리고 있어."

트럭 뒷문이 열린다. 검은 양복을 입은 사내가 서 있다. 사내 뒤로 보이는 트럭 짐칸 내부는 불이 환하게 밝혀져 있다. 할로겐전구 불빛이 매끈하게 빛어 넘긴 사내의 머리를 뒤에서 비추고 있다. 사내 뒤에서 불빛이 환하게 비추긴 하지만, 와이티는 그가 한쪽 눈알이 유리인 아까 그 사내란 걸 알 수 있다.

"뭘 원하는 거죠?"

그녀가 묻는다.

사내는 그녀를 위아래로 훑어보며 대답한다.

"내가 원하는 것과 필요한 건 달라. 지금 난 일하는 중이야. 그러니 내가 원하는 건 중요하지 않다는 뜻이지. 내가 필요한 건 네가 스케이트보드와 그 서류 가방을 들고 이 트럭에 올라타는 일이야."

그러더니 사내는 덧붙여 말한다.

"무슨 말인지 알아듣겠지?"

웅변에 가까운 사내의 말은 당연히 아니라는 대답을 기대하는 것 같다.

"저 사람 말은 심각하게 들어야 해."

제이슨이 와이티가 자신의 말을 꼭 들어야만 한다는 투로 말한다.

"자, 이제 알아들었겠지?"

유리 눈 사내가 말한다.

와이티는 웨인 목사의 천국의 문 가맹점으로 가고 있어야 했다. 만일 이번 배달을 망치면 신을 배반하는 것이나 다름없다. 신이 존재하는지는 알 수 없지만, 그나마 신은 용서하는 능력이라도 있다. 그에 비해 마피아는 분명히 존재하며, 훨씬 더 철저한 복종을 요구한다.

와이티는 보드와 알루미늄 가방을 트럭 위에 선 유리 눈 사내에게 올려주고, 사내가 내미는 손은 무시한 채 바닥을 짚고 트럭 짐칸에 올라탄다. 사내는 손을 거두며 뭐가 잘못되었는지 궁금해하는 듯 자신의 손을 들여다본다. 그녀의 발이 땅에서 떨어지는 순간 이미 트럭은 움직이고 있다. 그녀가 올라타고 짐칸에 달린 문이 닫히는 순간 트럭은 이미 도로에 들어서는 중이다.

"네가 배달하는 물건을 가지고 몇 가지 실험을 해야겠어."

유리 눈 사내가 말한다.

"자신이 누군지 소개해 볼 생각은 없어요?"

와이티가 말한다.

"없어. 사람들은 늘 이름은 잊고 말지. 날 그냥 어떤 남자라고 기억해 두면 돼."

사내가 말한다.

와이티는 귀담아듣지도 않는다. 대신 트럭 짐칸의 내부를 살피는 중이다.

짐칸 내부는 한 칸이고 길다. 와이티가 올라선 곳은 그저 입구에 불과했다. 입구 쪽에는 두 명의 마피아 사내가 서서 그들이 늘 하듯 빈둥거리고 있다.

실내 대부분은 전자 장치가 차지하고 있다. 커다란 기계들.

"컴퓨터로 뭔가 해 볼 거야."

사내는 가방을 컴퓨터 앞에 앉은 남자에게 건넨다. 긴 머리를 뒤로 묶은데다 청바지를 입었고 얌전해 보이는 모습을 보고 와이티는 그가 컴퓨터 전문가임을 알아차린다.

"이봐요, 그 물건에 뭔가 문제가 생기면 난 죽은 목숨이야."

와이티는 거칠고 용감한 척 행동하지만, 상황이 상황이니만큼 그다지 먹혀들지는 않는다.

유리 눈 사내는 약간 놀란 듯 보인다.

"날 어떻게 생각하는 거야? 내가 믿을 수 없을 정도로 멍청한 바보로 보이냐? 젠장, 나도 어쩌다 엉클 엔조가 아끼는 귀염둥이 와이티가 무릎에 총알을 맞았는지 설명하고 싶은 마음은 없단 말이야."

"가방은 열지도 않고 하는 검사입니다."

컴퓨터 앞에 앉은 사내가 차분하고 우아한 목소리로 말한다.

사내는 손에 든 가방을 재보듯 몇 차례 돌린다. 그러더니 탁자 위에 놓인, 한쪽이 열린 커다란 원통에 집어넣는다. 원통 벽은 두께가 5센티미터는 되어 보일 정도로 두껍다. 원통에는 서리가 맺히고 있다. 원통 주변으로 뭔지 알 수 없는 가스가 계속 흐르는데 마치 소용돌이치는 물속에 우유 한 숟가락을 떨어뜨린 것 같은 모습이다. 가스는 탁자 위를 지나 바닥으로 흘러내리며 안개로 만든 작은 카펫처럼 움직이다가 사람들 신발을 만나면 뭉게뭉게 피어오른다. 컴퓨터 앞에 앉은 사내는 가방을 원통에 집어넣더니 손이 시린 듯 재빨리 빼낸다.

그리고 사내는 컴퓨터 고글을 착용한다.

그걸로 끝이다. 사내는 한참 동안 자리에서 일어서지 않는다. 컴퓨터를 잘 알지 못하는 와이티지만 바로 지금 문 뒤쪽 어딘가에 숨겨 놓은 커다란 컴퓨터가 많은 일을 하고 있으리라는 걸 잘 안다.

"일종의 컴퓨터 단층 촬영 같은 거야."

유리 눈 사내가 마치 골프 대회를 중계하는 아나운서처럼 가라앉은 목소리로 말한다.

"하지만 이건 내부의 모든 걸 알 수 있지."

그는 초조한 듯 두 손으로 동그란 공 모양을 그려 보인다.

"얼마나 비싼 건데요?"

"몰라."

"기계 이름이 뭐예요?"

"아직 이름도 붙이지 않았어."

"그럼, 누가 만들었죠?"

"우리가 저 빌어먹을 기계를 만들었지. 그러니까 만든 지 아직 몇 주도 지나지 않았다고." 유리 눈 사내가 말한다.

"뭐 하러 만들었죠?"

"넌 궁금한 게 너무 많구나. 이봐, 넌 귀여운 아이야. 그러니까 넌 기막히게 예쁜 계집아이라고. 아주 끝내줘. 그렇지만 지금 단계에서는 넌 그다지 중요한 인물이 아니란 걸 알아 둬."

지금 단계라. 흠.

24

히로는 좁은 임대 창고 방 안에 있다. 파트너 와이티가 충고한 대로 조금이라도 현실 세계에서 시간을 보내려고 애쓰는 중이다. 바다에서 불어오는 산들바람과 제트기의 배기가스가 안으로 들어올 수 있도록 문은 열어 두었다. 가구란 가구는 모두 벽 쪽으로 밀어 둔 상태다. 가구라고 해 봐야 매트리스와 화물 받침대 그리고 콘크리트 블록으로 만든 실험성 짙은 가구뿐이지만. 그는 길이가 1미터 정도 되는 무거운 철근을 들고 있다. 손잡이로 쓰는 한쪽 끝은 테이프로 둘둘 말아 놓았다. 철근은 긴 칼인 카타나와 비슷하지만 훨씬 더 무겁다. 히로는 철근 카타나라고 부른다.

그는 맨발로 검도 자세를 취하고 섰다. 원래는 발목까지 덮이는 헐렁한 전통 치마바지에 짙은 남색 짧은 상의를 입어야 마땅하지만, 그는 삼각팬티 바람이다. 카푸치노 빛깔의 매끄러운 근육이 뒤덮은 등에서 땀방울이 흘러내리며 등 한가운데 파인 곳으로 흐른다. 왼쪽 발바닥 앞부분에 포도알만 한 물집이 생기는 중이다. 히로는 심장과 폐가 잘 발달했고 다른 누구보다 재빠른 반사 신경을 가졌다. 하지만 아버지처럼 강인한 신체를 타고나지는 못했다. 그리고 혹시 강인한 몸을 갖고 태어났다고 하더라도 철근 카타나로 검도 연습을 하는 건 매우 어려운 일이다.

몸에는 아드레날린이 흘러넘치고 신경은 온통 곤두섰으며 막연한 불안감이 밀려와 마음이 너무 산란했다. 끝을 알 수 없는 두려움의 바다에서 흔들리는 듯했다.

그는 10미터 정도 되는 실내에서 반복해 앞뒤로 발걸음을 옮겨 본다. 가끔 걸음을 빨리하며 철근 카타나의 끝부분이 뒤쪽을 향할 때까지 머리 위로 들어 올렸다가 재빨리 아래로 휘두르는데, 마지막 순간에 손목에 힘을 주어 철근이 공중에 멈추도록 한다. 그리고 외친다. "다음!"

이론적으로는 그렇게 해야 한다. 하지만 사실 철근 카타나는 일단 움직이기 시작하면 멈추기 어렵다. 그래도 훌륭한 연습이 된다. 양 팔뚝은 마치 금속 케이블을 뭉쳐 놓은 것처럼 보인다. 거의 그래 보인다. 아니, 곧 그렇게 될 것이다.

일본 사람들은 칼이 목표물에 맞은 후에도 계속 힘을 주며 끝까지 휘두르는 건 정신 나간 짓이라고 생각한다. 만일 상대방의 머리를 카타나로 후려치고 나서 칼날을 멈추려고 노력하지 않는다면, 적의 두개골을 자른 칼날은 아마도 빗장뼈나 골반에 박혀 옴짝달싹하지 못하게 될 것이다. 그렇게 되면 중세풍의 전쟁터 한가운데서, 죽인 적의 절친한 친구가 복수심에 눈을 번쩍이며 달려오는 순간에 방금 목숨이 끊어진 상대의 얼굴을 한쪽 발로 밀어내며 칼날을 빼내려 애쓰는 신세가 되고 말 것이다. 그러니 칼날이 목표물을 맞히자마자 칼을 멈출 수 있도록 훈련을 하지 않을 수 없다. 말하자면 칼날이 상대의 두개골 속으로 한 뼘 정도 들어갔을 때 재빨리 칼을 거두며 다음 목표가 될 사무라이를 찾는 것이다. 그래서 "다음!"이라고 외치는 것이다.

그는 지난 밤에 레이븐과 만났던 일을 계속 생각하다 잠을 이루지 못했다. 그래서 새벽 3시에 일어나 철근 카타나를 들고 연습을 하게 되었다.

자신이 전혀 준비하지 못하고 있었다는 걸 잘 알았다. 죽창이 날아들었다. 칼날로 쳐 내기는 했지만. 어쩌다 보니 제때 창을 걷어 낼 수 있었고, 그래서 다치지 않았다. 하지만 그는 거의 아무 생각도 없는 상태였다.

어쩌면 위대한 전사들이야말로 그런 식으로 막아 내는 것인지도 모른다. 무관심한 것처럼, 어떻게 움직여야 하는지 마음속으로 생각하지도 않은 채 말이다.

어쩌면 스스로 너무 잘난 체를 하는 건지도 모른다.

몇 분 동안 헬리콥터 소리는 점점 더 커지고 있다. 공항 근처에 사는 히로도 이런 경우는 자주 겪지 못했다. 헬리콥터는 안전 문제 때문에 LA 공항 주변을 비행해서는 안 되기 때문이다.

소음이 계속 커지더니 엄청날 정도로 커진다. 그 순간, 헬리콥터는 히로와 비탈리가 사는 좁은 임대 창고 앞 주차장에 착륙한다. 회사 업무용으로 쓰는 멋진 제트 헬리콥터로, 짙은 녹색이고 특별히 눈에 띄는 표식은 보이지 않는다. 히로는 좀 더 밝은 빛 아래에서 봤다면 헬기에 국방 관련 회사의 로고가 붙어 있는 게 보였으리라 생각한다. 짐 장군의 방위 시스템일 가능성이 크다.

낯빛이 창백하고 이마가 깊은 곳까지 벗어진 백인 사내가 헬기에서 뛰어내린다. 얼굴이나 겉으로 보이는 태도에 비해 상당히 힘이 넘치는 사내는 주차장을 곧바로 가로질러 히로를 향해 뛰어온다. 히로는 아버지가 군인으로 일할 때 그런 사내들을 자주 보았다. 전설처럼 전해져 내려오거나 영화 속에서나 볼 수 있는 그런 노련하고 날랜 사람은 아니다. 그저 풍성한 군복을 입고 뛰어다니는 평범하게 생긴 35세쯤 먹은 사내들 가운데 한 명으로 보인다. 계급은 소령이다. 전투복에는 클렘이라는 이름이 새겨져 있다.

"히로 프로타고니스트 씨인가요?"

"그렇습니다."

"후아니타 씨가 모셔 오라고 했습니다. 이름만 말씀드리면 아실 거라고 했습니다."

"아는 이름이긴 합니다. 하지만 나는 후아니타와 함께 일하지 않습니다."

"그분 말로는 이제 함께 일하고 있다고 하던데요."

"흠, 그렇군요. 무척 다급한 일인가 보죠?"

히로가 말한다.

"그렇게 볼 수 있을 것 같습니다."

클렘 소령이 말한다.

"몇 분 기다릴 수 있나요? 방금 운동을 마친 참이라 옆에 잠깐 들러야 할 것 같아서요."

클렘 소령은 무슨 말인지 옆을 본다. 히로가 사는 곳 바로 옆에는 '화장실 편의점'이 보인다.

"상황이 상당히 복잡합니다. 5분 드리겠습니다."

클렘 소령이 말한다.

히로는 화장실 편의점 회원 카드를 갖고 있다. 임대 창고에서 살려면 회원 카드를 갖고 있어야만 한다. 그는 금전 등록기 앞 점원이 앉아 있는 안내 창구를 그냥 스쳐 지나 안으로 들어간다. 회원 등록 카드를 좁은 홈에 집어넣자 컴퓨터 화면이 환해지며 세 가지 중 하나를 선택하라고 한다.

남자

여자

유아[남녀 공용]

히로는 '남자' 버튼을 누른다. 그러자 화면이 바뀌더니 네 가지 메뉴가 보인다.

기능성 화장실 - 검소하지만 청결한 선택

일반 화장실 - 마치 집에 있는 것처럼. 어쩌면 그보다 약간 더 좋은.

고급 화장실 - 남다른 당신을 위한 품위 있는 공간

그랜드 로열 화장실

그는 반사적으로 임대 창고에 사는 다른 모든 사람이 늘 사용하는 '기능성 화장실' 버튼을 누르려다 간신히 멈춘다. 그리로 들어가면 다른 사람이 흘린 체액을 조금이라도 발견하지 않을 수 없을 것이다. 보기 좋은 모습은 아니다. 품위라고는 전혀 없는 상황일 것이다. 그는 대신 '그랜드 로열 화장실' 버튼을 누른다. 젠장, 어차피 후아니타가 그를 고용하겠다고 하지 않는가?

처음 들어와 보는 곳이다. 애틀랜틱시티에 높이 솟은 고급 카지노 꼭대기 층에서나 볼 수 있는 모습이다. 카지노에서 어쩌다 횡재를 잡은 시골 바보들을 붙잡아 둘 때 사용하는 공간 말이다. 실내에는 얼빠진 도박꾼이라면 고급스럽다고 생각할 만한 것들이 병적일 정도로 가득 차 있다. 금테를 두른 온갖 비품, 인조 대리석으로 만든 제품들, 주름 잡힌 벨벳 커튼. 그리고 안내를 맡은 사람도 한 명 보인다.

임대 창고에 사는 사람 가운데 그랜드 로열 화장실을 이용해 본 이는 아무도 없다. 이런 등급의 화장실이 여기 있는 유일한 이유는 어쩌다 보니 이 곳 위치가 LA 공항 길 건너이기 때문이다. 여행하다 샤워를 하고 다른 사람들에게 신경 쓰지 않고 멋진 음악을 들으며 쾌적하고 느긋하게 용변을 보기를 바라는 싱가포르인 사업가가 들를 수도 있는 일이다. 그런 사람은 어차피 모든 비용을 여행용 법인 카드로 사용하게 마련이니까.

안내인은 서른 살쯤 되어 보이는 중앙아메리카 출신의 사내로 몇 시간 동안 졸고 있었던 것처럼 이상하게 우스워 보이는 눈 모양을 하고 있다. 히로가 들어섰을 때 사내는 믿기 어려울 정도로 두꺼운 수건을 팔뚝에 막 걸치고 있던 참이다.

"5분밖에 시간이 없어요."

히로가 말한다.

"면도하시겠습니까?"

히로가 어느 나라 사람인지 잘 알아차리지 못한 안내인은 그렇게 물으면서 자신이 한 말이 잘 통할 수 있도록 손으로 자신의 뺨을 만진다.

"그거 좋겠군요. 하지만 시간이 없어요."

히로는 삼각팬티를 벗고 두 자루의 칼을 닳아 빠진 벨벳 소파에 올려 둔 다음 대리석으로 만든 원형 샤워실로 들어선다. 즉시 온갖 방향에서 뜨거운 물이 쏟아지며 몸을 때린다. 벽에 달린 손잡이를 돌려 마음에 들도록 수온을 조절할 수 있다.

샤워를 끝내고 첨단 변기에 앉은 히로는 옆에 놓인, 전화번호부만큼 크고 표지가 반질거리는 잡지를 읽고 싶다고 생각한다. 하지만 이제 그는 나가야 한다. 그는 서커스단 천막만큼이나 큼직한 새 수건으로 몸을 닦고 끝을 끈으로 묶는 헐렁한 바지에 티셔츠로 재빨리 갈아입은 다음 홍콩 달러 몇 장을 안내인에게 쥐어 주고 칼을 들고 밖으로 뛰어나온다.

헬리콥터를 조종하는 군인이 속도를 위해 안락함을 기꺼이 포기한 덕분에 비행은 매우 짧게 끝난다. 헬기는 낮은 고도를 유지하며 날아가는데, 혹시라도 거대한 제트 여객기 엔진에 빨려 들어가는 일이 없도록 조심하는 것 같다. 조종사는 일단 헬기가 움직일 수 있을 만큼 공간을 확보하자 즉시 꼬리의 방향을 바꾸더니 조종석을 아래로 처박고 회전 날개를 강하게 회전시키며 공항 지역을 벗어나 드문드문 불이 켜진 할리우드 힐스 쪽으로 날아간다.

그러나 헬리콥터는 할리우드 힐스에 못 미치는 곳에 있는 한 병원 옥상에 내려앉는다. '신의 은총' 체인에 속하는 이 병원 옥상은 엄밀하게 말해 바티칸 교황청의 영공이다. 후아니타가 있을 만한 곳이다.

"신경과 병동으로 가세요."

클렘 소령은 마치 명령을 내리는 듯한 말투다.

"서관 5층 564호실입니다."

병상에 누워 있는 건 다파이비드다.

침대의 윗부분과 아랫부분에 묶인 엄청나게 두껍고 폭이 넓은 가죽끈이 보인다. 가죽끈에는 부드러운 양가죽을 덧댄 가죽 수갑이 매달려 있다. 그런 가죽 수갑들이 다파이비드의 손목과 발목을 붙들고 있다. 그가 입은 환자복은 거의 전부 벗겨지다시피 했다.

제일 끔찍한 모습은 그의 시선이 늘 같은 방향을 바라보지 못한다는 점이다. 몸에 달아 놓은 심전도 측정기 화면에 심장 박동이 나타나는데, 의사가 아닌 히로가 봐도 정상적인 모습은 아니다. 너무 빨리 뛰다가 전혀 움직이지 않고 경고음이 울리고 다시 뛰기 시작하곤 한다.

다파이비드는 완전히 정신이 나간 것처럼 보인다. 멍한 눈은 뭘 보는 건지 알 수가 없다. 처음엔 그의 몸이 흐느적거리는 것처럼 보였다. 하지만 가까이 다가서서 보니 덜덜 떨리는 몸은 온통 굳은 상태이고, 피부는 땀에 젖어 반질반질해 보인다.

"임시로 심장 박동기를 몸에 넣어 두었습니다."

여자 목소리가 들린다.

히로는 돌아선다. 수녀 차림을 한 여자는 외과 의사인 듯 보인다.

"얼마나 오랫동안 발작을 일으킨 겁니까?"

"환자의 전 부인 되는 분이 걱정된다며 전화를 주셨어요."

"후아니타군요."

"맞아요. 구급 요원들이 도착했을 때, 환자는 집에 있는 의자에서 바닥으로 쓰러진 채 발작을 일으키는 중이었어요. 여기 멍든 자국이 보이실 거예요. 우리가 생각하기엔 탁자 위에 놓인 컴퓨터가 떨어지면서 갈비뼈를 때린 것 같아요. 그래서 혹시 몸이 더 다칠까 봐 환자를 묶어 두었습니다. 하지만 지난 30분 동안 이런 식으로 온몸을 약하게 떨고만 있어요. 이렇게 유지만 된다면 결박을 풀어도 될 것 같습니다."

"쓰러질 때 고글을 쓰고 있었나요?"

"모르겠습니다. 확인해 드릴 수는 있어요."

"그렇지만 이 친구가 고글을 쓰고 컴퓨터를 사용하던 중에 발작을 일으켰다고 생각하시죠?"

"정말 모르겠습니다. 제가 아는 건 환자가 아주 심한 심장 부정맥을 일으켰고, 우리가 환자의 서재 바닥에서 임시로 몸 안에 심장 박동기를 집어넣었다는 사실입니다. 발작을 막으려고 약을 투여했지만, 소용이 없었어요. 환자를 안정시키려고 진정제도 투여했지만 그리 큰 효과는 보지 못했습니다. 무슨 문제가 있는지 알아보려고 여러 가지 장치를 통해 환자 뇌 속에 담긴 영상을 분석하기도 했습니다. 아직 결론을 내리지는 못했지만 말이죠."

"그럼 전 이 친구 집으로 가 봐야겠군요."

히로가 말한다. 의사는 어깨를 으쓱해 보인다.

"환자가 정신을 되찾으면 연락을 주세요."

히로가 말한다.

이 말을 들은 의사는 아무런 대꾸도 하지 않는다. 히로는 다파이비드가 처한 상황이 일시적인 것이 아닐 수도 있다는 생각을 처음으로 한다.

히로가 복도로 나서는데 다파이비드가 입으로 소리를 낸다.

"에 네 엠 마 니 아 지 아 지 니 무 마 마 담 에 네 엠 암 안 키 가 아 기 아 기……."

히로는 몸을 돌려 그를 본다. 다파이비드는 팔다리가 묶여 꼼짝도 하지 못한 채 늘어져 반쯤 잠든 것 같다. 그는 절반쯤 감은 눈으로 히로를 바라본다.

"에 네 엠 담 갈 넌 나 아 기 아기 에 네 엠 우 무 운 앱주 카 아 지 아 아 지……."

깊고 차분한 다파이비드의 목소리에서 스트레스라고는 느껴지지 않는다. 한 마디 한 마디가 혀에서 흘러내리는 침처럼 미끄러져 떨어진다. 히로가 복도를 걸어가는 내내 다파이비드의 목소리는 멈추지 않는다.

"아이 제 엔 아이 에 엔 누 제 엔 누 제 엔 어스 사 터르 라 루 라 제 엠 멘……."

히로는 다시 헬기에 오른다. 헬리콥터는 '비치우드 캐니언' 한가운데를 날아 할리우드라고 쓰인 커다란 표지판을 향해 똑바로 날아간다.

조명으로 비춘 다파이비드의 집은 전혀 다른 모습이다. 작은 언덕 꼭대기, 외길 끝에 자리한 집이다. 짐 장군의 방위 시스템에서 나온 개구리처럼 생긴 지프가 막아선 외길은 차에 달린 빨갛고 파란 경광등 불빛에 흠뻑 젖은 모습이다. 다른 헬리콥터 한 대가 소용돌이치듯 강한 조명을 비추며 집 위를 날고 있다. 군인들이 손전등을 들고 집 주위를 이리저리 훑고 다니는 모습이 보인다.

"혹시 몰라 주변을 봉쇄해 두었습니다."

클렘 소령이 말한다.

불빛 너머로 마치 죽은 것처럼 시커먼 언덕이 보인다. 군인들은 손전등을 밝혀 어둠을 몰아내려 애쓰는 것 같다. 히로도 이제 그 장면에 들어가기 직전이다. 비행기에서 내려다보면 그도 그저 흐릿한 한 개의 픽셀로 보일 것이다. 바이오매스 속으로 뛰어드는 것이다.

다파이비드의 노트북은 그가 일하는 장소로 즐겨 사용하던 탁자 옆 바닥에 떨어져 있다. 주변에는 구급약품을 급히 사용하고 남은 껍질과 쓰레기가 널려 있다. 그 한가운데 다파이비드의 고글이 보인다. 바닥에 쓰러질 때 벗겨졌거나 구급대원이 벗겨 냈을 것이다.

히로는 고글을 집어 든다. 고글을 눈 가까이 대 보니 뭔가 영상이 보인다. 온통 백색 노이즈가 가득한 모습이다. 다파이비드의 컴퓨터 시스템은 바이러스에 감염된 것이다.

히로는 고글을 든 손을 내리며 눈을 감는다. 비트맵 화면을 들여다본다고 사람이 다치는 건 아니지 않은가? 아니, 그럴 수도 있는 걸까?

집은 한쪽 끝에 높은 망루가 달린 일종의 현대식 성 모양이다. 다파이비드와 히로 그리고 다른 해커들은 맥주 한 상자와 불판을 가지고 망루에 올라가 밤을 홀딱 새며 왕새우와 게 다리, 조개를 구워 맥주와 함께 먹곤 했다. 물론 이제 망루는 쓰는 사람 없이 버려진 상태다. 올라가 보니 녹슨 불판이 회색 재에 묻힌 채 고고학 유물처럼 뒹굴고 있다. 히로는 자신이 좋아하던 자리에 앉아 미리 냉장고에서 꺼내 온 맥주를 예전처럼 천천히 마신다. 예전에는 여기 앉아 맥주를 마시며 책을 읽곤 했다.

끝없이 살아 움직이는 듯한 안개 아래로 오래전 중심지였던 주변 지역의 다닥다닥 붙은 집들이 보인다. 다른 도시들은 공기에 오염 물질이 잔뜩 들어 있겠지만, 이곳 LA의 공기에는 아미노산이 섞여 있다. 마치 토스터 안에 든 열선처럼 적열하는 선들이 짙게 퍼지는 안개를 둘러싸며 막는 모습이 보인다. 가까운 계곡 바깥쪽으로 눈길을 돌리자 불빛들이 흩어지면서 명확해져 별이나 아치 또는 번쩍거리는 글씨로 보인다. 퍼지 이론을 기반으로 작동하는 인공 지능 교통 신호를 따라 고동치듯 고속 도로를 달리는 적혈구와 백혈구들의 물결이 보인다. 더 멀리 분지 지역에 보이는 백만 개도 넘는 활기찬 간판 불빛들이 조밀하게 모이는 모습은 기하학적인 점들이 모여 여러 개의 곡선을 이루는 것처럼 보인다. 가맹점들이 잔뜩 모인 지역의 양쪽 끝으로 멀리 갈수록 주택 단지들 때문에 로글로 불빛은 점점 옅어진다. 그리고 그 주위를 둘러싼 어둠 속에서는 여기저기 누군가의 집 뒷마당에서 비치는 방범용 조명등만이 번쩍거리는 모습이다.

가맹점과 바이러스는 같은 원칙으로 움직인다. 어떤 지역을 장악하고 나면 다른 곳으로 몰려간다는 것. 그저 전염성이 넘치는 사업 계획을 만들고, 그 내용을 사업의 DNA라 할 수 있는 두꺼운 업무 매뉴얼 안에 요약해 적어 넣은 다음 복사해 멀리까지 닿고 교통량이 많은 고속 도로에 박아 넣기만 하면 된다. 가능하면 중간중간 좌회전 차선이 있는 고속 도로면 더 좋다. 그러면 사업은 번창해 해당 지역의 경계까지 뻗어 나갈 것이다.

옛날에는 외식을 하거나 커피를 마시려고 할 때, 동네에 있는 '어머니 맛

식당' 같은 곳을 찾아가면 집에서 먹는 기분을 느낄 수 있었다. 자신이 사는 동네에서 멀리 나갈 일이 없다면 늘 그런 식으로 식사를 해결할 수 있다. 그러나 만일 다른 동네에 있는 식당에 간다면, 우선 문을 열고 들어서자마자 모든 사람이 고개를 들고 당신을 바라볼 것이며 당신은 메뉴에 보이는 '푸른 접시 스페셜' 같은 요리가 뭔지 알지 못할 것이다. 만일 당신이 여행을 많이 하는 사람이라면 어딜 가더라도 타향 같은 기분이 날 것이다.

그러나 뉴저지에 사는 사업가가 아이오와주 더뷰크에 갔을 때도 그가 만일 맥도날드 햄버거 가게에 들어가면 당연히 아무도 그를 이상하게 보지 않을 것이다. 그는 메뉴는 들춰 보지도 않고 주문을 할 수 있을 것이며, 음식 맛도 어디든 같다. 맥도날드가 바로 집이다. 집 같은 분위기를 업무 매뉴얼에 요약해 복사하는 것이다. '어디서든 익숙한 느낌.' 모든 체인 가맹점들의 좌우명이다. 당연하다는 듯《굿 하우스키핑》잡지사에서 부여한 인증 마크를 자랑스레 붙여 놓은 음식점 간판과 광고판들이 이리저리 구불구불 격자 모양으로 깔린 모습이 멀리 보인다.

세계에서 가장 놀랍고 끔찍한 나라에 사는 미국 사람들은 그런 좌우명에서 편안함을 느낀다. 로글로 불빛을 따라 외곽으로 나가서 깊은 골짜기나 계곡으로 들어가면 도망쳐 사는 사람들의 땅이 나온다. 그들은 진정한 미국으로부터 달아난 사람들이다. 핵폭탄을 가진 미국, 머리 가죽을 벗기던 미국, 힙합, 카오스 이론, 발에 콘크리트를 달아 물속에 던지기, 기독교 의식 삼아 뱀을 다루기, 살인광, 우주 유영, 버펄로 사냥, 차 안에 앉은 채 모든 일 보기, 크루즈 미사일, 셔먼 장군의 행진, 교통 체증, 오토바이 폭주족 그리고 번지점프의 미국으로부터 달아난 사람들이 사는 곳이다. 그들은 컴퓨터가 똑같은 모습으로 디자인한 버브클레이브 안 도로에 미니밴들을 열 맞춰 세우고 석고 보드와 비닐 바닥에 어울리지도 않는 목공품이 어울린, 거지 같은 집구석에 몸을 숨긴다. 중간급 문화를 길러내는 배양 접시 꼴이다.

　도시에 남은 유일한 사람들은 쓰레기를 뒤지며 먹고사는 거지들이나 파멸하는 아시아 국가들로부터 파편처럼 튕겨 나온 이민자들, 젊은 보헤미안들, 그리고 이 선생의 위대한 홍콩에서 근무하며 첨단 기술에 빠져 사는 사람들뿐이다. 바로 다파이비드나 히로처럼 젊고 똑똑한 사람들이다. 그들은 스스로 자극을 즐기며 조절할 수 있다고 생각하기에 위험을 무릅쓰고 도시에 산다.

25

와이티는 트럭이 어디 서 있는지 알 수가 없다. 길이 막혀 서 있는 건 틀림이 없다. 전혀 예상하지 못한 상황이다.

"전 지금 목적지로 달리고 있어야 해요."

그녀가 말한다.

사내들은 잠시 아무런 반응도 보이지 않는다. 그 순간, 컴퓨터를 만지던 사내가 의자에 앉은 채 몸을 똑바로 세우며 고글 안에 보이는 삼차원 컴퓨터 영상은 무시한 채 벽을 바라보며 말한다.

"됐습니다."

몽구스처럼 재빠른 동작으로 유리 눈 사내가 달려들더니 알루미늄 가방을 저온 용기에서 꺼내 와이티에게 넘긴다. 그러는 사이 어슬렁거리던 마피아 사내들 가운데 한 명이 트럭 뒷문을 연다. 열린 문밖으로 도로를 꽉 메운 채 옴짝달싹하지 못하는 자동차들이 보인다.

"한 가지 더."

유리 눈 사내가 와이티의 몸에 수없이 달린 주머니 가운데 하나에 종이봉투를 밀어 넣는다.

"뭐죠?"

와이티가 말한다.

사내는 마치 스스로 보호하려는 것처럼 양손을 들어 보인다.

"걱정하지 마. 그냥 성의일 뿐이야. 이제 가도 돼."

그는 와이티의 스케이트보드를 든 사내에게 손짓을 한다. 아무렇게나 보드를 집어던지는 모습을 보니 나름대로 최신 기기에 지식이 많은 사내인 것 같다. 보드는 와이티와 사내 사이 바닥에 이상한 각도로 떨어진다. 그러나 이미 자신이 바닥으로 떨어진다는 걸 눈치챈 보드는 엄청나게 솟구쳐 올라 덩크슛을 넣은 다음 바닥으로 떨어지는 농구 선수의 다리와 발처럼 모든 각도를 계산하고 바큇살들을 늘이거나 줄인 상태다. 바닥을 발로 디디고 내려선 보드는 이리저리 방향을 바꾸더니 균형을 되찾고 와이티 쪽으로 곧바로 다가가 그녀 옆에 멈춰 선다.

와이티는 보드에 한쪽 발을 얹고 다른 발로 바닥을 몇 번 차며 달리더니 열린 트럭 뒷문을 통해 날아올라 바로 뒤에 붙어 따라오던 승용차 보닛에 내려선다. 자동차 앞 유리창은 보드 방향을 바꾸기에 더없이 좋다. 와이티가 보드를 타고 도로에 내려설 때는 이미 달리던 방향이 반대로 깔끔하게 바뀌어 있다. 자동차의 운전자가 경적을 울려 대지만 차들이 옴짝달싹하지 못하는 마당이라 그녀를 뒤쫓아 갈 수 없다. 주변 수 킬로미터 반경 안에서 실제로 움직일 수 있는 건 와이티뿐이다. 애초에 쿠리에가 존재하는 이유가 바로 그것이다.

웨인 목사의 천국의 문 가맹점 1106호는 상당히 큰 곳이다. 가맹점 일련 번호가 낮은 걸로 보아 생긴 지 무척 오래된 듯하다. 아주 오래전에 땅값이 싸고 건축용 공터가 큼직큼직할 때 건설된 것이다. 주차장은 반쯤 차 있다. 대개 웨인 목사 가맹점 주차장에는 뒤 범퍼에 스페인어로 터무니없는 표현을 쓴 스티커를 붙인 낡은 고물차들뿐이다. 가톨릭이 지배적인 모국의 엄격한 분위기에서 벗어나 괜찮은 일자리를 잡으러 북쪽으로 올라온 중앙아메리카의 신교도들이 타는 차 말이다. 이곳 주차장에는 여기저기 버브클레이브의 번호판을 단, 오래되고 평범한 미니밴들도 많이 보인다. 주변 도로는 그나마 소통이 좀 나아서 와이티는 제법 빠른 속도로 가맹점 구내로 들어간다. 그녀는 속도를 줄이며 가맹점 건물 주위를 두어 바퀴 돈다. 빠르게 달리다 바닥이 반들거리는 주차장을 만나면 그냥 지나치기가 어려운 법이다. 그리고 그런 어린애 같은 생각이 아니더라도 자신이 처한 주변 환경이 어떤지 둘러보는 건 좋은 생각이다. 주변을 살펴보니 주차장은 바로 옆에 있는 '중고차 암거래상' 가맹점과 붙어 있다. ["어떤 자동차든 몇 분 안에 현금으로 만들어 드립니다!"] 그리고 그다음에도 크고 작은 가게들이 붙어 있다. 마음만 굳게 먹는다면 스케이트보드를 타고 서로 붙은 주차장만을 통과해 LA에서 뉴욕까지 갈 수 있을지도 모른다.

이 주차장에서는 여기저기서 뭔가 바스락거리는 소리가 나기도 한다. 바닥을 살펴보니 가맹점 건물 뒤편에 있는 커다란 쓰레기통 근처 아스팔트 위에 조그만 유리 약병들이 흩뿌려져 있다. 스퀴키가 지난밤에 본 것과 똑같이 생긴 것들이다. 마치 술집 뒤편에 흩어진 담배꽁초들 같다. 바퀴에 달린 살들이 약병들을 무시하고 달리면 보드에 치인 약병들이 주차장 바닥 위를 미끄러지며 튕겨 나간다.

안으로 들어가려는 사람들이 줄을 서 있다. 와이티는 줄 선 사람들을 무시하고 안으로 들어간다.

웨인 목사의 천국의 문 1106호점 안으로 들어가니 다른 가맹점과 다를 바 없는 풍경이 펼쳐진다. 예배를 보러 온 사람들이 차례가 올 때까지 앉아서 기다릴 수 있도록 준비한 푹신한 비닐 의자가 한 줄로 늘어섰고, 양쪽 구석에 화분이 놓였고 탁자 위에는 날짜가 한참 지난 잡지 여러 권이 뒹굴고 있다. 한쪽 구석엔 장난감들이 놓여 있는데, 아이들은 플라스틱 사출 성형물을 가지고 상상 속 우주 전쟁을 재현하며 시간을 보낼 수 있다. 카운터 탁자는 마치 오래전 교회에서 사용하던 물건처럼 목재 모양을 흉내 낸 것이다. 카운터에는 고등학생으로 보이는 땅딸막한 여자아이가 앉아 있는데, 칙칙한 금발을 상당히 공들여 매만진 모습이다. 파란색 반짝이가 섞인 아이섀도를 바르고, 넓고 끈적거리는 것처럼 보이는 볼에 붉은색 화장을 두껍게 한 여자아이는 티셔츠 위에 얇은 성가대 가운을 걸쳤다.

와이티가 들어섰을 때, 접수를 보는 여자아이는 한창 손님을 처리하는 중이었다. 그녀는 안으로 들어서는 와이티를 봤지만, 세상 어느 업무 매뉴얼을 들춰 봐도 거래하는 도중에 다른 짓을 해도 좋다는 내용은 존재하지 않는다.

난감해진 와이티는 한숨을 내쉬며 양팔로 팔짱을 끼고 기다릴 수 없다는 신호를 보낸다. 다른 가맹점이나 사무실이었다면 와이티는 이미 난리를 치며 마치 자기 집이라도 되는 양 카운터 뒤로 걸어 들어갔을 것이다. 하지만 여기는 교회다. 이런 젠장.

카운터 앞에는 약간의 기부금을 내고 공짜로 가져갈 수 있는 소책자들이 작은 선반에 놓여 있다. 선반 대부분을 웨인 목사가 쓴 『미국은 공산주의로부터 어떻게 살아남았나 — 엘비스가 JFK를 쏘았다』라는 유명한 베스트셀러가 차지하고 있다.

와이티는 유리 눈 사내가 주머니에 찔러 넣어 준 봉투를 꺼낸다. 두껍지 않고 부드러운 걸로 보니 안타깝게도 지폐 다발은 아닌 것 같다.

사진 대여섯 장이 들어 있다. 모두 엉클 엔조의 사진이다. 그는 와이티가 지금까지 직접 본 그 어떤 집보다 더 큰 저택 현관 앞으로 이어진 평탄한 진입로에 스케이트보드를 타고 서 있다. 스케이트보드 위에 서 있는 사진. 보드에서 떨어지는 사진. 양팔을 아무렇게나 옆으로 벌린 채 천천히 달리는 엉클 엔조와 긴장한 모습으로 그 뒤를 쫓아가는 경호원을 찍은 사진.

여러 장의 사진을 감싼 종이에 이런 글이 씌어 있다.

"와이티, 도와주어 고맙다. 사진을 보면 알 테지만 이걸 한번 타 보려고 노력 중이란다. 하지만 연습을 꽤 해야 할 것 같다. 너의 친구, 엉클 엔조."

와이티는 사진들을 원래대로 종이로 싸서 주머니에 넣고 웃음을 참으며 다시 업무로 돌아온다.

가운을 걸친 여자아이는 카운터 안에서 여전히 업무를 처리하느라 정신이 없다. 손님은 키가 작고 몸이 단단해 보이는 여자로 주황색 드레스 차림에 스페인어를 한다.

접수를 맡은 여자아이가 컴퓨터에 뭔가 입력한다. 손님은 비자 카드를 꺼내 가짜 나무로 만든 탁자에 내려놓는다. 카드가 탁자에 부딪히는 소리가 마치 총소리처럼 들린다. 여자아이는 2센티미터도 넘어 보이는 손톱으로 카드를 집어 든다. 와이티가 보기엔 마치 알을 깨고 빠져나오는 벌레들처럼 조심스럽게 움직이는 모습이다. 여자아이는 뭔가 거룩한 행동을 하듯 팔을 부드럽게 움직이며 집어 든 카드를 좁은 홈 사이로 통과시킨다. 그리고 마치 베일을 찢어 내듯 영수증을 건네주면서 서명하고 전화번호를 적어 달라고 중얼거리듯 말한다. 무슨 라틴어라도 하는 것처럼 들리지만 상관은 없다. 탁자 앞에 앉은 손님은 예배에 익숙한지 여자아이가 미처 말을 마치기도 전에 서명하고 전화번호를 적기 시작했기 때문이다.

이제 '높은 곳으로부터의 말씀'만 남았다. 요즘은 컴퓨터와 통신 기술이 발달한 덕분에 신용 카드 확인을 받는 데 단 몇 초도 걸리지 않는다. 조그만 스피커에서 천국의 소리처럼 아름다운 기계음이 조그맣게 흘러나오며 카드의 승인이 떨어지더니 안쪽에 있는 진주색 커다란 문이 장엄하게 양쪽으로 열린다.

"헌금해 주셔서 감사합니다."

카운터의 여자아이는 거의 한 음절로 뭉뚱그리며 말한다.

손님은 최면을 거는 듯한 오르간 선율에 이끌려 양쪽으로 열린 문 사이로 걸어 들어간다. 천장에 박힌 형광등과 스테인드글라스로 만든 창문처럼 꾸며 놓은 커다란 조명 장식물이 비추는 예배당 내부가 들여다보인다. 온통 기묘한 색으로 치장한 모습이다. 조명 장식물 중에서 가장 큰 건 제단 위 뒤쪽 벽에 매달려 있다. 고딕 양식의 아치 모양을 두툼하게 만든 것 같은 모양으로 성스러운 3인을 표현하고 있다. 예수, 엘비스 그리고 웨인 목사. 예수의 모습이 맨 위에 있다. 예배를 드리러 온 여인은 예배당 안으로 채 대여섯 걸음도 걷지 않은 상태에서 통로 한가운데 무릎을 꿇고 앉더니 묘한 소리를 내뱉기 시작한다.

"아르 이아 아리 아르 이사 베 나 아 미르 이아 이 사, 베 나 아 미르 이아 아 사르 이아……."

예배당 문이 다시 닫힌다.

"잠시만 기다리세요."

여자아이가 와이티에게 약간 신경질적으로 말하더니 카운터에서 일어나 장난감이 잔뜩 쌓인 곳을 지나쳐 화장실 문을 두드린다. 무심코 움직이는 바람에 그녀가 입은 가운 자락에 걸린 장난감 전투기가 쓰러진다.

"뭐야!"

화장실 안에서 어떤 사내의 목소리가 들린다.

"쿠리에가 왔어요."

여자아이가 말한다.

"금방 나가."

사내는 약간 누그러진 목소리로 대답한다.

사내는 정말 금세 나온다. 지퍼를 올리거나 손을 씻을 정도로 시간이 지나가지 않은 것 같다. 사내는 성직자들이 입는 검은 정장을 입고 있다. 그는 옷 위에 가벼운 검은색 가운을 걸치면서 장난감이 널린 쪽으로 걸어 나온다. 검은 구두에 밟힌 작은 인형들과 장난감 전투기들이 부서진다. 검은 머리를 단정하게 올려붙였는데 군데군데 회색으로 센 머리가 보이고, 얇은 테의 이중 초점 안경에는 살짝 갈색 기운이 돈다. 얼굴에 땀구멍들이 숭숭 뚫린 모습이다.

그렇게 자세한 생김새가 보일 정도로 사내가 가까이 오자 냄새도 난다. 사내의 숨결에서 '올드 스파이스' 로션 냄새와 토한 음식물 냄새가 난다. 그렇지만 술을 먹고 토한 것 같지는 않다.

"이리 내."

사내는 와이티가 든 알루미늄 가방을 채듯 가져간다.

와이티는 그런 행동을 용납하지 않는다.

"서명부터 해 주셔야 해요."

그렇게 말하지만 이미 늦어 버렸다. 서명을 먼저 받지 않으면 일은 엉망이 되어 버리게 마련이다. 아무런 힘이나 수단도 남지 않는다. 그저 보드에 올라선 꼬마 녀석에 지나지 않을 뿐이다.

그것이 바로 와이티가 사람들에게 자신이 가져온 물건을 함부로 빼앗아

가지 못하도록 하는 이유다. 하지만 이 사내는 목사가 아닌가. 젠장. 와이티는 목사가 그런 짓을 하리라고는 예상하지 못한 것뿐이다. 사내는 가방을 빼앗듯 가져가더니 뛰다시피 사무실로 가고 있다.

"제가 서명해 드릴게요."

여자아이가 말한다. 두려워하는 모습이다. 아니, 병든 사람처럼 보인다.

"데일 T. 소프 목사님 본인이 직접 해야 해요."

와이티가 말한다.

이제 와이티는 놀라다 못해 화가 나기 시작한다. 그녀는 목사를 따라 사무실로 들어간다.

"거긴 들어가시면 안 돼요."

여자아이는 슬프고 꿈꾸는 듯한 목소리로 말한다. 이미 모든 일의 절반은 잊은 것 같은 그런 목소리다.

소프 목사는 책상 앞에 앉아 있다. 바로 앞에 알루미늄 가방이 열린 채로 있다. 가방에는 전날 밤 레이븐 사건이 일어난 후 그녀가 본 것과 같은 복잡한 온갖 물건이 들어 있다. 목사는 가방 안에 든 장비에 목을 매인 것 같은 모습이다.

아니, 그렇게 보이는 게 아니라 실제로 그의 목에 뭔가 줄이 매여 있다. 아마 와이티가 엉클 엔조에게서 받은 군번줄을 안 보이게 목에 건 것처럼 그도 옷 속에 뭔가를 숨겨 두었던 것 같다. 그는 목에 건 물건을 꺼내 알루미늄 가방 안에 있는 홈에 밀어 넣은 상태다. 목에 건 물건은 바코드가 찍힌, 얇은 판으로 된 신분증처럼 보인다.

그가 홈에서 뽑아내자 카드형 신분증은 목걸이에 매달린 채 흔들린다. 와이티는 자신이 들어온 걸 목사가 아는지 모르는지 알 수가 없다. 그는 손가락 두 개만으로 키보드를 두들기더니 오타가 났는지 다시 같은 동작을 반복한다.

그 순간 알루미늄 가방에 든 기계 장치들이 윙윙거리며 움직인다. 소프 목사가 가방 뚜껑 안쪽에 달린 여러 개의 조그만 약병 가운데 하나를 꺼내더니 키보드 옆에 달린 홈으로 밀어 넣는다. 약병은 천천히 기계 속으로 들어간다.

약병은 다시 밖으로 튀어나온다. 플라스틱으로 된 빨간색 마개에서 붉은 빛이 흐릿하게 흘러나온다. 뚜껑 안에 든 조그만 LED 화면에서 새어 나오는 빛이다. LED에는 초를 가리키는 숫자가 초읽기를 하고 있다. 5, 4, 3, 2, 1······.

데일 T. 소프 목사는 약병을 왼쪽 콧구멍에 갖다 댄다. LED 화면의 숫자가 0이 되자 약병은 마치 바람이 빠지는 타이어처럼 쉭 하는 소리를 낸다. 동시에 목사는 숨을 깊게 들이마시며 약병 안에서 나오는 걸 폐로 깊숙이 빨아들인다. 그러더니 솜씨도 좋게 약병을 쓰레기통에 집어 던진다.

"목사님?"

뒤에서 여자아이가 말한다. 와이티가 돌아보니 여자아이가 사무실로 들어서고 있다.

"이제 제 것도 좀 해 주시겠어요?"

목사는 아무 대답도 하지 않는다. 그는 가죽으로 된 회전의자에 깊숙이 앉아 네온으로 치장한 커다란 액자 속 엘비스 프레슬리의 사진을 멍하니 바라본다. 군 복무 시절, 손에 총을 든 엘비스의 모습을.

26

잠에서 깨보니 해는 이미 하늘 높이 솟았고, 그의 몸은 햇빛에 바짝 말랐
다. 새들이 머리 위를 맴돌며 그가 죽었는지 살았는지 가늠해 보려 애쓰고
있다. 망루에서 내려온 히로는 앞뒤 가리지 않고 LA의 수돗물을 석 잔이나
마신다. 그는 다파이비드의 냉장고에서 베이컨을 조금 꺼내 전자레인지에
집어넣는다. 짐 장군의 방위 시스템에서 나온 사람들은 대부분 보이지 않는
다. 집으로 들어오는 진입로에 겨우 몇 명 남아 있을 뿐이다. 히로는 산 쪽을
향한 문을 모두 걸어 잠근다. 자꾸 레이븐이 생각났기 때문이다. 그리고 부
엌에 있는 탁자에 앉아 고글을 낀다.

블랙 선에 있는 사람들은 대부분 동양인과 인도의 영화 산업 관계자들이
다. 그들은 검은 콧수염을 손으로 튕겨 가며 서로 노려보고 있다. 내년에는
어떤, 상상을 초월하는 폭력이 난무하는 영화를 내놓을 것인지 정하느라 바
쁜 모양이다. 인도는 지금 밤일 것이다. 히로를 포함해 미국인은 몇 명 되지

않는다.

바의 뒤편 벽에는 밀실이 줄지어 있는데, 단둘이 들어갈 수 있는 좁은 방부터 여러 아바타가 모일 수 있을 정도로 큰 회의실도 있다. 후아니타는 작은 방에서 히로를 기다리고 있다. 그녀의 아바타는 그녀와 똑같이 생겼다. 커다란 검은 눈 주위에 나이에 비해 빨리 생긴 주름살도 숨기려 들지 않는 모습이 매우 진실해 보인다. 반들거리는 머릿결이 어찌나 깨끗하게 보이는지 머리카락 한 올 한 올이 햇빛을 받으며 작은 무지개를 만들어 낸다.

"다파이비드 집에 있어. 당신은 어디야?"

히로가 말한다.

"비행기 안이야. 접속이 끊어질 수도 있어."

후아니타가 말한다.

"이리로 오는 중이야?"

"사실은 오리건으로 가는 길이야."

"포틀랜드에 가는 거야?"

"애스토리아에 가."

"이런 상황에 도대체 무슨 일로 오리건주 애스토리아까지 가는 거야?"

후아니타는 숨을 깊게 들이마시더니 몸을 떨며 내뱉는다.

"이유를 말하면 우린 말다툼을 하게 될 거야."

"다파이비드는 어떻대?"

히로가 묻는다.

"여전하다더군."

"진단이 나왔나?"

한숨을 내쉬는 후아니타의 표정이 피곤해 보인다.

"진단을 내리지 못할 거야. 하드웨어가 아니라 소프트웨어가 문제니까."

"뭐라고?"

"병원에서는 일상적인 검사를 하는 중이야. CT(컴퓨터 단층 촬영)나 NMR(핵자기 공명)을 이용한 검사, PET(양전자 방출 단층 촬영), 뇌파 검사 같은 것들 말이야. 모든 게 정상이야. 그의 뇌, 그러니까 하드웨어에는 아무런 문제가 없어."

후아니타가 말한다.

"그럼 뇌가 어쩌다 우연히 엉뚱한 프로그램을 실행했단 말이야?"

"소프트웨어에 뭔가 침투한 거야. 어젯밤 다파이비드의 머릿속이 스노 크래시에 당한 거야."

"지금 심리적인 문제가 있다고 말하는 거야?"

"지금까지 알려진 그 어떤 상황과도 달라. 전혀 새로운 현상이기 때문이지. 사실은 상당히 오래된 거지만 말이야."

후아니타가 말한다.

"이 사건이 자연스러운 현상이란 거야?"

"당신이 현장에 있었으니 더 잘 알잖아. 내가 떠나고 나서 무슨 일이 있었지?"

"그 친구는 블랙 선 밖에서 레이븐이 준 하이퍼카드를 갖고 있었어."

"젠장. 그 빌어먹을 자식."

"누구 말이야? 레이븐? 다파이비드?"

"다파이비드 말이야. 난 경고하려고 노력했단 말이야."

"하이퍼카드를 열었어."

히로는 브랜디 아바타가 희한한 두루마리를 보여 준 이야기를 한다.

"한참 후에 컴퓨터에 이상이 생겼는지 튕겨 나가더라고."

"그 이야기는 들었어. 그래서 내가 구급차를 보냈거든."

후아니타가 말한다.

"다파이비드의 컴퓨터가 문제를 일으킨 것과 당신이 구급차를 부른 일 사이에 무슨 관계가 있는지 모르겠는데?"

"그 브랜디 아바타가 보여 줬다는 두루마리는 아무 의미 없는 신호가 아니야. 엄청난 양의 디지털 정보를 바이너리 코드 형태로 보여 준 거라고. 그 디지털 정보는 다파이비드의 시신경으로 곧바로 들어간 거야. 그런데 재수 없게도 시신경은 두뇌에 속한단 말이지. 어떤 사람의 동공을 통해서라면 두뇌의 끝부분까지도 들여다볼 수 있어."

"다파이비드는 컴퓨터가 아니야. 바이너리 코드를 읽지 못한다고."

"그는 해커야. 바이너리 코드를 다루며 먹고사는 사람이란 말이지. 그런 능력은 머릿속 깊은 곳에 숨겨져 있는 거야. 그러니까 그이는 그런 종류의 정보를 쉽게 받아들일 수 있는 사람이었던 거지. 그건 당신도 마찬가지야."

"그럼 그가 본 정보가 어떤 내용이었다는 거야?"

"그게 문제야. 바로 메타 바이러스거든."

후아니타가 말한다.

"정보전에서 핵폭탄 역할을 하는 놈이지. 메타 바이러스는 어떤 시스템이든 새로운 바이러스에 감염되게 만들어."

"그게 다파이비드를 아프게 한 거야?"

"맞아."

"왜 나는 아프지 않은 거지?"

"당신은 멀리 떨어져 있었어. 비트맵 화면을 제대로 볼 수가 없었지. 감염 되려면 바로 눈앞에 갖다 대고 봐야만 해."

"그럴 듯하군."

히로가 말한다.

"하지만 다른 의문도 있어. 레이븐은 현실 세계에서 다른 마약을 퍼뜨리고 있었어. 이름이 스노 크래시라고 하더군. 그건 뭐지?"

"그건 마약이 아니야. 사람들이 원해서 찾게 하려고 마약 같은 모양과 느낌이 들게 한 거지. 코카인과 다른 것을 약간 섞은 거야."

후아니타가 말한다.

"마약이 아니면 뭐야?"

"그건 메타 바이러스에 감염된 사람들의 혈청을 화학적으로 처리한 거야. 바이러스를 퍼뜨리는 한 가지 방법에 불과해."

후아니타가 말한다.

"누가 그걸 퍼뜨리는 거야?"

"L. 밥 라이프가 운영하는 교회야. 거기 다니는 사람은 모두 감염되었어."

히로는 두 손 사이로 얼굴을 묻는다. 정확히 문제가 뭔지 알 수가 없다. 지금까지 들은 이야기가 마치 물수제비를 뜨며 물 위를 튀는 자갈처럼 머릿속에서 돌아다니는 느낌이다.

"잠깐만, 후아니타. 확실히 얘기해 봐. 이놈의 스노 크래시라는 거 말이야. 바이러스야? 아니면 마약이야? 그것도 아니면 종교야?"

후아니타는 어깨를 으쓱해 보인다.

"서로 다를 게 뭔데?"

후아니타가 이런 식으로 말한다고 해서 히로가 뭔가 대화의 맥을 잡는 데 보탬이 되지는 않는다.

"어떻게 그렇게 말하지? 당신은 종교를 믿잖아."

"모든 종교를 하나로 뭉뚱그려 생각하지는 마."

"미안해."

310

"사람은 누구나 종교를 갖고 있어. 마치 사람들 뇌세포 속에 종교를 받아들이는 감각 기관이 박혀 있는 게 아닌가 싶어. 그 틈을 비집고 들어오는 게 있으면 사람들은 달라붙는 거지. 그리고 종교는 본질에서 바이러스와 다를 게 없어. 인간의 머릿속에서 복제된 한 조각의 정보가 다른 사람에게 옮겨지는 거지. 과거에도 그런 식이었고 불행하게도 지금도 그런 식으로 일은 진행되고 있어. 하지만 우리를 그렇게 원시적이고 비이성적인 종교의 손아귀에서 해방하려는 시도가 몇 차례 있었지. 첫 번째 시도를 한 사람은 약 4천 년 전에 '엔키'(바빌로니아 남부, 세계에서 가장 오래된 문명인 수메르의 신화에 등장하는 신)라는 사람이었어. 기원전 8세기에는 '사르곤 2세'(아시리아의 왕으로 북이스라엘을 멸망시켰다)의 침공으로 조국에서 쫓겨난 히브리 학자들이 두 번째로 시도했지만, 시간이 흐르면서 그저 공허한 율법주의로 흐르고 말았지. 그 후에 또 시도했던 이는 예수였어. 예수의 세 번째 시도는 그가 죽은 뒤 50일 동안 창궐한 바이러스 때문에 의미를 잃었지. 가톨릭이 그 바이러스를 억눌러 왔지만, 1900년에 캔자스주에서 시작된 거대한 유행병이 세계를 휩쓸기 시작했고 그 뒤로 바이러스는 점점 더 힘을 더해 가고 있어(1900년 미국에서 시작된 오순절 교회를 의미함)."

"당신은 신을 믿는 거야?"

히로가 말한다. 우선 해결해야 할 문제부터 풀어야 한다.

"당연히 믿지."

"예수를 믿어?"

"믿어. 하지만 예수가 육체적으로 부활했다는 건 믿지 않아."

"그걸 안 믿는데 어떻게 기독교인이라 할 수 있어?"

"나라면 '기독교인으로서 어떻게 그런 말을 믿어?'라고 말하겠어."

후아니타가 대답한다.

"죽은 몸이 되살아났다는 이야기는 꾸며 낸 거야. 예수가 죽고 몇 년 뒤 역사를 기록할 때 덧붙여진 이야긴 걸 힘들여 성경을 공부한 사람이라면 누구나 알아. 애초에 주간지에나 나올 법한 이야기처럼 들리지 않아?"

그 후로 후아니타는 말수가 줄었다. 그녀 말로는 지금으로서는 깊은 설명을 하고 싶지 않다고 한다. '지금 단계'에서는 히로에게 편견을 심어 주고 싶지 않다는 것이다.

"그 말은 뭔가 다른 단계가 존재한다는 말인가? 우리, 앞으로도 계속 만나는 거야?"

히로가 말한다.

"다파이비드를 감염시킨 자들을 찾아내고 싶어?"

"그럼. 제길, 다파이비드가 내 친구가 아니라고 해도 혹시 내가 감염될지도 모르니 놈들을 찾아내야지."

"내가 준 바벨 하이퍼카드를 봐, 히로. 그리고 만일 내가 애스토리아에서 돌아오면 날 만나러 와."

"만일 돌아오면? 거기서 뭘 하는데 그렇게 말하지?"

"조사해야지."

그녀는 이야기를 나누는 동안 계속 사무적인 태도를 보였고 모든 정보를 사실대로 히로에게 들려주었다. 그러나 피곤하고 걱정스러워하는 모습이었고, 히로는 그녀가 뭔가 무척 두려워한다는 생각이 든다.

"행운을 빌게."

히로는 후아니타와 앉아 이야기를 나누는 내내 어떻게든 집적거려 보겠다는 생각이 굴뚝같았다. 어젯밤 헤어지며 못다 한 불장난을 이어갈 셈이었다. 그러나 후아니타는 어제와는 사뭇 다른 기분이 되어 버렸다. 장난스러운

312

모습은 전혀 찾아볼 수가 없다.

"바벨 카드 안을 보면 '이난나'라는 사람에 관한 쓸 만한 자료가 있어."

후아니타가 말한다.

"그게 누군데?"

"수메르의 여신이지. 내겐 너무 매력적인 존재야. 당신이 이난나를 제대로 알기 전까지는 내가 무슨 일을 하는 건지 전혀 이해하지 못할 거야."

"어쨌든 행운을 빌어. 이난나한테 안부 전해주고."

히로가 말한다.

"고마워."

"당신이 돌아오면 만나서 함께 시간을 보냈으면 해."

"나도 마찬가지야. 하지만 우선 이 상황에서 벗어나는 일이 더 급해."

그녀가 말한다.

"오. 내가 그런 처지인 줄은 몰랐는걸."

"멍청한 소리 하지 마. 모두가 같은 처지란 말이야."

히로는 밖으로 나가 블랙 선 안을 돌아다닌다.

해커들이 모이는 구역에서 어슬렁거리는 한 사내가 눈에 띈다. 아바타가 멋져서 눈에 띄는 게 아니다. 아바타를 제대로 움직이지도 못하는 모습이다. 이제 처음으로 메타버스에 들어온 사람이라서 어떻게 돌아다녀야 하는지 모르는 것처럼 보인다. 돌아다니며 테이블에 부딪히기도 하고 걷던 방향을 바꾸려다 몸이 몇 바퀴씩 돌기도 한다. 도는 몸을 어떻게 멈춰야 할지도 모른다.

사내의 얼굴이 왠지 낯설지 않은 히로는 그를 향해 다가간다. 마침내 빙그르르 돌던 사내의 몸이 멈추고 얼굴이 분명히 보이자 히로는 그의 아바타를 알아볼 수 있다. 클린트 아바타이다. 클린트 아바타는 대개 브랜디 아바타와 함께 짝지어 팔리는 제품이다.

상대방 클린트도 히로를 알아본다. 얼굴에 잠깐 놀란 표정이 떠오르더니 금세 원래대로 입술을 꽉 다문 단호하고 험상궂은 얼굴로 되돌아간다. 사내가 두 손을 앞으로 들어 올린다. 히로가 보니 전에 브랜디가 그랬던 것처럼 두루마리를 들고 있다.

카타나로 손을 뻗는 히로의 얼굴 앞에 벌써 펼쳐지기 시작한 두루마리 안에서 비트맵 화면의 푸른빛이 새어 나온다. 히로는 옆걸음질을 쳐 클린트의 측면으로 이동하며 카타나를 머리 위로 들어 올린 다음 재빨리 아래로 후려쳐 클린트의 두 팔을 잘라 버린다.

바닥에 떨어진 두루마리는 오히려 더 넓게 펼쳐진다. 히로는 그 화면을 감히 들여다볼 엄두도 내지 못한다. 클린트는 몸을 돌리더니 서툰 몸짓으로 마치 핀볼처럼 이리저리 탁자에 부딪혀가며 블랙 선에서 빠져나가려 애쓴다.

히로가 아바타의 머리를 잘라 죽여 버린다면 클린트는 블랙 선에서 빠져나가지 못할 것이고, 그의 몸은 묘지기 데몬들이 처리할 것이다. 그 시체를 분석하면 혹시 그의 정체나 어디서 접속했는지를 알아낼 수도 있을 것이다.

그러나 수십 명이나 되는 해커들이 바 주변에 모여 모든 상황을 지켜보는 중이었다. 만일 그들이 다가와 두루마리를 펼쳐 보기라도 한다면 모두 다 파이브드와 같은 꼴이 되고 말 것이다.

히로는 웅크리고 앉아 고개를 돌린 채 블랙 선 지하 터널로 통하는 숨겨진 통로를 열어젖힌다. 애초에 이런 비밀 통로 시스템을 프로그래밍한 사람이 바로 히로였다. 여기 바에 모인 사람들 가운데 그만이 유일하게 비밀 통로를 사용할 수 있다. 그는 한 손으로 두루마리를 비밀 통로에 쓸어 넣고 뚜껑을 닫아 버린다.

녀석은 출구 근처에서 클린트 아바타를 문밖으로 나가게 하려고 애쓰고 있다. 히로는 사내를 뒤쫓는다. 만일 사내가 스트리트까지 달아난다면 다시는 붙잡을 수 없을 것이다. 그는 투명한 유령이나 마찬가지로 변해 버릴 것이다. 수백만이나 되는 다른 투명한 유령들 사이에서 백 미터 넘게 앞서서 사라져 버린다면 도저히 쫓아갈 수는 없는 일이다. 언제나 그렇듯 블랙 선과 스트리트가 이어지는 현관 앞에는 스타가 되고픈 아바타들이 우글거린다. 히로가 보니 늘 보이던 아바타들이 늘어서 있다. 몇 명은 흑백 아바타의 모습이다.

흑백 아바타 가운데 하나는 와이티다. 그녀는 히로가 나오길 기다리며 어슬렁거리는 중이다.

"와이티! 그 팔 없는 사람을 뒤쫓아!"

히로는 소리를 지르며 클린트의 뒤를 몇 초 차이로 뒤따른다. 그러나 클린트와 와이티는 벌써 사라지고 보이지 않는다.

그는 다시 블랙 선 안으로 되돌아와 비밀 통로 뚜껑을 열고 묘지기 데몬들의 영역인 지하 터널 시스템 속으로 뛰어든다. 데몬 가운데 하나가 이미 두루마리를 집어 들고 가운데 쪽으로 가져가 불 속에 넣으려 터벅터벅 걷고 있다.

"이봐, 다음 터널에서 오른쪽으로 돌아서 그걸 내 사무실에 갖다 놔. 하지만 우선 좀 말아 놓으라고."

히로는 묘지기 데몬을 따라 스트리트 밑에 난 지하 터널을 걷는다. 그들은 히로와 다른 해커들의 집이 있는 곳 근처 지하에 도착한다. 히로는 묘지기 데몬에게 둘둘 감은 두루마리를 자신이 프로그래밍 작업을 할 때 사용하는 지하 작업장에 두라고 시킨다. 그리고 자신은 그 위층인 사무실로 간다.

27

전화기가 울려 대고 있다. 히로는 전화를 받는다.

"이봐요, 동업자 씨. 블랙 선에서 아예 눌러살려고 마음먹은 줄 알았다고요."

와이티가 말한다.

"어디야?"

히로가 말한다.

"진짜로요? 아니면 메타버스 안에서 말이에요?"

"양쪽 다 말해 봐."

"메타버스 안에서는 모노레일 기차를 타고 있어요. 막 35번 포트를 지났고요."

"벌써? 급행을 탔나 보군."

"잘 아시네요. 아저씨가 양팔을 자른 클린트 아바타는 앞에 두 번째 칸에

탔어요. 아마 내가 뒤쫓는 걸 눈치채지 못한 것 같아요."

"실제로 있는 곳은 어디야?"

"웨인 목사 가맹점 길 건너에 있는 공중 컴퓨터요."

"아, 그래? 재밌는 일이군."

"방금 거기에다 물건을 배달했거든요."

"어떤 물건이었지?"

"알루미늄 가방이에요."

히로는 와이티에게서 모든 이야기를 전해 듣는다. 아니, 자신이 모든 이야기라고 생각하는 걸 전해 듣는다. 진짜 그게 전부인지 알 수는 없다.

"그럼 네 생각엔 공원에서 사람들이 중얼거리던 말과 웨인 목사 가맹점에서 그 여자가 하던 말이 똑같이 들렸어?"

"그럼요. 나도 열심히 드나드는 사람들을 꽤 많이 알고 있어요. 너무 빠져 있는 부모들 때문에 시달리는 아이들도 많이 봤고요."

"웨인 목사의 천국의 문 교회에 말이야?"

"그럼요. 거기 다니는 사람들은 모두 방언을 해요. 그래서 예전에도 들어 본 적 있어요."

"나중에 얘기하자고, 동업자. 아주 중요한 조사를 좀 해야 하니까 말이야."

히로가 말한다.

"그래요."

책상 한가운데 바벨/정보 묵시록 하이퍼카드가 놓여 있다. 히로는 그걸 집어 든다. 사서 데몬이 사무실로 들어선다.

히로는 사서에게 혹시 라고스가 죽었는지 물어볼 참이었다. 그러나 아무 의미 없는 질문이다. 사서는 질문에 대한 대답을 알고 있지만 동시에 모르고 있기도 하다. 도서관을 뒤지면 단숨에 사실을 알아낼 수 있을 것이다. 그러나 사서는 정보 자체를 가지고 있는 건 불가능하다. 별도로 메모리를 갖고 있지 않기 때문이다. 도서관 전체가 그의 메모리이며 그는 그 메모리를 한번에 조금씩 사용한다.

"방언에 대해서 뭘 알려 줄 수 있지?"

히로가 묻는다.

"전문 용어로 '글로솔라리아'라고 하지요."

사서 데몬이 말한다.

"전문 용어? 종교 의식과 관련된 용어를 설명하는데 왜 전문 용어까지 동원해야 하지?"

사서 데몬은 눈썹을 추켜세운다.

"아, 방언을 주제로 한 전문적인 문헌은 상당히 많습니다. 원래는 신경학적인 현상이지만 단지 종교적인 의식에서 끌어다 사용하는 것뿐입니다."

"기독교에서 시작된 거지?"

"오순절 교회 신자들은 그렇다고 생각하지만 잘못 아는 겁니다. 기독교를 몰랐던 그리스 사람들도 방언을 사용했습니다. 플라톤은 그걸 '종교광'이라고 불렀죠. 동양의 종교를 믿었던 로마 제국 사람들도 방언을 썼습니다. '허드슨 만'의 에스키모나 추크치족(시베리아 북동쪽 끝 추코트반도에 사는 소수민족)의 주술사, 라프족(노르웨이, 스웨덴, 핀란드 북부와 러시아 콜라반도 등 라플란드에 사는 소수 민족), 야쿠트족(동시베리아의 타이가 툰드라 지대에 사는 종족), 세망 피그미족, 북보르네오에 사는 일부 사람들 그리고 트위어語를 하는 가나의 승려들도 방언을 썼죠. 줄루족 가운데 아만디키 종파와 중국의 상제회上帝會 교파도 마찬가지고요. 통가의 영매들이나 브라질의 움반다교教를 믿는 사람들도 있습니다. 시베리아의 퉁구스 부족 사람들은 무당이 무아지경에 빠져 알아들을 수 없는 말을 지껄이기 시작하면 모든 자연의 언어를 깨우친다고 했습니다."

"자연의 언어란 말이지."

"그렇습니다. 아프리카의 수쿠마족 사람들은 그런 언어를 '키나투루', 즉 모든 마술사의 조상이 쓰던 말이라고 부릅니다. 마법사들은 과거에 한 부족에서 갈라져 내려왔다는 겁니다."

"왜 그렇게 생각했지?"

"모호한 설명은 제외하도록 하겠습니다. 아마 방언은 모든 사람의 뇌 속에 깊이 잠재된 구조적인 뭔가에서 우러나오는 게 아닌가 하는 생각 때문에 그렇게 생각하는 것 같습니다."

"방언은 어떻게 하는 거지? 그런 말을 내뱉는 사람들은 어떤 행동을 하는 거야?"

"C. W. 슘웨이는 1906년에 LA에서 일련의 부흥회를 관찰한 후 여섯 가지의 증상을 정리했습니다. 이성적인 통제의 완전한 상실, 감정이 넘치다 못해 병적인 흥분 상태에까지 이름, 사고력이나 의지의 부재 상태, 무의식적인 발성 기관의 운동, 기억 상실, 그리고 이따금 근육의 발작적인 경련이나 반사 운동 같은 현상이 발생한다는 점이었죠. 에우세비우스도 서기 300년 즈음에 비슷한 현상을 발견했는데, 거짓 예언자가 일부러 제정신을 억누르고 의식을 혼탁하게 한 후, 스스로 통제할 수 없는 상황에 빠지는 일이라고 설명했습니다."

"기독교에서는 방언을 어떤 식으로 정당화하지? 성경에서 방언을 뒷받침할 만한 내용이 나오나?"

"오순절이 있습니다."

"아까도 오순절을 언급한 적이 있지. 그게 뭐야?"

"그리스어에서 비롯된 말로 쉰 번째 날을 가리킵니다. 예수가 십자가에 못 박힌 후 쉰 번째 되는 날이라는 뜻입니다."

"후아니타가 말하길 기독교는 생긴 지 겨우 50일 만에 바이러스 때문에 의미를 잃었다고 말했어. 지금 우리가 말하는 걸 얘기한 게 틀림없어. 무슨 말이지?"

"'저희가 다 성령의 충만함을 받고 성령이 말하게 하심을 따라 다른 방언으로 말하기를 시작하니라. 그때에 경건한 유대인이 천하 각국으로부터 와서 예루살렘에 우거하더니 이 소리가 나매 큰 무리가 모여 각각 자기의 방언으로 제자들의 말하는 것을 듣고 소동하여 다 놀라 기이히 여겨 이르되 "보라, 이 말하는 사람이 다 갈릴리 사람이 아니냐? 우리가 우리 각 사람의 난 곳 방언으로 듣게 되는 것이 어찜이뇨? 우리는 바대인과 메대인과 엘람인과 또 메소보다미아, 유대와 가바도기아, 본도와 아시아, 브루기아와 밤빌리아, 애굽과 구레네에 가까운 리비야 여러 지방에 사는 사람들과 로마로부터 온 나그네 곧 유대인과 유대교에 들어온 사람들과 그레데인과 아라비아인들이라. 우리가 다 우리의 각 방언으로 하나님의 큰 일을 말함을 듣는도다." 하고 다 놀라며 의혹하여 서로 가로되 "이 어찐 일이냐" 하며⋯⋯.' 사도행전 2장 4절에서 12절까지의 말씀입니다."

"도대체 무슨 말인지 모르겠군. 바벨탑 이야기를 거꾸로 늘어놓는 것 같은 이야기야."

히로가 말한다.

"맞습니다. 많은 오순절 교회 교인은 실제 다른 나라 사람들의 언어를 배우지 않고도 선교를 할 수 있도록 신께서 내리신 선물이 방언이라고 믿었습니다. 그런 능력을 '제노글로시'라고 합니다."

"라이프가 엔터프라이즈호의 갑판에서 떠들어 대며 주장하던 말이로군.

그는 방글라데시 사람들이 뭐라고 하는지 알아듣는다고 했지."

"그렇습니다."

"그 말이 진짜야?"

"16세기에 루이 버트란드라는 성인은 방언을 사용해 3만 명에서 30만 명 사이의 남아메리카 인디언들을 기독교로 개종시켰다고 알려져 있습니다."

사서 데몬이 말한다.

"와우. 그렇게나 많은 사람에게 퍼지다니 정말 천연두보다도 빠르군."

"유대인들은 이런 오순절 교회의 생각을 어떻게 봤지? 그들이 나라를 다스리고 있지 않았나?"

히로가 묻는다.

"당시 그들을 지배한 건 로마였습니다. 그리고 유대인들을 종교적으로 대표하는 기관은 많았습니다. 그 당시 유대인들은 세 분파로 나뉘어 있었습니다. 바리새파, 사두개파 그리고 에세네파죠."

"'지저스 크라이스트 슈퍼스타'라는 뮤지컬에 등장하던 바리새인들이 기억나는군. 그들은 낮은 목소리로 늘 예수를 괴롭히는 역할을 했지."

"그들은 종교적으로 매우 엄했기 때문에 예수를 괴롭힌 겁니다."

사서 데몬이 말한다.

"엄격한 율법을 신봉하는 사람들이었죠. 율법이 전부였습니다. 그런 그들에게 사실상 율법을 떨쳐 버리자고 주장하는 예수는 분명히 위협이 되었을 겁니다."

"예수는 하나님과 한 계약을 새로운 조건으로 갱신하고 싶었던 거니까."

"지금 하신 말은 뭔가 다른 뜻이 담겼다고 보입니다. 자신은 없지만, 문자 그대로 받아들인다고 해도 틀린 말은 아니군요."

"다른 두 파는 어땠지?"

"사두개파는 실리주의자들이었습니다."

"그게 무슨 말이지? BMW를 탄다는 건가?"

"아니죠. 철학적인 관점에서 실리주의자라는 겁니다. 모든 철학은 일원론 또는 이원론을 바탕으로 삼고 있습니다. 일원론자들은 물질세계가 유일한 세상이라고 믿습니다. 그러니 실리주의자라고 하는 겁니다. 이원론자들은 이원화된 세계를 믿습니다. 물질세계는 물론이고 그 외에 정신적인 세상이 있다는 겁니다."

"컴퓨터로 먹고사는 나 역시 세상은 바이너리라는 사실을 믿지 않을 수 없군."

사서 데몬은 눈썹을 추켜세운다.

"그게 무슨 말씀이죠?"

"미안. 농담이야. 고약한 말장난이지. 컴퓨터는 0 아니면 1로 이진법을 이용해서 정보를 표시하지. 그러니까 두 개로 나뉜 세상을 믿어야 한다는 것이고, 그러니 나는 이원론자라고 한 거야."

"우스꽝스럽군요."

그렇게 말하는 사서 데몬의 표정은 그다지 즐거워 보이지 않는다.

"하지만 지금 하신 농담은 아주 훌륭한 개념을 품고 있다고 볼 수도 있습니다."

"그게 무슨 말이야? 난 정말 그냥 농담한 것뿐이라고."

"컴퓨터는 모든 걸 1과 0으로 표현합니다. 뭔가 있는 것 그리고 없는 것을 구분하는 이런 식의 특질, 그러니까 존재와 비존재를 나누는 건 극히 중요하며 매우 기본적입니다. 다양한 창조 설화의 바탕에도 그런 내용이 깔려 있습니다."

히로는 짜증이 나면서 얼굴이 약간 뜨거워지는 기분이 든다. 사서 데몬이 그를 바보 취급하며 갖고 노는 게 아닌가 하는 생각이 들어서다. 그러나 아무리 그럴싸하게 프로그래밍했다고 해도 사서 데몬은 그저 소프트웨어에 지나지 않기에 그런 행동을 할 수 없다는 걸 히로는 잘 안다.

"심지어 '과학'이라는 말도 인도-유럽 어족의 언어 가운데 '자르다' 또는 '나누다'에서 생겨났습니다. 같은 어원에서 생긴 말 가운데 하나가 '똥'이 있죠. 똥이란 말은 당연히 살아 있는 몸뚱이에서 생명이 없는 쓰레기를 분리한다는 뜻입니다. 그 밖에도 '낫'이나 '가위' 그리고 '분열'이라는 단어들도 어원이 같습니다. 모두 분리한다는 개념과 연관이 있는 말들입니다."

"'칼'은 어원이 뭐지?"

"여러 가지 의미가 있는 말에서 유래했습니다. 여러 의미 가운데에는 '자르거나 찌르다'가 있습니다. '기둥'이나 '막대'라는 뜻도 있고요. 또 다른 뜻으로는 간단히 '말하다'라는 뜻도 가지고 있습니다."

"원래 주제로 돌아가지."

히로가 말한다.

"좋습니다. 나중에 다시 지금 나누던 대화로 돌아와 여러 가지 이야기를 나누어 볼 수 있도록 할 수 있습니다. 원하신다면 말이죠."

"지금으로서는 다른 내용까지 보태고 싶지 않군. 세 번째 교파에 대해 말해 줘. 에세네파 말이야."

"그들은 공동 사회를 이루고 살았으며 육체와 정신의 청결함 사이에 밀접한 관계가 있다고 믿었습니다. 끊임없이 목욕하고 발가벗고 햇볕 아래 누워 있거나 관장으로 몸을 정화했습니다. 그리고 청결하고 오염되지 않은 음식을 섭취하기 위해서라면 수단과 방법을 가리지 않았습니다. 그들은 심지어 직접 만든 복음서도 있었습니다. 그 내용을 보면 예수가 미친 사람들을 치유했는데 그건 기적이 아니라 조충 같은 기생충을 몸에서 몰아냈기 때문이라고 말하고 있습니다. 기생충이 악마와 같은 뜻으로 쓰인 겁니다."

"듣고 보니 히피족 같은 느낌이군."

"그런 식으로 연관을 지어 보려는 시도가 있었지만, 여러 면에서 다른 점이 있습니다. 에세네파는 신앙심이 깊었고 절대 마약을 사용하지 않았습니다."

"그러니까 그들은 조충 같은 기생충에 감염되는 일이 악마에게 지배당하는 일과 별 차이가 없다고 생각했다는 거로군."

"맞습니다."

"재미있군. 그 친구들이 컴퓨터 바이러스를 어떻게 생각할지 궁금한데?"

"저는 추측을 하지 못합니다."

"말하다 보니 생각이 나는군. 라고스가 바이러스가 어떻고 감염이 어떻고 하면서 남섭이라는 말을 했어. 그게 무슨 뜻이지?"

"남섭은 수메르 사람들이 쓰던 말입니다."

"수메르?"

"그렇습니다. 그러니까 기원전 2천 년 전쯤 메소포타미아에서 쓰이던 말이죠. 기록이 남은 것 가운데 가장 오래된 언어입니다."

"오, 그렇군. 그러니까 다른 모든 언어의 조상이라는 건가?"

사서 데몬은 마치 뭔가를 생각하는 것처럼 잠시 위를 올려다본다. 히로가 보기에 그건 사서 데몬이 도서관의 자료를 검색하고 있다는 걸 순간적으로 보여 주는 신호였다.

"사실은 그렇지 않습니다. 수메르인들이 쓰던 언어는 후세에 전혀 전해지지 않았습니다. 그들이 쓴 언어는 교착어입니다. 그러니까 형태소가 합쳐지고 음절이 모여 이루는 말입니다. 아주 드물죠."

"그러니까 누군가 수메르어를 하는 걸 듣는다면 짧은 음절을 연달아 계속 말하는 것처럼 들릴 것이라는 말인가?"

히로는 병원에 입원한 다파이비드가 보이던 행동을 생각하며 묻는다.

"그렇습니다."

"방언을 하는 것처럼 들리지 않을까?"

"그건 생각하기 나름입니다. 진짜 사람에게 물어보셔야 할 질문입니다."

사서 데몬이 말한다.

"혹시 현재 쓰이는 언어 가운데 수메르어와 비슷한 게 없을까?"

"지금까지 쓰인 그 어떤 언어도 수메르어와 유전적인 관계가 있다는 게 증명된 바는 없습니다."

"그거 이상하군. 내가 메소포타미아 역사를 잘 몰라서 말이야. 수메르 사람들은 어떻게 된 거지? 집단 학살이라도 당한 거야?"

히로가 말한다.

"아닙니다. 그들은 정복당했습니다. 그렇지만 학살이 있었다는 눈에 띄는 증거는 없습니다."

"정복을 당하지 않은 민족은 없어. 그렇지만 정복당한다고 언어가 사라지지는 않아. 왜 수메르어는 사라진 거지?"

히로가 말한다.

"저는 프로그램에 불과하니 추측하는 일은 무척 어렵습니다."

사서 데몬이 말한다.

"좋아. 수메르어를 할 줄 아는 사람은 없나?"

"있습니다. 보통 세계에서 십여 명 정도가 수메르어를 읽을 수 있는 걸로 보입니다."

"그 사람들은 어디서 일하지?"

"한 사람은 이스라엘에 있습니다. 또 한 사람은 대영 박물관에서 일합니다. 이라크와 시카고 대학 그리고 펜실베이니아 대학에도 각각 한 사람이 있습니다. 그리고 다섯 사람은 텍사스주 휴스턴에 있는 라이프 신학 대학에 있습니다."

"아주 잘 흩어져 있군. 그 열 명 가운데 수메르어로 '남섭'이 무슨 말인지 알아낸 사람이 있나?"

"있습니다. 남섭은 불가사의한 힘을 지닌 말을 가리킵니다. 가장 가까운 표현을 찾는다면 '주문呪文'이라고 할 수 있겠지만 뭔가 함축하는 의미가 다릅니다."

"수메르인들이 마법을 믿었나?"

사서 데몬은 머리를 살짝 흔든다.

"지금 하신 질문은 겉으로 보기에도 까다로우며 사실 매우 심오하기도 합니다. 그리고 저 같은 소프트웨어가 그런 질문에 답하기란 무척 어려운 일입니다. 대신 새뮤얼 노아 크레이머와 존 R. 마이어가 공동 집필하고 옥스퍼드 대학 출판부에서 1989년에 펴낸 '교활한 신, 엔키의 신화' 일부를 인용하도록 하겠습니다. '메소포타미아에서 종교, 마법 그리고 의학은 완벽히 서로 융합한 상태여서 따로 떼어 생각하는 일은 소용도 없고 어쩌면 쓸데없는 노력일 수도 있다……. [수메르인들의 주문은] 종교와 미적 감각 그리고 신기한 느낌이 너무나 완벽하게 어우러져, 그 가운데 한 가지 요소라도 따로 떼어 내려 하면 모든 걸 망쳐 버릴 정도다.' 그런 주제를 좀 더 자세히 설명하려고 준비한 자료들이 있습니다."

"어디에?"

"옆방입니다."

사서 데몬은 벽을 가리키며 말한다. 그러더니 그리로 걸어가 창호지 문을 옆으로 밀어서 연다.

불가사의한 힘을 지닌 주문. 요즘 사람들은 그런 걸 믿지 않는다. 물론 마법이 통하는 메타버스에서는 가능한 일이지만. 메타버스는 프로그램으로 이루어진 가상의 장소다. 그리고 프로그램은 컴퓨터가 이해할 수 있는 일종의 언어라고 할 수 있다. 전체적으로 메타버스는 L. 밥 라이프가 소유한 광섬유 네트워크를 기반으로 한 하나의 거대한 남섭으로 생각할 수 있다.

휴대 전화가 울린다.

"잠시만."

히로가 말한다.

"기다리겠습니다."

사서 데몬은 필요하다면 백만 년이라도 기다릴 수 있다는 말은 덧붙이지 않는다.

"또 저예요."

와이티가 말한다.

"전 여전히 기차에 있어요. 팔 잘린 녀석은 127번 고속 포트에서 내렸어요."

"흠. 거긴 다운타운이 있는 포트하고는 정반대 쪽이군. 그러니까 거기라면 시내에서 최대한 멀리 떨어진 곳이란 말이야."

"그래요?"

"그래. 127이면 2의 7제곱에서 1을 뺀……."

"알았어요. 믿을게요. 도대체 뭐 하는 곳인지 알 수 없는 황량한 곳이에요."

"내려서 녀석을 뒤쫓지 않은 거야?"

"농담해요? 여기서 내려서 뒤를 따라가라고요? 가장 가까운 건물이 1만 5천 킬로미터도 넘게 떨어진 곳이에요, 히로."

그 말도 일리가 있다. 메타버스는 얼마든지 더 넓힐 수 있도록 만들어진 곳이다. 그렇지만 개발은 두세 개 정도의 고속 포트 주변 지역 다운타운으로 한정되어 있다. 5백 킬로미터 정도밖에 안 된다. 127번 포트는 3만 킬로미터나 떨어진 곳이다.

"거기 뭐가 있어?"

"폭이 정확히 32킬로미터인 검은 정육면체가 보여요."

"완전히 까만색이야?"

"네."

"그렇게 큰 검은 물체의 크기를 어떻게 잰 거야?"

"난 별들을 보면서 달리는 중이에요. 갑자기 달리는 기차 오른편으로는 별이 보이지 않더라고요. 그래서 그때부터 지나는 지역 포트의 수를 헤아리기 시작했어요. 전부 열여섯 정거장이었어요. 기차가 127번 고속 포트에 도착하자 팔 잘린 녀석이 내리더니 그 검은 물체 쪽으로 갔어요. 그리고 열여섯 개의 지역 포트를 더 헤아리고 나서 다시 별이 보이기 시작했죠. 그러니까 32킬로미터인 거죠. 바보 같으니라고."

"아주 좋군. 훌륭한 정보야."

히로가 말한다.

"폭이 32킬로미터나 되는 검은 물체를 가진 사람이 누굴까요?"

"편견에 가득 찬 생각이긴 하지만 L. 밥 라이프일 것 같아. 그 사람이라면 아마도 어마어마할 정도로 많은 부동산을 갖고 있고 그 안에 메타버스의 중요한 것들을 잔뜩 넣어 두었을 거야. 우리 친구들 가운데 몇몇은 오토바이를 타고 돌아다니다가 그 물체에 가끔 부딪히기도 했었지."

"그래요. 전 가야겠어요, 동업자 아저씨."

28

히로는 전화를 끊고 새로 생긴 방으로 들어선다. 사서 데몬은 그의 뒤를 따른다.

한쪽 면의 길이가 15미터쯤 되는 방이다. 중앙에 커다란 공예품 세 개가 자리 잡고 있다. 실제는 아니고 삼차원 영상으로 만들어 낸 공예품이다. 가운데에 있는 건 진흙으로 만든 두꺼운 판을 불에 구운 것인데, 공중에 매달려 있고 크기는 커피 탁자만 하며 두께가 30센티미터 정도 되어 보인다. 히로가 보기에 원래는 작은 걸 크게 확대하여 표현한 게 아닌가 하는 생각이 든다. 널찍한 표면을 각진 모양의 글씨들이 빼곡히 덮었는데, 히로가 보기에 설형 문자처럼 보인다. 판의 끄트머리는 둥글게 처리된 모습인데 판을 만들면서 손가락으로 눌러서 만든 모습인 듯하다.

흙 판의 오른편에는 꼭대기에 가지가 달린 나무 기둥이 보이는데 살아 있는 나무를 표현한 것 같다. 그 반대편에는 높이가 2미터 가까이 되는 오벨리스크가 보인다. 역시 설형 문자로 덮였고 맨 윗부분에는 얕은 돋을새김으로 두 사람의 형상이 새겨져 있다.

그 밖에도 공중에 떠 있는 삼차원 모양의 하이퍼카드들이 방 안을 가득 메우고 있다. 마치 돌풍이 이는 모습을 고속 카메라로 찍은 모습 같다. 어떤 쪽에서는 하이퍼카드들이 마치 수정 조각처럼 정확히 기하학적인 모습을 하고 있다. 다른 쪽을 보니 여러 장의 카드가 한꺼번에 뭉쳐 있는 모습도 보인다. 이리저리 휩쓸린 모습의 카드들은 마치 라고스가 만들어 아무렇게나 집어던진 것처럼 구석에 쌓여 있다. 히로의 아바타가 걸어 들어가도 여기저기 널린 카드들이 흐트러지거나 하지는 않는다. 사실 여기 널린 카드들은 속이 지저분하게 얽힌 컴퓨터의 모습을 삼차원으로 표현한 것에 지나지 않는다. 온갖 쓰레기 같은 자료도 라고스가 던져 놓은 그대로 자리를 차지하고 있다. 구름 같은 하이퍼카드들은 폭과 길이가 15미터쯤 되는 방 안 구석구석을 메우고 있다. 바닥부터 2미터가 좀 못 되는 높이까지 카드로 꽉 찼는데, 라고스의 아바타가 손을 뻗을 수 있는 정도의 높이이다.

"이 안에 하이퍼카드가 몇 개나 있는 거지?"

"10,463개입니다."

사서 데몬이 말한다.

"그렇게 많은 걸 볼 시간은 없어. 라고스가 여기서 뭘 하고 있었는지 간단히 설명해 줄 수 없을까?"

"글쎄요, 원하신다면 모든 하이퍼카드의 제목을 읽어 드릴 수는 있습니다. 라고스는 전체 자료를 크게 네 가지로 나누어 놓았습니다. 성경 연구, 수메르어 연구, 신경 언어학 연구 그리고 L. 밥 라이프에 관해 모아 놓은 정보입니다."

"그렇게까지 깊숙이 들어갈 건 없고. 라고스는 무슨 생각을 하고 있던 거지? 뭘 조사하고 있던 거야?"

"제가 무슨 심리학자로 보이십니까? 저는 그런 질문에는 대답을 드릴 수가 없습니다."

사서 데몬이 말한다.

"그럼 다시 묻지. 이 모든 자료가 바이러스라는 주제와 어떻게 연결되지? 혹시 연관성이 조금이라도 있다면 말이야."

"관계는 매우 복잡합니다. 요약하려면 독창성과 재량이 필요합니다. 기계적인 존재인 저는 둘 다 갖고 있지 않습니다."

"이것들은 얼마나 오래된 거지?"

히로는 세 개의 유물을 가리키며 묻는다.

"이 점토 덮개는 수메르인들이 만든 겁니다. 기원전 3천 년 전 물건이죠. 이라크 남부 지역인 에리두에서 발굴되었습니다. 오벨리스크라고 부르는 검은 돌기둥은 '함무라비 법전'입니다. 기원전 약 1,750년에 만든 것이죠. 나무처럼 생긴 물건은 여호와를 숭배하는 자들의 상징물로 팔레스타인에서 발견된 것입니다. 아세라라고 부릅니다. 기원전 900년경의 물건입니다."

"저 판을 덮개라고 했나?"

"그렇습니다. 사실 저 덮개는 더 작은 점토판을 감싸고 있었습니다. 수메르인들이 비밀문서를 만들 때 사용하던 방법이죠."

"여기 보이는 물건들은 어딘가 박물관에 있겠지?"

"아세라와 함무라비 법전은 박물관에 있습니다. 점토 덮개는 L. 밥 라이프가 개인적으로 소장하고 있습니다."

"L. 밥 라이프는 이런 물건에 관심이 엄청나게 많은가 보군."

"그가 설립한 라이프 신학 대학의 고고학부는 세계에서 제일 많은 유물을 소장하고 있습니다. 그들은 에리두에서 발굴 작업을 진행했는데, 그곳은 수메르인들의 신 엔키를 위한 신전이 있던 곳입니다."

"이 세 물건이 서로 어떤 관련이 있지?"

사서 데몬은 눈썹을 추켜세우며 묻는다.

"무슨 말씀이시죠?"

"그럼 하나씩 제외하는 방법을 써야겠군. 라고스가 그리스나 이집트보다 수메르인들의 문자에 관심을 더 보인 이유를 아나?"

"이집트는 돌로 이루어진 문명입니다. 그들은 돌로 미美를 표현했고 건물을 지었고, 유물은 영원히 남았습니다. 그렇지만 돌 위에 글을 쓸 수는 없습니다. 그래서 그들은 파피루스를 만들어 그 위에 글을 썼습니다. 하지만 파피루스는 오래 보존하기가 어렵습니다. 그래서 이집트 사람들의 예술품과 건물은 남았지만, 문자로 남은 기록 그러니까 데이터는 대부분 사라졌습니다."

"그럼 우리가 이집트에서 발견한 온갖 상형 문자들은 뭐지?"

"라고스 씨는 그것들을 범퍼 스티커라고 불렀죠. 순수하지 못한 정치적 내용입니다. 유감스럽게도 그들은 실제 전쟁을 치르기도 전에 미리 승리를 축하하는 내용을 돌에 새기는 적절치 못한 짓을 하는 경향이 있었습니다."

"수메르는 달랐다는 거야?"

"수메르는 점토로 이루어진 문화입니다. 그들은 점토로 건축물을 세우고 그 위에 글을 새겼습니다. 동상도 물에 녹는 석고로 만들었습니다. 그래서 건물과 동상들은 자연의 힘 앞에 모두 사라졌습니다. 하지만 점토판은 불에 굽거나 단지에 담겨 땅에 묻히기도 했습니다. 그래서 수메르인들의 데이터는 모두 살아남았습니다. 이집트는 예술품과 건축물을 유산으로 남겼고 수메르는 어마어마한 양의 자료를 남긴 겁니다."

"양이 얼마나 되는데?"

"너무 많아서 고고학자들이 전부 발굴하기도 어려울 정도입니다. 수메르 사람들은 글을 쓰지 않은 곳이 없습니다. 건물을 세우면 그들은 벽돌을 온통 쐐기 문자로 덮었습니다. 건물이 무너져도 사막에 흩어진 벽돌은 남았습니다. 코란에 따르면 소돔과 고모라를 파괴하러 온 천사들이 말하길, '우리가 부정한 나라에 왔으니, 이제 그들에게 하나님께서 사악한 자들을 멸하리라고 표시한 점토암을 비처럼 뿌리리라.'라고 했습니다. 라고스는 그 말이 흥미롭다고 생각했습니다. 영원히 남을 매체에 담긴 정보를 이런 식으로 아무렇게나 뿌려 버리는 행동을 라고스 씨는 바람에 날리는 꽃가루라고 표현했습니다. 일종의 비유라고 생각합니다."

"그래, 그렇군. 그럼 이 점토 덮개에 새겨진 글은 해석이 되었나?"

"네. 경고를 담고 있습니다. '이 덮개는 '엔키의 남섭'을 담고 있다.'라는 글입니다."

"난 남섭이 뭔지 알아. 하지만 엔키의 남섭이란 뭐지?"

사서 데몬은 먼 곳을 바라보더니 연극이라도 하듯 목청을 가다듬는다.

"아주 오랜 옛날에 뱀도 전갈도 없었네,

하이에나도 사자도 없었네,

떠돌이 개도 늑대도 없었네,

두려움도 공포도 없었고

인간에 맞설 상대는 없었네.

바로 그 옛날, '슈부르 하마지'의 땅

조화로운 언어를 가진 수메르, 군주의 '메'를 가진 위대한 땅

가진 모든 게 적합한 땅 '우리Uri'

'마르투'의 땅은 안정 속에 놓여 있고,

전체 우주의 사람들은 보살핌을 받고,

'엔릴'에게 한 가지 언어로 찬미를 하네.

신과 왕자와 왕께서 교만해지나,

엔키는 풍요의 신이며 그분 말씀에는 기댈 수 있네,

지혜의 신으로 온 땅을 살피시고,

모든 신들을 이끄시고,

지혜를 타고 난 에리두의 신이시며,

사람들 입에서 나오는 말을 바꾸시어 다툼이 있게 하시네,

애초에 하나였던 언어에 다툼을 주시네.

이상은 크레이머의 번역입니다.”

“그건 이야기로군. 남섭은 주문이라고 생각했는데 말이야.”

히로가 말한다.

“엔키의 남섭은 이야기인 동시에 주문입니다.”

사서 데몬이 말한다.

“꾸민 이야기지만 예언적 성격이 있습니다. 라고스 씨는 지금 읽어 드린 내용이 실제로 벌어진 일이었다고 믿었습니다.”

"그러니까 엔키가 사람들의 언어를 바꾸어 놓았다는 건가?"

"그렇습니다."

사서 데몬이 말한다.

"이건 바벨탑 이야기잖아, 안 그래? 사람들이 같은 언어를 사용했지만 엔키가 바꾸어 버려 서로 이해할 수가 없게 되었다는 이야기지. 성경에 나오는 바벨탑 이야기는 아마 이걸 근거로 썼을 거야."

"이 방에 있는 여러 카드가 그 연결 고리를 조사한 내용을 담고 있습니다."

사서 데몬이 말한다.

"아까도 모든 사람이 수메르어를 했다는 말을 한 적이 있었지. 어느 순간 수메르어를 하는 사람이 모두 사라졌다고 했어. 수메르어는 마치 공룡처럼 그냥 사라져 버린 거야. 게다가 그런 상황을 설명할 만한 대량 학살은 없었지. 그 말은 바벨탑 이야기나 엔키의 남섭과 딱 들어맞는군. 라고스는 바벨탑이 실제로 있었다고 생각했나?"

"그는 틀림없다고 생각했습니다. 인간이 사용하는 언어의 종류가 너무 많은 걸 의아하게 여겼습니다. 필요 이상으로 다양하다는 것이었습니다."

"얼마나 많은데?"

"수만 가지나 됩니다. 겨우 몇 킬로미터 떨어진 곳, 비슷한 환경을 가진 비슷한 계곡에 사는 같은 민족끼리 전혀 아무런 공통점이 없는 언어를 사용하는 건 세계 곳곳에서 볼 수 있는 현상입니다. 어쩌다 발생하는 기이한 현상이 아니라 어디서나 볼 수 있습니다. 많은 언어학자는 바벨탑 사건을 연구하며 어째서 사람들이 쓰는 여러 언어가 하나로 뭉쳐지지 않고 오히려 더 여러 종류로 갈라지는지 궁금해했습니다."

"아직 아무도 답을 알아내지 못했나?"

"문제는 심오하고 까다로웠습니다. 하지만 라고스 씨는 가설을 세웠습니다."

사서 데몬이 말한다.

"그게 뭐지?"

"그는 바벨탑 이야기가 실제로 일어난 역사적 사실이라고 믿었습니다. 그 사건은 특정 시기, 특정 장소에서 일어났으며 동시에 수메르어가 사라졌습니다. 바벨탑 사건이 일어나기 전에는 여러 언어가 하나로 합쳐지려는 성향이 있었습니다. 그러나 그 사건이 벌어진 다음, 언어들은 늘 본질적으로 서로 갈라지려 들고 서로 이해할 수 없게 되어 버립니다. 라고스 씨가 말한 대로 설명하자면, 그런 경향이 인간의 뇌 속에 마치 뱀처럼 똬리를 틀고 들어앉았다는 겁니다."

"그런 현상을 설명할 수 있는 건 한 가지밖에……."

히로는 다음 말을 하고 싶지 않은 마음에 하던 말을 멈춘다.

"네?"

사서 데몬이 말한다.

"그러니까 만일 어떤 현상이 사람들 사이에 발생해서 그들의 머리가 더는 수메르어를 이해하지 못하게 바꿔 버렸다면 가능한 일이라는 거야. 마치 바이러스가 컴퓨터 사이를 옮겨 다니면서 모든 컴퓨터를 못 쓰게 만드는 것과 같은 거지. 뇌 속에 똬리를 틀고 앉아서 말이야."

"라고스 씨는 이런 식의 이론에 많은 시간과 노력을 쏟아부었습니다. 그는 엔키의 남섭이 신경 언어학적인 바이러스라고 생각했습니다."

"그럼 이 엔키라는 존재가 실제 존재하던 사람이란 건가?"

"그럴 수도 있죠."

"그리고 그 엔키라는 사람이 바이러스를 만들어서 이렇게 생긴 점토판에 새겨 수메르에 퍼뜨렸다는 거야?"

"그렇습니다. 그 사건에 대해 누군가 엔키에게 쓴 불평 가득한 편지가 점
토판으로 출토되었습니다."

"신에게 편지를 썼다고?"

"그렇습니다. '신사무'라는 율법 학자가 쓴 편지입니다. 그는 엔키를 찬양
하고 자신이 엔키에게 헌신적이라는 걸 강조하는 것으로 편지를 시작합니
다. 그런 다음 불평을 합니다.

'젊은 [일부 소실됨] 처럼
저는 손목이 마비되었습니다.

멍에가 부서져 나간 채 길거리에 선 수레처럼
저는 길 위에서 꼼짝도 하지 못합니다.

저는 잠자리에 누워 소리를 지릅니다. "오! 이런! 안돼!"
저는 비탄에 잠겨 울부짖습니다.

저의 우아한 몸은 땅바닥에 누웠고,
발이 움직이지 않습니다.

제 ……은 죽어 땅에 묻혔습니다.
제 몸은 변해 버렸습니다.

밤에 잠을 이루지 못하고,

제가 가진 힘은 모두 쇠하였고,
제 삶은 스러지고 있습니다.

밝은 날은 제게 어둠을 줍니다.
저는 제 무덤 속으로 미끄러져 들어갔습니다.

많은 걸 공부한 저는 바보가 되어 버렸습니다.
제 손은 이제 글쓰기를 멈추었고
입에서 더는 이야기가 나오지 않습니다.'

자신의 괴로움을 구구절절 늘어놓은 후 글쓴이는 다음과 같이 끝을 맺습
니다.

'신이시여, 저는 당신을 두려워합니다.
저는 당신께 편지를 드렸습니다.
저를 불쌍히 여기소서.
신이시여, 제발 다시 베풀어 주소서.'"

29

와이티는 405번 도로변에 있는 '엄마네 트럭 휴게소'에서 자신을 태우러 올 차를 느긋하게 기다리는 중이다. 엄마네 트럭 휴게소에 들어가 앉아 있고 싶다는 생각은 해 본 적이 없다. 와이티는 만일 자신이 엄마네 트럭 휴게소 앞에서 바퀴가 열여덟 개나 달린 큰 트럭에 치인다고 해도 휴게소로 들어가느니 간신히 움직이는 눈꺼풀 근육을 이용해서라도 고속 도로를 기어 내려가 발정 난 부랑자들이 득실거리는 '한숨 자고 떠나요' 모텔로 가는 편이 낫다고 생각했다. 그러나 전문가라면 마음에 들지 않는 일을 의뢰받고 담담하게 견뎌 내야 하는 때도 있는 법이다.

오늘 저녁에 해야 할 일을 위해 유리 눈 사내는, 그의 표현대로 하자면 '운전사 겸 경호원'을 이미 와이티에게 보냈다고 했다. 어떤 사람인지 전혀 알 수가 없다. 와이티는 정체 모를 사내와 함께 일해야 한다는 사실이 마음에 썩 들지는 않는다. 괜히 그녀를 데리러 올 사내가 고등학교 레슬링 코치처럼 생겼으리라 생각한다. 그렇다면 매우 끔찍할 것이다. 어쨌든 그녀는 트럭 휴게소에서 그와 만나기로 했다.

와이티는 커피 한 잔과 아이스크림을 얹은 체리 파이 한 조각을 시킨다. 그녀는 나온 음식을 들고 뒤쪽 구석에 박힌 공중 컴퓨터 앞으로 간다. 공중 컴퓨터는 향수병에 빠진 트럭 운전사들이 끊임없이 드나드는 공중전화 부스와 핀볼 게임기 사이에 둘러싸이듯 긴 스테인리스 재질의 부스 안에 있다. 핀볼 게임기에는 젖가슴이 커다란 여자 그림이 그려져 있는데, 쇠 구슬이 야릇한 곳에 들어가면 여자 그림이 불빛으로 번쩍거린다.

와이티는 메타버스에서 그리 능숙하게 움직이지 못하지만 돌아다니는 방법은 알고 있으며 찾아갈 주소도 갖고 있다. 그리고 특별히 머리가 나쁜 사람이 아니라면 메타버스에서 집을 찾는 일이 현실 세계에서보다 어려울 이유도 없다.

스트리트에 발을 내딛는 그녀를 향해 사람들은 모두 같은 표정을 지어 보인다. 칙칙한 모직물로 만든 옷을 입은 사람들 틈으로 눈에 띄는 파란색과 주황색의 쿠리에 복장을 한 채 걷는 그녀를 보던 표정과 다를 게 없다. 사람들이 못마땅한 표정을 짓는 이유는 그녀가 방금 거지 같은 공중 컴퓨터를 통해 접속했기 때문이란 걸 그녀는 잘 안다. 그녀는 시시한 흑백 인간일 뿐이다.

스트리트에서 0번 포트 주변으로 건물이 빽빽한 지역이 그녀의 오른쪽에서 차가운 불빛을 뿜어내고 있다. 그녀는 중심가 반대쪽으로 걸어가 모노레일에 올라탄다. 중심가에 들러 보고 싶지만, 그쪽으로 가면 돈이 많이 들기 때문에 그녀는 1000만분의 1초마다 동전을 집어넣느라 바쁠 것이다.

오기로 한 사내의 이름은 '웅'이다. 현실 세계의 그는 남부 캘리포니아 어딘가에 살고 있다. 와이티는 사내가 어떤 차를 타는지 정확히는 알지 못한다. 밴을 타는 것 같은데 유리 눈 사내의 말에 따르면 '뭔지 알 필요도 없는 이상한 것들로 가득 찬' 밴이라고 했다. 메타버스에서 사내는 시내에서 좀 떨어진 2번 포트 근처, 건물들 간격이 넓어지기 시작하는 지역에 살고 있다.

응이 메타버스에 가진 집은 메콩강 하류 '메이터' 지역에서 전쟁 전에 볼 수 있던 프랑스풍의 빌라다. 그의 집을 보니, 땀이 나지 않는 것만 빼면 1955년의 베트남을 보는 기분이다. 커다란 집을 제대로 표현하려고 스트리트에서 몇 킬로미터는 족히 떨어진 이곳에 땅을 구한 것 같다. 땅값이 싼 이 지역까지는 모노레일이 들어오지 않기 때문에 와이티의 아바타는 응의 집까지 계속 걸어야만 했다.

응의 커다란 사무실에서 쌍여닫이 유리문과 발코니를 지나면 키가 작은 베트남 사람들이 일하는 논이 끝없이 펼쳐져 있다. 응이라는 사내는 컴퓨터에 깊이 몰두해 사는 사람임이 분명해 보인다. 왜냐하면 와이티가 보기에 논에서 일하는 사람들만 해도 수백 명은 족히 넘었고, 그 밖에도 수십 명이 마을 여기저기를 뛰어다니고 있는데, 모든 사람의 모습이 뛰어나게 묘사되어 있고 동작이 제각각이었기 때문이다. 컴퓨터 전문가가 아닌 그녀였지만 사무실 창밖으로 보이는 풍경을 사실적으로 그려 내려고 집주인이 엄청나게 많은 시간을 투자했다는 걸 잘 알 수 있다. 그리고 그런 경치가 다른 곳이 아닌 베트남이란 게 묘하게 으스스했다. 와이티는 얼른 로드킬을 만나 이 집에 관해 이야기해 주고 싶은 마음이 든다. 혹시 폭탄이 떨어지고 전투기가 기총소사를 해 대고 네이팜탄이 떨어지는 장면을 볼 수 있지 않을까 하는 생각도 든다. 혹시 그런다면 최고의 구경거리일 텐데.

아바타만 그런지 모르겠지만, 응이라는 사내는 키가 작고 매우 단정한 오십 대의 베트남 사람으로 머리는 깔끔하게 올려붙였고 카키색 군복 같은 옷을 입었다. 와이티가 사무실로 들어섰을 때 그는 의자에 앉은 채 몸을 앞으로 숙이고 있고 옆에 선 게이샤가 그의 어깨를 주무르고 있었다.

베트남에 게이샤?

베트남에 잠시 산 적이 있는 와이티의 할아버지는, 일본이 2차 대전 중에 베트남을 점령한 후에 그들의 상징인 잔인함을 발휘해 베트남 사람들을 괴롭혔다는 이야기를 들려준 적이 있다. 그런 짓은 미국이 일본에 원자 폭탄을 투하해 일본인들이 원래는 평화주의자였음을 스스로 자각하게 만들 때까지 계속 이어졌다. 아시아의 다른 모든 나라 사람들처럼 베트남인들도 일본인을 미워한다. 그리고 틀림없이 이 응이라는 사내도 일본인 게이샤가 자신의 등을 주무르도록 해 즐거움을 얻는 것 같다.

하지만 그 모습이 매우 이상한 한 가지 이유가 있다. 게이샤는 응과 와이티가 쓴 고글에만 보이는 그림일 뿐이다. 그림이 안마를 해 줄 수는 없는 일이다. 그런데 왜 그런 짓을 하는 거지?

와이티가 들어서자 응은 일어서서 고개를 숙인다. 스트리트에서 많은 시간을 보내는 사람들이 서로 인사를 나누는 방법이다. 그들은 서로 악수하는 걸 싫어한다. 왜냐하면 악수해 봐야 감촉을 느낄 수가 없으니 실제로 악수하는 게 아니라는 걸 상기시키는 결과밖에는 얻을 게 없기 때문이다.

"네, 안녕하세요?"

와이티가 말한다.

응은 다시 자리에 앉고 게이샤도 다시 하던 일을 한다. 응의 앞에 놓인 책상은 훌륭한 프랑스제 골동품이고, 와이티가 서 있는 쪽 가장자리에 조그만 텔레비전 모니터가 여러 개 놓여 응을 바라보고 있다. 그는 여러 모니터에서 눈을 떼는 법이 없다. 심지어 말을 할 때도 계속 들여다본다.

"자네 소문은 나름대로 들었지."

응이 말한다.

"이상한 소문은 믿지 마세요."

와이티가 말한다.

응은 책상에서 유리잔을 들어 올리더니 한 모금 마신다. 모양을 보니 박하 칵테일 같다. 유리잔 겉에 맺히던 물방울이 아래쪽으로 흘러내린다. 어찌나 꼼꼼하게 묘사했는지 사무실 창문 밖으로 보이는 경치가 물방울에 조그맣게 반사되어 비치는 모습까지 보인다. 지나칠 정도로 집요하게 꾸며 놓은 모습이다. 정신 나간 사람 같으니.

응은 아무 감정도 없는 듯한 얼굴로 와이티를 보고 있지만, 그녀는 왠지 증오와 혐오감이 느껴진다. 메타버스에서 가장 멋진 집을 꾸미느라 가진 돈을 모두 써 버렸는데 흑백 아바타 꼴에 지칠 대로 지친 스케이트를 타는 녀석이 손님으로 찾아오다니. 갑자기 사타구니를 걷어차인 느낌일 것이다.

집안 어디선가 라디오에서 베트남의 느긋한 느낌을 주는 음악과 미국의 가벼운 록이 섞인 듯한 노래가 흘러나온다.

"노바 시칠리아 시민권을 갖고 있나?"

응이 말한다.

"아뇨. 가끔 엉클 엔조와 다른 마피아 친구들의 일을 해결해 주곤 하는 것뿐이에요."

"아, 아주 드문 일이로군."

응은 서두르는 사람이 아니다. 메콩강 하류 지방의 나른한 기운이 몸에 밴 듯 의자에 앉아 텔레비전에 시선을 고정한 채 아주 가끔 몇 마디를 던지곤 한다.

다른 한 가지 특징. 그는 투렛 증후군(안면 경련 등 반복적으로 무의식적 행동을 하는 신경 장애성 질병)을 앓고 있거나 머리에 다른 문제가 있는 게 분명해 보인다. 가끔 아무 이유 없이 입에서 이상한 소리를 내기 때문이다. 베트남 사람들이 가게나 식당의 뒷방에서 자기 나라의 언어로 다툴 때 들을 수 있는 코맹맹이 소리다. 와이티가 듣기에는 그건 말이 아니라 무슨 음향 효과 같다.

"마피아랑 일을 자주 하세요?"

와이티가 묻는다.

"보안과 관련된 작은 일을 가끔 하지. 다른 대기업들과 달리 마피아는 스스로 보안을 챙기는 전통이 있어. 그렇지만 특별히 전문적인 일이 필요하면……."

그는 중간에 말을 멈추더니 믿을 수 없을 정도로 큰 콧소리를 낸다.

"하시는 일이 그거예요? 보안?"

웅은 앞에 놓인 여러 대의 텔레비전을 훑어본다. 그가 손가락을 팅기자 게이샤가 서둘러 밖으로 사라진다. 그는 양손을 모아 책상에 올리며 몸을 앞쪽으로 숙인다. 그리고 와이티를 말똥말똥 쳐다보며 대답한다.

"그래."

와이티는 웅이 말을 잇기를 기다리며 잠시 그를 바라본다. 잠시 후 웅은 다시 모니터로 시선을 돌린다.

"대부분 이 선생과 대규모 계약을 맺고 일을 하지."

그가 불쑥 말한다.

와이티는 상대방이 혹시 '이 선생'이 아니라 '이 선생의 위대한 홍콩'을 잘못 말한 게 아닌가 하고 상대의 말이 이어지기를 기다린다.

아, 그렇지. 그녀가 엉클 엔조의 이름을 들먹였으니 그도 이 선생과의 개인적 관계를 드러낸 것이다.

"모든 나라의 사회 체계는 결국 보안을 어떻게 하느냐에 달렸지. 그리고 이 선생은 그걸 잘 이해하는 분이야."

웅이 말한다.

오, 이런. 이제 아주 깊은 이야기까지 하시는군. 웅은 갑자기 텔레비전에 출연해 주절거리는 늙은 백인 전문가처럼 떠들어 대기 시작한다. 와이티의 엄마는 사로잡힌 것처럼 늘 그런 프로그램에 빠져들곤 한다.

"많은 사람을 경비병으로 쓰는 대신 이 선생은 기계 시스템을 선호하지. 저임금을 받는 사람들이 기관총을 들고 늘어서 있으면 사회 분위기가 아주 나빠지거든."

기계 시스템이라. 와이티는 하마터면 경비견 로봇을 잘 아느냐고 물을 뻔했다. 하지만 그래 봐야 소용없을 것이다. 말해 주지 않을 게 뻔하기 때문이다. 만일 그런 걸 묻는다면 둘의 관계는 시작부터 꼬이게 될 것이다. 정보거리가 될 만하지만 절대로 대답해 주지 않을 뭔가를 그에게 묻는다면 분위기는 지금보다 훨씬 더 이상해질 것이다. 와이티는 그런 상황을 상상조차 할 수 없다.

웅은 몸을 앞으로 갑자기 숙이며 길게 콧소리를 내다 갑자기 이상한 소리를 내지른다.

"빌어먹을 년 같으니."

그가 중얼거린다.

"뭐라고요?"

"아무것도 아냐. 멍청한 아줌마가 앞으로 끼어드는 바람에. 내 차에 받히면 누구든 장갑차에 깔린 배불뚝이 돼지 꼴이 될 거란 사실을 아무도 모르나 봐."

"끼어들다니. 지금 운전 중이에요?"

"그래. 지금 널 태우러 가잖아. 잊었어?"

"절 태우러 오는 게 마음에 들지 않나요?"

"그런 건 아니야."

그는 사실은 마음에 들지 않는다는 듯 한숨을 내쉰다.

조그만 TV 모니터들은 각각 다른 방향에서 그가 운전하는 밴의 밖을 보여 준다. 앞창, 왼쪽 창, 오른쪽 창, 뒤쪽. 또 다른 모니터에는 자신의 위치를 보여 주는 전자 지도가 보인다. 밴은 샌버나디노에 막 들어서는 중이다. 멀지 않은 곳이다.

"나는 목소리로 운전을 하지. 목소리로 운전하는 게 더 편리하다는 걸 발견한 후에 운전대와 페달을 떼어 내 버렸어. 그래서 내가 가끔 이상한 소리를 내는 거야. 자동차를 이리저리 움직이게 하느라고 말이야."

그가 설명한다.

와이티는 정신도 차리고 화장실도 들를 겸 잠시 메타버스에서 빠져나온다. 고글을 벗자 주변에 잔뜩 몰려선 트럭 운전사들과 정비사들이 컴퓨터 주위에 반원을 그리고 서서 그녀가 응과 지껄이는 소리를 듣고 있는 모습이 보인다. 그녀가 일어서자 사내들의 관심은 자연스럽게 그녀의 엉덩이에 쏠린다.

와이티는 화장실에 들렀다가 남은 파이를 해치우고 자외선이 가득한 석양빛 아래에서 이리저리 어슬렁거리며 응을 기다린다.

그가 탄 차를 알아보기는 무척 쉽다. 엄청나게 큰 차다. 높이가 거의 2미터나 되고 폭은 그보다 더 넓다. 법률이 존재하던 과거였다면 너무 커서 돌아다니지도 못했을 것이다. 차는 네모나게 각진 모습이다. 대개 맨홀 뚜껑이나 계단의 디딤판으로 쓰는 올록볼록한 철판을 용접해 만들었다. 타이어도 마치 트랙터처럼 거대했는데 바닥에 닿는 면의 홈만 좀 작은 것 같다. 그런 타이어가 여섯 개나 달렸다. 앞쪽에 하나인 바퀴 축이 뒤쪽에는 두 개다. 엔

346

진도 어마어마하게 커서 차가 마치 영화에 등장하는 악당의 우주선처럼 보인다. 차가 시야에 들어오기도 전에 이미 와이티의 갈비뼈가 울리기 시작할 정도다. 지붕 위에 수직으로 불쑥 튀어나와 뒤쪽을 향해 구부러진 두 개의 빨간색 굴뚝에서 디젤 배기가스가 뿜어져 나오고 있다. 높이가 1미터 정도에 폭이 2미터가 훨씬 넘는 크기의 앞창은 완벽하게 네모난 직사각형 모양으로 먼지가 어찌나 두껍게 앉았는지 안에 사람이 탔는지 안 탔는지조차 알 도리가 없다. 앞쪽에는 과학적으로 가능한 온갖 형태의 강력한 조명이 줄지어 매달려 있다. 마치 차 주인이 어느 토요일 밤, 뉴사우스 아프리카 가맹점을 습격해 사냥용 차량 조명등을 전부 훔쳐 오기라도 한 것 같다. 그리고 또 어딘가 버려진 철로에서 뜯어낸 레일을 용접해서 붙인 것 같은 창살이 달렸다. 창살만 해도 작은 자동차 정도의 무게는 될 듯싶다.

조수석 문짝이 휙 열린다. 와이티는 다가가서 앞자리로 올라탄다.

"안녕하세요? 화장실에 들르거나 내릴 일은 없으세요?"

와이티가 말한다.

운전석에 웅의 모습이 보이지 않는다.

아니, 그가 보이긴 보인다.

운전석이 있어야 할 곳에는 쓰레기통만 한 합성 고무로 만든 주머니가 천장에 매달려 있다. 여러 가닥의 가죽끈과 충격 흡수용 고무줄, 튜브, 전선, 광섬유 그리고 유압 호스들이 주머니를 지탱하고 있는 모습이다. 하도 여러 가지가 한꺼번에 뭉쳐 있어서 실제 겉모양이 어떻다고 설명하기가 어렵다.

와이티는 주머니의 맨 꼭대기 부분에서 검은 머리칼이 둘레에 붙은 피부를 발견한다. 벗겨진 사내의 머리이다. 머리 꼭대기를 제외하고 관자놀이 아래로 모든 것은 고글, 마스크, 헤드폰 그리고 영양분 공급 장치에 가려져 있는데, 장치마다 달린 자동 끈이 계속 스스로 줄었다 늘기를 반복하며 기기들이 제 위치에 편안하게 자리 잡을 수 있도록 해 주는 모습이다.

　그 아래 양쪽, 팔이 있어야 할 곳에는 바닥에서 솟아 나온 전선, 광섬유, 튜브들이 둘둘 뭉쳐진, 엄청나게 두꺼운 다발이 어깨에 난 구멍에 꽂힌 것 같은 모습을 하고 있다. 다리가 달렸어야 할 부분도 비슷한 모양이고 사타구니에도 뭔가 많은 게 꽂혀 있고 그 밖에도 몸통 여기저기에 뭔가 여러 가지가 연결되어 있다. 그 모든 것이 한 장의 천 보따리에 싸여 있는데, 응의 몸통보다 훨씬 큰 그 주머니는 살아 있는 것처럼 끊임없이 부풀어 오르기도 하고 떨리기도 한다.

　"고맙지만 필요한 건 모두 처리할 수 있어."

　응이 말한다.

　그녀가 자리에 앉자 문이 자동으로 닫힌다. 응이 입으로 뭔가 날카로운 소리를 내자 차는 주차장을 벗어나 다시 405번 도로로 올라선다.

　"내 꼴이 이런 건 미안해."

　어색한 시간이 한참 지나고 응이 말한다.

　"1974년 사이공에서 탈출할 때 내가 탄 헬리콥터에 불이 났지. 지상에서 아무렇게나 쏜 예광탄에 맞은 거야."

　"우와. 정말 끔찍한 일이네요."

　"해안에 대기하던 항공 모함까지 갈 수는 있었지만, 불이 났을 때 연료가 여기저기로 튀어 버렸어."

　"네, 상황이 어땠는지 알 것 같아요."

　"잠시 의수와 의족을 사용하려고도 해 봤어. 어떤 제품은 아주 훌륭하더라고. 하지만 제일 좋은 건 전동 휠체어였어. 그러다 문득 이런 생각을 했어. 전동 휠체어는 왜 늘 측은할 정도로 작아서 살짝 경사진 곳만 오르려고 해도 온 힘을 기울여야 하는 거지? 그래서 난 이 차를 샀어. 원래는 독일의 공항에서 소방차로 쓰던 녀석이야. 이걸 사서 내 새로운 전동 휠체어로 개조한 거야."

"정말 멋져요."

"미국이 멋진 이유는 모든 걸 차에 탄 채 할 수 있다는 거야. 자동차 오일 교환이나 술을 사거나, 은행 일을 보거나, 세차, 장례식. 원하는 건 뭐든 차에 앉아서 할 수 있다고! 그래서 이 차는 작고 처량해 보이는 휠체어보다 훨씬 나은 거야. 내 몸이 연장된 것처럼 느끼게 해 주지."

"게이샤로부터 안마를 받는 거는요?"

응이 뭔가를 웅얼거리자 그를 감싼 보따리가 물결치듯 진동한다.

"물론 게이샤는 데몬이야. 안마로 말할 것 같으면, 공중에 매달린 내 몸을 감싼 전동 수축 젤이 필요할 때 내 몸을 주물러 주지. 게이샤 말고도 스웨덴 여자와 흑인 여자도 있지만, 게이샤만큼 멋지게 프로그래밍해 두지는 못했어."

"그럼 그 박하 칵테일은요?"

"영양분 공급 튜브로 먹지. 알코올은 들어 있지 않아, 하하."

와이티는 차가 LA 공항 근처를 지날 때쯤 묻는다. 이미 겁을 먹기엔 늦어 버렸다.

"무슨 계획이에요? 계획이 있긴 한가요?"

"우린 롱비치로 가는 거야. '끄트머리 섬 폐기 구역'으로 말이야. 그리고 약을 좀 사는 거지."

응이 말한다.

"아니, 네가 약을 사는 거야. 난 몸이 불편하니까 말이지."

"제가 할 일이 그거예요? 마약을 사는 거?"

"약을 사서 높이 공중에 뿌리는 거야."

"'포기 구역' 안에서 말이에요?"

"그렇지. 그럼 나머지는 우리가 알아서 할 거야."

"우리가 누구죠?"

"우리를 도울 존재가 더 있어."

"이 차량 뒤 칸에 뭐가 더 있는 거죠? 당신 같은 사람들인가요?"

"그럴듯하군. 거의 비슷하게 맞췄어."

웅이 말한다.

"그럼 기계 시스템 같은 건가요?"

"그 정도면 포괄적으로 보면 거의 맞는 것처럼 들리는군."

와이티는 웅이 그렇다고 대답했다고 받아들인다.

"피곤하지 않아요? 제가 대신 운전이라도 해 드려요?"

웅이 마치 멀리서 들리는 고사포 발사음 같은 웃음소리를 내자 차가 도로를 거의 벗어날 것처럼 움직인다. 와이티는 웅이 농담에 웃는 것 같지 않다고 생각한다. 그는 와이티가 너무 멍청해 웃고 있다.

30

"좋아, 아까 점토 덮개까지 이야기했지. 하지만 이건 뭐지? 나무처럼 생긴 것 말이야."

히로는 유물 가운데 하나를 가리키며 말한다.

"아세라 여신을 나타내는 상징입니다."

사서 데몬은 활기차게 말한다.

"드디어 뭔가 단서가 나오는군. 라고스는 내가 블랙 선에서 본 브랜디 아바타가 아세라 신전에서 일하는 창녀라고 했어. 도대체 아세라는 누구지?"

히로가 말한다.

"그녀는 '야훼'라고도 알려진 '엘'의 배우자입니다. 그녀는 다른 이름도 갖고 있습니다. 가장 흔히 쓰는 이름은 '엘라트'입니다. 그리스 사람들은 그녀를 '디오네' 또는 '레아'라고 부릅니다. 가나안 사람들은 '타닛' 또는 '하와', 그러니까 '이브'와 동일시했습니다."

"이브라고?"

"프랭크 크로스 교수는 '타닛'이라는 말의 어원이 '타닌'의 여성형이라고 주장했습니다. '타닌'은 '뱀인 자'라는 뜻입니다. 더구나 청동기 시대에 이르러 아세라는 '닷 바트니'라는 두 번째 이름을 갖게 되는데, 그 역시 '뱀인 자'라는 말입니다. 수메르인들은 아세라를 닌투 또는 닌후르삭이라 불렀죠. 그녀의 상징은 뱀이 나무나 지팡이를 똘똘 감은 모습이었습니다. 카두세우스(그리스 신화에서 신들의 사자인 헤르메스의 지팡이. 두 마리의 뱀이 감고 있다)죠."

"아세라를 숭배한 건 누구지? 엄청나게 많겠군."

"인도에서 시작해서 스페인까지, 기원전 2천 년 전부터 예수가 태어날 때까지 살았던 모든 사람입니다. 유대인들만이 예외였는데 그들은 히스기야 왕부터 요시야 왕까지 진행된 종교 개혁 이전에만 아세라를 숭배했습니다."

"나는 유대인들이 유일신론자인 줄 알았는데? 어떻게 그들이 아세라를 받들 수 있지?"

"유일신론자가 아니라 일신 숭배자였죠. 그들은 다른 신들이 존재한다는 사실을 부정하지는 않았습니다. 다만 그들은 야훼라는 신만 숭배했던 겁니다. 아세라는 야훼의 배우자로 존경받았습니다."

"하나님에게 부인이 있다는 말씀을 성경에서 본 기억은 없는데?"

"그 시절에 성경은 존재하지도 않았습니다. 유대인들은 그저 야훼를 숭배하는 사람들이 엉성하게 모인 집단에 불과했고, 예배당이나 의식의 절차도 전부 제각각이었죠. 이집트를 탈출한 일도 아직 모양을 제대로 갖춰 성경으로 쓰이지 못한 상태였습니다. 그리고 성경에서 묘사한 그 후의 일들은 아직 일어나지도 않았죠."

"누가 아세라를 유대인들로부터 빼앗아 버리기로 한 거지?"

"'신명기(구약 성서 첫머리에 있는 모세 5경 가운데 마지막 책) 학파'입니다.

성경의 신명기와 여호수아, 사사기, 사무엘서 그리고 열왕기를 쓴 사람들을 가리키는 말입니다."

"그 사람들은 어떤 자들이었지?"

"민족주의자이며 군주제주의자이고 중앙 집권주의자들이었습니다. 바리새인들의 선조라고나 할까요? 당시는 사마리아, 그러니까 북부 이스라엘을 아시리아의 왕 사르곤 2세가 정복한 지 얼마 되지 않았던 때라서 유대인들은 어쩔 수 없이 남쪽인 예루살렘으로 이주하고 있었습니다. 예루살렘은 크게 팽창했고 유대인들은 서쪽, 동쪽 그리고 남쪽으로 영토를 넓히기 시작했죠. 맹렬한 민족주의와 애국주의가 팽배했던 시기입니다. 신명기 학파 사람들은 오래된 이야기를 다시 쓰고 재구성하면서 그런 경향을 심어 넣었던 겁니다."

"어떻게 재구성했다는 거지?"

"모세와 사람들은 요르단강이 이스라엘의 국경이라고 생각했습니다. 하지만 신명기 학파 사람들은 요르단강 너머의 요르단 왕국도 이스라엘 일부라고 믿었고, 그런 생각은 동쪽으로의 침략을 정당화해 주었습니다. 그 밖에도 많은 예가 있습니다. 신명기 학파 이전의 율법은 군주를 거론하지 않았습니다. 하지만 신명기 학파가 확립한 율법을 보면 세습 군주 제도를 반영하고 있습니다. 신명기 학파 이전의 법률은 대개 종교적인 문제를 다루었지만, 신명기 학파의 율법은 주로 왕과 백성을 가르치는 일에 관심을 두었습니다. 다른 말로 하면 세속적인 문제인 겁니다. 신명기 학파는 예루살렘의 신전을 종교 중심지로 삼고 그 외의 종교 시설은 파괴해야 한다고 주장했습니다. 그리고 라고스 씨가 중요한 점을 하나 더 발견했습니다."

"그게 뭐지?"

"모세 5경 가운데 유일하게 신명기만이 토라에 신의 뜻이 담겼다고 언급하고 있다는 점입니다. '그가 왕위에 오르거든 레위 사람 제사장 앞에 보관한

이 율법서를 등사하여 평생에 자기 옆에 두고 읽어서 그 하나님 여호와 경외하기를 배우며 이 율법의 모든 말과 이 규례를 지켜 행할 것이라. 그리하면 그의 마음이 그 형제 위에 교만하지 아니하고 이 명령에서 떠나 좌로나 우로나 치우치지 아니하리니 이스라엘 중에서 그와 그의 자손의 왕위에 있는 날이 장구하리라.' 신명기 17장 18절부터 20절까지입니다."

"그러니까 신명기 학파 사람들이 종교를 성문화成文化했다는 거로군. 조직화하고 스스로 전해질 수 있는 존재로 만든 거야. 바이러스라고 표현하고 싶지는 않아. 하지만 방금 들은 말에 따르면 토라는 결국 바이러스와 같아. 인간의 두뇌를 숙주로 사용하는 거야. 숙주, 그러니까 인간은 그걸 복사하는 거지. 그리고 더 많은 사람이 예배당으로 와 그걸 읽고 말이야."

"저는 유추를 하지 못합니다. 그러나 지금 하신 말씀은 맞는 말이라고 할 수 있습니다. 그러니까 신명기 학파 사람들이 유대교를 개혁한 후 유대인들은 제물을 바치는 대신 예배당에 가서 경전을 읽었습니다. 신명기 학파가 없었다면 세계의 모든 일신론자는 여전히 동물을 제단에 바치고 자신들의 믿음을 입에서 입으로 전하고 있을 겁니다."

"주사기를 돌려쓰는 셈이지. 이런 이야기를 라고스와 나눌 때, 혹시 그가 성경이 바이러스라는 말을 한 적은 없나?"

히로가 묻는다.

"성경이 바이러스와 비슷한 점이 있긴 하지만 서로 다르다고 했습니다. 그는 성경을 자비로운 바이러스라고 생각했습니다. 마치 백신 주사처럼 말입니다. 그는 체액을 따라 옮겨 가는 능력을 지닌 아세라 바이러스는 좀 더 악성이라고 생각했습니다."

"그러면 신명기 학파가 세운 엄격하고 경전을 중시하는 종교가 아세라 바이러스에 맞서 유대인들에게 예방 접종을 한 셈이로군."

"엄격한 일부일처제와 음식을 정결하게 처리해 먹어야 하는 관습도 바이러스를 막는 데 한몫했다고 봐야죠. 수메르부터 신명기에 이르기까지 존재했던 종교들을 선先 이성적이라고 합니다. 유대교는 최초의 이성적인 종교입니다. 라고스 씨가 보기에 유대교는 확실하게 책으로 쓰인 기록에 근거를 두고 있어서 바이러스에 감염당할 우려가 상대적으로 적었습니다. 바로 그런 이유로 토라는 숭배를 받았고 새롭게 경전을 베껴 쓸 때도 엄격하게 주의를 한 겁니다. 정보가 감염되지 않도록 노력한 거죠."

"지금 우리는 어떤 시대에 사는 거지? 후後 이성적 시대인가?"

"후아니타 양도 그런 식으로 말한 적이 있습니다."

"당연히 그랬을 테지. 이제 그녀가 하던 말들이 무슨 뜻인지 알 것 같군."

"오."

"예전에는 이렇게 그녀 생각에 공감한 적이 없거든."

"그렇군요."

"앞으로도 이런 식으로 후아니타가 무슨 생각을 품고 있는지 충분히 시간을 내서 공부한다면 아주 멋진 일도 생길 수 있겠는걸?"

"도움이 될 수 있도록 노력하겠습니다."

"다시 이야기로 되돌아가자고. 지금 이런 식으로 야릇한 상상이나 할 때가 아니야. 그러니까 아세라는 바이러스를 감염시키는 병원균이었군. 어떻게 그랬는지 신명기 학파 사람들은 그걸 알아차렸고, 아세라가 새로운 희생자를 감염시키는 모든 수단을 막아 박멸해 버린 거고 말이야."

"바이러스 감염과 관련해서 드릴 말씀이 있습니다. 어쩌면 상당히 엉뚱한 내용이라고 할 수도 있습니다만, 저는 적절한 시기에 이런 일을 하도록 만들어졌습니다. 신경계에 자리 잡고 살면서 절대 사라지지 않는 '단순 포진' 바이러스를 주목해 보시는 것도 좋을 듯합니다. 그 바이러스는 이미 존재하는 뉴런에 새로운 유전자를 품고 침투해 유전학적 구조를 바꿔 버리는 능력이 있습니다. 현대 유전 의학자들은 치료 목적으로 그 특징을 이용하기도 합니다. 라고스 씨는 단순 포진 바이러스가 아세라 바이러스의 후손이면서 해롭지 않은 바이러스일 거라 생각했습니다."

"늘 해롭지 않은 건 아니지."

히로는 에이즈에 걸려 합병증으로 죽은 친구를 떠올리며 말한다. 죽기 바로 전에 그 친구는 입술부터 목구멍 속까지 온통 물집이 잡힌 상태였다.

"면역성이 있어서 해를 입지 않을 뿐이야."

"옳은 말씀입니다."

"그렇다면 라고스는 아세라 바이러스가 실제로 뇌세포의 DNA를 바꾸어 버렸다고 생각한 거야?"

"그렇습니다. 그 생각이 그가 세운 가설, 그러니까 아세라 바이러스가 생물학적으로 옮겨지는 DNA 가닥을 일련의 행동으로 변하게 할 수 있다는 이론의 가장 중심적인 내용입니다."

"행동이라니? 아세라를 숭배했던 사람들이 무슨 짓을 한 거지? 산 제물을 바쳤나?"

"아닙니다. 하지만 신전에서 몸을 팔던 사람들이 있었다는 증거는 있습니다. 남녀 모두 말이죠."

"설마 내가 생각하는 게 맞는 거야? 종교인들이 예배당 주변에서 어슬렁거리다가 아무하고 붙어먹는다는 거야?"

"그와 비슷합니다."

"멋지군. 바이러스를 퍼뜨리는 데 최고의 방법이야. 자, 이제 아까 하던 이야기 가운데 하나로 되돌아가 보자고."

"그러겠습니다. 전혀 엉뚱한 방향의 이야기를 깊게 나누어도 저는 아무런 문제가 없습니다."

"아세라와 이브 사이에 연관이 있다고 말했었지?"

"성경에서 이브는 하와라는 이름으로 등장합니다. 훨씬 더 오래전 신화를 유대인들이 나름대로 해석한 게 틀림없습니다. 하와는 뱀을 가리키는 모신 母神입니다."

"뱀이라고?"

"뱀과 연관이 있다는 겁니다. 아세라 역시 뱀을 상징하는 모신입니다. 그리고 둘 다 나무와도 관련이 있습니다."

"내 기억에 금지된 선악과의 열매를 아담에게 먹게 한 일의 책임을 져야 할 사람이 이브라고들 하지. 다시 말하면 단순한 열매가 아니라 데이터였던 거야."

"그렇게 말씀하실 수도 있을 겁니다."

"바이러스들이 늘 우리 주변에 있는 건지 모르겠군. 은연중에 바이러스가 영원히 사람 곁에 있다는 걸 전제로 하는 것 같단 말이야. 하지만 어쩌면 그렇지 않을 수도 있어. 어쩌면 역사 속에서 바이러스가 전혀 존재하지 않거나 드물었던 때가 있었을지도 몰라. 그리고 어떨 때는 메타 바이러스가 나타나 여러 가지 바이러스가 창궐하고 많은 사람이 병에 걸릴 수도 있지. 모든 문화마다 낙원이나 낙원으로부터 추방당한 일에 관한 신화가 존재하는 이유라고 생각할 수도 있는 거지."

"그럴 수도 있습니다."

"아까 에세네파 사람들은 기생충을 악마라고 생각했다고 말했었지? 만일 그 사람들이 바이러스라는 존재를 알았다면 바이러스를 악마라고 했을 거야. 그리고 라고스가 내게 말하길, 수메르인들은 원래 선악의 개념이 없다고 했어."

"맞습니다. 크레이머와 마이어에 따르면 좋은 악마와 나쁜 악마가 있다고 합니다. '좋은 악마들은 육체적, 정신적인 건강을 준다. 나쁜 악마들은 정신적 혼란과 육체와 감정의 질병을 준다……. 그러나 이런 악마들을 그들이 유발하는 질병과 구분하기는 매우 어렵다……. 그리고 현대인의 관점으로 볼 때 많은 질병은 단지 심리적인 원인에 의한 것으로 보인다.'"

"다파이비드를 보고 의사들이 바로 그렇게 말했어. 심리적인 원인에 의한 것 같다고 말이야."

"저는 공개된 자료 말고는 다파이비드 씨에 관해 아는 게 없습니다."

"듣고 보니 '선'과 '악'이란 건 아담과 이브 신화를 지어낸 사람이 사람들이 왜 병에 걸리는지 설명하려고 만들어 낸 개념인 것 같군. 왜 사람들이 육체적, 정신적인 바이러스에 걸리는가를 설명한 거야. 그러니까 이브나 아세라가 아담에게 선악과를 먹게 한 건 그녀가 선과 악의 개념을 세계에 소개했다는 뜻이지. 다시 말해 여러 바이러스를 만들어 내는 메타 바이러스를 세상에 등장시킨 거야."

"그럴 수도 있습니다."

"그럼 다음 질문은 이거야. 누가 아담과 이브의 신화를 지었지?"

"학문적으로 많은 논쟁을 일으키는 주제입니다."

"라고스는 어떤 생각이었지? 더 정확히 말하면, 후아니타는 어떻게 생각하는 거야?"

"니콜라스 와이어트가 아담과 이브의 이야기를 급진적으로 해석한 바에 따르면 사실 그 신화는 신명기 학파가 지어낸 정치적인 비유라고 합니다."

"신명기 학파는 창세기가 아니라 그 후의 이야기를 썼다고 알고 있는데?"

"그렇습니다. 그러나 그들은 과거에 쓰인 이야기들도 마찬가지로 편찬하며 수정하기도 했습니다. 오랜 세월 창세기는 기원전 900년경 또는 그보다 더 일찍 쓰였다고 알려져 왔습니다. 신명기 학파가 나타나기 한참 전입니다. 하지만 최근 분석 결과 사용한 단어나 내용을 보면 '바빌론의 유수'가 있던 때를 전후로 해서 거의 재창작에 가까울 정도로 대단히 많은 수정이 있었습니다. 신명기 학파가 득세하던 때입니다."

"그러니까 그들이 이미 존재하던 아담과 이브의 신화를 다시 썼다는 건가?"

"그럴 기회가 충분히 있었을 겁니다. 비드버그 그리고 후에 와이어트가 해석한 바로는 에덴동산에 사는 아담은 신전에 머무는 왕, 특히 북이스라엘을 지배하다 기원전 722년에 사르곤 2세에 정복당한 호세아 왕을 가리킨다고 합니다."

"그 사건은 아까도 언급했던 내용이군. 그래서 신명기 학파 사람들이 예루살렘을 향해 남쪽으로 이동했다고 했지."

"바로 그렇습니다. '에덴'이라는 말은 히브리어로 간단히 '즐거움'을 뜻합니다. 정복당하기 전에 왕이 즐겁게 살았다는 걸 상징합니다. 에덴에서 동쪽의 척박한 땅으로 추방당했다는 건 사르곤 2세의 승리로 말미암아 엄청나게 많은 이스라엘 사람이 아시리아로 추방된 사실을 비유해 말하는 겁니다. 이런 해석을 따르면 아세라를 숭배하며 유혹당한 왕은 엘을 모시는 올바른 길에서 벗어난 겁니다. 일반적으로 아세라는 뱀과 나무를 상징으로 삼고 있습니다."

"어찌 된 일인지 왕이 아세라를 섬기는 바람에 정복을 당하고 만 거로군. 그래서 신명기 학파 사람들은 예루살렘에 도착한 후에 남이스라엘의 지도자들에게 경고하려고 아담과 이브 이야기를 다시 쓴 거야."

"그렇습니다."

"그리고 어쩌면 그들은 그 과정에서 사람들을 후리는 장치로 선과 악이라는 관념을 만들어 낸 것인지도 몰라. 그렇지 않으면 아무도 신경도 안 쓸 테니까 말이야."

"후려요?"

"업계에서 쓰는 말이야. 그리고 무슨 일이 일어났지? 사르곤 2세가 남이스라엘도 정복하려고 했나?"

"사르곤 2세의 아들인 센나케리브가 그런 시도를 했죠. 남이스라엘을 다스리던 히스기야 왕은 공격을 막아 내려고 초조하게 준비했습니다. 예루살렘의 성벽도 획기적으로 강화하고 수도 시설을 개선했죠. 그는 신명기 학파의 가르침을 따라서 오랜 세월 계속될 종교 개혁을 시작했습니다."

"그래서 어떻게 됐지?"

"센나케리브 왕의 군대가 예루살렘을 포위했습니다. '이 밤에 여호와의 사자가 나와서 앗수르 진에서 군사 18만 5천을 친지라 아침에 일찍이 일어나 보니 다 송장이 되었더라. 앗수르 왕 산헤립(센나케리브 왕)이 떠나 돌아가서 니느웨에 거하더니……' 열왕기 하의 19장 35절, 36절입니다."

"당연히 물러가겠군. 내가 정리해 보지. 신명기 학파 사람들은 히스기야 왕을 통해 예루살렘에서 정보가 오염되지 않도록 하는 동시에 토목 공학과 관계된 일을 했다는 거로군. 수도 시설을 정비했다고 했지?"

"'이에 백성이 많이 모여 모든 물 근원과 땅으로 흘러가는 시내를 막고 이르되 "어찌 앗수르 왕들로 와서 많은 물을 얻게 하리요?"하고' 역대 하 32장 4절입니다. 유대인들은 단단한 바위 속을 5백 미터도 넘게 뚫어서 예루살렘 안으로 물을 끌어들였습니다."

"그리고 바로 센나케리브의 군사들이 도착해 몰살당했다면 전염성이 엄청난 병 때문이라고밖에는 볼 수가 없군. 그렇지만 예루살렘 사람들은 이미 면역이 되어 있는 어떤 병이겠지. 그 물에 뭘 집어넣었는지 궁금한데?"

31

와이티는 롱비치에 자주 가지는 않지만, 혹시 가더라도 폐기 구역으로는 절대 들어가지 않으려 애쓴다. 작은 마을만 한 폐기 구역은 조선소로 쓰던, 버려진 땅이다. 지저분하고 오래된 버브클레이브가 많은 '산페드로만'을 향해 툭 튀어 나간 곳이다. 멀리 파도가 쓸고 가는 해변 너머 보이는 산페드로만에 있는 버브클레이브들은 계획도 없이 아무렇게나 세운 곳들로, 석면 지붕을 얹은 작은 집들 사이로 산탄총을 든 채 얼굴을 찡그린 캄보디아 사내들이 순찰을 도는 그런 곳이다. 폐기 구역 대부분은 이름까지 제대로 어울리는 '끄트머리 섬'이라는 곳에 속한다. 스케이트보드가 물 위를 달릴 수 없으니 그녀가 들어가고 나올 수 있는 길은 딱 한 곳뿐이다.

다른 폐기 구역과 마찬가지로 이곳에도 전체를 울타리가 감싸고 있고, 몇 미터 간격으로 노란색 금속 표지판이 달려 있다.

폐기 구역

경고. 국립 공원 사무소는 이 지역을 국가 폐기 구역으로 지정합니다. 폐기 구역 계획은 미래의 경제적 총 가치가 해당 지역의 정화 비용에 미치지 못하는 구역을 관리하고자 마련되었습니다.

그리고 다른 모든 폐기 구역의 울타리와 마찬가지로 여기에도 구멍이 여러 개 보이고 부분적으로는 울타리 자체가 무너져 내린 곳도 있다. 자연적인, 그리고 인공적인 호르몬이 넘쳐 정신이 나간 젊은이들은 바보 같은 성인 의식을 치를 곳이 필요하다. 그런 녀석들은 여기저기의 버브클레이브에서 사륜구동 트럭을 타고 이곳으로 몰려와 안쪽 넓은 구역을 돌아다닌다. 그러다 석면 가루가 바람에 날려 디즈니랜드로 몰려가는 걸 막으려고 덮어 놓은 제일 끔찍한 부분의 흙더미를 마구잡이로 뒤집어 놓기도 한다.

와이티는 여기 몰려오는 어린 녀석들도 옹의 전동 휠체어처럼 온갖 지형에서 사용할 수 있는 전천후 차량은 꿈도 꿔 본 적 없다는 사실이 왠지 흡족하게 느껴진다. 밴은 포장도로를 벗어나면서 약간 덜컹거리지만, 속도는 전혀 줄지 않는다. 차는 철조망 울타리가 짙게 낀 안개라도 되는 듯 들이받아서 거의 30여 미터를 무너뜨려 버린다.

맑게 갠 밤이어서 폐기 구역은 부서진 유리와 갈가리 찢긴 석면 조각으로 이루어진 거대한 카펫처럼 반짝거린다. 30미터가량 떨어진 곳에서 배를 드러낸 채 죽은 독일산 셰퍼드의 배 속을 갈매기 몇 마리가 잡아 뜯는 중이다. 물결 모양으로 끝없이 펼쳐진 땅 위에 부서져 흩어진 유리 조각들이 빛을 내며 깜박거린다. 여기저기 수없이 많은 쥐가 돌아다니기 때문이다. 동네 아이들이 몰고 나온 차가 지나간 자리에 남은 깊게 팬 자국 속 컴퓨터가 디자인한

울퉁불퉁 두꺼운 타이어 무늬는 마치 페루에서 발견된 고대의 기이한 문자처럼 보인다. 와이티의 엄마가 언젠가 '네오 아쿠아리안 사원'에서 그런 내용을 배워 온 적이 있다.

웅이 입으로 새롭고 더욱 묘한 소리를 만들어 내는 것도 들린다.

웅이 무슨 음악을 즐기거나 할 사람도 아닌데 자동차 안에는 스피커가 달려 있다. 와이티는 스피커가 켜져 있다는 생각이 든다. 스피커에서는 들릴 듯 말 듯 쉭쉭 소리가 나는 것 같다.

밴 자동차는 폐기 구역 안쪽으로 서서히 굴러가고 있다.

잘 들리지 않던 쉭쉭 소리가 서서히 커지더니 낮은 기계음으로 바뀐다. 컸다가 작았다가 오락가락하지만 마치 로드킬이 전자 베이스를 가지고 장난칠 때처럼 상당히 낮은 소리가 난다. 웅은 뭔가를 찾는 듯 계속 이리저리로 차의 방향을 바꾸고 그럴 때마다 와이티는 귀에 들리는 윙윙거리는 기계음이 점차 커지는 걸 느낄 수 있다.

점차 커지던 소리는 마치 비명을 지르는 것처럼 커진다. 웅이 뭐라고 고함치듯 명령하자 소리의 크기가 줄어든다. 이제 웅은 자동차를 아주 느리게 몰고 있다.

"스노 크래시를 일부러 사지 않아도 될 것 같군."

웅이 웅얼거리듯 말한다.

"숨겨 둔 약을 찾은 건지도 몰라."

"이 짜증 나는 소리는 뭐죠?"

"바이오 전자 감지 장치야. 인간 세포막을 유리로 만든 실험용 튜브 안에서 키운 거지. 한쪽은 바깥 공기에 노출되어 있고 반대쪽은 깨끗해. 깨끗한 쪽으로 외부 물질이 세포막을 뚫고 들어오면 감지되는 식이야. 침투하는 이

물질 분자가 많을수록 높은 소리가 나지."

"방사능 측정기처럼 말인가요?"

"세포 사이를 뚫고 들어가는 물질을 탐지하는 방사능 측정기라고 할 수 있지."

웅이 말한다.

뭐가 어떻다고? 와이티는 묻고 싶지만 참고 넘어간다.

웅이 차를 세운다. 그는 아주 희미한 조명을 켠다. 이 정도로 웅은 꼼꼼한 사내다. 밝은 빛을 내뿜는 전조등을 잔뜩 달았지만, 추가로 희미한 빛을 내는 조명도 설치하는 수고를 하는 사람이다.

그들은 움푹 파인 곳을 보고 있다. 드럼통이 잔뜩 쌓였고 그 아래쪽에 쓰레기가 잔뜩 쌓여 있다. 쓰레기 대부분은 빈 맥주 캔이다. 한가운데에는 장작불을 피울 수 있는 곳이 보인다. 트럭 타이어가 밟고 간 흔적이 모여 있다.

"아, 훌륭하군. 어린놈들이 약을 하려고 모이는 곳이야."

웅이 말한다.

와이티는 눈알을 굴리며 이런저런 관들이 잔뜩 연결된 모습인 웅을 바라본다. 그는 마치 학교에서 마약 퇴치 수업 시간에 쓰는 교재를 직접 써낸 사람 같은 말투다.

웅은 자신이 수없이 많은 튜브를 통해 엄청난 양의 약물을 계속 공급받는다는 사실쯤은 싹 무시하는 태도를 보인다.

"폭탄이 숨겨져 있는 것 같지는 않군. 밖으로 나가서 약과 관련된 쓰레기가 뭐가 있는지 알아보면 어때?"

와이티는 웅을 바라보며 생각한다. 뭘 어떻게 하라고?

"좌석 뒤에 보면 방독면이 걸려 있을 거야."

그가 말한다.

"저 밖에 무슨 독극물이 있는데요?"

"배를 만드는 데 쓰다 버린 석면이 있지. 배에 바다 생물이 들러붙지 못하게 칠하는, 중금속 가득한 오손 방지 페인트도 있고. 여기저기 PCB(폴리 염화비페닐, 염소와 벤젠의 화합물로 산업 자재로 많이 사용했지만, 독성이 강해 생산이 금지되고 있다)도 많이 썼고 말이야."

"멋지네요."

"내키지 않아 하는군. 하지만 만일 우리가 이곳 마약 투약장에서 스노 크래시 표본을 구할 수 있다면 더는 임무를 수행하지 않고 끝내 버려도 돼."

"뭐, 그렇게 말씀하신다면야 할 수 없죠."

와이티는 그렇게 말하며 방독면을 집는다. 고무와 천으로 만든 꽤 큰 방독면은 머리 전체를 덮고 목까지 내려온다. 처음에는 무겁고 이상하게 느껴지지만 한참 지나고 나니 모든 부분의 무게가 적절하게 배분되는 걸로 봐서 만든 사람이 꽤 생각을 많이 한 것 같다. 방독면 외에도 손에 끼는 묵직한 장갑도 한 켤레 보인다. 상당히 커 보인다. 아마 장갑을 만드는 공장 사람들은 혹시라도 여자가 이 장갑을 사용할 일은 있을 수 없다고 생각한 모양이다.

그녀는 웅이 자신을 남겨 두고 문을 닫은 다음 그냥 떠나 버리지 않기를 바라며 깨진 유리와 석면이 잔뜩 섞인 땅으로 내려가 터벅터벅 걷기 시작한다.

사실은 그가 그냥 떠나 버리길 바라는 마음도 있다. 그러면 화끈한 모험이 될 것이다.

어쨌거나 그녀는 '마약 투약장' 한가운데로 걸어 들어간다. 버린 주삿바늘이 잔뜩 쌓인 모습이 보이지만, 그리 놀랄 일은 아니다. 그리고 텅 빈 조그만 유리 약병들도 보인다. 그녀는 약병 몇 개를 집어 들고 라벨을 읽어 본다.

"뭘 좀 찾았나?"

밴으로 돌아온 그녀가 마스크를 벗는 동안 웅이 묻는다.

"주사기가 많아요. 대부분 히포낙스에요. 하지만 울트라 라미너도 몇 개 보이고 모스퀴토 25도 약간 있어요."

"그게 다 무슨 말이야?"

"히포낙스는 후다닥 편의점 어디서나 살 수 있어요. 싸고 날카롭지 않아서 사람들은 '무딘 못'이라고 부르죠. 아마 가난한 흑인 당뇨병 환자나 마약 중독자들이 쓰겠죠. 울트라 라미너와 모스퀴토는 최근에 나온 것들이에요. 잘 사는 동네에서 구할 수 있는데, 찌를 때도 그다지 아프지 않고 모양도 더 예뻐요. 왜 그런 것 있잖아요. 피스톤이 더 인체 공학적이라든지 색깔이 최근 감각이라든지 말이에요."

"그런 것들로 뭘 주사하는 거지?"

"직접 보세요."

와이티는 작은 약병 하나를 들어 웅에게 보여 준다. 하지만 이내 그가 고개를 돌려 이쪽을 바라볼 수 없다는 생각이 든다.

"제가 이걸 어떻게 들어야 보실 수 있는 거죠?"

그녀가 말한다.

웅이 노래를 부르듯 소리를 낸다. 자동차의 천장에서 로봇 팔이 내려오더니 그녀가 손에 든 약병을 채듯 휙 가져간 다음 한 바퀴 돌려 계기반 안쪽에 박힌 비디오카메라 앞에 들어 보인다.

약병에 붙은 라벨에는 그냥 '테스토스테론'이라고만 쓰여 있다.

"하하, 잘못된 정보였군."

응이 말한다. 자동차가 갑자기 앞쪽으로 움직이며 폐기 구역 한가운데로 나가기 시작한다.

"무슨 일인지 좀 알려 주실래요? 이 꼴을 하고 나가서 일해야 하는 건 저니까 말이에요."

"세포벽이야."

응이 말한다.

"감지기는 어떤 화학 약품이든 세포벽을 뚫는 것이 있다면 찾아내지. 그러니까 자연스럽게 테스토스테론이 있는 곳을 찾아온 거야. 엉뚱한 녀석에 속은 거야. 얼마나 재밌는 일인지. 보다시피 온실의 화초처럼 자란 생화학자 님들은 호르몬이 무슨 몸에 좋은 약이라도 되는 것처럼 사용할 정도로 사람들이 정신 나간 짓을 하게 될지 예상하지 못했던 거야. 괴물 같은 녀석들."

와이티는 속으로 웃음 짓는다. 그녀는 응 같은 사람이 다른 사람을 괴물이라고 부를 수 있는 세상에 살고 있다는 생각에 기분이 정말 좋다.

"뭘 찾는 거죠?"

"스노 크래시야. 하지만 우린 스노 크래시 대신 '열일곱 개의 고리'를 찾아낸 거지."

응이 말한다.

"스노 크래시는 조그만 튜브에 든 약이에요. 저도 그건 알아요. 열일곱 개의 고리는 뭐죠? 요즘 어린애들이 좋아하는 록 그룹 이름인가요?"

와이티가 말한다.

"스노 크래시는 뇌 세포벽을 뚫고 DNA가 저장된 세포핵까지 침투한다고. 그래서 이번 임무의 목적을 달성하고자 우리는 세포벽을 뚫고 침투하는 물질을 공기 중에서 감지해 낼 수 있는 감지기를 만들어 낸 거야. 하지만 빈

테스토스테론 약병이 지천으로 널려 있을 거라고는 전혀 생각하지 못한 거지. 인공으로 만든 호르몬인 스테로이드제는 기본적으로 구조가 같아. 고리 모양을 한 열일곱 개의 원자가 마치 마법의 열쇠처럼 세포벽을 뚫고 침투할 수 있도록 해 주는 거지. 스테로이드가 사람 몸 안에 들어가면 강력한 효과를 보이는 이유가 바로 그거야. 스테로이드는 세포 깊숙이 그리고 세포핵 안까지 들어가 세포 기능 자체를 바꿔 버릴 수 있단 말이야.

여기서 정리를 해 보자. 감지기는 전혀 도움이 안 된다. 상대방이 모르게 접근하는 건 불가능해졌어. 그러니까 원래 세웠던 계획대로 가야겠어. 네가 스노 크래시를 좀 산 다음 공중에 집어 던지는 거야."

와이티는 마지막 부분이 무슨 뜻인지 알 수 없다. 그러나 운전하는 웅이 집중할 수 있도록 잠시 입 다물고 기다리는 편이 나을 것 같다는 생각이 든다.

일단 정말로 끔찍한 구역을 벗어나면, 폐기 구역 대부분의 지역은 바짝 마른 갈색 잡초와 버려진 고철 덩어리들이 쌓인 황무지로 이루어져 있다. 군데군데 쓰레기가 잔뜩 쌓인 곳도 보인다. 석탄인지 광석을 제련하고 남은 찌꺼기인지 코크스인지 모르겠지만.

모퉁이를 돌면 동양인이나 남아메리카 사람들이 가꾸는 조그만 채소밭이 나타나곤 한다. 와이티는 웅이 채소밭을 짓밟고 지나가려고 마음먹었다가도 늘 마지막 순간에는 옆으로 방향을 바꾸곤 한다는 느낌이 든다.

멀리 넓고 평평한 지역에서 스페인어를 하는 흑인들이 55갤런 드럼통 뚜껑을 베이스 삼아 야구를 하고 있다. 사람들이 세워 둔 대여섯 대의 고물 자동차가 평평한 곳 끄트머리에 줄지어 선 채 환히 전조등을 켜 조명 역할을 하고 있다. 근처에 거의 엉망이 다 된 이동식 주택을 고쳐 만든 술집이 보인다.

겉에는 그라피티로 '폐기 구역'이라는 술집 상호가 그려져 있다. 녹슨 철도 지선이 끝난 공터에 유개 화차들이 줄지어 서 있고, 침목 사이에는 노팔 선인장이 자라고 있다. 유개 화차 하나는 웨인 목사의 천국의 문 가맹점으로 쓰는 모습이다. 열심히 전도하는 중인 중앙아메리카인들이 네온으로 만든, 빛나는 엘비스 아래 줄지어 선 채 참회를 하거나 방언을 하는 중이다. 폐기 구역에는 네오 아쿠아리안 사원 가맹점은 보이지 않는다.

"창고 지역은 우리가 처음에 들렀던 곳만큼 더럽지는 않아. 그러니 방독면을 쓰지 않아도 문제는 없어. 냉동 가스 냄새를 약간 맡아야 할지도 몰라."

응은 안심하라는 듯 말한다.

와이티는 이 새로운 현상에 아차 하는 생각이 든다. 응은 사용이 제한된 물품의 명칭을 길거리 용어로 사용하고 있다.

"프레온 가스를 말하는 거예요?"

그녀가 말한다.

"그래. 우리가 조사하려는 사내는 다양함을 갖추고 있어. 다시 말해 색다른 여러 가지 물질을 판다는 거지. 하지만 처음 시작할 땐 프레온 가스를 취급했지. 냉동용 가스 쪽으로는 서부에서 가장 큰 도매상이자 소매상이야."

그제야 와이티는 깨닫는다. 응의 자동차에는 에어컨이 달려 있다. 오존층을 보호한다는 형편없는 에어컨이 아니라 묵직한 금속으로 만든, 냉방 능력이 뛰어나 뼛속까지 시리게 하는 강한 바람을 쏘아 대는 진짜 옛날 에어컨이다. 엄청난 양의 프레온 가스를 쓰는 게 틀림없다.

실질적으로 보면 이 에어컨은 응의 신체 일부라 할 수 있다. 와이티는 세상에서 유일하게 프레온 가스를 미친 듯 써 대는 사람의 차에 탄 셈이다.

"그럼 냉동 가스를 이 사람으로부터 산단 말이에요?"

"지금까지는 그랬지. 하지만 앞으로는 다른 사람에게서 구할 예정이야."

다른 사람이라. 마피아로군.

그들은 부두 쪽으로 다가가는 중이다. 열 채도 넘는, 길고 폭이 좁은 단층 창고가 물가를 따라 줄지어 서 있다. 모든 창고는 진입로 하나를 공동으로 사용하고 있다. 그리고 각 창고 사이에 더 좁은 길이 부두를 따라 나 있다. 여기저기 버려진 화물차들이 보인다.

웅은 진입로 중간에 차를 세운다. 빨간 벽돌로 지은 오래된 발전소와 잔뜩 녹이 슨 채 쌓여 있는 화물 컨테이너 더미 사이, 눈에 잘 띄지 않는 구석진 곳이다. 잽싸게 달아나기라도 하려는 듯 그는 차를 반대편으로 돌려 오던 방향으로 세워 놓는다.

"거기 앞쪽에 열어 보면 돈이 있어."

웅이 말한다.

앞에 보이는 사물함을 열고 보니 닳아 빠지고 더러운 1조 달러짜리 지폐 뭉치가 들어 있다. 인쇄된 얼굴 때문에 흔히 에드 미즈(1980년대 후반 미국 재무 장관을 지낸 인물의 이름)라 부른다.

"이런, 지퍼(레이건 전 미국 대통령의 별명. 여기서는 천조 달러 지폐를 가리킨다)는 없어요? 이러면 주체하기가 어렵잖아요."

"쿠리에가 약을 사고 내는 돈으로는 그게 더 어울려."

"우리가 인간쓰레기라도 된다는 건가요?"

"노코멘트야."

"이거 얼마예요? 1,000조 달러 정도 되나요?"

"1,500조 달러야. 인플레이션 대단하지?"

370

"뭘 하면 되죠?"

"왼쪽으로 네 번째 창고야. 튜브를 받으면 공중에 집어 던져."

옹이 말한다.

"그리고는요?"

"나머지는 다 알아서 처리할 거야."

와이티는 과연 일이 그렇게 될지 의심이 간다. 하지만 혹시라도 어려운 상황에 빠지면 언제든 엉클 엔조가 준 개 목걸이를 꺼내면 될 것이다.

와이티가 보드를 들고 차에서 내려서는데 옹이 입으로 새로운 소리를 낸다. 밴 자동차의 차체가 뭔가 미끄러지며 부딪치는 둔탁한 소리와 기계가 작동하기 시작하는 소리를 낸다. 뒤를 돌아보니 지붕 위에 달린 금속으로 툭 튀어나온 부분이 열려 있다. 그 안에는 소형 헬리콥터가 날개를 접은 채 숨어 있다. 헬리콥터는 마치 나비가 날개를 펴듯 회전 날개를 펼친다. 동체 옆에 이름이 쓰여 있다. '죽음의 회오리바람'

〈2권에 계속〉

옮긴이 | 남명성 한양대를 졸업하고 PD와 인터넷 기획자로 일했으며 현재 전문 번역가로 활동하고 있다. 옮긴 책으로 『사일런트 페이션트』, 『보헤미아 우주인』, 『아르테미스』, 『남겨진 자들』, 『셜록 홈즈: 주홍색 연구』 등이 있다.

스노 크래시 ①

발행일
2021년 6월 21일   초판 1쇄
2023년 7월 18일   초판 7쇄

지은이   ● 닐 스티븐슨
옮긴이   ● 남명성
펴낸이   ● 김종해
펴낸곳   ● 문학세계사
출판등록   ● 1979. 5. 16. 제21-108호

주소   ● 서울시 마포구 신수로 59-1
대표전화   ● 02-702-1800
팩스   ● 02-702-0084
이메일   ● munse_books@naver.com
홈페이지   ● www.msp21.co.kr
페이스북   ● www.facebook.com/munsebooks

ⓒ 닐 스티븐슨, 2021
ISBN 978-89-7075-001-9 03840